BLT
Mit der Welt
auf Buchfühlung

Gail Tsukiyama vereint in ihrer Herkunft zwei asiatische Kulturen – China und Japan – und ist in Kalifornien zu Hause. Für ihr bisheriges Werk wurde sie mit dem renommierten »American Poet's Award« ausgezeichnet und erhielt in Kritik und Presse hohe Anerkennung.

Gail Tsukiyama

Nacht der lichten Träume

Aus dem Amerikanischen von
Maria Andreas

BLT

BLT
Band 92 072

1. Auflage: April 2001

Vollständige Taschenbuchausgabe

BLT ist ein Imprint der Verlagsgruppe Lübbe

Titel der amerikanischen Originalausgabe: NIGHT OF MANY DREAMS
erschienen bei St. Martin's Press, New York

Lizenzausgabe: Verlagsgruppe Lübbe GmbH & Co. KG, Bergisch Gladbach
Einbandgestaltung: Gisela Kullowatz
unter Verwendung einer Fotografie von Thomas Schüpping
Autorenfoto: © by Matthew Spencer Wong
Satz: hanseatenSatz-bremen, Bremen
Druck und Verarbeitung: Elsnerdruck, Berlin
Printed in Germany
ISBN 3-404-92072-4

Sie finden uns im Internet unter
http://www.luebbe.de

Der Preis dieses Bandes versteht sich einschließlich
der gesetzlichen Mehrwertsteuer.

FÜR MEINE FAMILIE,
NAH UND FERN

Danksagung

Ich möchte meiner Mutter und meinem Bruder, die unerschütterlich an mich geglaubt haben, für ihre Unterstützung danken. Und der klugen, weisen Dorothy Buckley. Ich danke auch meiner Agentin Linda Allen und Sandra McCormack, meiner Lektorin beim Verlag St. Martin's Press, für ihren engagierten Rat.

Zu großem Dank bin ich Catherine de Cuir, Cynthia Dorfman, Blair Moser und Abby Pollak verpflichtet, die stets offen und großherzig zu mir gewesen sind. Und meinem Herzen hat sich für immer eingeprägt, was Norma Peterson mir erzählt und vorgelebt hat.

Familie zwischen zwei Welten

1940

EMMA

Alle anderen Frauen aus der Familie Lew waren schön. Dessen wurde Emma sich immer wieder aufs Neue bewusst, wenn sie die bemerkenswerten Gesichter ihrer Mutter und ihrer Schwester oder die alten, vergilbten Familienfotos ansah. Dass sie sich so unvorteilhaft von Mah-mih und ihrer älteren Schwester unterschied, quälte Emma. Nicht, dass sie hässlich gewesen wäre, doch auf Fotos von sich, sogar schon auf den Babyfotos, blickte ihr ein zu rundes Gesicht mit zu großer Nase entgegen, so dass sie sich auf peinliche Weise auffällig fühlte. Manchmal fragte sie sich, welche Laune des Schicksals ausgerechnet ihr die generationenlange Schönheit der Lews vorenthalten hatte.

Emma saß am Schreibtisch ihres Vaters im elterlichen Schlafzimmer und sah zu, wie sich ihre Schwester zurechtmachte, um Geld kassieren zu gehen. Schon als kleines Mädchen hatte sich Joan, die immer älter wirken wollte, regelmäßig an den Kleidern und Kosmetika ihrer Mutter vergriffen, und wenn sie die ordentlich aufgereihten Cremetöpfchen und Fläschchen auf der Frisierkommode durcheinander brachte, zog sie Mah-mihs Zorn auf sich, falls Mah-mih gerade zu Hause war. Jetzt, mit vierzehn Jahren, arbeitete Joan mit der

Sorgfalt einer Künstlerin, betonte den Leberfleck links auf ihrer Oberlippe, legte Make-up auf und kleidete sich dann mit einer solchen Perfektion, dass Emma überzeugt war, in ganz Hongkong gäbe es niemand Schöneren als ihre Schwester.

Emma blickte zu dem silbern gerahmten Schwarzweißfoto auf der einen Seite des Schreibtischs hinüber. Sie beugte sich vor und legte ihre Fingerspitzen auf das Bild der beiden Mädchen, die vor fast zwei Jahren vor dem Lew'schen Haus geknipst worden waren. Joan war damals zwölf gewesen, fünf Jahre älter und mindestens dreißig Zentimeter größer als ihre Schwester Emma. Emma betrachtete sich eingehend. Ihre nichtssagenden Gesichtszüge starrten zurück. Dünn und blass stand sie da, in einem Baumwollkleid westlichen Stils mit Puffärmeln und Bubikragen, während Joan in dem ärmellosen Seiden-*cheungsam* – jadegrün war er gewesen, erinnerte sich Emma – einfach hinreißend aussah. Emma fiel wieder ein, wie sie vor der Kamera posiert hatte, sich auf die Zehenspitzen stellte, um größer zu wirken, und sich leicht gegen Joan lehnte, damit sie nicht umkippte. Wie Schwestern sahen die beiden nicht aus, eher wie Zufallsbekannte. Seit dieser Aufnahme hatte Emma versucht, Joan einzuholen, als wären die trennenden Jahre eine räumliche Entfernung, die sich irgendwann einmal überbrücken ließe.

Ba-ba hatte das Foto im Sommer 1938 gemacht, ein paar Monate, bevor die Japaner in Kanton einfielen. Nicht lange nach der Invasion hatte Joan begonnen, in den Läden und Kaufhäusern, die ihrem Vater Geld schuldeten, die offenen Rechnungen zu präsentieren. Dass das Foto noch aus der Zeit vor diesen monatlichen Bittgängen stammte, erkannte Emma an Joans entspanntem Lächeln. Sogar der Leberfleck über Joans Oberlippe sah damals heller aus, weniger ernst als jetzt.

Bis 1939 war ihr Vater mit seinem Handelsunternehmen *Zehntausendfacher Gewinn* sehr erfolgreich gewesen. Von seinem Hauptbüro in Japan aus exportierte er seine Ware – Ballen von Seidenstoffen, Lackwaren, Antiquitäten – nach Hongkong und ganz China. Während Vater und Mutter geschäftlich in Japan und China unterwegs waren, auf Reisen, die sich manchmal sechs Monate lang hinzogen, blieben Emma und Joan in Hongkong in der Obhut ihrer Dienerin Foon, deren ganzer Stolz ein Goldzahn war. Auch Auntie Go, die Cousine ihrer Mutter, die zwei Häuser weiter wohnte, kümmerte sich um die beiden Mädchen.

Erst als es mit dem Geschäft des Vaters langsam bergab ging, begriff Emma wirklich, dass ein Krieg ausgebrochen war. Um sein Unternehmen zu retten, musste Ba-ba seinen Aufenthalt in Japan verlängern und beschloss deshalb, die vierzehnjährige Joan zum Eintreiben der Schulden loszuschicken. *Zehntausendfacher Gewinn* war immer ein reines Familienunternehmen gewesen. Da Ba-ba keine Söhne hatte, blieb für diese Aufgabe nur Joan. Durch die langjährigen Handelsbeziehungen zwischen den Familien kannte Joan bereits einige der Ladenbesitzer. Das Geld, das sie kassierte, sollte die Ausgaben des Hongkonger Haushalts decken. Doch meist konnten sie sich von einem Monat zum nächsten nur knapp über Wasser halten.

Für Emma war es unfassbar, wie Joan nur so tapfer sein konnte. Seit fast einem Jahr saß Emma jeden letzten Donnerstag des Monats vor dem Haus, in dem sie wohnten, und wartete nervös auf Joans Rückkehr. Emma machte sich ständig Sorgen, ob das Geld reichen würde. Anfangs wurde ihr, wenn Joan mit leeren Händen zurückkam, regelrecht übel, und ein solcher Schwindel überfiel sie, dass sie sich eine Weile nicht bewegen konnte. Inzwischen spähte sie, wenn Joan endlich in

Sichtweite erschien und langsam den Hügel heraufkam, schon von weitem nach den Anzeichen aus, wie der Tag wohl verlaufen war. Und wenn sie Joans vertrautes Lächeln und den dunkel betonten Leberfleck sah, atmete sie trotz aller Geldsorgen auf, weil ihre Schwester wenigstens wieder sicher zu Hause angelangt war.

Als Joan ein Cremedöschen aufschraubte, wandte Emma ihren Blick von dem Foto ab. Ihre Schwester saß vor dem Spiegel und tupfte sich behutsam Make-up auf Stirn und Wangen. Emma konnte sich nicht erinnern, an wie vielen Donnerstagen sie dieses Vorbereitungsritual bereits mitverfolgt hatte. Meist saß sie dabei auf ihrem Lieblingsplatz, dem rot-grünen, seidenbestickten Bettüberwurf, was ihr bei Mah-mihs Anwesenheit verboten war. Und sie sog die süßen Düfte ein, die sie so gern mochte, weil diese sie an die großen Kaufhäuser erinnerten.

Obwohl Emma nie so viel Zeit vor einem Spiegel vergeuden würde, beobachtete sie doch gebannt, mit welcher Konzentration sich ihre Schwester in ihr Spiegelbild vertiefte, den roten Lippenstift auftrug, die Augenbrauen zu bleistiftdünnen dunklen Halbmonden nachzog und sich mit Mah-mihs *Shalimar* parfümierte. Zum Abschluss ihrer Bemühungen, erwachsener zu erscheinen, schlüpfte sie in Mah-mihs schwarzen Kaschmirmantel mit dem Biberkragen, streifte sich die dazu passenden Handschuhe über und setzte sich einen Hut auf. War sie schließlich mit ihrem Werk zufrieden, seufzte sie leise, drehte sich um wie eine Schauspielerin, die gleich auf die Bühne treten würde, und sagte mit einer tiefen, kehligen Stimme: *»Ich bin bärrait.«*

»Garbo?«, riet Emma und nahm das Spiel wieder auf, das sie schon jahrelang spielten.

Joan lachte. »Stimmt. Du wirst allmählich gut, oder ich

werde immer besser.« Sie rollte mit den Augen und legte den Kopf in den Nacken, wie die Garbo in jener Szene aus dem Film *Die Kameliendame*, den sie zusammen gesehen hatten.

Sonst beschränkte sich Emma immer auf die Rolle der stummen Beobachterin. Doch an diesem klaren, kühlen Februarmorgen suchte sie Joans Blick im Spiegel, bevor sich ihre Schwester abwenden konnte, und fragte: »Darf ich mitkommen?«

Emma schluckte und wartete auf eine Antwort. Diese Frage brannte ihr schon seit Monaten auf der Zunge, denn sie wollte Joan auf irgendeine Weise beistehen.

Joan sah sie kurz an und korrigierte im Spiegel noch einmal den Sitz ihres Huts. »Du bist zu jung für so was.«

»Ich bin doch jetzt schon fast zehn«, widersprach Emma. »Und außerdem – zu zweit ist es doch nicht so langweilig wie allein, oder?«

Joan schwieg einen Augenblick und starrte das Spiegelbild ihrer kleinen Schwester an. »Na schön, dieses eine Mal«, antwortete sie schließlich. »Aber halt den Mund und überlass das Reden mir.«

Emma hielt sich leicht an Mah-mihs schwarzem Mantel fest, als Joan in der Queen's Road selbstbewusst durch die Menge schritt. Die vorbeiziehenden Gesichter verschwammen vor Emmas Augen, ihr wurde schwindlig, doch gleichzeitig war sie stolz, dass Joan die Blicke der meisten Passanten auf sich lenkte. Schon jetzt wusste Emma, dass sie sich noch Jahre später an den weichen Kaschmirstoff zwischen ihren Fingern erinnern würde, an den süßen, schweren Duft von Joans Parfum, der durch die kühle Luft wehte und sie beschützte.

Sie bogen in eine kleine Gasse ein und traten in einen Laden, der bis unter die Decke mit üppig verzierten Vasen, Schmuckschatullen mit Perlmutt-Intarsien und indischen Webteppichen angefüllt war. Emma fand die gedämpften Safran-, Orange- und Brauntöne wunderschön, die sie an Wüstengräber erinnerten, ebenso die verschlungenen schwarzgoldenen Muster, die eine verschlüsselte Bedeutung in sich trugen. Es duftete nach Weihrauch und fernen Ländern. Emma rückte näher an Joan heran und fasste ihre Hand. Doch der Zauber wurde durch die hohe, erregte Stimme des Ladenbesitzers schnell zerstört, der auf sie zuschoss und Joan die Rechnung ins Gesicht schleuderte.

»Ich habe kein Geld!«, rief er. »Schaut euch um, nichts, aber auch gar nichts hat meinen Laden seit dem letzten Mal verlassen! Diese japanischen Teufel schrecken die Leute vom Kauf ab! Jetzt geht mal schön brav nach Hause. Erzählt eurem Baba, dass ich ihm sein Geld gebe, sobald ich kann.«

Emma musterte den Mann. Er war dünn, hatte eine hohe Stirn und dichte, pechschwarze Haare. Mit einem falschen Lächeln drängte er sie durch den voll gestopften Laden in Richtung Tür.

Joan blieb stehen, ließ sich nicht weiterschieben. Sie sah ihm geradewegs ins Gesicht und sagte mit kräftiger, selbstsicherer Stimme: »Wenn Sie Mr. Lew jetzt kein Geld geben können, verlangt er ein Pfand, bis Sie bezahlen.«

Emma entfuhr ein entsetzter Japser, sie erstarrte hinter Joan. Woher nahm ihre Schwester nur den Mut, so etwas zu sagen? Im Gegensatz zu Joan war Emma immer zurückhaltend und beschäftigte sich am liebsten mit Lernen, Lesen und Zeichnen. Sie hatte immer ein Buch in der Hand und wäre untröstlich gewesen, hätte sie einmal nicht zu den drei Besten ihrer Klasse gehört.

Der Händler schwieg einen Moment. Seine Augen verengten sich, während er sie anblickte. Dann fragte er in einem ruhigeren, beherrschteren Ton: »Was wollen Sie denn haben?«

Emma wich zurück, doch Joan zog langsam ihre Handschuhe aus und streifte wie eine Katze durch den Laden. Mit angehaltenem Atem beobachtete Emma ihre Schwester, die für ihr Leben gern einkaufte. Als Joan entdeckt hatte, was ihr gefiel, blieb sie lächelnd stehen und wandte sich zu dem Händler um. »Das da«, sagte sie und deutete auf eine Vase, die unter einer Glashaube auf einem polierten Tisch stand.

»Sind Sie verrückt? Die ist das Doppelte der Summe wert, die ich Ihrem Vater schulde!«

»Dann möchten Sie sie bestimmt möglichst schnell wieder zurückbekommen.« Joans ruhige, glutvolle Stimme verriet nicht die geringste Regung. »Wir schicken heute Nachmittag jemanden vorbei, der sie abholt.«

Als sie den Laden schließlich verließen, schwebte Emma wie auf Wolken. Noch nie war sie so stolz auf Joan gewesen. Ihr fiel der chinesische Film *Jungfrau im Waffenrock* ein, einer von Joans gegenwärtigen Lieblingsfilmen. Er handelte von Hua Mulan, der Generalin, die als Mann verkleidet die chinesische Armee zum Sieg über die Mongolen führte. Emma war felsenfest davon überzeugt, dass Joan nichts Geringeres geleistet hatte. Entspannt lehnte sie sich an ihre große Schwester, und im Gefühl ihres Triumphs gingen sie die Straße entlang zum Kaufhaus *Wing On*.

Am Ende des Nachmittags war Emma müde. Und auch ihrer Schwester merkte sie an, dass sie viel von ihrer Kraft verloren hatte. Joan ließ die Schultern nach vorn hängen, und plötzlich sah Mah-mihs schwarzer Kaschmirmantel zu groß an ihr aus. Wenn sie es nicht schaffte, genug Geld zu kassieren, damit sie durch den nächsten Monat kommen konnten, müssten sie ihrem Vater nach Japan telegrafieren – welche Enttäuschung für ihre Familie!

In den anderen Läden, die sie aufsuchten, war Emma in den engen Wartezimmern geblieben, in denen sich Türme von

Schachteln und Papieren stapelten, während Joan sich mit einem Räuspern kerzengerade aufrichtete und ein Büro nach dem anderen betrat. Durch die dünnen Wände konnte Emma ihre kräftige, entschlossene Joan-Crawford-Stimme hören, dann ertönte Männergelächter und schließlich fielen erbarmungslose Worte, wenn die Tür sich wieder öffnete.

»Geld eintreiben ist doch keine Arbeit für eine so schöne junge Dame wie Sie!«, höhnten die Männer immer wieder. »Gehen Sie lieber zum Film!«

In der Tür reichten sie Joan ihre Karte mit Versprechungen, baldmöglichst Geld zu schicken.

Auf dem Heimweg drängten sich ihnen große Menschenmassen entgegen. In den vergangenen Monaten waren so viele chinesische Flüchtlinge nach Hongkong geströmt, dass man kaum noch durch die Straßen gehen konnte, ohne ganzen Familien zu begegnen, die aus Kartons lebten und mit leeren Holzschalen um Almosen bettelten. Emma war froh um die kühleren Wintermonate, in denen die Flüchtlinge wenigstens Luft zum Atmen hatten. Jetzt hielt sie den Kopf tief gesenkt und versuchte, nicht gegen Leute zu rempeln, die ihr wie absichtlich den Weg versperrten. Unablässig ertönte das hohe, schrille Schreien der Verkäufer. Emma konnte Joans Erschöpfung spüren. Sogar ihr *Shalimar* wirkte abgestanden.

»Können wir hier kurz reinschauen?«, fragte Joan nach einer Weile, und ihre Stimme klang wieder frischer. Sie zupfte Emma leicht am Ärmel und betrat einen kleinen, voll gestopften Laden. Emma wartete an der Tür und drückte sich gegen die Mauer, um nicht im Weg zu stehen. Dabei ließ sie ihre Schwester nicht aus den Augen. Jeden Monat wartete Joan ungeduldig auf die neuesten Filmzeitschriften aus China und Hollywood, die sie sich mit ihrem vom chinesischen Neujahrsfest aufgesparten Glücksgeld kaufte. Endlich entspannten sich ihre Züge, während sie sich vorbeugte und die kostbaren Hefte in die Hände nahm. Emma erkannte die markant geschnittenen Gesichter von Gary Cooper und Ronald Colman, die vom Hochglanzumschlag herablächelten. Sie sah zu, wie ihre schlanke, elegante Schwester die Magazine bezahlte. Dann fasste Joan sie an der Hand und zog sie eilig durch die lärmende Menge nach Hause.

Als sie den Hügel hochgingen, entdeckte Emma eine kleine, schmächtige Gestalt, die vor der Tür ihres zweistöckigen, aus grauem Stein erbauten Hauses in der Conduit Road hin- und herlief. Von weitem sah man an ihrer schwarzen Hemdbluse und der langen Hose lediglich, dass sie eine Dienstbotin sein musste, doch als sie näher kamen, erkannte Emma Foons hohe Stirn und ihre dunklen, intelligenten Augen.

»Ist was passiert?«, fragte Emma. Es war ungewöhnlich, dass Foon auf sie wartete.

»Eure Mah-mih ist eine Woche früher als erwartet zurückgekommen«, sagte Foon warnend.

Emma drehte sich zu Joan, die wie angewurzelt stehen geblieben war und die Filmzeitschriften an ihre Brust presste. Emma spürte den Blick ihrer Schwester schwer auf sich lasten. Beide wussten nur zu gut, dass sich ihr Leben ab sofort ändern würde. Es würde wieder beherrscht werden vom hellen Klicken der Mah-jongg-Spielsteine, die zielstrebig gegeneinander stießen, während ihre Mutter Gäste bewirtete und Joans Zukunft plante. Emma war noch jung genug, um Mah-mihs ehrgeizigen Plänen zu entgehen; alle Aufmerksamkeit konzentrierte sich ausschließlich auf Joan. Schon oft hatte Emma gehört, Joan könne bei ihrem Aussehen und ihren Familienbeziehungen mühelos einen Ehemann finden, der ihr ein Leben bieten würde, wie sie es verdiente – dafür wollte Mah-mih schon sorgen. Die einzige, die sich Mah-mih zu widersetzen wagte, war Auntie Go. Doch Go hatte meist alle Hände voll mit ihrem Strickereibetrieb zu tun, um den es nicht allzu gut stand.

Joan versuchte zu lächeln. »Gehen wir lieber rein, Mah-mih wartet sicher auf uns.«

Emma schluckte und nickte mit dem Kopf. Sie konnte Joans Gedanken lesen – jetzt, nach Mah-mihs Rückkehr, würden wieder andere Regeln gelten. Ihre Tage würden organisiert und durchgeplant verlaufen. Es war jedes Mal, als tauschten sie ein Leben gegen ein anderes. Emma griff nach Joans Ärmel und hielt sich daran fest, als sie die Steintreppe zu ihrer Wohnung im Obergeschoss hinaufstiegen.

Emma warf einen Blick in das große Wohnzimmer voller Antiquitäten, dann schaute sie durch die offenen Doppeltüren, die auf die Terrasse führten. Von Mah-mih war nichts zu sehen. Sie spähte ins Esszimmer, das von einem großen runden Tisch und Stühlen nahezu ausgefüllt wurde. Dann eilten sie und Joan den Gang entlang, an ihren beiden Zimmern vorbei, immer der deutlichen Spur von Mah-mihs schwerem Parfum nach.

Als sie ihre Mutter in deren Zimmer beim Auspacken entdeckten, liefen sie auf sie zu, um sie zu begrüßen. Mah-mih blickte rasch von ihrem Koffer auf, als sie ihre Töchter kommen sah. Sie trug einen *cheungsam* aus kastanienbrauner Seide, in dem Emma sie besonders schön fand.

»Mah-mih!«, riefen sie und Joan beinahe im Chor.

Während Emma auf ihre Mutter losstürzte, um sie zu umarmen, hielt sich Joan etwas im Hintergrund und küsste Mahmih nur leicht auf die Wange, als Emma ihr Platz machte.

»Ich dachte, ich komme lieber früher nach Hause, weil ich nicht weiß, wann Ba-ba seine Geschäfte zum Abschluss bringt.

Er kommt dann nach, aber ich hatte von der vielen Warterei genug. Schön, wieder hier zu sein! Wie geht's dir, Moi-moi?«, wandte sich die Mutter an Emma.

»Ich bin heute mit Joan kassieren gegangen«, antwortete Emma strahlend. Trotz aller Veränderungen, die nun auf sie zukamen, war sie wie immer glücklich, ihre Mutter wiederzusehen.

»Und hast du etwas erreicht?« Mah-mih blickte über Emmas Kopf zu Joan hinüber.

»Alle behaupten, die Geschäfte gingen schlecht«, antwortete Joan rasch.

»Diese Gauner! Die Waren deines Vaters nehmen sie gern, aber dann wollen sie uns einreden, sie hätten kein Geld. Die wollen doch bloß ihre Schulden nicht bezahlen. Es wäre anders, wenn du ein Sohn wärst. Die sehen ein hübsches junges Mädchen und glauben, sie könnten dich übervorteilen. Ich habe Ba-ba gesagt, dass es nicht richtig ist, dich loszuschicken. Ein junges Mädchen wie du sollte sich um nichts anderes kümmern als darum, einen guten Ehemann zu finden.«

»Sie konnte eine schöne Vase beschlagnahmen«, sprang Emma Joan bei.

»Mit einer Vase können wir uns nichts zu essen kaufen«, erwiderte Mah-mih unwirsch und warf ihre Seidenstrümpfe aufs Bett. »Wenn euer Ba-ba zurückkommt, werde ich dafür sorgen, dass mit dieser Kassiererei Schluss ist. Wie sieht es denn aus, wenn die Lew-Töchter um Geld betteln gehen, auch wenn uns das Geld zusteht! Soll doch euer Ba-ba sein Geld selber eintreiben!« Mit leiserer Stimme fügte sie hinzu: »Die Japaner werden sowieso bald allem ein Ende setzen.«

Emma schluckte schwer. Sie wusste, dass sich trotz der Proteste ihrer Mutter nichts Grundlegendes ändern würde. Jedes Mal, wenn ihr Vater und ihre Mutter nach Hongkong zurückkehrten, nahm Joan ihre Lieblingsbeschäftigung wieder auf: Sie ging ins Kino. Ihre dunklen Augen würden wieder stundenlang glänzen, während sie Nancy Chan und Li Qinian oder Greta Garbo und Robert Taylor auf der Leinwand sah. Foon wartete nach der Schule oft vor dem King's oder Queen's Theatre auf Joan, um ihr vor Beginn des Films die Bücher abzunehmen. Emma schloss sich, wenn möglich, ihrer Schwester an. In den beiden Stunden, die der Kinozauber dauerte, sah sie Joan in Entrückung versinken und gedankenverloren an den kleinen, salzig-süßen Trockenpflaumen oder den harten Streifen würzigen chinesischen Dörrfleischs kauen, das sie so gern mochte. Joan wurde es nicht überdrüssig, immer wieder dieselben Filme zu sehen, doch Emma schaute sich jeden nur einmal an und kehrte dann lieber zu einem guten Buch zurück.

Die nächsten Monate würde Joan von der Pflicht des Geldeintreibens befreit sein, doch Emma wusste genau, dass Joan diese Aufgabe wieder übernehmen müsste, sobald ihre Eltern Hongkong den Rücken kehrten.

Emma drehte sich um und beobachtete Joan. Sie war plötzlich von der lähmenden Angst ergriffen, ihre Schwester könnte Mah-mih etwas Respektloses entgegnen. Emma konnte es nicht ertragen, wenn sich die beiden stritten. Meist fing es mit einfachen Worten an, die so kurz und hart wie schnelle Hiebe fielen: *Ich werde nicht ... Du musst ... Ich kann nicht.* Doch diesmal blieb Joan stumm, ihr glattes Gesicht war die Ruhe selbst. Mah-mih konnte mit ihrer Voraussage durchaus Recht haben: Vielleicht war es mit den Kassiergängen wirklich so gut wie vorbei, weil China Zug um Zug zugrunde gerichtet wurde. Mit jedem Tag verbreiteten sich in der Schule weitere Gerüchte über den Vormarsch der japanischen Teufel, die näher und näher an Hongkong heranrückten.

Emma sah ihrer Mutter beim Auspacken zu und sog den

blumigen Parfumduft ein. Dabei lehnte sie sich gerade so weit zurück, dass sie hinter sich die Wärme ihrer Schwester spüren konnte.

Im Juni 1940 nahm Emma zum ersten Mal ernsthafte Veränderungen im Hongkonger Alltag wahr. Die Europäer begannen, die Stadt zu verlassen, und nahmen ihre Familien mit. Eines Morgens, zwei Wochen vor Ende des Schuljahrs, wurden plötzlich viele von Emmas europäischen Klassenkameraden aus Hongkong nach Australien evakuiert. Der Himmel grollte, dann kam der Regen und hinterließ einen feuchten Betongeruch.

»Geht dein Vater mit euch weg?«, fragte Emma ihre Freundin Mary Clarke.

Mary räumte langsam die letzten Buntstifte aus ihrem Pult, bevor sie antwortete. »Nein, er kann nicht. Er muss dableiben und kämpfen, falls die Japaner es wagen sollten, in Hongkong einzufallen.« Sie senkte den Blick, um Emmas Augen auszuweichen.

»Glaubst du, dass du zurückkommst, wenn alles vorbei ist?«

»Wahrscheinlich schon.« Mary sah kurz zu Emma hoch. »Ich bin hier geboren, weißt du.«

»Ich auch.«

»Dann sehen wir uns ganz bestimmt wieder. Da, die kannst du so lange für mich aufheben.« Mary überreichte Emma ihre Buntstifte wie einen Strauß Blumen.

Den ganzen Sommer über nahmen die Vorzeichen eines Krieges schleichend zu. Zum Schutz gegen Bombenanschläge wurden am Regierungsgebäude und an wichtigen Bankgebäuden Sandsäcke aufgestapelt. Regelmäßig wurden Verdunkelungsübungen abgehalten, und es liefen halbherzige Aktionen an, Kriegsanleihen zu verkaufen. Emma hatte den Eindruck, die Einwohner von Hongkong würden sich an alledem beteiligen, als wäre es eine Art Spiel. Niemand, auch nicht sie selbst, glaubte ernsthaft, dass die Japaner tatsächlich bis hierher vordringen würden. Ansonsten ging das Leben in Hongkong weiter wie immer. Die Flugboote der Pan Am liefen fahrplanmäßig ein, es blieb beim täglichen Ritual von Mah-jongg-Spielen und geselligem Nachmittagstee. Joan redete aufgeregt über die China-Premiere von *Die Nacht vor der Hochzeit* mit Katherine Hepburn und Cary Grant. Ringsum hörte Emma beruhigende Sätze: »Die Japaner werden uns nie angreifen. Wir gehören schließlich zur britischen Krone.«

Im Herbst 1941 verließ Ba-ba Japan und kehrte nach Hongkong zurück. Nach monatelangen Bemühungen, sein Unternehmen zu retten, sah er mager und müde aus. Aber Emma war einfach glücklich, dass er gesund nach Hause zurückgekommen war und jetzt mit ihnen beim Abendessen saß.

»Weiter kann ich nichts tun«, sagte er kopfschüttelnd. »Die Amerikaner und Briten haben über Japan ein Exportembargo für Stahl und Öl verhängt. Das hat die Spannungen im pazifischen Raum verschärft. Die Japaner haben einen großen Teil meiner Waren beschlagnahmt, aber einige Stücke konnte ich beiseite schaffen. Sie bleiben in Lagerhäusern und Containern versteckt, bis alles vorbei ist.«

»Und wenn sie's rauskriegen?«, fragte Joan.

»Ich habe viele Freunde dort, die mich decken.«

»Was spielt das schon für eine Rolle«, sagte Mah-mih und machte Foon ein Zeichen, sie könne mit dem Servieren beginnen. »Hauptsache, du bist nicht auf frischer Tat ertappt worden.«

Emma war sich bewusst, welches Glück ihr Vater gehabt

hatte, dass die Japaner nicht seiner gesamten Handelsware auf die Spur gekommen waren. So viele andere hatten alles verloren.

Foon erschien mit einer großen Suppenterrine aus der Küche. Als sie den Deckel hob, wehte ein kräftiger, beißender Geruch nach Seetang in den Raum. Emma zog die Nase kraus, verbiss sich aber jede Bemerkung, während sie Foon zusah, wie sie ein Schälchen bis zum Rand vollschöpfte und Ba-ba präsentierte.

Von den ersten Dezembertagen an verwandelte der Krieg ihr Leben in einen Alptraum, wie ihn keiner von ihnen je für möglich gehalten hätte. Auntie Go schloss ihren Strickereibetrieb, kurz bevor die Japaner die Grenze zwischen China und Hongkong überquerten, den Flughafen Kai Tak bombardierten und die Royal Air Force lahm legten. Innerhalb von vier Tagen überstürzten sich im Radio die Meldungen, wie die japanischen Truppen die im Norden gelegenen New Territories überrollten und vor der Festung Shing-mun Stellung nahmen.

Mah-mih versuchte, zumindest einen Anschein von Ruhe und Alltagsroutine aufrechtzuerhalten. Sie ließ Emma sogar jeden Nachmittag eine Stunde Klavier üben.

»Was ist denn das?«, fragte Emma und unterbrach plötzlich ihre Chopin-Polonaise. Sie legte den Kopf zur Seite und lauschte, stand dann auf und öffnete die Terrassentüren.

»Was machst du denn da?«, fragte Joan, warf ihre Filmzeitschrift aufs Sofa und folgte Emma.

»Hört ihr nichts?«

Mah-mih trat zu ihnen auf die Terrasse. »Was soll ich hören?«

»Ja, *das*!«

Aus der Ferne wehten schwache Musikfetzen herbei. Sie erkannten gerade noch die letzten Takte von *Home, Sweet*

Home, die rauschend und knisternd vom Hafen her zu ihnen hoch drangen, dann folgten die Worte: »*Wir sind gekommen, um euch vom britischen Imperialismus zu befreien.*« Sie wurden mehrmals auf englisch und chinesisch wiederholt.

»Machen diese Teufel denn vor gar nichts halt!«, zischte Mah-mih, drehte sich um und ging in die Wohnung zurück. »Komm, Moi-moi. Du musst üben.«

Auf Emmas Stirn glänzten feine Schweißperlen. Sie sah Joan an und sagte: »Gehen wir lieber rein.«

»Ich komme gleich nach«, erwiderte Joan und lehnte sich mit ihrem schlanken Körper gegen die Steinmauer.

Emma ging hinein, setzte sich ans Klavier und begann laut und voller Wut in die Tasten zu hämmern.

Das hohe Heulen der Luftangriff-Sirenen verstummte tagelang nicht mehr. Die Japaner hatten auf der Halbinsel Kowloon Stellung bezogen und begannen, Hongkong zu bombardieren. Immer wieder lief Emma mit ängstlichen Schritten denselben Weg übers rissige Pflaster zu einem der ausgewiesenen Luftschutzbunker. Diese waren zum größten Teil nichts anderes als überfüllte Keller, in denen sich die Ratten tummelten. Emma hockte auf dem kalten Boden, eingeklemmt zwischen Ba-ba, Mah-mih und Auntie Go. Joan kniff ihre Augen fest zusammen und träumte höchstwahrscheinlich vom letzten Film, den sie gesehen hatte. Ein kleines Mädchen weinte, während seine Mutter es in panischem Singsang zu beruhigen versuchte: »Sei still, sei still, sei still.« Emma versuchte sich einzubilden, dass die Explosionen nur Knallfrösche wären, und betete, dass der langgezogene Jammerton des Entwarnungssignals käme, bevor sie alle in der heißen, modrigen Luft erstickten.

Nach Möglichkeit verbrachten Emma und ihre Familie die meiste Zeit in ihrer Wohnung. Dort saßen sie hinter den schweren Wolldecken, mit denen die Fenster verdunkelt waren, wie in einen Kokon eingesponnen. Nach Tagen des Eingeschlossenseins bettelten Emma und Joan eines Vormittags darum, Foon zum Markt begleiten zu dürfen. Mah-mih zögerte, während Ba-ba seine Töchter ansah und dann sagte: »Ich gehe mit.« Sie versuchten, sich möglichst unsichtbar zu machen. Ba-ba und Foon schlichen, Gespenstern gleich, die verwüsteten Straßen entlang, Emma und Joan wichen großen Einschlaglöchern aus, die tiefen, schartigen Wunden glichen. Die Leichen der Bombenopfer lagen oft tagelang auf den Straßen, und über ganz Hongkong legte sich der übelkeiterregende Gestank von Tod und Sterben.

»Sie kommen! Sie kommen!« Emma schreckte schweißgebadet aus Alpträumen hoch. Oft schlich sie auf Zehenspitzen über den Flur, um in Joans Zimmer weiterzuschlafen. Ihre Angst wuchs von Tag zu Tag. Schon beim Gedanken an die anrückenden Japaner wurde ihr speiübel.

Von ihrem Dachgeschoss aus sahen Emma und Joan benommen und hilflos zu, wie der Distrikt Wanchai in Flammen aufging und der Statue Square unter dichtem, erstickendem Rauch versank. »Alles *vom Winde verweht*«, hörte Emma Joan flüstern. Emma wollte auf Vivien Leigh als Scarlett O'Hara tippen, doch als sie zum Sprechen ansetzte, brachte sie keinen Ton hervor. Am ersten Weihnachtsfeiertag 1941 kapitulierten die Briten und übergaben Hongkong den Japanern.

Die japanische Besatzung brachte das Leben in Hongkong fast zum Erliegen. Eine unheimliche Stille senkte sich über die Stadt; auch Emma und ihre Familie hielten den Atem an und warteten. Mah-mih bedrängte Auntie Go ständig, sie solle doch zu ihnen übersiedeln.

»Aii-ya, eine Frau allein, in Zeiten wie diesen! Go, jetzt

nimm doch Vernunft an und komm zu uns. Diese japanischen Teufel schrecken vor nichts zurück!«

Emma beobachtete, wie Auntie Go Mah-mihs Worte, die schwer in der Luft hingen, sorgfältig abwog. Emma wusste, dass ihre Tante ihre Unabhängigkeit hütete wie einen kostbaren Schatz. Was Mah-mih als Unvernunft betrachtete, war Auntie Go lieb und teuer. Im Gegensatz zu anderen Hongkong-Chinesinnen ihrer Generation hatte Auntie Go nie geheiratet und trug oft westliche Kleidung, manchmal sogar Hosen wie Katherine Hepburn. Sie hatte sich mit ihrem kleinen Strickereibetrieb eine eigene Existenz aufgebaut. Jetzt war sie Mitte dreißig und ganz ihr eigener Herr; in manchem stand sie Emma und Joan näher als deren eigene Mutter.

»Ich bin doch nur zwei Häuser weg«, seufzte Go schließlich.

»Denk an die Mädchen«, fuhr Mah-mih fort, denn sie kannte Gos schwachen Punkt genau: Emma und Joan gingen ihr über alles. »Sie werden sich Sorgen machen, wenn du allein bist.«

»Ming und Chen sind bei mir.«

Mah-mih wedelte mit der Hand, als wolle sie Auntie Gos Worte wegschlagen. »Dienstboten! Denen ist es doch egal, wenn dir die Japaner alles wegnehmen! Die sind durch die Hintertür auf und davon, bevor diese Teufel an deine Haustür klopfen! Bitte, Go. Komm und wohn bei uns.«

Emma war begeistert, dass Auntie Go zu ihnen zog. Bei jeder sich bietenden Gelegenheit war sie zu Auntie Go hinübergegangen, um sich von ihren Geschäftsreisen berichten zu lassen. Emma saß da, hörte gebannt zu und sog die exotischen Geschichten über andere Menschen und Länder auf wie ein Schwamm.

Erst gestern nachmittag war sie wieder bei ihrer Tante gewesen. »Und wie findest du New York?«, hatte Emma gefragt.

»Riesig und laut«, antwortete Auntie Go, »aber auch sehr aufregend. Als ich die Freiheitsstatue zum ersten Mal sah, begriff ich, warum die Einwanderer Amerika für ein so großartiges Land halten.«

»Und was ist an der Statue so Besonderes?«

»Ihre Größe und ihre Kraft«, sagte Auntie Go und trank in kleinen Schlückchen ihren Tee.

Emma lächelte und nahm sich vor, New York einen Platz weiter oben auf ihrer Rangliste der Reiseziele einzuräumen, die sie besuchen wollte, wenn die Besatzung vorbei wäre. New York kam nun gleich nach Paris und noch vor Ägypten.

Tag für Tag beobachtete Emma, wie die Japaner der einst lebensprühenden Stadt gewaltsam ihren Stempel aufdrückten. Alle Straßen, Hotels und Restaurants erhielten japanische Namen. Emma konnte sich nie daran gewöhnen, nicht mehr im Lane Crawford's, sondern im *Matsuzakaya's* einzukaufen oder im *Toa* Tee zu trinken, das früher Peninsula Hotel geheißen hatte. Aus Eisen gegossene Standbilder der britischen Könige wurden entfernt und zum Einschmelzen nach Japan verschifft. Von Gebäuden und Automobilen flatterten Fahnen mit der aufgehenden Sonne. Foon weigerte sich rundheraus, die *Nakameiji-dori* entlangzugehen, die noch vorige Woche die Queen's Road gewesen war.

Emma und Joan verbrachten die ersten Wochen der Besatzung damit, sich neue Verhaltensregeln anzueignen. Sie hielten den Blick auf den Boden gesenkt und lernten, sich vor allen japanischen Soldaten, um die sie keinen weiten Bogen machen konnten, tief zu verbeugen. Eines Nachmittags mussten sie voller Entsetzen mit ansehen, wie ein junger Chinese mehrmals geohrfeigt wurde, weil ein japanischer Wachtposten mit der Tiefe seiner Verbeugung nicht zufrieden gewesen war. Emma sah immer noch das dünne Rinnsal von Blut vor sich, das dem Mann von der Lippe floß, als sie ihn wegzerrten. Sie wollte den vielen Chinesen und Chinesinnen, die tatenlos daneben standen, zuschreien: *Macht doch was! Haltet sie auf.* Sie waren doch viel zahlreicher als diese japanischen Teufel! Doch im Grunde ihres Herzens wusste Emma, dass die Leute vor Schock genauso zu Eis erstarrt waren wie sie selbst und nicht glauben konnten, was sich da vor ihren Augen abspielte. Sogar Joan wandte ihren Blick ab und starrte blind zu Boden.

Weitere Horrorgeschichten begannen zu grassieren. Emma hörte, dass die meisten der noch anwesenden britischen Beamten und ihre Angehörigen nach Stanley Camp verfrachtet wurden, das kaum eine Stunde entfernt bei einem Dorf am Meer lag. Emma war froh, dass ihre Freundin Mary Clarke Hongkong letztes Jahr verlassen hatte. Sie vermisste die fröhlichen, blassen Gesichter ihrer anderen englischen Mitschülerinnen und wünschte, sie könnte die japanischen Soldaten einfach verschwinden lassen.

Tag für Tag zog leises Flüstern durch die bedrückende Atmosphäre der Stadt und berichtete zum Beispiel über die Folterung der Maryknoll-Fathers von der katholischen Auslandsmission und ziviler Ärzte, die, an Händen und Füßen gefesselt, mit einem Strick um den Hals tagelang ohne Essen und Wasser auf einem schmalen Stück Bambus stehen mussten. Emma hörte sogar Mah-mih und Ba-ba darüber tuscheln, dass Unzählige englische und chinesische Krankenschwestern und Dienerinnen am helllichten Tag geschlagen und vergewaltigt wurden.

»Was bedeutet *vergewaltigen*?«, fragte Emma.

Mah-mihs Augen huschten zu Ba-ba und wieder zurück. Sie räusperte sich. »Das ist, wenn sich dir jemand ohne deine Zustimmung aufzwingt. Verstehst du, was ich meine, Moimoi?«, sagte sie mit tiefer, ernster Stimme.

Emma zitterte, die Haare sträubten sich ihr im Nacken. »Ja«, flüsterte sie zurück und wagte es nicht, Ba-ba in die Augen zu sehen.

In den ersten Wochen der Besatzung bekam Emma wenig von Mah-mih zu sehen. Ihre Mutter sprach perfekt Japanisch, den Dialekt von Tokio, da sie dort wegen der Geschäfte ihres Mannes viel Zeit verbracht hatte. Sie wurde oft von verzweifelten Freunden angefleht, mit den japanischen Befehlshabern zu verhandeln. Alles, was sich in chinesischem und britischem Besitz befand, Geld und Schmuck, Möbel und Autos, wurde systematisch konfisziert und zum großen Teil nach Japan verschifft. Emmas Mutter war Tag und Nacht unterwegs, um kleine, unbezahlbare Familienerbstücke zu retten: ein Set von Kamm und Bürste, Familienfotos, eine Porzellanvase, die von Generation zu Generation weitergereicht worden war. Foon schüttelte den Kopf und lächelte nicht mehr vor lauter Angst, sie könnte ihren Goldzahn einbüßen.

Und während Mah-mih für ihre Verwandten und Freunde rettete, was zu retten war, mühten sich Emma und der Rest der Familie wie alle anderen Hongkonger ab, Lebensmittel zu beschaffen. Sie warteten in langen Schlangen, erhielten aber nur eine Hand voll Reis und ein paar zähe Kohlblätter.

Foon entwickelte sich zur Expertin darin, auf dem Schwarzmarkt so lange zu feilschen und zu tauschen, bis sie ein, zwei Hühner ergatterte. Einmal brachte sie sogar mehrere Dosen Gänseleberpastete nach Hause. Emma spürte noch den salzigen Geschmack der seidig-glatten Pastete auf der Zunge, die sie von einem harten, trockenen Keks geleckt hatte.

Gelegentlich wachte Emma vor Sonnenaufgang auf und begleitete Auntie Go, um sich mit ihr am Central Market um Reis anzustellen. In der Schlange beobachtete Emma, wie die

Massen von Männern, Frauen und Kindern unter Stoßen und Schieben nach vorn drängten. Stimmen erhoben sich und verstummten wieder. Ein hartnäckiger Geruch nach Stockfisch, Schweiß und Urin hing in der Luft.

»Warum drängeln die so?«, fragte Emma. »Es wird doch noch gar kein Reis verkauft.«

Auntie Go sah sich um und schob sich rasch ein paar Zentimeter in der Schlange vorwärts. »Alle versuchen, nach vorn zu kommen. Es gibt nie genug Reis für alle. Die letzten müssen wahrscheinlich mit leeren Händen nach Hause gehen.«

Emma spürte, wie sie von hinten geschubst wurde. Sie verteidigte ihre Stellung und schubste mit Ellbogen und Hüften zurück. Als sie sich wieder umdrehte, war Auntie Go weg. Emma bekam einen zweiten Schubser von hinten ab, drängelte selbst weiter und erblickte ihre große Tante ein ganzes Stück weiter vorn. Emma quetschte sich vor, spürte, wie jemand sie am Arm kratzte, sah sich aber nicht um, bis sie endlich zu ihrer Tante aufgerückt war.

Auntie Go beugte sich zu ihr und flüsterte: »Wenn ich unseren Reis habe, müssen wir schleunigst weg von hier. Manchmal machen die Leute, die leer ausgehen, Probleme.«

Emma nickte. Sie hatte gehört, dass es wegen ein paar Reiskörnern schon Aufruhr und Schlägereien gegeben hatte, was mit eingeschlagenen Schädeln endete, wenn die Japaner eingriffen.

Als Auntie Go sich schließlich bis zur Reisausgabe durchgekämpft hatte, durchbohrte der japanische Soldat sie mit so hasserfüllten Blicken, dass Emma eine Gänsehaut überlief. Seine kleinen Augen verengten sich, als er sie sah, als berausche er sich an seiner Macht, ihr Schicksal in seinen Händen zu halten. Er murmelte etwas auf japanisch, was derb und unflätig klang, und lachte laut auf. Auntie Go zuckte nicht mit der Wimper, sondern hielt mit unbewegtem, ruhigem Gesicht ihren Jutesack hin, um ein paar Schöpflöffel von den kostbaren Körnern in Empfang zu nehmen.

Endlich im Besitz ihrer kleinen Ration Reis, eilten sie nach Hause. Verschwitzt und erschöpft hielt Emma den groben Sack umklammert, wog in der Hand ab, wie leicht er war, und überschlug in Gedanken, dass der Reis zwei, vielleicht drei Tage reichen würde. Sie erschauerte bei dem Gedanken, dass Auntie Go dann wieder in der Schlange warten müsste.

Nach der Invasion wurden auch die Schulen geschlossen, zur großen Freude von Joan, die der Lernerei nichts abgewinnen konnte. Im ersten Monat saß Emma zu Hause und las chinesische Übersetzungen amerikanischer Romane des neunzehnten Jahrhunderts wie zum Beispiel *Kleine Frauen* und *Der scharlachrote Buchstabe*. Schließlich vereinbarte ihre Mutter mit Professor Ying, einem bekannten Gelehrten der Dichtkunst und klassischen Essayistik, Joan und Emma Privatunterricht in den chinesischen Klassikern zu geben. »Das ist für uns eine große Ehre«, wiederholte Mah-mih immer wieder. »Glaubt ihr vielleicht, der nimmt jeden? Seine Zeit ist nicht mit Gold aufzuwiegen.«

Professor Ying wohnte in einem alten Haus in einer engen Gasse, in der es säuerlich nach Urin und Abfällen stank. Die Räume seiner Wohnung waren dunkel und feucht. Emma erkannte sofort, dass Ying, der anscheinend die Achtzig schon überschritten hatte, für einen Lehrer viel zu alt war. Mah-mih konnte ja nicht ahnen, dass sein Ruf seine pädagogischen Fähigkeiten längst weit hinter sich gelassen hatte. Für den Umgang mit jungen Schülern besaß er weder die Energie noch die Geduld, und er stellte Emma und Joan dieselben Aufgaben, obwohl Joan so viel älter war.

Doch letzten Endes spielte das keine Rolle. Nur Emma führte die schriftlichen Arbeiten aus, während Joan dasaß und in Tagträumen versank oder zu der verschlossenen Vitrine in dem kleinen Esszimmer hinüberstarrte, wo der Professor seine Lebensmittelvorräte aufbewahrte. Professor Ying war nur zu froh, für seine Dienste bezahlt zu werden, und berichtete ihrer Mutter nie von Joans mangelnder Teilnahme am Unterricht. Er konzentrierte vielmehr seine ganze Aufmerksamkeit auf Emma, die jede Woche Gedichte rezitierte, während er mit geschlossenen Augen und schief gelegtem Kopf zuhörte, wobei er aussah, als schliefe er. Die auswendig gelernten Verse schienen von Emmas Lippen zu fließen.

Ihr schwarzes Haar muss feucht sein vom Tau
Dieser Herbstnacht, ihre weißen
Jadearme fröstelnd vor Kälte; wann,
O wann sind wir wieder vereint,
Stehen am Fenster, Seite an Seite,
Und betrachten den Mond ohne Tränen.

Auch Emma bewahrte Stillschweigen über Joans Desinteresse. Manchmal ärgerte sie sich über die unverfrorene Respektlosigkeit ihrer Schwester, konnte es aber nicht über sich bringen, ihrer Mutter davon zu erzählen, die doch nur die Zukunftsaussichten ihrer Töchter verbessern wollte und manchmal schon über viel Geringeres in Zorn geriet. Erst wenn sie Professor Yings dunkle, muffige Wohnung verlassen hatten und sich mit Foon auf den Heimweg machten, begann Joan an der frischen Luft wieder aufzuleben.

»Warum sperrt er bloß den Vorratsschrank mit diesem riesigen Vorhängeschloss zu?«, fragte Joan lachend nach einer ihrer Lektionen. »Er lebt doch allein, und außerdem kann jeder durch die fehlenden Glasscheiben reinlangen und sich an seinen trockenen Keksen und dem kostbaren Milchpulver vergreifen.«

Foon gab ein leises Kichern von sich.

»Vielleicht gibt ihm das irgendwie mehr Sicherheit!«, fauchte Emma zur Verteidigung des Professors, obwohl auch sie sich schon darüber gewundert hatte.

Ihre Mutter und Auntie Go erzählten oft kuriose Geschichten, wie der Krieg bei den Leuten seltsame Eigenheiten ans Licht brachte, die sonst verborgen blieben. Da war diese Frau, die sich nicht mehr baden oder umziehen wollte, weil sie sich ihren ganzen Schmuck mit Klebeband auf den Leib geklebt hatte, oder dieser Junge, der, den Ärzten unerklärlich, über Nacht stockblind geworden war. Emma wusste, dass jeder seinen eigenen Weg finden musste, um zu überleben. Sie selbst versuchte meist, in die andere Welt eines Buchs zu flüchten, während Joan so oft wie möglich ins Kino ging.

»Ich find's nur verrückt.« Joan lachte schallend. »Ich finde überhaupt, Professor Ying ist ein total verrücktes Huhn!«

Emma versuchte, ernst zu bleiben, bis ihr Joan mit dem Ellbogen einen leichten Stups in die Rippen gab. Da stupste Emma sie zurück und brach ebenfalls in Lachen aus.

Jungfrau im Waffenrock

1942

JOAN

Den ganzen Tag brütete Joan über schon hundertmal gelesenen chinesischen Filmzeitschriften und Hollywood-Magazinen, denen sie noch etwas Neues zu entlocken versuchte, was ihr bisher entgangen war. Nachdem sie sich eingeprägt hatte, wie Hedy Lamarr ihren Hut leicht zur linken Seite verschoben trug und wie Nancy Chan mit jener unbeschreiblichen Geste die Hand hob, schlug Joan die letzten Hefte geräuschvoll zu und warf sie auf den Stapel, der schon auf dem Boden lag. Unruhig erhob sie sich von ihrem Bett und lief von einem Zimmer ins nächste wie ein Tiger im Käfig. Sie und Emma machten kaum noch einen Schritt vor die Tür, doch an diesem feucht-schwülen Aprilnachmittag hatte Joan das Bedürfnis, nach monatelangem Hausarrest wieder einmal durchzuatmen. Ihre Eltern waren bei Freunden, deren Wohnung inspiziert wurde, und unterstützten sie bei den Verhandlungen mit den japanischen Beamten; Emma hatte sich Auntie Go angeschlossen, die sich wieder einmal in eine Schlange einreihte, um auf eine knapp bemessene Tasse Reis oder eine Schachtel Milchpulver zu warten. Joan konnte Foon in der Küche herumwirtschaften hören, wollte sie aber bei ihren Anstrengungen, mit dem wenigen

Vorhandenen ein Abendessen zuzubereiten, lieber nicht stören.

Im Wohnzimmer griff Joan zu den *Hong Kong News*, einer englischsprachigen Zeitung, die von den Japanern herausgegeben wurde. Sie lag immer noch aufgeschlagen auf dem Sofa, wo Emma vor ein paar Stunden Auntie Go die japanische Propaganda und die Kleinanzeigen vorgelesen hatte. »Hört euch das mal an!«, hatte sich Emma empört. »Die Snackbar des Hongkong-Hotels wurde in einen Tempura-Grill umgewandelt. Und hier gibt's eine Japanisch-Lektion: ›*do-mo ar-ri-ga-to,* danke‹.« Mehrmals wiederholte sie den Ausdruck.

»Danke wofür?«, brummte Joan. Sie blätterte um, und ihr Blick fiel auf eine Spalte mit der Überschrift ›Aus der Stadt‹, wo es hieß: *Mit der Einstellung der lokalen Feindseligkeiten werden die Hongkonger Kinos wieder geöffnet. Gezeigt wird eine begrenzte Auswahl an Filmen.* Joan sog die abgestandene Luft tief ein. Es war Monate her, seit sie den letzten Film gesehen hatte, *Nur dem Namen nach*, mit Caroline Lombard in der Hauptrolle. Schon beim Gedanken, wieder ins Kino zu gehen, hellte sich ihre Stimmung auf.

Seit dem Beginn der Besatzung vor fast fünf Monaten hatten die Eltern Joan und Emma verboten, sich nach Einbruch der Dunkelheit draußen aufzuhalten oder ohne Foons Begleitung hinauszugehen. Trotzdem wurde Joan an den Kontrollposten in der Robinson Road und der Bonham Road von den japanischen Soldaten, die bedrohlich das Gewehr geschultert hatten, oft genug angehalten und belästigt. »Soll ich dich nach Hause begleiten, Süße?«, rief ihr ein Soldat mit Schlangenaugen zu. »Willst du mich heut Nacht nicht warm halten?«, flüsterte ein anderer. Wenn Joan verängstigt nach Hause kam, schüttelte Mah-mih den Kopf und sagte: »Egal, ob du dich mit weiten Mänteln und Hüten vermummst, diese Wachsoldaten sind wie die Tiere! Vor denen kannst du dich nicht verbergen. Tu, was Ba-ba sagt. Bleib lieber daheim, da bist du sicher.«

Joan seufzte. Trotz Mah-mihs Warnungen verspürte sie einen größeren Drang denn je, die Wohnung zu verlassen. Sie legte die *Hong Kong News* beiseite und ging auf Zehenspitzen zur Küchentür. Die Küche war zum Hinterhof gelegen, ein kleiner, quadratischer, grau gestrichener Raum mit steinernen Arbeitsplatten an zwei Wänden, einem Spülbecken aus Email und einem Holzkohlenherd, auf dem zwei Woks Platz hatten.

Dahinter schloss sich eine kleine Nische an, in der Foon schlief. Schon als kleinen Mädchen war es Joan und Emma streng verboten gewesen, in Foons Schlafnische herumzustöbern. Der ursprünglich als Speisekammer gedachte schmale Raum war Foons eigener Bereich, seit Joan denken konnte. Einmal, als Foon auf dem Markt einkaufen war, hatten sich Joan und Emma in die Küche geschlichen, um hinter den verblichenen roten Vorhang zu spähen, der vor der Öffnung hing – für die Kinder ein aufregendes Spiel. Emma, die erst sechs oder sieben Jahre alt war, konnte ihr Gekicher kaum unterdrücken. Joan drehte sich um und legte ihr die Hand über den Mund, bis sie zu lachen aufhörte. Die Küche war kalt und steril, wirkte düster im Winterlicht. Joan packte den groben Stoff und zog ihn langsam zur Seite, während Emma hinter ihr stand. Gleich schlug ihnen ein starker, modriger Geruch entgegen, der, wie Joan später entdeckte, von den getrockneten Pilzen auf dem Regal stammte. Doch um wirklich etwas zu erkennen, war es in der fensterlosen Nische zu dunkel.

Joan drehte sich um und flüsterte Emma zu: »Geh und halt Wache, ob Foon kommt.«

Dann schlüpfte Joan weiter hinein und tastete mit der Hand nach der Schnur, mit der man das Licht anschaltete. Ein rasches Klicken, und Joan überblickte den engen Raum, in dem gerade ein Stockbett auf der einen Seite und ein paar Regalbretter auf der anderen Seite Platz fanden. Außer den getrockneten Lebensmitteln, die Foon zum Kochen brauchte, gab es dort wenig zu sehen. Nur das untere Bett war mit einem Leintuch bezogen und hatte eine Decke, auf dem oberen lagen Foons paar Besitztümer, zwei kleine Stapel Kleidung, eine wattierte Jacke und ein verschlissener Strohhut, den sie in den heißen Sommermonaten aufsetzte, wenn sie auf den Markt ging. Zum ersten Mal wurde Joan klar, wie wenig Foon besaß. Es schien ihr kaum genug, um ein Leben zu verkörpern.

»Was ist denn da drinnen?«, kicherte Emma. Sie wagte nicht, ihren Platz an der Tür zu verlassen.

»Nur ein Bett und ein paar Kleider.« Joan schluckte. Rasch schaltete sie das Licht aus, doch die Erinnerung an Foons karges Dasein verließ sie nie mehr.

Langsam schob Joan die Küchentür auf, und sofort regte sich ihr Appetit, als ihr die üppigen, intensiven Düfte von Foons Küchenkräutern in die Nase stiegen. Trotz der knappen Rationierung der Lebensmittel überraschte Foon sie jeden Abend mit kulinarischen Köstlichkeiten. Seltsame Suppen und Gemüse aus getrockneten Kräutern und Pflanzen erschienen auf dem Tisch – was im Einzelnen, konnte Joan nur raten. Foon kam ihr vor wie eine Magierin, die etwas aus dem Nichts hervorzaubern konnte. Und wenn sie das Glück hatte, auf dem Schwarzmarkt ein Hühnchen oder ein Stück Fleisch aufzutreiben, genossen alle das gute Essen und stellten niemals Fragen nach Foons Quellen.

Obwohl die Fenster zum Hof offen standen, war es in der Küche brütend heiß. Joan räusperte sich, damit Foon ihre Anwesenheit bemerkte.

»Was brauchst du denn?«, fragte Foon und hackte weiter ihren Knoblauch klein, ohne aufzusehen.

Joan trat von einem Fuß auf den anderen. Mit sechzehn fühlte sie sich in der Gegenwart ihrer alten Dienerin immer noch wie ein kleines Mädchen. »Wann gibt's denn Abendessen?«, fragte sie schließlich, weil sie es für geschickter hielt, erst einmal ein unverfängliches Gespräch anzuknüpfen.

»Wie immer.« Foon hob den Kopf und sah Joan prüfend an. »Warum?«

»Ich dachte gerade, ob ich vielleicht ein bisschen rausgehen könnte. Ich bin zurück, bevor es dunkel wird. Und ich verspreche, dass ich auch ganz vorsichtig sein werde.«

Foon senkte den Blick wieder und hackte weiter. »Deine Mah-mih will, dass du zu Hause bleibst.«

»Sie wird nichts davon erfahren. Ich bin schon wieder da, bevor sie heimkommt.«

»Zu gefährlich«, sagte Foon, ohne ein weiteres Mal aufzublicken.

Joan blieb zögernd stehen und beobachtete, mit welch flinken Bewegungen Foons Hände den fein gehackten Knoblauch in ein Schälchen beförderten.

»Und wenn ich nur bis zum Ende der Robinson Road gehe und auf Auntie Go und Emma warte?«, fragte Joan. Dann wäre sie wenigstens draußen.

»Nicht weiter?«

»Nein.«

Foon nahm sich ein Bund angewelkte Lauchzwiebeln vor. »Dann geh«, sagte sie, hob das Küchenbeil und ließ es blitzschnell niedersausen.

Joan hüpfte die Steintreppe zur dunklen, kühlen Einfahrt ihres Hauses hinunter, wo es immer nach Moder und Räucherwerk roch. Rasch ging sie die Conduit Road entlang; sie verschwand halb in Mah-mihs Kaschmirpulli, den sie über ihren Baumwoll-*cheungsam* gezogen hatte. Sie wünschte, sie könnte sich so gut verkleiden wie die Kriegerin Hua Mulan. Vorn an der Kreuzung blieb Joan stehen und schaute sich um. Nirgendwo in den Straßen waren japanische Soldaten zu sehen, nur einige Frauen und Dienerinnen eilten mit ihren kostbaren Rationen nach Hause. Joan zögerte einen Moment und überlegte, ob sie nicht doch weiter in Richtung Zentrum gehen sollte. Es brannte ihr auf den Nägeln, herauszufinden, ob die Kinos, die sie über alles liebte, wieder ihren normalen Betrieb aufgenommen hatten. Die Straße, die sie schon tausendmal entlanggegangen war, lag ruhig und einladend vor ihr. Kate Hepburn wäre wohl weitergegangen, Hua Mulan hätte es mit Sicherheit getan.

Auf halbem Weg zum Stadtzentrum brach Joan in der Wärme des Spätnachmittags und vor Schuldbewusstsein, weil sie Foon angelogen hatte, der Schweiß aus. Sie hätte gern den Pullover ausgezogen, entschied sich dann aber dagegen. Bisher war es einfach gewesen, alle japanischen Kontrollpunkte zu umgehen, doch jetzt lag in der klebrigen Luft etwas Beunruhigendes, und sie zog Mah-mihs Pulli enger um sich. Als Joan an der St. Paul's Middleschool vorbeiging, vermeinte sie ihren Namen zu hören und blieb stehen, bis sie merkte, dass sie sich das Rufen eingebildet haben musste. Je mehr sie sich der Stadtmitte näherte, desto stärker fühlte sie sich von den immer lauteren Geräuschen, dem immer lebhafteren Treiben bedrängt. Schrille Rufe durchschnitten die Luft, ringsum drehten sich die quietschenden Räder der Handkarren. Joan blickte zu Boden und wich sorgfältig dem Betonschutt aus, mit dem die Straßen nach den unzähligen Bombardierungen immer noch übersät waren. Läden, die sie seit ihrer Kindheit kannte, standen leergeplündert, die zerbrochenen Schaufenster waren mit Brettern vernagelt. Knochendürre Verkäufer saßen in sich zusammengesunken an den Mauern und boten ihre klägliche Ware feil, Bleistifte und Kämme, die niemand haben wollte. Als Joan das Ende der Flower Street erreichte, sah sie einen halben Block entfernt eine Gruppe japanischer Soldaten herumlungern. Sie schienen nicht älter zu sein als sie selbst und waren in Uniformen gekleidet, die nicht passten, hier schlotterten und dort zu eng saßen. Joan blickte schnell weg und überquerte die Straße zum Queen's Theatre. Einen Augenblick überlegte sie, ob es nicht ein Fehler gewesen war, allein auszugehen, doch ihr Herz raste vor Aufregung, als sie über dem Eingang immer noch das Plakat von *Sein Mädchen für besondere Fälle* hängen sah, mit Cary Grant und Rosalind Russell. Sie trat in den kühlen Schatten des Kinos, hoffte, dass die Soldaten sie nicht entdeckt hatten, und sah sich verstohlen um. Befriedigt stellte sie fest, dass sie allein war, und ging den Zettel lesen, der an der Kinotür klebte. Dort stand auf Chinesisch und Englisch: *Das Queen's Theatre wird Ende der Woche unter japanischer Leitung wieder eröffnet. Als Erstes wird eine Reihe von Filmen aus Japan gezeigt, um die Bewohner Hongkongs mit der japanischen Lebensart bekannt zu machen.* Joan trat zurück, enttäuscht, dass es keinen Hollywoodfilm geben würde, und wütend auf die japanischen Teufel, die ihr auch noch die Filme weggenommen hatten. Sie wollte sich gerade umdrehen, als jemand sie von hinten am Arm packte. Instinktiv wollte sie sich losreißen, doch der Griff verstärkte sich, ihr Arm wurde schmerzhaft verdreht. Mit einem Ruck wandte Joan den Kopf und blickte in das Gesicht eines jungen japanischen Soldaten. Kurz blitzte in ihr der Gedanke auf, er sähe ja aus wie ein Schüler, der mit ihr in die gleiche Klasse gehen könnte.

»Komm mit!«, fuhr er sie auf Japanisch an.

Joan drehte sich der Magen um. Die Hitze schlug drückend über ihr zusammen, als sie noch einmal versuchte, sich von dem Soldaten loszureißen. Ihr fiel nur ein, wie böse Mah-mih sein würde, dass sie allein ausgegangen war.

»Was wollen Sie?«, flüsterte sie mit rauer Stimme.

Der Soldat packte sie am Pullover, drehte sie herum und zerrte sie in den Eingang des Kinos zurück. Als sie zu schreien versuchte, presste er ihr die Hand über den Mund und riss ihre Haare so gewaltsam nach hinten, dass sie das Gefühl hatte, er bräche ihr den Hals. Einen Moment lang erlosch in Joan jeder Gedanke. Sie roch öligen Metallgeruch und hörte schwach, wie der Soldat etwas auf Japanisch zischte. Als er sie gegen die Mauer stieß und sich an sie presste, dachte Joan: *Nein, so kann's nicht sein, im Film ist es nie so!* Er riss an ihren Kleidern herum und versuchte, ihren *cheungsam* hochzuzerren. Da plötzlich wachte Joan auf. Sie schlug um sich und brachte ihm dabei im Gesicht einen Kratzer bei. Er fluchte, aber als ihm Joan die Brille von der Nase stieß, wich er so weit zurück, dass sie ihm ihr Knie mit Wucht zwischen die Beine rammen konnte. Als sie hörte, wie er leise ächzte und dann scharf die Luft einzog – das Geräusch hätte von ihr selbst stammen können –, blieb ihr fast das Herz stehen. Er stolperte gerade so weit rückwärts, dass sie ihm einen kräftigen Stoß versetzen und davonlaufen konnte.

Joan rannte blindlings immer weiter, bis sie glaubte, ihr würden die Lungen platzen. Die Gesichter der Passanten verschwammen vor ihren Augen. Sie blickte sich ein-, zweimal um, doch es gab keine Anzeichen, dass der japanische Soldat ihr folgte. Trotzdem durfte sie nichts riskieren. Blitzschnell schlüpfte sie in das eine oder andere Gebäude hinein, verließ es wieder und lief kreuz und quer durch enge Gassen, um ihre Spur weiter zu verwischen. Im Hongkong-Hotel schloss sie sich in einer Toilette ein und hörte eine Stunde nicht auf zu zittern. Dann stürzte sie wie im Fieber hinaus, sprang in ein Taxi und fuhr zurück nach Hause. Ihr war speiübel.

Der Himmel war staubig grau, als Joan das Elternhaus erreichte. In ihren Muskeln spürte sie einen dumpfen Schmerz, ihre Beine waren schwer wie Blei. Sie strich sich die Haare glatt. Ihre Kleider fühlten sich ekelhaft schmutzig an. Nie würde sie den ölig-metallischen Geruch des Soldaten vergessen. Langsam drückte sie die Haustür auf und trat in die Wohnung. Von der Diele aus sah sie Foon im Wohnzimmer auf und ab gehen; sie murmelte Emma zu: »Gut, dass deine Mahmih noch nicht zurück ist.« Joan hatte Foon noch nie so in Sorge gesehen, und eine schreckliche Lähmung befiel sie bei dem Gedanken, was in dieser wässrigen Abendluft hätte passieren können, wenn ihr die Flucht nicht gelungen wäre.

»Es tut mir sehr Leid.« Joan trat ins Wohnzimmer. »Ich hatte nicht vor, so weit wegzugehen.«

Foon sah auf, und ihr Goldzahn strahlte. Emma rannte auf Joan los, blieb aber stehen, als ihre Schwester den Arm ausstreckte, als wollte sie Emma auf Distanz halten.

»Auntie Go ist dich suchen gegangen«, stieß Emma mit hoher, aufgeregter Stimme hervor.

Was immer in Foons Kopf vorging, über ihre Lippen kam kein Wort. Joan sah den starren Blick der Angst in ihren Augen, den dünnen Schweißfilm auf ihrer Stirn, während sie weiter im Zimmer hin- und herlief. Mit zusammengekniffenen Augen musterte sie Joan von oben bis unten, eine Ewigkeit, wie ihr schien. Dann blieb Foon stehen und sagte: »Schnell! Geh dich umziehen, bevor deine Mah-mih zurückkommt.«

Emma folgte Joan in ihr Zimmer und schloss rasch die Tür. »Was ist denn passiert?«, sprudelte Emma in einem Atemzug hervor.

Joan begann, mit tauben, ungeschickten Fingern ihren *cheungsam* aufzuknöpfen. Ihre Zunge fühlte sich belegt an. »Ich wurde von einem Soldaten verfolgt«, flüsterte sie.

Emma trat näher an sie heran. »Ist alles in Ordnung?«

Joan nickte und versuchte, ruhig zu bleiben. »Ja. Natürlich. Ich konnte ihn abschütteln. Ich hab mich im Hongkong-Hotel auf der Damentoilette versteckt. Dann bin ich mit dem Taxi heimgefahren.«

Der Geruch der feuchten Straßen hing noch in ihrem Pullover und dem *cheungsam*. Joan zog beides aus und schlüpfte in einen alten Morgenmantel. Ihre Haare hingen ihr schwer den Rücken herab. Sie hob sie im Nacken hoch, ließ sie aber beim Gedanken an die öligen Finger des Soldaten, die darin gewühlt hatten, wieder fallen. Sie kämpfte um ihr Gleichgewicht, während eine Woge von Übelkeit über sie hinwegrollte. Schwach hörte sie Emma ein zweites Mal fragen, ob ihr wirklich nichts fehle. Joan sah in das erschrockene Gesicht ihrer Schwester, wich dann aber ihren großen, fragenden Augen aus, presste die Lippen aufeinander und schwieg. Und anstatt ihre Kleider ordentlich aufs Bett zu legen, wie sie es sonst immer tat, schleuderte sie sie neben die schwarze Lackkommode auf den Boden.

Joan atmete tief ein, um sich zu beruhigen. Sie öffnete die Tür und stolperte aus ihrem Zimmer ins Bad, immer dicht gefolgt von Emma. Aus dem Teakholzschränkchen holte sie Mah-mihs Stahlschere heraus und wandte ihr Gesicht dem Spiegel zu. Langsam und mit Bedacht schnitt sie sich die Haare ab, so kurz, als wäre sie ein Junge. Joan sah zu, wie ihre Haare zu Boden fielen, und dachte überrascht, wie einfach es doch wäre, sich in jemand anderen zu verwandeln. Das Gesicht, das ihr aus dem Spiegel entgegenblickte, erschien ihr bereits viel jünger, unbeschwerter. Mit jedem raschen, scharfen Schnitt der Schere lag mehr seidiges schwarzes Haar zusammengeringelt und schlaff auf dem Boden, wie ein totes Tier.

An diesem Abend aß Joan sehr wenig. Es fiel ihr schwer, der Unterhaltung zu folgen. Auntie Gos und Emmas Worte schienen an ihr vorbeizutreiben. Als Mah-mih Joans kurze Haare sah, sagte sie nur: »Kurze Haare sind viel praktischer in der Pflege. Außerdem wachsen sie wieder, zur richtigen Zeit.«

Mit einem Seufzer der Erleichterung schloss Joan ihre Zimmertür. Irgendwie fühlte sie sich in dem kleinen, vertrauten Raum sicherer. Sie betete darum, dass der Soldat in ihrem Bewusstsein bald verblassen möge, verschwinden wie ein böser Traum. Etwas Saures stieg ihr in die Kehle hoch, und sie schluckte. Sie fasste sich an ihren nackten Hals, dann an die kurzgeschnittenen Haare, die sich fremd anfühlten, als gehörten sie einem anderen. Erst Stunden später, als das milchig graue Morgenlicht den Raum erhellte, wagte es Joan, den Arm auszustrecken und das Licht auszuknipsen.

An einem heißen, stickigen Nachmittag Ende Juli rief Mah-mih Joan und Emma ins Wohnzimmer. Joans Blick wanderte vom Klavier zu den mit Perlmutt-Intarsien verzierten Lackdosen, die auf dem Tisch standen, und zu der Vase, die sie vor ein paar Jahren aus einem Laden mitgenommen hatte, dessen Besitzer ihrem Vater Geld schuldete. Das alles stand noch unberührt hier. Joan wartete mit angehaltenem Atem auf den Tag, an dem die Japaner ihre Wohnung inspizieren würden. In einem schnellen Rundumschlag würden sie alles mitgehen lassen, was ihnen gefiel, bis nur noch die nackten Wände zurückblieben. Sie hatte Gerüchte gehört, dass die Japaner sogar Badarmaturen abmontiert und nach Japan geschickt hätten.

Mah-mih war gerade nach Hause gekommen und erwartete sie bei den hohen Terrassentüren, die Handtasche noch unter den Arm geklemmt. Joan fand, dass ihre Mutter im schrägen Sonnenlicht, das sie umflutete, kurz nach ihrem achtunddreißigsten Geburtstag kaum älter aussah als sie selbst.

»Ich habe bei der japanischen Regierung eine Ausreiseerlaubnis nach Macao beantragt«, informierte sie Mah-mih, sobald sie sich gesetzt hatten. »Ba-ba und ich sind der Meinung, ihr würdet euch dort viel wohler fühlen.«

»Wann?«, fragte Emma.

»So bald wie möglich«, sagte Mah-mih.

Joan blickte zu Emma hinüber, die strahlte und vor Aufregung in die Hände klatschte. Joan schluckte schwer. Nur mit großer Anstrengung erinnerte sie sich, wie man sich fühlte, wenn man so glücklich war. Seit dem Erlebnis mit dem japanischen Soldaten war sie nun schon mehrere Wochen wie betäubt. Joan sah zu, wie Emma zu Mah-mih hinüberlief und sie so stürmisch umarmte, dass die Handtasche zu Boden fiel.

Während sie sich unterhielten, freundete sich Joan mit der Vorstellung, nach Macao überzusiedeln, langsam an. Sie und Emma waren als kleine Mädchen mehrmals dorthin gereist, um Freunde und Verwandte zu besuchen. Der süße Geschmack von frischer Mangocreme und kandierter Kokosnuss wurde in ihr wieder wach, fast lief ihr das Wasser im Mund zusammen.

Die portugiesische Kolonie war seit jeher neutrales Territorium und eine Zufluchtstätte für Chinesen, die der Spielleidenschaft verfallen waren. Den Zeitungen zufolge begrüßten die Japaner den Exodus mehr als erfreut, weil sie sich davon einen Rückgang der chinesischen Bevölkerung erhofften, an deren Stelle sie ihre eigenen Leute ansiedeln wollten. In Macao herrschte eine romantische Atmosphäre, die Joan an den Film *Algiers* mit Charles Boyer erinnerte. Zum ersten Mal seit Wochen regte sich etwas in ihr.

Kaum zwei Monate später wurde ihnen die Emigrationserlaubnis für Macao erteilt. Mah-mih rief sie in ihr Zimmer und überreichte Joan und Emma je einen Koffer.

»Nehmt nur mit, was ihr tragen könnt«, schärfte sie ihnen ein. »Die Fähre wird ohnehin überfüllt sein.«

»Kommt Ba-ba mit?«, fragte Emma.

Mah-mih schüttelte den Kopf, rückte den Kragen ihres *cheungsam* zurecht und antwortete: »Auntie Go und Foon kommen mit uns. Ba-ba muss hier bleiben und auf die Wohnung aufpassen. Anscheinend besteht der einzige Lohn für eine zwanzigjährige Geschäftsbeziehung mit Japan darin, dass die Wohnung nicht angetastet wird! Sobald sich die Lage beruhigt, kommt er uns besuchen.« Dann winkte Mah-mih sie hinaus. »Jetzt aber schnell, geht packen.«

Joan schloss die Tür zu ihrem Zimmer. Die Vorstellung, Ba-ba zu verlassen, widerstrebte ihr sehr, sie strich sich über ihre gestutzten Haare und versuchte, ihre Angst um ihn zu unterdrücken. Gleichzeitig konnte sie es kaum erwarten, das enge Gefängnis des japanisch besetzten Hongkong zu verlassen. Vielleicht würden ihre Alpträume in Macao verschwinden. Manchmal zwang sie sich, die ganze Nacht wachzubleiben, um den dunklen Schatten zu entgehen, die sie im Schlaf heimsuchten. Am nächsten Morgen war sie dann immer so müde, dass sie den Tag kaum überstand. Nur nach solchen Tagen konnte sie die nächste Nacht durchschlafen – wenn sie Glück hatte.

Das Paradies

1942-1945

EMMA

Kaum hatte Emma an jenem Nachmittag im Oktober 1942 ihren Fuß auf Macaos Boden gesetzt, fühlte sie sich beschützt, endlich in Sicherheit vor diesen japanischen Teufeln. Sie drehte sich nach Joan um, die halb in Trance, aber heiter wirkte; ihre kurzen schwarzen Haare flatterten im warmen, salzigen Wind. Mehr als alles andere wünschte sich Emma, ihre Schwester würde zu ihrer alten Lebhaftigkeit zurückfinden, wieder lachen und Kinoszenen nachspielen. Seit jenem Abend, als Joan von dem japanischen Soldaten verfolgt wurde, hatte Emma nicht aufgehört, sich Sorgen um sie zu machen. Die meiste Zeit gab sich Joan reserviert, wortkarg und kurz angebunden; wenn sie doch einmal redete, spürte Emma Kälte und Distanz in ihrer Stimme, einen dunklen Schatten auf ihrer Seele. Emma betete, ihr Aufenthalt in Macao möge diesen Schatten auslöschen helfen.

Emma merkte, dass ihre Reise bereits Früchte trug. Auf dem geschlossenen Deck der Fähre waren Mah-mih und Auntie Go aufgestanden und hatten sich durch die Menge gezwängt, um Tee zu holen. Der überfüllte, stickige Raum hallte wider von hohen, jammernden Stimmen. Emma kannte Joans Leidenschaft für die Garbo und hoffte deshalb auf eine Reaktion, als sie ihrer Mutter nachrief: »Bring mir einen Whiskey ... aber nicht den billigsten, Baby«, eine schreckliche Imitation der Garbo in *Anna Christie*.

Joan saß reglos auf der Holzbank und starrte mit leerem Blick ins Wasser. Emma wartete auf ein Zeichen, dass ihre Schwester sie gehört hatte. Schon das leiseste Lächeln hätte ihr genügt. Doch Joan blieb wie versteinert. Emma zuckte mit den Achseln und wandte sich wieder ihrer zerlesenen Ausgabe von *Sturmhöhe* zu, als plötzlich Joans raues Flüstern an ihr Ohr drang: »Brrring mir 'n Wissskie ... aber nicht den billigsten, Bääibie!«

Viele Freunde und Verwandte der Lews waren bereits nach Macao übersiedelt, und Emma schloss sich ihnen nur zu gerne an, denn die baumgesäumten Straßen und die mediterrane Architektur schenkten ihr ein Gefühl von Geborgenheit. Schon als kleines Mädchen hatte sie von Reisen in ferne Länder geträumt, von denen sie gelesen hatte, von den weiten, offenen Landschaften Amerikas oder den breiten Boulevards in Paris oder Berlin. Hongkong kam ihr manchmal vor wie ein von Menschen überquellendes Zimmer, dessen Wände sich immer enger um sie schlossen.

Auf dem Kai saßen Frauen hinter Kisten mit Obst oder Blumen, die sie zum Verkauf anboten. Emma drehte sich um, ob Auntie Go und Foon ihnen auch wirklich folgten. Beinahe hätte sie beim Anblick ihrer Tante, die neben Foon herging und sie um fast einen Kopf überragte, laut aufgelacht. Emma hielt auf der einen Seite die Hand ihrer Mutter, auf der anderen Joans Hand fest umfasst, und so eilten sie vom Pier und zwängten sich durch das träge Geschiebe der Menge. Entlang der Hauptstraße, der Avenida Amizade, standen Dreirad-Rikschas aufgereiht, deren Fahrer den Passanten in den Weg traten und sie zum Einsteigen drängten. Foon zischte sie an: »Weg! Weg!« Emma war froh und entsetzt zugleich, dass der Alltag in Macao ungerührt weitergegangen war, während kaum drei Stunden entfernt der Krieg das Leben der Menschen völlig aus der Bahn warf. Ein zartes Aroma exotischer Früchte erfüllte die frische Luft. Emma atmete sie in tiefen Zügen ein und konnte nicht genug davon bekommen.

Mit der Hilfe und den Beziehungen von Verwandten verkaufte Mah-mih einiges von ihrem Schmuck und mietete ein kleines, gemütliches Haus mit einer Veranda, die sich wie ein Band ringsherum zog. Emma und Joan teilten sich ein Zimmer, Mah-mih und Auntie Go das andere. Foon bezog eine kleine Kammer neben der Küche.

Emma mochte das Haus auf Anhieb. Es war kaum halb so groß wie ihre Wohnung in Hongkong, doch mit seinen schlichten weißen, stuckverzierten Mauern und dem roten Ziegeldach hatte es etwas Romantisches. Emma spürte, dass Joan sich bereits wohler fühlte. Es war, als würde das kleine Haus sie in einer Umarmung umfangen und vor den Japanern beschützen.

Das Zimmer, das sie mit Joan teilte, ging auf eine ruhige Straße hinaus, deren Palmen an Regenschirme erinnerten. Eines Vormittags, nicht lange, nachdem sie ausgepackt und sich eingerichtet hatten, hörte Emma draußen liebliche, melodiöse Stimmen Lieder singen. Sie lief zum Fenster und sah verstohlen zu einer Gruppe von einheimischen Kindern hinaus, die Seil hüpften oder zu den Melodien tanzten. Auntie Go hatte ihr erzählt, die Kinder hier seien eine herrliche Mischung aus Portugiesen, Chinesen, Brasilianern und Afrikanern. Emma beneidete sie um ihre glatte dunkle Haut und die flinken Füße. Mit ihren zwölf Jahren fühlte sie sich körperlich immer noch so unbeholfen wie ein Kleinkind. Als eines der Mädchen hochblickte und sie entdeckte, schoss Emma heiße Röte in die Wangen, und sie wandte sich schüchtern ab.

Die kleine portugiesische Kolonie vermittelte ihr die Ahnung von einer anderen Welt. Durch die gepflasterten Straßen hallten immer schwache Sprachfetzen von Portugiesisch, in Emmas Ohren eine exotische Musik, die sie liebte. Macao schlief nie, sondern pulsierte in seinem ureigenen Rhythmus. Man konnte hier – zu astronomischen Preisen – alles nur Denkbare kaufen oder verkaufen. Männer mit Unternehmergeist, die ins Schwarzmarktgeschäft eingestiegen waren, wurden steinreich. Niemand wusste, wann der Krieg aufhören würde, und viele waren bereit, für Luxusgüter wie Zigaretten und Seidenstrümpfe einen hohen Preis zu zahlen. Auf dem täglichen Schulweg versuchten Emma und Joan, den Singsang *»Missee, lookee, missee«* der Händler, die ihnen ihre Waren aufdrängen wollten, zu ignorieren. In aller Freiheit gingen die Mädchen mit vielen ihrer alten Freunde aus Hongkong die breite, schattige Avenida Almeida Ribeiro entlang. Manchmal lachten und schwatzten sie mit der wohltuenden Unbeschwertheit des Vergessens. Dann wieder redeten sie wehmütig von den Freunden, die zurückgeblieben waren.

Emma fand, dass die Tage in Macao in manchem dem Hongkonger Leben vor der Besatzung glichen. Mah-mih nahm ihre gesellschaftlichen Aktivitäten wieder auf, ausgedehnte Lunchparties und Mah-jongg-Spiele. Auntie Go arbeitete im Garten und schmiedete Pläne für den Wiederaufbau ihres Strickereibetriebs, wenn der Krieg vorbei wäre. Foon verbrachte immer mehr Zeit in der Küche. Joan jedoch beschäftigte Emma am meisten; stumm beobachtend wartete sie darauf, dass in ihrer Schwester wieder die alte Joan zum Vorschein käme.

Wenn Joan morgens zur Haarbürste griff, fragte sich Emma jedes Mal, woran ihre Schwester wohl dachte, während die Borsten durch ihre kurzen Haare fuhren.

»Vermisst du's eigentlich?«, fragte Emma eines Tages, während sie an den Türrahmen gelehnt dastand.

»Was denn? Hongkong?« Joan blickte auf, als hätte sie Emma erst jetzt bemerkt.

»Nein. Vermisst du dein langes Haar?« Emma sah zu, wie Joan in den Spiegel starrte und mit der Hand über ihren Hinterkopf zum Nacken strich.

»Manchmal.«

Emma fuhr sich durch ihre eigenen schulterlangen Haare und löste mit den Fingern kleine Nester auf. »Ich auch.«

Seit sie auf der Welt waren, hatten Joan und Emma auf der Familienwippe gegenüberliegende Plätze eingenommen; jede neigte im Aussehen und Temperament zu einem anderen Elternteil. Doch obwohl sie in ihrer nahezu gegensätzlichen Persönlichkeit so unterschiedlich wirkten, entdeckte Emma in ihren Gesten, ihrem Lachen manchmal zaghafte Ähnlichkeiten. Aber am stärksten ähnelten sie sich in ihren schimmernden schwarzen Haaren.

Emma ging mit Begeisterung zu den Spielcasinos und Nachtclubs, die das nächtliche Macao belebten und den Reichtum der Kolonie kräftig mehrten. Das laute Durcheinander aufgeregter Stimmen im Spielcasino unter ihrem Lieblings-Chinarestaurant faszinierte sie. Um ins Restaurant zu gelangen, musste sie das große, verräucherte Casino durchqueren, in dem es nur so wimmelte von entschlossenen Menschen, die ihr Glück in allen möglichen Spielen von *pai gow* bis hin zu Würfelspielen suchten und dabei Tag und Nacht vergaßen. Emma hatte den Eindruck, als stünden die Spieler unter einer Art magischem Bann, wenn sie ungestüm auf die Würfel und

Karten einschrien, um das Spiel nach ihren Wünschen zu lenken.

»Sieben! Sieben!«, sang ein Mann den beiden Würfeln zu, die auf seiner Handfläche ruhten. Die Würfel fielen auf den abgenutzten grünen Tisch, eine Drei und eine Eins. »Ich bring euch um!«, schrie er sie an, und sein Gesicht verzog sich zu einer zornigen Grimasse.

Emma blieb stehen und sah zu, so lange sie konnte, bis ihre Mutter oder Auntie Go sie weiterschoben.

Während sie auf das Essen warteten, bettelte Emma, ob sie nicht *dai-sui* spielen dürfte, ein Zahlenspiel, bei dem man entweder eine kleine Zahl zwischen eins und neun oder eine große Zahl zwischen neun und achtzehn wählen musste. Hatte man einen Treffer, bekam man den doppelten Einsatz heraus. Meist gaben Mah-mih und Auntie Go nach und ließen sie eine Runde mitspielen. Emma hörte dann immer auf zu essen und wartete gespannt. Wenn die Würfel gefallen waren und die Glühbirnen aufleuchteten, flitzte Emmas Blick zur Anzeigetafel und verglich eifrig die Nummer an der Wand mit der Zahl auf dem Zettel, den sie fest in der Hand hielt. Sogar Joan, die oft von den vielen Aktivitäten ringsum gelangweilt schien, hielt inne und sah zu, wie die Glühbirnen zum Leben erwachten.

An den schwülen Abenden des macanesischen Winters beobachtete Emma voller Freude, wie Joans Anspannung langsam nachließ und sie wieder zu sich fand. Zwei Monate nach ihrer Ankunft waren Joans Haare zu einem kurzen Pagenkopf gewachsen, mit dem sie eine Weile wie Jeanne d'Arc aussah. Samstags vormittags gingen Emma und Joan oft mit Foon zum Markt und halfen ihr bei den Einkäufen fürs Abendessen. Nachdem sie in Hongkong monatelang so wenig zu essen hatten, fanden sie hier ein üppiges, wenn auch teures Angebot an Reis, Fleisch und Gemüse vor. Emma liebte die melodischen Rufe der Verkäufer und die hohen Stapel der Holzkisten jeden erdenklichen Inhalts, von Hühnern bis zu Schlangen. Die beiden Schwestern standen neben ihrer Dienerin und amüsierten sich prächtig, wenn die wählerische Foon bei jedem Kauf, ob es sich nun um Orangen oder Pak Choy handelte, auf Teufel komm raus feilschte.

»Viel zu teuer!«, beschwerte sich Foon. »So viel Geld werde ich dafür niemals zahlen.«

»Gutes hat eben seinen Preis!«, entgegnete ein alter, zahnloser Mann. Er steckte die dunkelgrünen Blätter in eine Tüte und hielt sie Foon hin. »Wollen Sie sie oder nicht?«

Foon schwankte. Sie griff nach einem Bund Lauchzwiebeln, die an den Spitzen leicht verwelkt waren, und hielt die langen, blütenlosen Stängel hoch. »Das dazu, dann will ich sie.«

Der alte Mann grinste, dann nickte er. »Na schön.« Er beugte sich vor, öffnete die Tüte und murmelte etwas in seinen Bart, während Foon die Lauchzwiebeln hineinfallen ließ.

Gleichzeitig begann Joan ein echtes Interesse am Kochen zu entwickeln. Das Schauspiel auf dem Markt war bei weitem unterhaltsamer als die portugiesischen Schnulzen, die monatelang im Kino liefen. Emma und Joan hatten sie so oft gesehen, dass sie die Dialoge langsam auswendig konnten, auch wenn sie nicht alles genau verstanden. Wenn sie abends im Bett lagen, sprach Joan theatralisch die weich fließenden portugiesischen Texte nach. *»Eu te amo com todo cor a cao«*, ich liebe dich mit meinem ganzen Herzen, deklamierte sie salbungsvoll und fehlerfrei.

»Ich auch«, antwortete Emma auf Englisch.

»Fique comigo para sempre«, lass uns für immer zusammenbleiben, hauchte Joan, und beide brachen in Gelächter aus.

Doch Emma staunte, wie überzeugend Joan war, sogar in einer fremden Sprache.

Emma fand ihre Schwester oft in der kleinen, heißen Küche, wo Foon Rindfleisch in dünne Scheibchen schnitt und Lotuswurzeln oder Rüben schälte. Joan war ganz ins Zuschauen vertieft, während sie leise die fünf körnigen Grundzutaten der chinesischen Küche aufzählte: Weizen, Sesam, Gerste, Bohnen und Reis. Bald schnippelte und briet sie Seite an Seite mit Foon, von der sie die kleinen Geheimnisse lernte, wie knuspriges Hühnchen innen saftig bleibt oder wie man Glasgarnelen mit Ingwer und Knoblauch brät. »Sobald sie milchig weiß werden«, wies Foon sie an, »darfst du nicht trödeln, nicht warten!« Es dauerte nicht lange, bis Joan eine Mahlzeit fast ebenso gut zubereiten konnte wie Foon.

Emma erinnerte sich, wie Mah-mih einmal in die Küche kam und Joan beim Kochen ertappte. Mah-mih stand auf der Türschwelle, und ihr blumiges Parfum vermischte sich mit den Küchendünsten. »Bist du fertig mit deinen Hausaufgaben?«, fragte sie Joan mit ausdrucksloser, strenger Stimme.

Joan blickte überrascht auf. Sie hatte gerade angefangen, chinesische grüne Bohnen und dünne Schweinefleischscheibchen in einem großen Wok anzubraten. »Ja«, antwortete sie rasch und konzentrierte sich wieder auf das spritzende Öl.

Während Foon die Suppe in vier Schälchen schöpfte, sagte Mah-mih kein Wort, sondern sah Joan nur unverwandt an. Die Hitze in der Küche, in der der Platz knapp zu werden schien, wurde unerträglich. Emma stand stumm da und sah zu, wie sich Mah-mihs Lippen öffneten und wieder schlossen, als hätte sie probieren wollen, wie der Dunst schmeckte. »Pass bloß auf«, warnte Mah-mih schließlich und wandte sich zum Gehen. Noch nachdem sich die Tür hinter ihr geschlossen hatte, hing ihr Parfum in der Luft.

Eines Nachmittags Ende Februar, als Mah-mih und Auntie Go ausgegangen waren, verwehrte die alte Dienerin Emma den Zutritt zur Küche. »Nein, nein – noch nicht«, sagte Foon und schob das Mädchen wieder hinaus. Neugierig versuchte Emma, an ihr vorbei einen Blick auf das Durcheinander zu erhaschen, das Joan beim Kochen angerichtet hatte. Bald drangen exotische Düfte durch die geschlossene Tür. Emma erkannte das süßliche Aroma von Kokosnuss und Curry, das sich stark von allem unterschied, was Foon in Hongkong gekocht hatte. Emma presste ihr Ohr an die Küchentür und suchte nach einer Ausrede, um in die Küche kommen zu dürfen. Nicht, dass sie an der Küchenarbeit wirklich interessiert gewesen wäre, doch sie hätte gern herausbekommen, woraus die beiden ein so großes Geheimnis machten. Dem leisen, vertraulichen Flüstern von Foon und Joan ließ sich nichts entnehmen. Emma versuchte noch einmal, die verschlossene Tür zu öffnen, und gab dann auf. Sie würde sich mit etwas anderem beschäftigen müssen.

Emma trat aus der Haustüre und schloss sie leise hinter sich. Zum ersten Mal wagte sie sich in Macao allein hinaus. Der Regen der letzten Tage hatte einen kräftigen Geruch nach nasser Erde hinterlassen. Augenblicklich umfloß Emma kühle, erfrischte Luft, und sie fühlte sich gleich wohler. Sie war froh um ihr langärmliges Hemd und die Latzhose, die sie trug. Sie hüpfte die Steinstufen hinunter und stellte sich unter eine große Palme, noch unentschieden, wohin sie gehen sollte. Beim schrillen Pfiff einer Trillerpfeife drehte sie sich um und sah das macanesische Mädchen von nebenan ein paar Schritte von sich entfernt stehen. Seit sie ihre Nachbarin zum ersten Mal beim Singen und Seilhüpfen vor ihrem Zimmerfenster gesehen hatte, war Emmas Interesse geweckt, und sie stand oft am Fenster und beobachtete die große, ausgelassene Schar beim Spielen, war aber zu schüchtern, um die Kinder anzusprechen.

»Du gehst spazieren?« Das Mädchen sprach Englisch mit einem starken Akzent. Sie hielt ein Sprungseil an beiden Enden in der Hand und schwang es hin und her, so dass es sich über den offenen Sandalen um ihre Waden wickelte und wieder löste.

»Ja«, antwortete Emma schüchtern. Das Mädchen, obwohl nicht älter, war etwas größer als Emma. Ihre Haare waren wild gelockt, und sie trug einen leichten Baumwollpulli.

»Soll ich dich begleiten?«

Emma hörte aus ihren Worten den singenden Tonfall des Portugiesischen heraus, der jedem ihrer Sätze Anmut verlieh. »Gern, wenn du magst. Ich gehe nur ein kurzes Stück.«

Wortlos ließ das Mädchen das Hüpfseil ins nasse Gras fallen und marschierte los, und Emma passte sich ihren Schritten an. Während sie schweigend dahingingen, warf Emma einen Blick auf den Arm des Mädchens, auf dem sich eine lange, blasse Narbe vom Ellbogen bis zur breiten Schulter zog. Ihre Haut hatte die Farbe hellen Tees, und Emma glaubte einen leichten Zimtgeruch an ihr wahrzunehmen.

»Du kommst aus Hongkong wie alle die anderen?«, fragte das Mädchen.

»Ja, ich bin mit meiner Familie hier. Mit allen außer meinem Vater. Er ist immer noch in Hongkong.«

»Mein *papai* ist tot. Ein Unglück beim Fischen, gleich nachdem mein jüngster Bruder Jose geboren war.«

»Das tut mir sehr Leid.«

Das Mädchen kickte einen Stein aus dem Weg, und Emma wunderte sich, dass sie sich nicht die Zehen anschlug. Sie wandte sich Emma zu und lächelte.

»Ich heiße Maria Theresa Felicite Barbosa, aber die meisten nennen mich Lia.«

»Ich bin Emma Lew.« Es war einfach zu schwül, um die ganze Reihe chinesischer Namen aufzusagen, mit denen man sie bei ihrer Geburt bedacht hatte.

»Hongkong ist *grandioso*, habe ich gehört.«

Emma nickte. »Hongkong ist aber auch laut und übervölkert, dort ist es nicht wie hier.«

»Alle möglichen Leute kommen nach Macao«, sagte Lia und stupste eine kleine Eidechse an, damit sie über die Straße lief. »Die meisten jetzt wegen der Japaner. Andere wegen der Glücksspiele, obwohl ich nicht weiß, was sie daran finden.«

»Ich glaube, Spielen ist sehr aufregend«, platzte Emma heraus. »Wie wenn man einem Traum nachjagt.« Sie musste an ihre eigenen Erfahrungen mit *dai-sui* denken.

»Warum etwas nachjagen, was du nicht einfangen kannst?«

Darauf hatte Emma keine Antwort parat. Sie hätte gern gesagt, weil es Spaß macht, schwieg dann aber lieber.

»Ich war noch nie weiter weg als bis zu den Inseln«, fuhr Lia fort.

»Welche Inseln?«

»Taipa und Coloane.« Lia wischte sich ihre dunklen Locken aus dem Gesicht. »Sie sind nicht weit weg. Da gibt's vor allem Bäume und Hügel. Mein Onkel Arturo fährt uns alle mit seinem Boot hin.«

»Wie viele Geschwister hast du denn?«

»Vier Brüder und eine Schwester. Alle jünger«, zählte Lia leichthin auf.

Emma lächelte. »Ich habe eine ältere Schwester.«

»Die mit den kurzen Haaren? Sehr *bonita*, sehr schön.«

»Ja, wir sind sehr verschieden.«

Emma spürte, wie Lias Blick sich in sie bohrte, und fühlte sich unbehaglich. Sie schob die Hände in die Taschen.

»Aber ist das nicht gut?«, fragte Lia schließlich. »Meinst du vielleicht, es wäre besser, wenn wir alle gleich aussähen und gleich wären?«

Emma zuckte mit den Achseln und blieb stehen. Sie spürte, wie sie errötete, und wechselte schnell das Thema. »Wir sollten jetzt lieber umkehren«, sagte sie. Sie wollte zu Hause sein, bevor Foon ihre Abwesenheit bemerkte.

Auf dem Rückweg begann Lia, leise eine Melodie zu summen. Emma hörte zu, wie die Töne in die dunstige Luft hochperlten. Wieder wurde sie sich bewusst, wie sehr sie Macao mochte und wie sehr sie auch schon dieses teebraune Mädchen mit den wilden dunklen Haaren mochte.

Erst vor zwei Tagen hatte Joan nervös darauf gewartet, dass Emma nach Hause kam. Gleich als sie durch die Tür trat, packte Joan sie beim Arm. Ihr Blick war finster und ernst, ihre Lippen hatte sie fest zusammengepresst.

»Was ist denn los?«, fragte Emma, als sie ihre Schwester so verzweifelt sah.

»Mah-mih will nicht, dass ich so viel Zeit bei Foon in der Küche verbringe. Sie ist der Meinung, das hielte mich vom Lernen und von gesellschaftlichen Aktivitäten ab. Aber wenn ich nicht kochen darf, kann ich für nichts garantieren.« Angespannt und eindringlich redete Joan auf Emma ein.

»Was kann ich denn für dich tun?«, fragte Emma, obwohl sie die Antwort bereits kannte.

»Red mit ihr, sag ihr, wie wichtig es für mich ist.«

Sie will eben nicht, dass du kochst, dachte Emma im Stillen. *Du bist ihre einzige Hoffnung. Sie weiß, wie schön du bist, und will, dass du in eine gute Familie einheiratest und viele Kinder kriegst,* wäre Emma fast herausgeplatzt. Statt dessen meinte sie: »Ich versuch's, wenn du glaubst, dass ich dir helfen kann.«

Joan überspielte ihr erleichtertes Lachen mit einem Hüsteln. »Klar kannst du das, Mah-mih liebt dich doch am meisten.«

Emma fragte sich oft, wie sehr ihre Mutter sie wirklich liebte. Immer wartete Emma auf ein lobendes Lächeln oder darauf, dass Mah-mihs Wange flüchtig ihre Lippen streifte; ein kräftiger Hauch von Mah-mihs *Shalimar* versetzte sie stets in Ungewissheit, ob Mah-mih gerade gekommen oder gerade gegangen war. Emma hatte die Zuneigung ihrer Mutter immer wie ein Versteckspiel empfunden, ein Spiel, das ihr seit je zuwider war.

An diesem Abend baten Foon und Joan Mah-mih, Auntie Go und Emma zu Tisch und verschwanden dann wieder in der Küche.

»Foon, was habt ihr beide ausgeheckt?«, rief Mah-mih und klopfte ungeduldig auf die Stuhllehne.

»Geduld, sie haben eine Überraschung für uns«, sagte Auntie Go.

»Was für eine Überraschung kann denn so lange dauern?« Mah-mih wartete noch einen Augenblick und erhob sich dann von ihrem Stuhl. In diesem Moment wurde die Küchentür aufgestoßen.

»Wir kommen schon«, sagte Foon und hielt die Tür auf.

Joan erschien mit einer großen, zugedeckten Schüssel, die sie vorsichtig trug. In der Hitze und dem Dampf waren ihre kurzen Haare zusammengefallen und lagen dicht am Kopf an. Joan stellte die Schüssel auf den Tisch, trat zurück und verkündete: »Portugiesisches Hühnchen aus den frischesten Zutaten, die Macao zu bieten hat!«

Auntie Go klatschte als Erste, dann fielen Emma und zum Schluss Mah-mih ein. Der Applaus brachte Joan zum Lächeln, sie verbeugte sich und setzte sich neben Emma an den Tisch.

Foon brachte einen Teller chinesischen Senfkohl und eine große Schale Reis herein. »Esst, esst«, befahl sie.

»Was ist denn da alles drin?«, fragte Emma.

Joan lächelte und rasselte mit ihrer ruhigen, selbstsicheren

Stimme die Liste der Zutaten herunter. »Hühnchen, Kartoffeln, Kokosnuss, Tomaten, Olivenöl, Currypulver, Oliven und Safran.«

Foon stand die ganze Zeit dabei, während sie aßen. Sogar Mah-mih schien sich zu entspannen und das Essen zu genießen, sobald sie davon gekostet hatte. »Sehr gut«, murmelte sie vor sich hin.

»Ausgezeichnet!«, sagte Auntie Go. Sie schöpfte sich noch mehr Sauce über den Reis.

Emma drehte sich zu Joan und nickte begeistert mit dem Kopf, wagte aber nicht, mit vollem Mund zu sprechen. Joan lächelte zurück. Während des stummen Austauschs zwischen ihnen blitzte in Emma wieder kurz das Bild der selbstsicheren, Geld kassierenden Schauspielerin auf, die ihre Schwester war.

Als sie fast fertig gegessen hatten, hörten sie den ersten Schrei, schrill und rau, so unerwartet, so aus dem Rahmen fallend, dass sich zunächst keine von ihnen rührte. Als der zweite Schrei die Luft durchschnitt, sprang Auntie Go von ihrem Stuhl auf und lief ans Fenster.

»Nebenan muss etwas passiert sein!« Go eilte zur Haustür.

Emma und Joan ließen ihre Servietten fallen und folgten ihr wortlos. Die Luft war immer noch schwül und feucht, als sie zu Lias Haus hinüberrannten. Emma spürte die Erde unter ihren Schuhen nachgeben. Beim Anblick des großen, weitläufigen Hauses kam es ihr merkwürdig vor, so in das Familienleben ihrer neuen Freundin einzudringen, aber ein dritter Schrei, bei dem sich ihre Nackenhaare sträubten, überzeugte sie, dass sich hier etwas Furchtbares abspielen musste.

Die Haustür stand weit offen, als sie sich der Vordertreppe näherten, doch die lauten Schreie waren einem gedämpften, fast rhythmischen Weinen gewichen. Auntie Go drehte sich um und wies sie an, draußen zu warten, als Lia mit schleppenden Schritten aus dem Haus kam. Sie zog und schob drei Jungen und ein Mädchen mit sich hinaus.

»Alles in Ordnung?«, fragte Auntie Go mit ruhiger, aber eindringlicher Stimme.

Lia sah hoch, und Emma hatte den Eindruck, ihre Freundin würde gleich in Tränen ausbrechen. Statt dessen schluckte Lia und sagte mit leiser Stimme, wie von weit weg: »Mein Bruder Jose.«

Auntie Go rannte die Stufen hinauf ins Haus. Emma und Joan rührten sich nicht von der Stelle, doch Emma spürte, wie Joan ihren Arm umfasste. Lia, ihre Schwester und die drei Jungen kauerten sich unter dem Vordach aneinander, als hätten sie Emmas und Joans Anwesenheit vergessen. Emma versuchte, etwas zu sagen, aber ihr Mund war so trocken, dass sie kein Wort hervorbrachte. Sie stand nur da und starrte Lia an, wie sie die vier Kinder beruhigte, ihnen die Nase putzte und zerzauste Haare glattstrich. In diesem Moment kam sie Emma viel älter vor als das Mädchen, das sie beim Singen und Seilhüpfen beobachtet hatte.

Als Emma an diesem Abend im Bett lag, durchlebte sie die ganze Geschichte, wie Auntie Go sie erzählt hatte, noch einmal. Jose, mit drei Jahren der jüngste Bruder Lias, saß wie immer lachend beim Abendessen, als er plötzlich ganz still wurde. Das fiel zunächst niemandem auf. Mit sechs Kindern am Tisch ging es oft laut und ausgelassen zu. Als Lias Mutter sich schließlich zu ihm drehte, sah sie, dass Jose puterrot angelaufen war. Sie sprang auf und begann, dem kleinen Jungen auf den Rücken zu klopfen. Lia öffnete ihm den Mund und versuchte, mit den Fingern herauszufischen, was stecken geblieben war, doch ohne Erfolg. Sie drehten Jose um und hielten ihn kopfüber an den Füßen, schlugen ihm auf den Rücken und flehten ihn an, das Steckengebliebene auszuspucken. »Jose, *minha menino*«, rief Lias Mutter ein ums andere Mal. »Spuck's aus!« Erst rot. Dann blau. Jose wurde grau im Gesicht, seine Ärmchen zuckten. Er strampelte mit den Füßen. Seine Augen verdrehten sich. Lias Mutter schrie. Als Auntie Go hereinkam, lag Jose reglos in den Armen seiner Mutter, als ob er schliefe.

Am nächsten Nachmittag saßen Emma und ihre Familie im Wohnzimmer der Barbosas neben anderen Freunden und Verwandten, die gekommen waren, um ihre Anteilnahme auszudrücken. Mit den zugezogenen Damastvorhängen und den schweren Holzmöbeln wirkte der Raum dunkel und feierlich. Emma sog den schmerzlich süßen Duft frischer Blumen ein. Lias Mutter lag oben im Bett und überließ es Lia, die tränenreichen Küsse und unzähligen Körbe mit Obst und Gemüse stoisch entgegenzunehmen. Ihre vier kleineren Geschwister saßen stumm bei den Onkeln und Tanten.

Emma sah zu, wie ihre Freundin mit niedergeschlagenen Augen höflich von einer Person zur nächsten ging. Gerade als Lia sich ihnen näherte, hörte Emma, wie Mah-mih Auntie Go zuflüsterte: »Das arme Mädchen, sie muss tun, was eigentlich die Aufgabe ihrer Mutter wäre.«

Lia ließ ein leises, mechanisches »Danke, dass Sie gekommen sind«, hören und bewegte sich langsam und schwerfällig weiter, was Emma überhaupt nicht an ihr kannte. Ihre wilden Locken waren glatt an den Kopf gekämmt, und sie trug eine schlecht sitzende weiße Bluse mit hochgekrempelten langen Ärmeln und einen schwarzen Rock. Emma hielt ihren Blick unverwandt auf Lia gerichtet in der Hoffnung, nur einen Augenblick die Aufmerksamkeit ihrer neuen Freundin auf sich zu ziehen. Doch sie sah in Lias Gesicht nur denselben benommenen Ausdruck des Nicht-glauben-Könnens, den sie gleich nach der Invasion bei so vielen Hongkongern gesehen hatte, die um einen geliebten Menschen trauerten.

Noch Wochen danach wirkte das Haus der Barbosas leblos, als hätten sich Lia und ihre Familie in den dunklen Räumen in Luft aufgelöst. Emma sehnte sich nach dem hohen, ausgelassenen Lachen und den singenden Stimmen, die sie früher immer ans Fenster gelockt hatten, doch jeden Tag blickte ihr nur ein leerer, stiller Hof entgegen.

Nur wenn Emma morgens zur Schule aufbrach, bekam sie Lia flüchtig zu sehen. Lia sah dünn und abgespannt aus, wenn sie die kleine Herde ihrer Geschwister den kurzen Weg bis zur portugiesischen Schule entlangtrieb, die unter katholischer Leitung stand. Bevor Emma etwas sagen konnte, winkte Lia ab, und Emma konnte ihr nur nachsehen, wie sie mit ihren Geschwistern die Straße hinunter verschwand. Kein einziges Mal blickte sich Lia um.

Emma und Joan gingen in die entgegengesetzte Richtung zur Poi Do, der chinesischen Mädchenschule, die auch viele von Emmas Freundinnen aus Hongkong besuchten. Sie bestand lediglich aus einigen benachbarten Häusern, deren Räume in provisorische Klassenzimmer umgewandelt worden waren. Emma und Joan kannten viele der Lehrer noch von Hongkong, aus der Zeit vor der Besatzung. Manchmal, wenn Emma in der Klasse saß und ringsherum das vertraute Getuschel hörte, überfiel sie die Vorstellung, sie wäre vielleicht immer noch in Hongkong, und sie schauderte vor Entsetzen. Wenn sie dann die Schule verließ und in die weiche Luft mit ihrem schwachen Meeresgeruch hinaustrat, stieß sie einen erleichterten Seufzer aus. Rasch ging sie dann auf dem unebenen Pflaster nach Hause, immer in der Hoffnung, einen Blick auf Lia zu erhaschen.

Zu Emmas Überraschung wartete Lia einen Monat später schon auf sie, als sie aus der Schule kam. Lia sah schmaler und älter aus, als hätte sie eine schwere Krankheit überstanden. Sie stand neben einer der großen Palmen, ihre wilden Haare flogen in alle Richtungen. Am Baum lehnten zwei Fahrräder.

»Unser Trauermonat ist vorbei«, sagte Lia etwas gehemmt. Dann fragte sie, bevor Emma zu Wort kommen konnte: »Hast du Lust, mit mir Rad zu fahren?«

»Ja«, antwortete Emma und war sehr froh, dass sie Joan und Foon nicht zum Markt begleitet hatte. »Ich ziehe mich nur schnell um.«

Emma rannte ins Haus, ließ ihren Schulranzen auf den Dielentisch fallen, zog ihr Kleid über den Kopf und schlüpfte in eine Latzhose. Aus ihrem Fenster spähte sie hinaus, ob Lia immer noch auf sie wartete. Als sie die dunklen Haare ihrer Freundin sah, schluckte Emma vor Glück und rannte hinaus.

»Das mit Jose tut mir Leid«, sagte Emma, als sie ihre Räder zur Straße schoben. Als sie den Namen des kleinen Jungen aussprach, schlossen sich ihre Hände fester um den Lenker.

Lia blieb stehen und schloss das Hoftor. Sie strich sich die Haare aus dem Gesicht und ließ sich mit ihrer Antwort Zeit. »*Mamae* glaubt, dass es das *fantasma* war«, sagte sie dann und drehte sich zu Emma um.

»Was bitte?«

»Das ist ein Geist. *Mamae* glaubt, dass Jose von einem Geist getötet wurde.« Lia schwang ihr Bein über den Sattel, der dabei einen langen, ächzenden Seufzer von sich gab.

Emma zögerte. »In eurem Haus gibt's ein Gespenst?«

Lia nickte. »Erst hat er uns meinen *papai* weggenommen und jetzt Jose. Das Haus ist sehr alt, und der Geist will es nicht verlassen.«

Emma stellte sich breitbeinig über ihr Rad und lehnte es gegen das eine Bein. »Warum seid ihr denn nicht ausgezogen, wenn es in eurem Haus spukt?«

»*Mamaes* Großtante Carmelita hat es uns vererbt. Wo sollten wir sonst auch hin? Der Geist, der bei uns umgeht, ist Carmelitas Geist.«

»Aber warum sollte sie ihre eigene Familie umbringen?«

»*Mamae* sagt, ihre Großtante Carmelita hätte sich zu meinem *papai* immer komisch benommen. Sie starrte ihn ewig an und flüsterte dann, dass er meine *mamae* nur wegen dem Haus geheiratet hätte.«

»Aber warum Jose? Er war doch nur ein kleiner Junge.«

»Jose sah ganz genauso aus wie mein *papai*, als der noch ein kleiner Junge war. Meine *mamae* glaubt, dass Carmelita ihn deswegen nicht leiden konnte und ihn nicht länger in ihrem Haus duldete.«

»Das muss ja eine fürchterliche Frau gewesen sein!«, sagte Emma mit leiser Stimme. Plötzlich überlief sie ein Schauer. Sie drehte sich um und betrachtete das alte, weitläufige Haus der Barbosas. Es hätte zwar einen neuen Anstrich gebrauchen können, sah aber ansonsten ganz gewöhnlich und harmlos aus.

»Ich hab sie nie kennen gelernt.« Lia trat das Pedal ihres Fahrrads nach unten. »Sie ist im selben Jahr gestorben, in dem ich zur Welt kam.« Lia fuhr los und drehte sich um. »Komm, wir fahren um die Wette bis zur Avenida Amizade!«

Emma blieb noch stehen, um die Geschichte von Lias Urgroßtante Carmelita zu verdauen. Sie wusste nicht so recht, was sie davon halten sollte, aber Lias Mutter brauchte wohl einfach eine Erklärung, um mit Joses sinnlosem Tod fertig zu werden. Außerdem regte die Vorstellung eines Geists, der in den dunklen Räumen der Barbosas herumspukte, Emmas Phantasie an. Sie schaute nach vorn und sah, dass Lia schon einen großen Vorsprung hatte. Plötzlich streifte ein kalter

Windstoß ihren Hinterkopf, und der süßliche Verwesungsgeruch verfaulender Blumen stieg ihr in die Nase, obwohl die ersten Frühlingsblumen noch gar nicht aufgeblüht waren. Emma blickte zurück zum verlassenen Hof, in dem zwei hoch aufragende Palmen Wache hielten, sprang dann rasch auf ihr Fahrrad und strampelte los, so schnell sie konnte.

Emma und Lia fuhren zur Avenida Amizade. Unten am Hafen beobachteten sie die Menschen, deren Leben sich vor aller Augen abspielte. Verkäufer, die hinter ihren Kisten und Schachteln lebten, zauberten alles Mögliche hervor, von Nudeln in wässriger Suppe bis zu Teetassen aus plumper Keramik. Sie schrien mit hoher, angestrengter Stimme in der Hoffnung, dass jemand lange genug stehen blieb, um ihnen zuzuhören. Die Fähren tuteten laut stöhnend und schoben sich zentimeterweise zu den schmalen Anlegeplätzen vor, um ihre Passagiere abzuladen. Emma stellte überrascht fest, dass immer noch Flüchtlinge ankamen. Die Familien aus Hongkong waren leicht zu erkennen, ihre bekümmerten, leicht benommen wirkenden Gesichter stachen unter den anderen hervor. Emma hätte diese Menschen am liebsten an der Hand genommen und durch das wunderbare Labyrinth von Macaos Straßen geführt, aber sie wusste, dass sie sich bald genauso gut darin zurechtfinden würden wie ihre eigene Familie auch.

Emma hatte etwas Geld dabei, das Auntie Go ihr geschenkt hatte, und sie kauften sich bei einem freundlichen Verkäufer kandierte Kokosnuss. Der knochige Alte schenkte ihnen ein Extrastück. »Für die Hübsche und die Kluge«, sagte er und hielt das Stück zwischen sie. Emma und Lia teilten es schwesterlich, keine hegte den leisesten Zweifel, welche mit der Hübschen und welche mit der Klugen gemeint war. Für sie zählte nur der zusätzliche Energieschub, der es ihnen erlauben würde, auf den Hügel hinaufzuradeln, auf dem ganz oben die Steinfassade der katholischen Basilica Sao Paulo thronte. Eine Gedenktafel erinnerte an die prächtige Barockkirche, die die Portugiesen im 17. Jahrhundert erbaut hatten. Der Rest des Baukörpers war durch einen Brand vernichtet worden, nachdem die Kirche zwei Jahrhunderte lang allen Kriegen und Piraten getrotzt hatte. Doch die Fassade blieb stehen, ein Symbol der Stärke und Unzerstörbarkeit. Emma und Lia nahmen sie sofort für sich in Besitz, und als sie durch das große Portal schritten, stellten sie sich vor, sie beträten ein prunkvolles Kirchenschiff mit einer hohen Holzbalkendecke und riesigen Buntglasfenstern. Einen Augenblick lang hätten sie die ganze Welt erobern können; sie fühlten sich fähig zu großen Taten, und die Erinnerung an alles bisher Gekannte war wie ausgelöscht.

An jenem Abend versammelte sich Emmas Familie wieder wie üblich rund um den Esstisch, an dem sie sich wie ein Schwarm Vögel niederließ. Während Stäbchen leise gegen Schälchen klickten, erzählte jede von ihren Tageserlebnissen.

Mah-mih und Auntie Go hatten mit einer entfernten Cousine Ba-bas zu Mittag gegessen. Die Frauen hatten sich noch nie gesehen und taxierten sich gegenseitig mit scharfen Augen.

»Sie sieht überhaupt nicht wie eine Lew aus. Viel gröberer Knochenbau«, urteilte Mah-mih. Sie nahm ihr Reisschälchen in die linke Hand, während die Essstäbchen in ihrer rechten wie Zauberstäbe durch die Luft sausten.

»Vielleicht schlägt sie mehr nach der anderen Seite der Familie«, sagte Auntie Go.

Joan blickte auf und fragte: »Wo habt ihr denn gegessen?«

»Im Mandalays«, antwortete Mah-mih.

»Und was habt ihr gegessen?«, erkundigte sich Joan weiter.

»Klebreis ... Dim Sum ... nichts Besonderes«, berichtete Auntie Go.

Wieder registrierte Emma dankbar, dass bei Joan das Kochen die Stelle der Kinoleidenschaft eingenommen hatte. Mah-mih hielt eine dünne Scheibe Schweinefleisch zwischen ihre Stäbchen geklemmt und wedelte damit beim Sprechen in der Luft herum, bevor sie sie in Emmas Schälchen fallen ließ.

Dann wandte sie ihre Aufmerksamkeit Joan zu. »Ich habe dieser Cousine erzählt, dass du bald deinen Abschluss an der Poi Do machst. Sie hat einen Sohn, der Jura studiert. Noch ledig.«

Joan hustete und trank dann einen Schluck Tee, wobei sie ihr Gesicht halb hinter ihrer Tasse verbarg.

»Ich war heute Nachmittag mit Lia unterwegs«, warf Emma schnell ein, um das Gespräch in andere Bahnen zu lenken. Sie konnte es kaum erwarten, den anderen von Lias Urgroßtante Carmelita zu erzählen.

»Ähem ...«, machte Mah-mih und schob sich Reis in den Mund. Das Klicken der Stäbchen erfüllte den Raum.

»Wie geht es ihrer Mutter?«, nahm Joan den Faden auf und lächelte Emma zu.

»Lias Mutter glaubt, der Geist ihrer Großtante Carmelita habe Jose umgebracht!«

»Aii-ya!«, rief Mah-mih aus. »Erzählt sie dir wieder solche Geschichten und setzt dir Flausen in den Kopf?« Sie stellte das Schälchen ab und schob ihren Stuhl zurück, der laut über den Boden scharrte.

»Das klingt ja wie im Film. Wie sah diese Carmelita denn aus?«, erkundigte sich Joan.

»Sie starb, bevor Lia zur Welt kam, aber sie konnte Lias Vater nie leiden, und Jose war ihm wie aus dem Gesicht geschnitten!«, erklärte Emma.

Auntie Go nahm Anlauf, um etwas zu sagen, hielt sich dann aber zurück.

»Geister bleiben gern in alten Häusern«, unterbrach Foon die Runde plötzlich, während sie eine leere Schüssel vom Tisch räumte. Sie fuhr mit der Zunge rasch über ihren Goldzahn. »Das hört man oft. Machen meistens Späße. Nehmen Sachen weg, stellen sie woanders hin.«

»Foon, du jagst den Mädchen Angst ein«, herrschte Mahmih sie an.

Foon sammelte die restlichen Schüsseln ein und stapelte sie ordentlich auf ihrem Tablett. Erst dann erwiderte sie: »Besser, sie erfahren's. Schweigen macht noch mehr Angst.«

Hin und wieder entdeckte Emma in den Gesichtern ihrer Angehörigen leise Veränderungen. In den zwei Jahren, die sie jetzt in Macao lebten, waren sie alle älter geworden. Auntie Go hatte vor Sorge über ihre Strickfabrik erst zugenommen, dann durch die Arbeit im Garten hinter dem Haus wieder abgenommen. Joan gewann mit jedem neuen Gericht, das sie unter Foons Anleitung erlernte, mehr Selbstsicherheit. Auch an Mah-mih war die Zeit nicht spurlos vorübergegangen. Jedes Mal, wenn sie lachte, sah Emma spinnwebfeine Linien um ihre Augen und Lippen herum. Die einzige positive Veränderung, die Emma im Alter von vierzehn Jahren an sich selbst entdecken konnte, war ihre Größe: Sie hatte Joan fast eingeholt.

Im ersten Jahr ihres Aufenthalts in Macao hatte Emma ihren Vater kaum gesehen. Die wenigen Male, als Emma nach ihm fragte, antwortete Mah-mih stets: »Ba-ba hat zu viel mit seinen Geschäften zu tun.« Emma wusste, dass *Zehntausendfacher Gewinn* nach der japanischen Invasion fast Bankrott gegangen wäre, und sie fragte sich, was Ba-ba in ihrer Hongkonger Wohnung tagaus, tagein wohl machte. Joan sagte, er hüte die Familienerbstücke. Emma konnte sich nicht vorstellen, dass er seine Zeit mit Mah-jongg und ausgedehnten Mittagsmahlzeiten totschlug. Irgendwie stellte sie sich vor, ohne seine Arbeit müsse er davonwehen wie Staub.

Bei den wenigen Malen, als Emma ihren Vater sah, schien er immer abgenommen zu haben, und seine Haare wirkten jedes Mal eine Spur grauer. Sie begann, diese Veränderungen in ihrem Tagebuch zu notieren, als könnte sie durch das schriftliche Festhalten sein Dahinschwinden verhindern. Wenn sie in das kleine, stuckverzierte Haus trat und den scharfen, blumigen Duft von Ba-bas Rasierwasser wahrnahm, bedeutete das für Emma immer noch, dass sie wenigstens für kurze Zeit wieder eine richtige Familie wären.

Von ihrem Vater hörten sie Berichte aus erster Hand über die Lage in Hongkong. »Überall herrscht das Chaos«, sagte Ba-ba und nippte an seinem Tee. »Die Stadt besteht nach dem Bombenhagel immer noch zum großen Teil aus Ruinen. Alles von Wert wurde konfisziert. Die Japaner haben wenig gegen die Nahrungsmittel- und Brennstoffknappheit getan. Wenn der Schwarzmarkt nicht wäre, hätten wir gar nichts.«

Beim Zuhören bekam Emma einen ganz trockenen Mund, ein bitterer Geschmack lag ihr auf der Zunge. Mah-mih und Auntie Go antworteten mit leisem Flüstern, und Joan, deren benommener Blick von weit her zu kommen schien, blieb stumm.

Den Geschichten nach, die Emmas Großmutter über ihren Vater erzählt hatte, war Ba-ba als kleiner Junge nicht viel anders gewesen als im Erwachsenenalter. Immer hatte er lauter Zahlen und Rechnungen im Kopf. Nie geriet er bei Rechenaufgaben auf eine falsche Fährte, wie es Emma manchmal im Mathematikunterricht passierte. Er dachte in Zahlen, wie sie in Farben oder Worten dachte. »Du bist zwei Zentimeter gewachsen«, sagte er zum Beispiel, oder: »Bring mir sechzig Zentimeter von dieser Schnur.«

Emma dachte oft darüber nach, was ihren ruhigen Vater und ihre schöne Mutter wohl zusammengeführt hatte. Auch durch aufmerksame Beobachtung ließen sich keine Aufschlüsse gewinnen. Es gab keine zwei gegensätzlicheren Menschen als die beiden. Vaters Ruhe konnte sich auf einen ganzen Raum übertragen, das leidenschaftliche Temperament ihrer Mutter dagegen, unberechenbar wie das einer Katze, konnte jederzeit in hitzigen Ausbrüchen aufflammen. In den Augen ihres Vaters ergaben die beiden zusammen wohl die richtige Gleichung, wie zwei Bruchzahlen eine ganze Zahl.

In ihrem zweiten Jahr in Macao begann Ba-ba, sie alle paar Monate zu besuchen. Ende Mai kam er zu Joans Abschlussfeier an der Poi Do. Im engen vorderen Raum der Behelfsschule saßen Emma und ihre Angehörigen auf unbequemen Metallstühlen und warteten auf den Beginn des Programms. Sogar Foon war gekommen; sie saß stumm auf dem Stuhl neben Auntie Go, auf dem Schoß ein Weckglas Kumquatsuppe, die sie speziell für Joan kreiert hatte.

Während sie warteten, beugte sich Emma vor und fragte ihren Vater: »Ba-ba, was machst du denn so ganz allein in Hongkong?« Ihre Handflächen fühlten sich verschwitzt und klebrig an.

Ihr Vater nahm seine Brille ab und lächelte. Er war immer eine gepflegte Erscheinung gewesen, ein feingliedriger Mann, der die ersten grauen Haare schon bekommen hatte, bevor er dreißig war. »Ich kümmere mich um unsere Wohnung und warte darauf, dass ihr alle zurückkommt.«

»Bist du nicht einsam?«

»Nicht einsamer als in Japan, wenn ich von euch getrennt war.«

»Aber dort hattest du deine Arbeit.«

»Jetzt besteht meine Arbeit darin, das wenige zu bewahren, das wir noch haben.«

»Du gehst doch nicht nach Japan zurück, oder? Ich meine, wenn die Japaner aus Hongkong abgezogen sind?« Emma hatte im Radio gehört, die Japaner hätten im ganzen pazifischen Raum an Boden verloren.

»Wir müssen abwarten«, antwortete er ruhig. »Die Japaner sind nicht alle schlecht. Sie sind genauso Menschen wie wir. Nur ihre Führer haben ... Jetzt müssen wir still sein, Moi-moi. Schau, da ist deine Schwester.«

Emma nickte und sah zu der improvisierten Bühne hoch. Mrs. Chen, die Direktorin, war zu einer Ansprache vorgetreten, gefolgt von den Abiturientinnen im gelben Gewand, das zu tragen Joan sich zunächst geweigert hatte. »Das sind vielleicht hässliche Dinger«, hatte sie sich beklagt. Emma lächelte und wischte sich die verschwitzten Hände an ihrem Baumwollkleid ab. Joan stand da, unberührt vom Gewirr flüsternder Stimmen, selbstsicher und in sich ruhend. Die ganze Bühne war von ihrer Präsenz erfüllt. Sogar in der hässlichen Robe sah Joan im dunstig weißen Rampenlicht einfach umwerfend aus.

Der letzte Besuch von Emmas Vater in Macao fand im April 1945 statt. Emma wollte gerade mit Lia Rad fahren gehen, als sie hörte, wie Foon ihn mit aufgeregter Stimme begrüßte. »Lew *Seen-San*, willkommen, willkommen!«

Es war ein warmer, feuchter Tag, und Emma strahlte vor Glück, dass ihr Vater sie besuchen kam. Er sah müde aus, lächelte aber voller Herzenswärme, als sie ihn umarmte.

»Moi-moi, du kannst bald anfangen zu packen«, sagte Baba.

»Was?«

»Für die Rückkehr nach Hongkong.«

Emma blieb stocksteif stehen, wie zu Stein erstarrt. Sie hatte Macao als ihre Heimat lieb gewonnen, hatte sich an die träge Hitze gewöhnt, die sich wie eine dicke Hülle über die Stadt legte. Vor allem aber konnte sie den Gedanken nicht ertragen, Lia zu verlassen.

»Wann?«, fragte Emma, als sie ihre Stimme wiedererlangt hatte.

»Komm, erzählen wir's den anderen.« Ba-ba führte sie zurück ins Haus.

Als alle am Esstisch saßen, fuhr Emmas Vater lächelnd mit seinem Bericht fort, was es in Hongkong Neues gab.

»Die Japaner halten nicht mehr lange durch. Hongkong wird ihnen allmählich zur Last. Es würde ihnen nie gelingen, uns die japanische Lebensart überzustülpen. Nicht einmal die *Hong Kong News*, ihr eigenes Propagandablatt, kann die Tatsache verbergen, dass Hitler in Europa seiner Niederlage entgegensieht, genau wie ihnen der Pazifikraum aus den Händen gleitet.« Ba-ba blickte zu Emma und Joan hinüber. »Ihr werdet früher in euren eigenen Betten schlafen, als ihr glaubt.«

»Wann kehren wir zurück?« Joan fand als Erste die Sprache wieder.

»Spätestens in ein paar Monaten«, antwortete Ba-ba.

»Würdet ihr mich bitte entschuldigen? Ich möchte es gern Foon erzählen«, sagte Joan und warf Emma einen verstohlenen Blick zu. Joan stand auf, strich sich mit den Fingern durch die schulterlangen Haare und verschwand dann durch die Küchentür.

Emma versuchte zu lächeln. Sie wusste, dass ihr Vater die Lage richtig einschätzte, die vielen Gerüchte und Nachrichten bestätigten es. Im Krieg hatte sich das Blatt gewendet, den Japanern waren die Mittel ausgegangen, um die Kämpfe fortzuführen.

Im Bad bespritzte sich Emma ihr Gesicht mit kaltem Wasser und beschloss, zu Lia hinüberzugehen und ihr alles zu sagen. Sie schaute in den Spiegel und stellte überrascht fest, dass ihr eine ältere, traurigere Person entgegenstarrte.

Mitte August hatten die Bomben über Hiroshima und Nagasaki dem Krieg ein Ende gesetzt. Mit fassungslosem Schweigen hörte die Familie Lew die Meldung im Radio. Schließlich schüttelte Auntie Go den Kopf und sagte laut: »Die armen Kinder.« Emma versuchte sich auszumalen, wie man sich fühlte, wenn einen dieser heiße Lichtblitz verschlang, wenn man spürte, wie der eigene Körper wegschmolz. Bei dieser Vorstellung absoluten Grauens kroch ihr eisige Kälte bis ins Mark.

Wie anders war das Leben hier draußen! Sonst regnete es im Sommer immer viel, und Gewitter tobten über Macao, doch heute war es trocken geblieben, das Meer zeigte sich ungewöhnlich ruhig. An diesem herrlich klaren Tag fuhren Emma und Lia ein letztes Mal mit ihren Rädern gemeinsam zum Hafen hinunter und dann zur Basilica Sao Paulo hinauf. Emma versuchte, sich alles ins Gedächtnis einzuprägen, die welkende Süße von Auntie Gos Blumengarten, den Geruch von Stockfisch in der Luft, die massive Kirchenfassade, die in der Sonne leuchtete. Ihr Anblick, wie sie aller Wahrscheinlichkeit spottend da stand, vermittelte Emma ein Gefühl der Leichtigkeit und gleichzeitig der Stärke, doch die Endgültigkeit ihrer Abreise machte ihr Angst. Wenn sie von Lia Abschied genommen hatte, würde sich einmal mehr alles ändern. Emma wusste nicht, was auf sie wartete, wenn sie Macao verlassen haben würden, doch tief im Inneren war sie sich darüber im Klaren, dass sie sich mehr ersehnte als Hongkong.

»Und was sehen wir, wenn wir durch diese Tore treten?« Lias Samtstimme erfüllte die Luft.

»Eine riesige Holzbalkendecke«, antwortete Emma rasch.

»Und was noch?«

»Bunte Glasfenster in allen Farben. Rot, blau, grün und gelb. Und auf dem Altar steht ein goldener Messkelch, und darüber hängt ein großes Holzkreuz.«

Lia schloss die Augen in der Sonne.

»Ja. Ja, das kann ich alles sehen.«

Tagtraum

1942-1945

AUNTIE GO

Wann immer Auntie Gos Gedanken in all den Jahren zu jenem Sommer zurückwanderten, den sie in ihrer Kindheit in Macao verbracht hatte, schien ihre Erinnerung auf Zeitlupe umzuschalten. Das schnelle, hektische Tempo Hongkongs wich einem trägen Tanz aus tropischer Hitze, süßer Kokosmilch, dahinköchelnden schwarzen Bohnen, den hohen, schrillen Rufen portugiesischer Stimmen, dem feuchten, modrigen Geruch unten am Bach, dem ansteckenden Lachen eines Kindes, dem kühlen Wasser, dem dumpfen Wummern ... Wummern ... Wummern ...

Seit Auntie Go vor dem Terror im japanisch besetzten Hongkong nach Macao geflüchtet war, wurde jener längst vergangene Sommer in ihr lebendiger denn je. Im ersten Monat, den sie wieder in Macao verbrachte, stiegen in ihren Träumen längst vergessene Ereignisse hoch, die Gesichter und Stimmen ihrer Eltern kehrten in einer solchen Deutlichkeit zurück, dass Go erschrocken aufwachte.

Meist stand sie morgens sehr früh auf, ganz vorsichtig, um ihre Cousine Kum Ling nicht zu wecken, und ging die baumgesäumten Straßen Macaos entlang, wo sie die vom Markt zurückeilenden Macanesinnen und Dienstboten beobachtete. Gelegentlich sah sie in einiger Entfernung Foon nach Hause hasten, in jeder Hand eine Tasche, gefüllt mit Obst und Gemüse. Falls Foon ihrerseits Auntie Go sah, ließ sie sich das nie anmerken, sondern respektierte auch in der Öffentlichkeit Gos Privatsphäre. Denn genau darum ging es Go bei diesen morgendlichen Spaziergängen: um das Privileg, allein zu sein, die süßen tropischen Sommerdüfte einzuatmen, die den überall üppig gedeihenden Früchten und Blüten entströmten.

Und mit jedem Duft durchfloß sie eine Erinnerung an das junge Mädchen, das vor so vielen Sommern Macao besucht hatte. Obwohl ihre Nichten den lebendigen Beweis für all die Jahre lieferten, die inzwischen vergangen waren, nahm die Intensität der Erinnerung an jenen Sommer täglich zu.

Nach fünfundzwanzig Jahren teilte Auntie Go wieder ein kleines Zimmer mit Kum Ling. Und Abend für Abend, wenn sie im Bett lagen und dem sanften Rauschen der Palmen zuhörten, konnte Go fast körperlich spüren, wie sich die Gedanken ihrer Cousine von ihrem Mann, ihren Töchtern und der japanischen Besatzung lösten und zu jenem erdrückend heißen Nachmittag zurückdrifteten, über den sie nie gesprochen hatten.

Auntie Go wartete geduldig, während die Erinnerung schwer auf ihrem Herzen lastete. Dann, in einer besonders heißen und stickigen Nacht, drang das ruhelose Rascheln von Leintüchern zu ihr herüber. Auntie Go drehte sich zur Seite. Die feinen, durchscheinenden Fäden ihres Moskitonetzes waren im Dunkeln fast unsichtbar. Plötzlich wurde die Stille zwischen ihren Betten durch Kums leises Flüstern aufgestört: »Erinnerst du dich?«

»Selbstverständlich.«

»Hast du dir jemals gewünscht, du hättest den Sommer nicht mit uns verbracht?«

Go schwieg einen Augenblick. »Ich habe mich doch dafür entschieden«, sagte sie dann und nahm damit die volle Verantwortung auf sich. Sie hörte die langsamen Atemzüge ihrer Cousine im Bett neben ihr, spürte die dichte Dunkelheit, die sie beide umfing.

»Ich hätte dafür sorgen sollen, dass auch er damit aufhörte, als wir anderen nicht mehr mitmachten. Auf mich hätte er gehört. Aber er hatte soviel Spaß dabei, und ich hätte nie gedacht ...« Kum Ling verstummte.

»Niemand konnte das voraussehen. Damals waren wir nicht älter als Moi-moi jetzt. Wir waren doch noch Kinder«, sagte Go. Draußen hörte sie das leise Zirpen der Grillen.

»Aber ich als die Älteste hätte es besser wissen sollen«, sagte Kum Ling mit dünner, angespannter Stimme.

Auntie Go erwiderte nichts mehr. Sie war mit Kum Ling aufgewachsen, die schon als Kind furchtlos gewesen war und immer sagte, was sie dachte. Die leisen Worte, mit denen sie jetzt über ihr Versagen sprach, machten Go betroffen. Für Go war es seltsam, über die Vergangenheit zu reden, ohne das Geschehene wirklich auszusprechen. Dennoch – dies war das erste Mal, dass sie überhaupt miteinander über jenen Sommer redeten. Fünfundzwanzig Jahre lang war die Stille in Gos Kopf immer lauter geworden. So oft hatte sie sich danach gesehnt, Kum Lings Hand zu nehmen und sich die Vergangenheit zurückzurufen, sie endlich offen ans Licht zu bringen, damit sie den Geist ihres Bruders zur Ruhe betten könnten. Seit sie wieder in Macao waren, schien die Erinnerung ständig um sie zu schweben, und obwohl sie nie wirklich über Sai-los Tod gesprochen hatten, konnten sie ihn doch nicht auslöschen.

»Wir waren doch noch Kinder«, wiederholte Go und

streckte ihre Finger aus, als wolle sie den Fingern Kum Lings begegnen, doch statt dessen berührte sie nur ein Netz aus Gaze.

Auntie Go war das einzige Kind der jüngeren Schwester von Kum Lings Mutter. Ihre Mütter waren die zweite und dritte Tochter der zweiten Konkubine ihres Großvaters. Go war es ein Rätsel, wie sie alle unter einem Dach hatten zusammenleben können, ihr Großvater, seine fünf Frauen und seine siebzehn Kinder. Ihre Mutter war glücklich gewesen, als sie nach ihrer Heirat wegziehen konnte. Ihr Mann besaß einen Laden, in dem er Reis und Gerste verkaufte. Vielleicht war ihre Kindheit der Grund, warum Gos Mutter ihre Einsamkeit über alles schätzte; oft saß sie ganz allein im Hof und strickte, ein heiteres Lächeln auf den geschlossenen Lippen. »Schweigen ist das größte Geschenk, das mir dein Ba-ba gemacht hat«, sagte sie oft.

Auntie Go fragte sich, ob sich ihre Mutter jemals für sie dasselbe gewünscht hatte, nämlich einen Mann, der sie mit solchen wunderbaren Geschenken überhäufte. Wenn es so war, dann hatte Gos Mutter derartige Gedanken für sich behalten und sie kein einziges Mal geäußert, aus Angst, sie könnte Go damit verletzen oder das Schicksal herausfordern. Von ihr lernte Go, dass Schweigen manchmal Güte bedeuten konnte.

Auntie Go war gerade zwölf geworden, als sie von ihrem Onkel und ihrer Tante eingeladen wurde, mit ihnen, Kum Ling und ihren beiden Brüdern in den Sommerferien einen Monat in Macao zu verbringen. Go überlegte tagelang hin und her; sie wollte einerseits Macao gern sehen, aber andererseits ihre Eltern nicht verlassen.

Als kleine Mädchen standen sich die Cousinen so nahe wie

Schwestern. Die zwei Jahre ältere Kum Ling war die Hübschere von den beiden, doch Auntie Go war mit einem hohen Wuchs und großer Intelligenz gesegnet. Schon im Alter von zwölf Jahren war Go so groß wie mancher Mann. Und während Gos Mutter all den guten Suppen die Schuld gab, die sie ihrer Tochter als Kleinkind gekocht hatte, genoss Go ihre Größe insgeheim als eines der wenigen Dinge, die sie ihrer Cousine voraus hatte – Kum Ling würde immer zu ihr aufblicken müssen.

Trotzdem hatte Kum Ling stets das letzte Wort, wenn sich die beiden stritten. Schließlich zeichnete sie sich durch den Besitz zweier jüngerer Brüder aus. Und Go war von Natur aus schüchtern, sie wurde von ihren Eltern wegen ihrer Geduld und ihres Fleißes geliebt. Als Kind redete sie wenig und wurde oft von Kum Lings kleinen Brüdern geneckt, sie hätte wohl das Sprechen verlernt.

»Ich kann dich da droben nicht hören«, zog Sai-lo sie auf.

»Hast du was gesagt?«, setzte Tong spöttisch hinzu.

Dann verstummte Go nur noch mehr. »Ich ...« fing sie an.

»Ich ... was?«, bohrten die Brüder weiter.

»Lasst sie in Ruhe«, befahl Kum Ling, die blassen Arme über der Brust verschränkt.

»Lasst sie in Ruhe«, äfften die Brüder sie nach. Aber kaum hatten sie das gesagt, rannten sie davon und gehorchten so Kum Ling auf ihre eigene Art.

Sie begriffen nicht, dass Go wie ihre Mutter Schweigen als sehr wohltuend empfand. Auntie Go prägte sich ein, was ihre Mutter sie einst gelehrt hatte: »Manche Worte solltest du für dich behalten; wenn du sie herauslässt, könnten sie jemanden tief verletzen. Oder für immer davonfliegen.«

Allerdings begriff Auntie Go später, als sie älter wurde, dass manche Worte herausgelassen werden mussten, damit sie nicht in einem weiterbrodelten, bis sie überkochten. So verspürte Go jetzt das Bedürfnis, den Alptraum ihrer Kindheit in Worte zu übersetzen, die für immer davonfliegen würden.

Ich erinnere mich, dachte Go im Stillen, wenn sie jeden Morgen die schmalen, steingepflasterten Straßen entlanglief.

Sie erinnerte sich an die brütende, stickige Hitze jenes Nachmittags, an dem sie schon in Schweiß gebadet waren, als sie und Kum Ling mit ihren beiden jüngeren Cousins, Tong und Sai-lo, den Hof durchquert hatten. Sie sollten eigentlich im Hinterhof spielen, machten sich aber oft durch die hohen *kuku*-Bäume davon zu einem abenteuerlicheren Ort unten am Bach. Go trödelte ein Stück hinterher. Sie war plötzlich in die Höhe geschossen und fühlte sich mit ihrer neuen Größe unbehaglich. Schon beim Aufwachen spürte sie an jenem Morgen einen dumpfen Schmerz, der an ihren Knochen zog, und fragte sich, wann sie wohl aufhören würde zu wachsen.

Go hörte Kum Ling am Bach nach ihr rufen, dann Tong, der in den Stimmbruch kam. »Da lang!«, schrie er.

»Ich komme«, antwortete sie und beeilte sich nicht im Geringsten, die anderen einzuholen. Sie spürte die Julisonne auf ihren Rücken und Nacken niederbrennen wie eine schwere Hand, die sie vorwärts stieß. Die Mücken unten am Wasser waren ihr zuwider, ebenso der feuchte Geruch der Erde und der Bäume dort. Doch am meisten genoss es Go, nach fast zwei Wochen in Gesellschaft ihrer lärmenden Cousins etwas Zeit für sich allein zu haben.

Als sie die Böschung zum Ufer hinunterstieg, wo die anderen spielten, war Go froh um die hohen Kiefern, die am Bach wuchsen. In ihrem kühlen Schatten stand Sai-lo und lachte. Er deutete nach oben zu einem großen Baum, dessen dicke Äste über den Bach hingen. »Da! Da!«, schrie er. Mit seinen neun Jahren war er immer noch das Baby der Familie. Er schaute zu seinem elfjährigen Bruder hinüber, der lächelnd nickte.

Kum Ling stand neben ihren Brüdern, die Hände in die Hüften gestemmt, und sah zu dem alten Baum hoch.

»Was habt ihr vor?«, fragte Go.

»Das wirst du schon sehen«, antwortete Tong.

Er hob sein weites Hemd, um ihr das Seil zu zeigen, das in dichten Schlingen um seinen dünnen Körper gewickelt war. Er reichte das Ende Sai-lo, der im Kreis um ihn herumzulaufen begann, bis er das Seil ganz abgewickelt hatte.

Go lachte und konnte es kaum glauben, dass Tong bei einer solchen Hitze das schwere Seil am Körper getragen hatte. Als es wie eine schlafende Schlange am Boden lag, hielten alle nach dem besten Ast Ausschau, an dem sie schaukeln könnten. Eine dicke Wolke Mücken umschwärmte sie, die Go vergeblich wegzuschlagen versuchte.

Abwechselnd versuchten sie, das Seil über einen dicken Ast zu werfen, der übers Wasser ragte. Go war wegen ihrer Größe im Vorteil, und bei ihr flog das Seil über den Ast und klatschte mit einem kurzen Schnalzer wieder nach unten.

»Go hat's geschafft!«, jauchzte Sai-lo mit seiner hohen Stimme glücklich.

Sie stand mitten unter ihnen und merkte plötzlich nichts mehr vom feuchten Geruch und den Mücken – zum ersten Mal wurde sie von allen akzeptiert.

»Ich will als Erster!«, drängelte Sai-lo.

Tong knotete die beiden Enden des Seils zusammen und zog dann sein Hemd aus. »Erst, wenn ich es ausprobiert habe«, sagte er und schlüpfte mit dem Fuß in die Schlinge. Er trat mit seinem ganzen Gewicht ein-, zweimal kräftig nach unten, um sich zu vergewissern, dass das Seil auch hielt.

»Sei vorsichtig«, mahnte Kum Ling.

Tong zog noch einmal am Seil. Dann kletterte er damit so hoch wie möglich den Abhang hinauf, stieg in die Schlinge, stieß sich von der Böschung ab und ließ sich mit einem Platscher in den Bach fallen, der keine drei Meter unter ihm dahinfloß.

Den ganzen Nachmittag wechselten sie sich ab, schwangen erst am Seil und sprangen dann in den Fluss, kletterten hoch und ließen sich genau im richtigen Moment wieder fallen. Go zögerte zuerst, ließ sich aber schließlich von Kum Ling und Tong überreden, es auch einmal zu versuchen.

»Du brauchst keine Angst zu haben, im Wasser tust du dir nicht weh«, drängten sie die beiden.

»Ich habe keine Angst.« Go gab sorgfältig darauf Acht, dass ihre Stimme kräftig und ruhig klang, frei von jeder Spur von Angst, die sie empfinden mochte.

Als sie das Seil losließ und ihre langen Glieder ins kühle Wasser tauchten, jubelte sie innerlich vor Aufregung, weil sie die Hitze und ihre Angst besiegt hatte. Sie konnte es kaum erwarten, bis sie wieder an die Reihe kam.

Auntie Go behielt jenen Nachmittag immer noch als einen Moment vollkommener Harmonie im Gedächtnis. Sie, Kum Ling und Tong lagen schließlich erschöpft in ihren nassen Kleidern auf der Böschung, lachten und überlegten, wie sie zurück ins Haus und in trockene Kleider schlüpfen könnten, ohne von Gos Tante und Onkel ertappt zu werden.

Alles änderte sich mit einem Schlag durch einen kurzen, plötzlichen Schrei, mehr ein Wimmern, das in der Kehle stecken blieb, wie von einem Tier, das Schmerzen litt. Mit einem Ruck drehten sich ihre Köpfe nach oben, gerade rechtzeitig, um Sai-lo fallen zu sehen. Sein Fuß rutschte aus der Schlinge, seine seitlich ausgestreckten Arme schlugen auf und ab, als ob er wirklich fliegen würde. Dann prallte er hart und schwer auf dem Ufer auf. Einen Moment später lag Gos neunjähriger Cousin reglos am Boden, halb im Bach, den Hals grausam zur Seite verrenkt. Tong hastete den Abhang hinunter, während Kum Ling aufstand und zu weinen begann, erst leise, dann wild und in panischer Angst. Go folgte Tong so rasch sie konnte. Sie rutschte die Böschung hinunter, und das Summen der Mücken dröhnte ihr so laut in den Ohren wie Kum Lings Schreie.

Die Stille, die danach kam, lastete tagelang auf ihnen, noch lange, nachdem der heiße, hochrote Schmerz der Mückenstiche abgeklungen war. Die Trauer und der Schock machten Go und Kum Ling so müde, dass sie nur noch schlafen wollten, doch wenn sie Stunden später wieder aufwachten, waren sie genauso müde wie zuvor. In jenen wachen Momenten hörte Go, wie im Raum nebenan etwas dumpf gegen die Wand schlug. »Du wirst dich noch verletzen«, redete ihre Tante flehentlich auf Tong ein. Das Geräusch hielt nur kurze Zeit inne, dann begann das rhythmische Wummern wieder und lullte sie schließlich in den Schlaf.

Jahre später war Sai-los Tod zur stummen Erinnerung geworden, ein dünner Schatten, der am Rand des Bewusstseins verharrte.

»Ein Kind sollte nie vor seinen Eltern sterben«, sagte Kum Ling einmal zu Auntie Go. Ihr Bruder war schon seit Jahren tot und Joan gerade zur Welt gekommen, ein Baby, das sie voller Staunen betrachteten.

»Nein, das ist zu grausam«, setzte Auntie Go hinzu.

Joan schlief und machte im Traum mit den Lippen Nuckelbewegungen.

»Ich würde dann auch sterben«, sagte Kum Ling und strich die rosa Decke über dem prächtigen Baby glatt, das sie nach so vielen Enttäuschungen schließlich zur Welt gebracht hatte.

»Sag so was nicht, das ist ein böses Omen«, flüsterte Go und hoffte, die Götter hätten sie nicht gehört. Er konnte so leicht reißen, dieser dünne Faden zwischen Leben und Tod.

Auntie Gos Eltern starben 1933, sie folgten einander im Abstand von zehn Monaten. Go war gerade achtundzwanzig geworden und arbeitete im Laden ihres Vaters. Sein Tod kam plötzlich, ein Herzinfarkt, der ohne Vorwarnung zuschlug. Der Krebs ihrer Mutter schritt langsam voran und ließ ihr Zeit, Geschäftliches zu regeln und mehr Worte mit Go zu wechseln, als sie es ein Leben lang getan hatte.

Eines Abends starrte ihre Mutter sie beim Abendessen lange an, ohne etwas zu sagen.

»Was ist denn? Hast du Schmerzen?«, fragte Go beunruhigt.

Ihre Mutter lächelte. »Es widerstrebt mir sehr, dich allein zu lassen«, sagte sie schließlich.

Go spürte einen Kloß in der Kehle. »Aber das werde ich nicht sein ... Kum Ling ist da und ihre beiden Mädchen«, war alles, was sie hervorbrachte, obwohl sie in Gedanken sagte, *ein Teil von mir wird mit dir gehen.*

Ihre Mutter blickte zu ihr auf. »Du bist anders als sie. Stärker. So groß und unabhängig wie eine Bambusstange. Aber trotzdem nicht dazu geschaffen, allein zu wachsen.« Ihre Mutter legte ihr noch mehr Senfkohl ins Schälchen. »Am besten achtest du gar nicht auf mich. Ich rede zu viel. Werde wohl alt.«

Go nahm jedes Wort in sich auf, das ihre Mutter sagte. Es waren so wenige, sie waren so kostbar, dass Go jedes festhielt wie ein Juwel.

In Macao setzte bei allen die Heilung ein. In sicherer Entfernung von Hongkong und dem unablässigen Terror der japanischen Soldaten, dem sie dort ausgesetzt waren, hörten bei Emma die Alpträume auf, während Go und Kum Ling allmählich weniger misstrauisch auf jeden Laut reagierten, den sie hörten. Sogar Foon wirkte weniger ängstlich und lächelte wieder so breit, dass ihr blinkender Goldzahn zum Vorschein kam.

Am meisten aber freute sich Auntie Go darüber, dass Joan langsam aus ihrem Schneckenhaus hervorkroch, je länger sie mit Foon in der Küche arbeitete, dem Ort, an dem sie wieder aufzuleben begann. Sie hatte sich hartnäckig geweigert, ihnen zu erzählen, was an jenem Abend, als sie spät und verängstigt nach Hause kam, passiert war. Von da an hüllte sie sich in ein tiefes, undurchdringliches Schweigen. Nach jener Nacht gelangte Auntie Go zu der Erkenntnis, dass es viele Möglichkeiten gab, ein Kind zu verlieren.

In der ersten Zeit nach ihrer Ankunft in Macao wollte Kum Ling dem, was sie als Joans *albernen Kochtick* betrachtete, einen Riegel vorschieben. Auntie Go verkniff sich jede Bemerkung, so lange sie konnte, doch eines Tages zog sie ihre Cousine in das kleine Zimmer, in dem sich die Düfte von *Shalimar* und Revlonpuder vermischten, und schloss die Tür hinter sich. Wieder einmal waren sie ganz anderer Ansicht. Wieder einmal hatten sie eine Auseinandersetzung.

»Die Küche ist doch kein Ort für sie«, empörte sich Kum Ling. »Wie eine Dienerin schwarze Pilze in dünne Scheiben zu schneiden! Lotuswurzeln! Frühlingszwiebeln! Das gehört sich nicht. Ich sollte dafür sorgen, dass das aufhört. Ich bin nur froh, dass Hing nicht hier ist und seine Tochter so sieht!«

Auntie Go stand auf und ging zum Fenster. Sie wusste, dass Hing nicht das geringste dagegen einzuwenden hätte. Sie konnte es nicht ausstehen, wenn ihre Cousine sich aufführte, als wären bestimmte Dinge oder Menschen tief unter ihrer Würde, ein aufreizend affektiertes Benehmen, das sich Kum Ling durch ihren gesellschaftlichen Umgang angeeignet hatte.

»Es tut ihr gut«, wandte Auntie Go mit beherrschter Stimme ein.

»In welcher Hinsicht?«, gab Kum Ling scharf zurück.

Go drehte sich wieder zu ihrer Cousine um. Die Sonne beleuchtete die feinen Linien auf Kum Lings Stirn. »Sie erwirbt damit Fähigkeiten, die sie immer gebrauchen kann, sowohl für ihre Familie als auch für sich selbst.« Dann fügte Go in leisen und wohl überlegten Worten, aber voller Nachdruck hinzu: »Du darfst es ihr nicht verwehren, Kum Ling. Joan braucht jetzt etwas. Es kann ihr nicht schaden.«

Kum Ling sah Auntie Go lange an, und ihre Augen wurden feucht und begannen zu glänzen. »Du hast wahrscheinlich Recht«, lenkte sie schließlich ein. »Es ist nur eine vorübergehende Phase.«

In den folgenden Tagen stieß Kum Ling ein paar lange Seufzer aus und schüttelte auch einmal ungeduldig den Kopf, sagte aber nichts, während Joan fortfuhr, in der Küche mit Foon zu kochen.

Und ganz langsam kehrte die alte Joan, die sie alle kannten, zu ihnen zurück. Eines Nachmittags, als Kum Ling im Hotel Miramar Mah-jongg spielte und Emma nebenan bei Lia war, hörte Auntie Go Stimmen aus Joans Zimmer. Die Tür war nur angelehnt, deshalb spähte sie hinein. Joan saß vor dem Spiegel und sprach leidenschaftlich zu ihrem Spiegelbild.

Auntie Go klopfte leise. »Was machst du denn da?«

Joan lächelte ihr im Spiegel zu. »Ich beobachte nur, wie sich mein Gesichtsausdruck verändert, wenn ich verschiedene Texte spreche. Schau mal: *Ich hasse dich!*«, sagte sie zum Spiegel. »Hast du gesehen, wie meine Augenbrauen in die Höhe schnellen und sich meine Nasenflügel blähen?«

Auntie Go lächelte. »Mach's nochmal.«

»Ich hasse dich! Ich habe dich schon immer gehasst.«

»Du hast recht«, stimmte Auntie Go zu und setzte sich neben Joan.

Joan beugte sich näher zum Spiegel vor. »Erstaunlich, wie viel ein Gesicht zeigen kann.«

»Oder nicht zeigen.« Auntie Go suchte im Spiegel nach Joans dunklen Augen und hielt sie fest.

»Oder nicht zeigen«, wiederholte Joan und entzog sich Gos Blick.

Während ihres Aufenthalts in Macao verbrachte Kum Ling ihre Nachmittage mit Mah-jongg-Spielen, Auntie Go dagegen las oder arbeitete in dem kleinen Garten hinter dem Haus. Der Garten war nur ein kleiner, quadratischer Erdfleck, von Buschwerk überwuchert, doch Auntie Go war dankbar, dass sie ihm ihre Aufmerksamkeit schenken konnte. Unter ihren Händen blühte alles auf und schoss in die Höhe wie Joan und Emma. Go konnte nicht glauben, wie schnell ihre Nichten wuchsen. Bald würden sie heiraten, ihre eigenen Familien gründen und fortgehen. Go hatte es aufgegeben, sich wegen ihres Strickereibetriebs, den sie zurückgelassen hatte, Sorgen zu machen. Der Verlust verlor an Gewicht, je länger sie in Macao war. Sie wusste, dass die Japaner nicht die Absicht hatten, ihr Unternehmen zu verschonen. Sie würden alles plündern, was ihnen wünschenswert erschien, und den Rest zerstören. Wenn solche düsteren Gedanken aufzogen, schob Go sie einfach beiseite, weil sie nicht in Hoffnungslosigkeit versinken wollte. Aus der Ferne konnte sie nichts weiter tun, als sich auf das Schlimmste gefasst zu machen.

Inzwischen verbrachte sie jeden Tag auf Händen und Knien, grub tief in die dunkle Erde und zog Unkraut und tote Sträucher mitsamt den Wurzeln heraus. Sie war entschlossen, den Garten bis zum Frühling wieder zum Blühen zu bringen.

An einem kühlen Märzmorgen begann Auntie Go schon früh, an ihrer Frühjahrspflanzung zu arbeiten. Sie erwartete nicht, dass ihr jemand Gesellschaft leisten würde, doch dann hörte sie Emmas leichte Schritte, die sich ums Haus herum näherten.

Unter dem Arm trug sie einen kleinen Skizzenblock, auf dem sie vor kurzem zu zeichnen begonnen hatte. Go war sehr glücklich, dass Emma die Möglichkeit entdeckt hatte, sich künstlerisch auszudrücken. Manchmal fürchtete Go, dass Joan mit ihrem schauspielerischen Talent ihre jüngere Nichte zu sehr in den Schatten stellte.

»Ich dachte, du wolltest Rad fahren.« Go lächelte und schirmte sich mit der Hand gegen die Morgensonne ab.

»Später. Lia muss jetzt mit ihrer Familie in die Kirche gehen.« Emma ließ ihren Block fallen und kniete sich neben Go auf den Boden. »Und was machst du?«

»Die Beete zum Pflanzen vorbereiten.«

»Kann ich dir helfen?«

Auntie Go lächelte. »Natürlich kannst du. Hier, fang an zu graben.« Sie reichte Emma eine Schaufel.

»Darf ich dich etwas fragen?« Emma nahm die Schaufel und prüfte die Schärfe ihrer Kanten.

»Selbstverständlich, alles, was du willst.«

»Wie war Mah-mihs jüngerer Bruder? Ich habe ein Familienfoto gefunden, auf dem er drauf ist, aber Mah-mih hat mir nur erzählt, er sei hier in Macao gestorben, als er noch ein kleiner Junge war.«

Erschrocken kauerte sich Auntie Go neben Emma und begann, ein Loch in die Erde zu graben, wobei sie Emmas Blick auswich. Plötzlich spürte sie einen eiskalten Wind im Nacken.

»Es war ein Unfall unten am Bach, wo wir immer spielten. Völlig sinnlos«, antwortete sie nach einer Weile sachlich.

»Du und Mah-mih, wart ihr dabei?« Emma sah verstohlen zu Auntie Go hinüber, während sie ihre Hände mit emsigem Graben beschäftigte.

»Ja, wir waren dabei.« Auntie Go richtete sich auf die Knie auf und schob sich die herabhängenden Haarsträhnen aus den

Augen. »Onkel Tong auch. Wir sind alle im Bach geschwommen.«

»Und er ist ertrunken?«

»Er stürzte von einem Seil ab, mit dem wir uns in den Bach schwangen.« Auntie Go verspürte eine seltsame Erleichterung, als würde ihr nun jemand helfen, die Bürde zu tragen. »Er hat sich den Hals gebrochen.«

Emma umklammerte die Schaufel fester. »Warum spricht Mah-mih nie über ihn? Wäre es nicht besser, seinen Geist am Leben zu erhalten?«

Auntie Go lächelte. Wieder wurde ihr bewusst, dass Emma mit ihren dreizehn Jahren nicht viel älter war als sie damals, obwohl sie so viel klüger wirkte. »Sehr lange wussten wir uns nicht anders zu helfen, als das Entsetzliche mit Schweigen zuzudecken. Vermutlich hofften wir, dass es vielleicht von selbst verschwinden würde, wenn wir nichts sagten. Wir waren alle sehr jung, als wir den Unfall miterlebten. Und als wir erwachsen waren, lag alles zu tief in uns begraben.«

»Und jetzt, wo du nach Macao zurückgekehrt bist?« Emma stellte die Frage, als sie wieder zu graben begann. »Denkst du jemals an ihn?«

Auntie Go nickte. »Ständig. Er hat seinen großen Bruder, deinen Onkel Tong, abgöttisch geliebt. Er war ein frühreifer kleiner Junge mit grenzenloser Energie. Du hättest ihn gemocht.«

»Es ist ein trauriger Gedanke, dass er nie eine Chance hatte, erwachsen zu werden.«

»Ja. Es wäre schön gewesen, mitzuerleben, was für ein Mann er geworden wäre.« Auntie Go lächelte und blickte auf. Das grelle Sonnenlicht schmerzte ihr in den Augen, und einen Moment nahm sie ringsum nur noch Schatten wahr. »Vielleicht hätte er mit den Händen gearbeitet, als Architekt, Bauarbeiter oder Ingenieur.« Dann bückte sich Auntie Go wieder und fuhr mit den Fingern durch die Erde. »Wir haben viel zu lange geschwiegen. Vielleicht ist es jetzt an der Zeit, Sai-los Geist freizulassen.«

»Irgendwie glaube ich, das hast du gerade getan.« Emma lächelte. Dann setzte sie sich auf. »Wenn der Garten in voller Blüte steht, werde ich ihn für dich zeichnen.«

Auntie Go legte ihre erdverkrustete Hand auf die von Emma und lächelte. »Das wäre für mich das allerschönste Geschenk.«

In jener Nacht träumte Auntie Go ein letztes Mal von Sai-lo. Wieder sah sie, wie sein Fuß aus dem Seil rutschte, doch statt zu fallen schwebte er nach oben, lachend und auf der schweren Sommerluft schaukelnd, die ihn wie Wasser trug.

Wildes Feuer und Frühlingswind

1946

JOAN

Die Tür zu Joans Zimmer öffnete sich knarzend. Joan drehte sich um und sah ihre fünfzehnjährige Schwester hereinkommen. »Du könntest ruhig vorher anklopfen«, sagte Joan und wandte sich wieder ihrem Spiegelbild zu.

»Entschuldige.« Emma ließ sich auf Joans Bett plumpsen. »Was hast du denn vor?«

»Ich gehe aus«, antwortete Joan, blickte auf und sah, wie ihre Schwester sie anstarrte.

Unter Emmas Blicken wurde ihr heiß und unbehaglich, ganz anders als früher, wenn ihr Emma als kleines, neunjähriges Mädchen zusah, wie sie sich für ihre Kassiergänge zurechtmachte. Damals waren Emmas Augen voller Sorge und Bewunderung, und Joan empfand das überwältigende Bedürfnis, sie zu beschützen. Doch seit ihrer Rückkehr nach Hongkong im letzten Jahr konnte Joan an Emmas Gesicht nicht mehr ablesen, was sie dachte, und der neugierige Blick ihrer Schwester machte sie nur noch nervös.

»Wohin?«, fragte Emma.

Joan schraubte ein Cremedöschen auf. »Ins Gloucester Hotel«, antwortete sie und senkte den Blick.

Beim Ankleiden für ihre nachmittäglichen Verabredungen

baute es Joan immer auf, wenn sie sich Gene Tierney in dem Film *Laura* vergegenwärtigte. Joan hoffte, sie hätte dieselbe geheimnisvolle Aura, die in Männern den Wunsch weckte, Lauras wahres Ich zu entdecken. *Lass sie nur immer weiterraten*, dachte sie im Stillen. Doch in letzter Zeit war sie der Schauspielerei überdrüssig geworden und absolvierte ihre Rendezvous nur noch mechanisch, mit einer Gleichgültigkeit, die sie manchmal nicht verbergen konnte. Meist beendete sie den Abend, indem sie ein Taxi herbeiwinkte und ihren Kavalier abblitzen ließ: »Sie wollen doch nicht mitkommen, oder?«

Manchmal fragte sich Joan, wie sie je mit allen Erwartungen ihrer Mutter zu Rande kommen sollte, mit dem nicht enden wollenden Aufgebot an arrangierten Verabredungen, den rasch taxierenden Blicken einer weiteren neuen »Auntie« in Mah-mihs Mah-jongg-Zirkel, der langweiligen Konversation dort, die zur perfekten Partie, zur Einheirat in eine gute Familie führen sollte.

Letzte Woche war Mah-mih wieder einmal mit Heiratsplänen nach Hause gekommen. »Mrs. Chuns Sohn kommt aus Amerika zurück. Erinnerst du dich an ihn? Ich glaube, du bist ihm einmal begegnet, als du sechs oder sieben warst. Und jetzt hat er einen Harvard-Abschluss gemacht! Die Chuns gehören zu den ersten chinesischen Familien, die auf dem Peak wohnen. Vor dem Krieg bekam kein Chinese die Genehmigung, dort ein Haus zu kaufen.«

Stumm lächelnd hörte Joan Mah-mihs Suada zu, die wie ein Reisebericht vor dem eigentlichen Film dahinplätscherte. Schlag auf Schlag wurden sämtliche Attraktionen abgehakt. Joan bekam eine Gänsehaut, wenn sie sich vorstellte, wie Mrs. Chun und alle anderen über sie redeten. *Sie ist eine Schönheit wie ihre Mutter ... stellt euch vor, was für schöne Kinder ... es heißt, sie studiert Poesie bei Professor Ying ...* Joan wusste, dass Mah-mihs wöchentliche Mah-jongg-Spiele sich vor allem darum drehten, welche Familie Geld hatte, wessen Sohn Arzt werden würde, als ob das bereits eine Garantie wäre, dass er seine Frau liebte oder einen guten Ehemann abgab. Obwohl Joan den gesellschaftlichen Ehrgeiz ihrer Mutter nicht teilte, kam sie ihrem Willen wenigstens so weit entgegen, dass sie ausging und sich sehen ließ.

Manchmal stellten sich Mah-mihs herbeizitierte Kinobegleiter als ausgesprochen unangenehm heraus, wie der selbstgefällige, schwergewichtige Neffe ihrer Mah-jongg-Freundin Auntie Lai. An jenem Abend nahm Joan ihre Schwester in die Vorstellung von *Dünner Mann, 3. Fall* mit.

»Setz dich hierhin«, schlug Joan ihrer Schwester liebenswürdig vor und platzierte Emma strategisch geschickt zwischen sich und den Neffen in einen der roten Plüschsitze.

»Aber ...«, protestierte der Neffe.

»Sie hat schlechte Augen«, fügte Joan rasch hinzu und drückte Emma auf den Sitz hinunter. »Von hier aus kann sie die Leinwand viel besser sehen.«

Der Neffe sank in sich zusammen und begann laut schmatzend an getrockneten Pflaumen zu kauen. Joan spürte, wie Emma sie mit dem Ellbogen in die Rippen stieß; damit sie nicht loskicherte.

Zu Hause imitierte Joan mit todernster Miene die Hauptdarstellerin des Films. »Und peng! Noch ein Mord!« Sie presste sich die Hand aufs Herz und ließ sich aufs Bett fallen. Emma lachte aus vollem Hals.

Mit zwanzig langweilte sich Joan nur noch, wenn vom Heiraten die Rede war, obwohl sie wusste, dass Mah-mih wegen ihrer Zukunft allmählich nervös wurde. Seit ihrer Rückkehr aus Macao war sie mit mehreren jungen Männern aus guten Familien ausgegangen. Doch sie alle fanden nach ein paar Monaten bestenfalls Aufnahme in der Schar der Freunde, mit denen man ins Kino oder Tee trinken ging. Keinen Einzigen hätte Joan als Ehemann in Betracht gezogen. Die meisten waren verwöhnt und kindisch, Grabscher mit heißem Atem. Nie schlug die große Liebe ein wie ein Blitz, wie Joan es im Kino gesehen hatte.

Ihre Nachmittage verbrachte Joan meist mit Freunden beim Tee im Hongkong-Hotel, oder sie saß im Kino und träumte davon, selbst eine Schauspielerin in Hollywood zu sein. Romantische Abenteuer spielten sich in ihrer Phantasie ab wie Musikstücke. Sie stellte sich vor, sie wäre die kluge, schöne Heldin an der Seite Errol Flynns oder Tyrone Powers und würde überhäuft mit Blumen, Parfum und Wein. Ab und zu kam ihr der Gedanke, so müsste es sein, wenn man verliebt war, und ihre Knie wurden schwach, während sie die Köstlichkeit der Liebe zu schmecken glaubte.

Joan schob die Cremedosen und Parfumflaschen wieder auf ihren Platz zurück. Emmas Blick verfolgte jede ihrer Bewegungen im Spiegel, als sie sich die Augenbrauen zu makellosen Bögen zupfte, die Augenwinkel mit einem Kosmetiktuch abwischte und den tiefroten Lippenstift abtupfte.

»Gefällt dir dieser Farbton?«, fragte Joan und öffnete eine Tube Lidschatten.

Emma zuckte mit den Achseln. »Ja, ganz schön.«

Joan zeichnete mit der Spitze des kleinen Fingers einen blassen, blaugrauen Strich über ihre Lider. Sie bürstete ihre dunklen, vollen Haare. Sie waren wieder lang und reichten bis unter die Schulterblätter. Dann musterte sie das Spiegelbild ihrer Schwester und fragte sich, wie Emma wohl mit etwas Lidschatten aussähe. Mit ihrer Pagenfrisur und ungeschminkt wirkte sie viel jünger als fünfzehn. Doch sie hatte einen wunderbaren hellen Teint. Joan frisierte sich die Haare nach hinten und drehte sie zu einem Knoten zusammen. Nein, befand sie,

Make-up würde Emmas Gesichtszüge nur vergröbern, als wäre sie die ältere Schwester. Wie sie sich übrigens manchmal auch benahm!

Zum Beispiel damals auf der Fähre von Macao nach Hongkong, wo sich Emma wie eine besorgte Glucke um Joan gekümmert hatte. Das war noch kein Jahr her, im September 1945, nach der Kapitulation der Japaner. Joan hatte getan, als wäre alles in bester Ordnung, doch dabei krampfte sich ihr Magen zusammen vor Unsicherheit, was sie in Hongkong wohl erwartete. Als sie in den stillen Hafen einfuhren und Joan die dunklen Umrisse der Gebäude vor dem grauen Himmel sah, war dieser Anblick nicht gerade dazu angetan, ihre Ängste zu mildern.

Hongkong sah aus wie ein Schlachtfeld. Die Bombenschäden schienen noch schlimmer, als Joan sie in Erinnerung hatte. Der Hafen lag in einem gespenstischen Schlaf, überall ragten die Überreste gesunkener Schiffe aus dem Wasser, alles war nur noch Schrott. Kein einziger Sampan glitt über die dunklen Wellen. Als sie auf den Pier hinunterstiegen, vermied es Joan so gut es ging, die leblose Luft einzuatmen. In der Totenstille sah sie zum Victoria Peak hinauf und hätte am liebsten geweint. Die großen Gebäude, die sie einmal so stattlich und prachtvoll gefunden hatte, sahen alt und müde aus, sie wirkten nackt und kahl in dem sie umgebenden Schutt. Mah-mih, Auntie Go und Emma schwiegen ebenfalls. Nur Foon hob den Kopf und murmelte: »Zu viele Geister, zu viele Geister.«

Joan schob das letzte Fläschchen zum Spiegel und erhob sich. Sie schluckte heftig und spürte, wie ein dumpfer Schmerz durch ihren Magen zog. Die nagenden Schmerzen beunruhigten sie langsam, doch meist legten sie sich, wenn sie etwas aß oder sich kurz ausruhte. Als ihr wieder besser war, wandte sie sich an Emma und lächelte. »Jetzt bin ich fertig.«

Emma sah zu ihr hoch. Die bewundernde kleine Schwester von einst blitzte kurz wieder auf. »Bekommst du es nie satt?«

»Was soll ich satt bekommen?«, fragte Joan und suchte nach ihrer Handtasche.

»Immer dasselbe zu tun. Immer nur Tee trinken oder Filme anschauen, Woche für Woche.«

Joan zögerte, sie spürte, wie ihr die Hitze ins Gesicht stieg. Sie hatte ihr Leben noch nicht als ständige Wiederholung betrachtet, sondern einfach als den Weg, der ihr vorgegeben war, bis sie heiratete. Mah-mih hatte so ziemlich dasselbe getan. »Nein, warum auch?«

Emma beugte sich vor. »Es gibt doch auf der Welt noch so viel anderes zu sehen und zu erleben.«

Joan entzog sich dem Blick ihrer Schwester. »Nein danke! Ich habe schon genug gesehen, der Krieg und Macao haben meine Abenteuerlust befriedigt. Ich bin froh, dass wir überlebt haben und unser Leben wieder normal verläuft.«

»Normal braucht nicht langweilig zu heißen«, sagte Emma und stand vom Bett auf. »Ich möchte alles sehen. Paris, New York, San Francisco ...«

»Also mir gefällt's hier in Hongkong«, sagte Joan, auch wenn sie dachte, *was soll ich denn schon tun? Ich warte, warte auf irgendetwas oder irgendjemand.* »Wo habe ich nur meine Handtasche gelassen?« Sie ließ den Blick rasch durchs Zimmer schweifen.

»Bist du nicht neugierig, wie andere Menschen leben?«

Joan lachte. »Ich kann kaum mit meinem eigenen Leben Schritt halten!« Sie entdeckte ihre Tasche auf dem Nachttisch. »Eines Tages wirst du alles sehen, Moi-moi, da bin ich sicher.« Sie lächelte gezwungen. »Aber bis dahin hole ich dich von deiner Klavierstunde ab, ja?« Joan ging rasch an Emma vorbei und klopfte ihr auf dem Weg nach draußen liebevoll auf die Wange.

»Wohin gehst du denn?« Mah-mihs Stimme ertönte plötzlich in der Diele.

Joan blieb erschrocken stehen. »Ich dachte, du wärst schon fort.«

»Ich habe mich verspätet«, sagte Mah-mih und starrte in den Badspiegel.

»Ich treffe mich mit ein paar Freunden. Und ich dachte, ich könnte Emma später von ihrer Klavierstunde abholen.« Joans Antwort war wohl überlegt; sie wusste, dass Mah-mih von Emmas musikalischem Talent begeistert war.

Mah-mih nickte.

Joan machte sich auf einen Wasserfall von Fragen gefasst, auf eine ihrer ›kleinen Unterhaltungen‹. Wen triffst du? Wohin gehst du? In letzter Zeit nahm Mah-mih Joan oft beiseite und redete mit ihr in einem leisen, vertraulichen Ton, wie bei ihren ernsthaften Gesprächen mit Ba-Ba oder Auntie Go.

Doch heute schwieg Mah-mih zerstreut. »Heute Abend kommt dein Ba-Ba früh nach Hause, deshalb möchte ich, dass ihr beide zum Abendessen zurück seid.« Sie tupfte sich noch mehr *Shalimar* an den Hals und winkte Joan näher heran. »Hier, nimm auch etwas davon. Eine Frau prägt sich den Männern durch den Duft ins Gedächtnis, den sie trägt. Du hast Glück, du hast die Haut von *Tai Pao*. Deine Urgroßmutter war berühmt für ihren makellosen Teint.«

»Meiner ist nicht so glatt.« Joans Finger strichen leicht über die kleine Ansammlung von Pickelchen auf ihrer Stirn.

»Das geht vorbei, wächst sich aus. Und wenn du dem richtigen jungen Mann begegnest, wirst du wieder rundum aufblühen.«

Joan schaute in den Badspiegel und erkannte die Entschlossenheit im Blick ihrer Mutter. Da spürte sie wieder, wie sich ihr Magen zusammenzog, und sie senkte schnell ihren Blick.

Als Joan das Taxi kommen hörte, lief sie die Steintreppe hinunter, öffnete die Tür und schlüpfte rasch ins Auto. »Ins Gloucester Hotel«, wies sie den blassen, dünnen Fahrer an. Es war eine Erleichterung, das Haus zu verlassen und wieder aufatmen zu können. Sie lehnte sich zurück und kurbelte das Fenster nach unten. Der April hatte kaum begonnen, doch die Luft fühlte sich schon klebrig und feucht an. Als sich der Wagen in Bewegung setzte, knöpfte Joan den Kragen ihres seidenen *cheungsam* auf, beugte sich hinaus in den warmen Wind und ließ sich von ihm umarmen.

Als das Taxi die Robinson Road entlangfuhr, starrte sie wie gebannt auf die Stelle, wo der japanische Wachposten gestanden hatte. »Genau dort«, flüsterte sie vor sich hin. Alles, was vom Wachhäuschen noch übrig war, war der Betonsockel; die Holzwände waren abgerissen und als Brennholz verfeuert worden. Joan überlief ein Schauder, als sie sich an die Angst erinnerte, die sie während der Besatzung jedes Mal, wenn sie an einem Wachposten vorbeiging, empfunden hatte. Ihr Magen krampfte sich zusammen. Während das Taxi rasch weiterfuhr, drehte sie sich unwillkürlich um, um sich zu vergewissern, dass das Wachhäuschen auch wirklich weg war.

Manchmal suchten die schwarzen Nächte sie immer noch mit heftigen Alpträumen von dem japanischen Soldaten und seiner feuchten Berührung heim. Im vergangenen Jahr hatte sie weniger daran gedacht, doch gelegentlich spürte sie immer noch, wie er sie an den Armen packte, sie gegen die Wand stieß und an ihren Kleidern herumzuzerren begann. Das war etwas, wovon sie niemandem hatte erzählen können, schon gar nicht ihrer Schwester. Joan erinnerte sich an Emmas Gesicht an jenem Abend, an ihre aufgerissenen, vor Angst glasigen Augen, an ihre verängstigten Fragen, die durch das feuchte Dunkel des Raums flogen.

Hätte Joan nicht so rasch nach Macao aufbrechen und bei

Foon in die Schule gehen können, sie wüsste nicht, was passiert wäre. Fast war es, als hätte Foon ihre Gedanken gelesen und ihr die einzige Rettungsleine zugeworfen, die sie anzubieten hatte: ihre Kochkunst. Da Kopf und Hände nun eine Beschäftigung hatten, begann sich die Wunde langsam zu schließen. Jedes Gericht, das Joan zuzubereiten lernte, wurde zu einer Reise, die sie zum Abschluss bringen musste. War ein Gericht gemeistert, stellte Foon sie gleich vor die nächste Aufgabe: Schweinefleisch mit eingelegtem Gemüse, Rindfleisch mit Lotuswurzeln, gedämpfter Pak Choy mit Austernsauce. Manchmal trieb der beißende Dampf Joan das Wasser in die Augen, bis ihr die Tränen herabliefen und das Huhn oder die Suppe salzten, die sie zubereitete. Dies waren die einzigen Momente, in denen sie sich zu weinen erlaubte.

Ab und zu schlich Joan immer noch verstohlen in die Küche, um Foon zu helfen, eine Bittermelone zu füllen oder ein Huhn in Sojasauce zu kochen, doch Mah-mih sah das nicht gern. »Das ist Dienstbotenarbeit«, sagte ihre Mutter, obwohl Joan keinen großen Unterschied zwischen der Zubereitung von Mahlzeiten und ihrer einstigen Aufgabe zu sehen vermochte, für ihren Vater Schulden einzutreiben.

Das Taxi bog in die Queen's Road ein. Joan sah auf die Uhr. Sie spürte ein Brennen im Magen und musste aufstoßen, schluckte aber den säuerlichen Geschmack wieder hinunter. Es war kurz vor zwei. Erst müsste sie ihren Kavalier vor dem Gloucester Hotel treffen, wieder einmal eine Verabredung mit einem Unbekannten, eingefädelt von einer Freundin, deren Bruder vom Studium in England zurückgekehrt war. Wenn sie nicht zu viel Zeit mit Small Talk vergeudeten, könnten sie die Matineevorstellung im King's Theatre noch schaffen, *Frau ohne Gewissen* mit Barbara Stanwyck. Anschließend hatte Joan vor, sich höflich zu entschuldigen und Emma zu Fuß von ihrer Klavierstunde abzuholen. Dann könnten sie zusammen Tee trinken und hätten noch Zeit für einen kleinen Einkaufsbummel.

Joan starrte aus dem Taxifenster, immer noch überrascht, dass der britische Verwaltungsapparat in weniger als acht Monaten wieder voll funktionsfähig war und die Straßen erneut von Menschen und Autos überquollen. Ein frischer Unternehmergeist lag in der Luft, den zu nutzen Ba-Ba entschlossen war. Mah-mih hatte rasch die Verbindungen zu allen alten Freunden der Familie wieder angeknüpft, während Ba-Ba auf einen schwungvollen Handel hoffte, diesmal mit den Koreanern und Vietnamesen, die nach dem Krieg nach Hongkong gekommen waren.

Das Beste jedoch war: Hongkong quoll wieder über von allem, was käuflich zu erwerben war. Jeden Tag strömten Schiffsladungen von Waren aus aller Welt in die Stadt. Joan liebte die Menschenmengen, die durch die Straßen wogten, vom Kaufhaus Lane Crawford im Zentrum bis zu den Läden und Ständen in der Lee Yuen East und West Street, wo die Verkäufer von der Wolldecke bis zum Parfum schlichtweg alles feilboten. Überall ertönten hohe, langgezogene Rufe: »Seidenstrümpfe! Ziga-ret-ten!« Es war kaum zu glauben, dass vor wenigen Jahren, während der Besatzung, eine alte Decke zehnmal soviel gekostet hatte wie der teuerste Flacon von Chanel Nr. 5. Jetzt feilschten Männer wie Frauen an den Marktständen um eine Fülle von Waren, die täglich den Besitzer wechselten.

Für Joan, die das Einkaufen fast so sehr liebte wie das Kino, war das wie ein Wunder. Seit ihren Kassiergängen damals wurde sie von einer Art Hunger getrieben, als wollte sie stets umso mehr ausgeben, je weniger Geld sie besaß.

Gleich nach ihrer Rückkehr aus Macao entdeckte Joan einen kleinen Laden im Zentrum, in dem es ausschließlich

›Musterschuhe‹ gab, zu so günstigen Preisen, dass Joan sofort zu Auntie Go lief, um sich Geld zu leihen.

»Das ist ein einmaliges Angebot«, flehte Joan, als sie mitten in Auntie Gos nahezu leerer Wohnung stand. Die Japaner hatten alles mitgenommen, was nicht niet- und nagelfest war, und noch einiges dazu. Auntie Go war so sehr damit beschäftigt, ihren Strickereibetrieb wieder zum Laufen zu bringen, dass sie noch gar nicht dazu gekommen war, ihre Wohnung wieder zu möblieren.

»Bedeuten dir diese Schuhe wirklich so viel?«, fragte Auntie Go.

»Ja.« Joan wusste, es war lächerlich, aber sie konnte sich nicht beherrschen. »Ich kann dir nicht sagen, warum, aber es ist einfach so.«

Auntie Go sah Joan lange an, seufzte dann und gab nach. »Gib's mit Vernunft aus, und sag deiner Mah-mih nichts davon.«

Joan kaufte vierzehn Paar Schuhe, flache und hochhackige, in Leder und Wildleder, mit Riemchen und Schnallen, in den verschiedensten Farben. An jenem Abend ging Joan nach Hause und schenkte Emma vier Paar Schuhe.

»Wo hast du denn die her?«, fragte Emma strahlend.

»Aus einem Laden im Prince Building. Das Geld habe ich von Auntie Go geliehen.«

»Das heißt, sie wird nie wieder etwas davon zu sehen bekommen.« Lachend ließ sich Emma auf Joans Bett fallen.

»Aber schau doch, was ich für dich gekauft habe.« Joan überreichte Emma eine der Schachteln.

Die Stimmen der Dienstboten stiegen wie ein hohes, klagendes Lied aus dem Hof nach oben und wehten zum Fenster herein. Ein beglückendes Gefühl der Nähe breitete sich in Joan aus, als teilte sie mit Emma ein Kindergeheimnis, während sie zusah, wie ihre Schwester selig ein Paar nach dem anderen anprobierte, die Schuhe dann fest in das milchweiße Seidenpapier einschlug und sie liebevoll zurück in die Schachtel legte.

Joan schritt vor dem Gloucester Hotel auf und ab, ihr Ärger wuchs mit der Hitze. Diese endlose Folge arrangierter Treffen führte zu nichts. Und jetzt ließ dieser Joseph Wong sie schon über eine halbe Stunde warten. Der Türsteher, ein am Turban zu erkennender Sikh, verfolgte jede ihrer Bewegungen, wie sie den Passanten auswich und alle paar Minuten auf die Uhr schaute. Dann blieb Joan stehen, atmete die warme, drückende Luft tief ein und wandte sich zum Gehen. Wenn sie sich beeilte, könnte sie es noch rechtzeitig zum King's Theatre schaffen.

»Miss Lew! Joan Lew!« Eine tiefe, samtig-weiche Stimme drang zu ihr vor.

Joan zögerte und warf einen verstohlenen Blick nach hinten, wo sie eine hohe, dunkle Gestalt sah, die sich durch das Gewühl in ihre Richtung kämpfte. Wieder blickte Joan auf die Uhr, dachte an die Serie unergiebiger Treffen, die sie hinter sich hatte, und beschleunigte ihren Schritt. Bei Kate Hepburn hätte ein Mann, der eine Verabredung nicht einhalten konnte, schließlich auch keine Chance. Ohne Schuldgefühle setzte Joan ihren Weg fort und sah sich nicht einmal mehr um. Nicht weit hinter sich hörte sie immer wieder ihren Namen rufen, doch die schwachen, melodiösen Rufe verloren sich langsam in der Menge.

Nachdem Joan die *Frau ohne Gewissen* gesehen hatte, holte sie Emma ab und ging mit ihr Tee trinken. Das Hongkong Hotel wimmelte vor Menschen. Joan ließ Emma in der Warteschlange stehen und machte sich auf die Suche nach einem freien Tisch, kehrte aber kopfschüttelnd zurück. Der Raum hallte von Stimmen wider. Silber stieß mit hellem Klirren gegen Porzellan, während sich die Ober gewandt durch den überfüllten Raum schlängelten, große Tabletts balancierend, die mit Teekannen, Kuchen und Stapeln von Hühnchen-Gurken-Sandwiches beladen waren. Beim Nachmittagstee vergingen täglich gut zwei Stunden wie im Flug. Wie im Film konnte man dabei erkleckliche Summen verdienen oder verlieren, Ehen wurden gerettet oder zerrüttet, womöglich nahm das ganze Leben einen anderen Lauf – und das alles in ein paar Stunden. Joan hatte den Nachmittagstee immer für eine der interessanteren Gewohnheiten gehalten, die die Chinesen von den Briten übernommen hatten.

»Wie war dein Begleiter?«, fragte Emma plötzlich.

»Keine Ahnung. Ich bin allein ins Kino gegangen.« Joan ließ ihre Blicke durch den Raum schweifen. Sie war überrascht, dass sie noch nicht auf Bekannte gestoßen war.

Emma stand mit weit offenem Mund da. »Er hat dich versetzt?«, flüsterte sie schließlich.

Joan nickte lächelnd. »Zuerst. Und als er schließlich kam, habe ich ihn versetzt.«

Emma lächelte, doch bevor sie etwas sagen konnte, stürzte eine Gruppe von Joans Freunden auf sie zu. Maria Wong, deren Bruder Joan hätte treffen sollen, erreichte sie als Erste. Sie war nie eine besonders enge Freundin von Joan gewesen, doch ihre Mütter kannten sich zufällig, deshalb hatte Maria auf der Begegnung von Joan und Joseph bestanden. Joan wappnete sich innerlich gegen eine Attacke, als Maria sich vorbeugte und gerade laut genug flüsterte, dass jeder der Umstehenden sie hören konnte: »Joan Lew, wie unartig von dir, Joseph im Gloucester warten zu lassen. Er kam zurück und sagte, du wärst praktisch vor ihm davongelaufen!«

Joan holte tief Luft, ein schwacher Schmerz rollte wie eine Welle durch ihren Magen. Sie besann sich auf ihre alte Geldeintreiberstimme. »Da hat Joseph wohl etwas durcheinander gebracht«, antwortete sie schnippisch mit ihrer besten Imitation von Bette Davis. »Wer warten musste, war ich.«

»Das war sicher nur ein Missverständnis.« Maria lachte. »Vielleicht habt ihr euch einfach verpasst. Ich weiß, dass dir mein Bruder gefallen wird, wenn ihr euch erst einmal kennengelernt habt. Schluss mit diesen *blind dates,* ich werde euch persönlich miteinander bekannt machen!«

»Das ist wirklich nicht nötig. Ich glaube, es soll eben nicht sein.« Die Vorstellung, Maria in Zukunft häufiger sehen zu müssen, war für Joan unerträglich.

»Gib ihm noch eine Chance. Heute muss einfach etwas furchtbar schiefgelaufen sein.«

»Oh, schau mal, da drüben auf der anderen Seite wird ein Tisch für uns frei«, sagte Joan und zog Emma mit sich fort. »Ich bin sicher, wir sehen uns bald.« Joan durchquerte energisch den Raum und hob die Hand zu einem angedeuteten Winken, das der Gruppe hinter ihr galt.

Joan roch den Knoblauch schon, bevor sie und Emma einen Fuß ins Haus setzten. Vermutlich kochte Foon Klebreis und Rindfleisch mit Ingwer, zwei der Lieblingsgerichte ihres Vaters. Er kam von seinen Geschäftsreisen so selten nach Hause, dass Foon für ihn besondere Anstrengungen unternahm. Die hohen Türen, die auf die Terrasse hinausführten, standen offen. Einen Moment lang verharrten sie und Emma reglos und lauschten. Außer den dumpfen Schlägen von Foons Küchenbeil aus der Küche und dem entfernteren Singsang der nachbarlichen Dienstboten im Hof war alles ruhig im Haus. Die Tür zum Zimmer ihrer Eltern war geschlossen. Falls Mahmih zurückgekommen war und sich hingelegt hatte, konnte Joan noch etwas Zeit bei Foon in der Küche verbringen, ohne dass ihre Mutter es erfuhr. Während Emma nach unten ging, um die Nachbarn zu besuchen, schlüpfte Joan in einen *cheungsam* aus Baumwolle und schlich leise in die Küche.

»Wo ist *Moi-moi*?«, fragte Foon, ohne aufzublicken.

»Die ist unten bei den Tongs. Brauchst du Hilfe?«

»Alles ist schon fertig. Wir warten nur, bis deine Mah-mih vom Mah-jongg zurückkommt.«

»Ba-Ba ruht sich aus?«

Foon nickte. »Ist vor zwei Stunden nach Hause gekommen.« Sie hob eine große Schüssel hoch und stellte sie auf die Steinplatte, die ihr als Arbeitsfläche diente.

Gleich nach der Rückkehr von Macao hatte Foon ihre alten Methoden des Handelns und Eintauschens wieder aufgenommen, damit sie genug Essen auf den Tisch bringen konnte. Jene ersten Monate nach der japanischen Kapitulation waren für die Familie Lew noch härter als die erste Zeit der Besatzung. Wie bei so vielen anderen war in Auntie Gos Heim alles geplündert worden, was nicht festgenagelt war. Ba-Ba hatte Gemälde, Vasen und Schmuck verkauft oder gegen Nahrungsmittel eingetauscht. Der Feind war zwar verschwunden, mit ihm aber auch der größte Teil der Lebensmittel und Brennstoffe. Der Krieg hatte alle gelähmt. Hilfe aus dem Ausland traf anfangs nur zögerlich ein, gleichzeitig strömten immer mehr Flüchtlinge aus China auf der Suche nach Schutz und Nahrung in die verwüstete Stadt. Unzählige Menschen wanderten langsam umher, gebeugt von schweren Lasten, ohne Ziel. Foon erzählte Joan und Emma von den Tausenden, die vor den Reisküchen der Regierung in langen Schlangen anstanden, um auf eine Portion Reis zu warten, mit der sie einen weiteren Tag überleben könnten.

Joan fiel auf, wie sehr ihre treue *amah* in den Kriegsjahren gealtert war. Ihr Goldzahn schien stumpf geworden zu sein. Durch ihre schwarzen Haare zogen sich graue Strähnen, die sie sich nicht länger auszureißen versuchte. Foon hatte sich vor ihren Augen in eine ältere Frau verwandelt. Joan hätte am liebsten ihre Arme um die kleine, dunkle Gestalt geschlungen.

Jeden Tag, auch in den harten Zeiten, konnte Joan nur über die vielen Köstlichkeiten staunen, die aus Foons primitiver Küche kamen. Es schien, als ließe Foon alles, was an Fantasie in ihr war, dem Essen zugute kommen. Joan betrachtete die dunkelroten marinierten Rindfleischscheiben in einer Schüssel neben dem bitteren chinesischen Senfkohl, der kochfertig vorbereitet war. Foons altes Küchenbeil lag auf der Seite und wartete darauf, dass ihre flinken Finger es aufhoben und die Tongupilze, die wie schwarze Kappen in einer Schüssel mit Wasser schwammen, in Scheiben schnitten. Alles wurde erst in letzter Minute im Wok gebraten, obwohl Foon manchmal einen großen Teil des Nachmittags mit Säubern und Schälen, Schneiden und Hacken zubrachte. Außerdem schienen immer irgendwelche seltsamen Wurzeln oder Blätter in einem Topf aufzuweichen oder vor sich hin zu köcheln, die dann eine von Foons berühmten Suppen oder Tees ergaben.

»Darf ich die klein schneiden?«, fragte Joan und deutete auf die Pilze.

Foon sah lächelnd zu ihr hoch, sodass ihr Goldzahn blinkte. Als kleines Mädchen hatte Joan zum ersten Mal Mah-mihs Version der Geschichte von Foons Goldzahn gehört, wusste aber nie, ob sie daran glauben sollte oder nicht. Mahmih hatte ihr erzählt, Foon sei die vierte Frau eines reichen Bauern gewesen. Als sie vierzehn war, heiratete er sie, weil sie so gut kochen konnte, und überhäufte sie mit Geschenken einschließlich dem Goldzahn. Die anderen Frauen hassten Foon und heuerten Männer an, die Foon eines Nachts aus dem Bett zerrten, fesselten und knebelten und nach Hongkong verfrachteten. Ihren Mann sah sie nie wieder, ihr bisheriges Leben war zu Ende. Um sich ihren Lebensunterhalt zu verdienen, verdingte sie sich als Dienstbotin und kochte in mehreren Familien, bis sie ins Haus von Joans Großvater kam, in dem sie dann geblieben war.

Als Joan in Macao einmal allein mit Foon in der Küche war, nahm sie ihren ganzen Mut zusammen und fragte ihre alte *amah,* wie sie zu ihrem Goldzahn gekommen wäre.

»Hab dafür bezahlt«, antwortete Foon, während sie weiterhackte.

»Wie?« Joan sah nicht von ihrer Arbeit auf.

»Wie immer«, war alles, was Foon von sich gab.

Joan vermutete, Foon meinte damit ihre Kochkunst, schwieg aber in der Hoffnung, die dampfenden Düfte der Speisen, die sie gemeinsam zubereiteten, würden der alten Köchin die Zunge lösen.

»Aii-ya, du kriegst nichts in diesem Leben geschenkt«, fuhr Foon dann auch nach einer Weile fort. »Ich hab meinen Anteil immer bezahlt. Ich hab den Zahn als Beweis!«

Joan wurde bewusst, dass Foon zum ersten Mal in vollständigen Sätzen zu ihr gesprochen hatte.

»Ich weiß«, flüsterte sie.

Foon hob ihr Küchenbeil und begann, Bambussprossen in Scheiben zu schneiden, ein Rhythmus, in den ihre Worte einstimmten, als wären sie die Melodie dazu. »Mein Ba-Ba war ein armer Bauer in Fukien. Nie genug zu essen für die Familie. Ma-ma war eine gute Köchin. Sie hat mir alles gezeigt. Hat meist Kräuter und Wurzeln genommen. Selbst gesammelt. Ma-ma konnte aus Steinen eine leckere Suppe kochen.« Foon lachte laut. »Aber nie genug. Eins nach dem anderen hat Ba-Ba seine Kinder verkauft. Ich war eine junge Braut. Zu jung, um etwas zu wissen. Der Mann war schon grau und alt. Ich koche und putze. Nachts wärme ich sein Bett und warte. Zwei Jahre später steht er nicht mehr auf. Noch ein Jahr, und er atmet nicht mehr. Ich nahm das bisschen Geld, das er hinterlassen hat. Hab den Goldzahn damit gekauft. Hab ihn verdient.«

Foon verstummte. Sie sah zu Joan hoch, und diesmal schimmerte bei ihrem Lächeln nur ein kleines Stück Gold zwischen ihren Lippen hervor. Jetzt kannte Joan die wahre Geschichte und fühlte sich Foon enger verbunden denn je. Sie sah schweigend zu, wie Foon die runden Scheiben der Bambusschösslinge von der Arbeitsplatte in eine Tonschüssel schob.

Bis Mah-mih vom Mah-jongg zurückkehrte, hatte Joan die schwarzen Pilze schon in dünne Halbmonde geschnitten, die mit dem Rindfleisch gebraten würden. Als sie die Küche verließ, hörte sie die leisen Stimmen ihrer Eltern, die auf einer Woge von *Shalimar* aus ihrem Zimmer schwebten. Dann öffnete sich ihre Tür, und sie kamen Joan lächelnd entgegen.

Joan hatte ihre Mutter und ihren Vater immer als ein schönes Paar empfunden, als das chinesische Pendant zu Ronald Colman und Hedy Lamarr. Als junges Mädchen war Mah-mih in ganz Hongkong für ihre großen Augen und ihren makellosen Teint berühmt gewesen. Joan erfuhr, dass ihr Vater im Alter von achtzehn Jahren einen Blick auf die dreizehnjährige Kum Ling geworfen und sofort gewusst hatte, dass er sie heiraten wollte. Drei Jahre später wurde ihre Hochzeit ausgerichtet. Beide kamen aus guten Familien.

Joan hielt dies immer noch für eine der romantischsten Geschichten, die sie je gehört hatte, auch wenn sie wusste, dass sich ihre Eltern inzwischen entfremdet hatten. Schon vor dem Krieg und ihrer Übersiedlung nach Macao hatte Ba-Ba immer mehr Zeit auf Geschäftsreisen verbracht, während Mah-mih in Hongkong blieb, sich auf das Mah-jongg-Spielen stürzte und darin aufging, mit Hilfe ihrer gesellschaftlichen Beziehungen einen geeigneten Ehemann für Joan zu finden.

Joan schluckte, zupfte an ihrem Kragen und strich ihren *cheungsam* glatt. Die Haare ihres Vaters waren in den letzten drei Monaten fast vollständig ergraut, seine Lider hingen vor Müdigkeit etwas nach unten. Seit er mit dem Versuch begonnen hatte, Geschäftsbeziehungen mit den Koreanern und Vietnamesen zu knüpfen, spürte Joan, wie seine einstige Vitalität allmählich nachließ. Am liebsten wäre sie auf ihn zugerannt und hätte ihn fest umarmt und an sich gedrückt. Stattdessen küsste sie ihn nur rasch auf die Wange und atmete den Duft seines blumigen Rasierwassers ein, als er die rechte Hand hob und sie leicht am Rücken berührte.

»Wo ist denn *Moi-moi*?«, fragte Mah-mih.

»Unten. Ich wollte sie gerade holen. Foon möchte wissen, ob ihr bereit seid fürs Abendessen«, sagte Joan.

Nachdem Mah-mih den ganzen Nachmittag Mah-jongg gespielt und ihren Einsatz wieder herausbekommen hatte, war sie guter Laune. Sie trug eine schwarze Seidenhose mit einer Hemdbluse und massierte sich mit einer Hand den Nacken. »Ich bin eher müde als hungrig. Auntie Lais Koch hat uns einen üppigen Nachmittagstee serviert. Geht schon mal voraus, ich komme gleich nach. Dein Ba-Ba ist halb verhungert.«

Joan drehte sich um und folgte ihrem Vater ins Esszimmer. Sie war froh darüber, dass ihre Mutter nicht die Küchengerüche erwähnte, die in ihren Kleidern hingen.

Als es am nächsten Tag kurz vor zwölf Uhr klingelte, lief Emma als Erste zur Tür. Ihre Stimme verriet leise Überraschung, als sie nach Joan rief. An der Tür sah Joan dann, was Emma so verblüfft hatte. Auf der Schwelle stand die winzigste alte Dame, die sie je gesehen hatte. Sie stützte sich auf einen Diener, und in der Hand hielt sie eine große Schachtel Pralinen. Die alte Frau war einen Kopf kleiner als Joan, nicht größer als ein neunjähriges Kind. Unter dem Gewicht der Schachtel balancierte sie auf zwei Tulpenfüßen, die einst eingebunden und heute verkrüppelt waren. Joan kam nur der eine Gedanke: *Wer schickt eine so gebrechliche alte Dame los, um eine so große Schachtel zu überbringen?*

»Entschuldigen Sie, Missee Lew, aber das ist für Sie.« Die alte Frau beugte sich vor. »Von Mr. Wong.«

Joan griff rasch nach der Schachtel, um die alte Dame von ihrem Gewicht zu befreien. Emma stand da und sah zu, die Hand immer noch um den Türknauf geklammert.

»Vielen Dank. Bitte kommen Sie doch herein«, sagte Joan und trat beiseite. Sie stützte die massive Schachtel, die schwer in ihrer Hand wog, auf ihrer Hüfte ab.

Die alte Frau schüttelte ablehnend den Kopf. Der Diener trat zur Seite, als sie sich mehrmals verbeugte und dann zum Gehen umwandte, wobei sie sich erstaunlich beweglich auf ihren knolligen Füßen zeigte.

Auf der Karte stand:

Ich verspreche, es soll nie wieder vorkommen.
Bitte verzeihen Sie mir.
Joseph Wong

Emma beugte sich über Joans Schulter und las mit. Sie roch nach Kameenseife und kandierter Kokosnuss. »Und? Verzeihst du ihm?«, fragte sie.

Joan spürte, wie sich ihre feinen Nackenhärchen sträubten. »Ich habe mich noch nicht entschieden.«

Drei Tage später ließ sich Joan in ihrem Zimmer beim Ankleiden ausgesprochen viel Zeit, obwohl Emma sie zur Eile drängte. Sobald es an der Tür läutete, rannte Emma hinaus, um diesen Joseph Wong genau unter die Lupe zu nehmen.

Seit er angerufen hatte, um sich mit Joan zu verabreden, war Emma diejenige gewesen, die auf und ab lief und bang auf seine Ankunft wartete. Er hatte darauf bestanden, Joan zu Hause abzuholen, damit nichts mehr dazwischenkommen konnte. »Ich will denselben Fehler nicht zweimal machen«, hatte er Joan am Telefon gesagt, und seine Stimme klang butterweich.

»Er sieht aus wie ein Filmstar!«, keuchte Emma atemlos, als sie in Joans Zimmer zurückgerannt kam. Sie setzte sich aufs Bett ihrer Schwester und sprudelte aufgeregt eine detaillierte Beschreibung hervor.

Joan pinselte noch ihr Muttermal dunkler und tastete nach ihrem Haarknoten, ob auch alle Nadeln richtig säßen, bevor sie aufstand und Emma ins Wohnzimmer folgte.

Joan hörte Mah-mihs eifrige Stimme. »Wie geht es Ihrer Mutter?«

»Ausgezeichnet, vielen Dank.«

»Ich muss sie anrufen, damit wir uns wieder zum Mahjongg treffen. Wir haben uns viel zu lange nicht gesehen.«

»Sie würde sich sehr freuen, von Ihnen zu hören.« Seine Stimme war tief und ruhig.

Joan konnte aus den Worten und dem Lachen ihrer Mutter bereits einen Anflug von Glück heraushören. Endlich ein junger Mann, der ihrer älteren Tochter würdig war! Joan räusperte sich, feuchtete ihre roten Lippen an und hoffte auf das Beste.

Als Erstes sah sie seinen Hinterkopf. Als sie ins Wohnzimmer trat, saß er auf der Couch, das Gesicht von ihr abgewandt. Da blickte ihre Mutter zu ihr hoch, und Joseph Wong erhob sich und drehte sich um, neigte leicht den Kopf und streckte ihr seine Hand entgegen. Er war groß, hatte tief liegende dunkle Augen und eine gerade Nase. Emma hatte Recht: In seinem dunklen Nadelstreifenanzug wirkte er wie ein Filmstar.

»Miss Lew«, begrüßte er sie.

Joan schüttelte ihm die Hand. »Mr. Wong, nett, Sie kennen zu lernen. Zu guter Letzt.«

Seine Hand lag warm in der ihren, der Moschusduft seines Eau de Cologne machte sie schwindlig.

Joan versuchte, ruhig zu bleiben und Joseph nicht anzustarren. Der Kragen ihres *cheungsam* fühlte sich eng an, und sie betete darum, dass sie die rote Seide nicht durchschwitzte. Sie hatte nie gesehen, dass Ann Sheridan oder Rosalind Russell in ihren Filmen so etwas passiert wäre. Als sie sich zum Gehen wandten, dachte Joan, dass vor diesem jungen Mann sogar Robert Taylor verblasste.

Nach ihrer ersten Verabredung mit Joseph Wong wichen die letzten Spuren nervöser Anspannung, die Joan so lange gequält hatte, einem Gefühl der Wärme und Erleichterung. Endlich gelangte sie ans Ziel der langen Suche ihrer Mutter. Seit ihrer Rückkehr aus Macao war die Beziehung zwischen ihnen gespannt. Störende kleine Angewohnheiten konnten einen Streit zwischen ihnen entfachen – wenn zum Beispiel eine Tür nicht geschlossen wurde. Wenn Mah-mih mit ihren langen Fingernägeln auf dem Tisch trommelte. Wenn Joan vergessen hatte, die Kosmetika ihrer Mutter an ihren Platz zurückzustellen. Es war, als könnte aus jeder Nichtigkeit ein Wortkrieg entstehen, gefolgt von tagelangem erbittertem Schweigen.

Mit Joseph Wong zog Waffenruhe ein. Er besaß jenes Gefühl für Stil und für das Aufregende im Leben, nach dem Joan dürstete. Er fuhr ein grünes Bentley Cabrio-Coupé, das die Hügel hinaufdonnerte, und nahm oft Emma auf dem Notsitz hinten mit. Joan wusste, dass Emma ihn fast genauso liebte wie sie selbst. Als sie sich zusammen *Citizen Kane* ansahen, gab er Emma den Spitznamen *Rosenknospe*, über den sie glücklich lachte. Er brachte Emma oft Bücher und andere kleine Geschenke mit, zum Beispiel Anhänger für ihr Armband: ein kleines goldenes Klavier, eine winzige tanzende Ballerina.

Nachdem Joan ihn näher kennen gelernt hatte, verschwanden ihre Magenschmerzen. Ihre Ängste verflüchtigten sich. In seiner Gegenwart empfand sie ein stärkeres Gefühl der Geborgenheit als jemals seit Ausbruch des Krieges. Joan versuchte, ihre Glücksgefühle im Zaum zu halten, weil sie fürchtete, was sich zu auffällig zeigte, könnte leicht abhanden kommen.

Einen Monat nach ihrer ersten Begegnung führte Joseph Joan zum Essen in Jimmy's Kitchen aus. Das Restaurant war dämmrig und ruhig, und bis sie fertig gegessen hatten, waren die meisten Gäste schon gegangen. Im flackernden, gedämpften Licht der Kerzen erzählte Joseph von seiner Mutter und seinen beiden Schwestern, sagte aber wenig über seinen Vater, einen bekannten Hongkonger Geschäftsmann, der laut Mah-mihs Auskunft kurz vor dem Krieg gestorben war.

»Erzähl mir etwas von deinem Vater«, bat Joan.

Joseph trommelte mit den Fingern auf dem Tisch herum und lehnte sich zurück. »Da gibt's nicht viel zu erzählen. Er war ein hartgesottener Geschäftsmann, der aus dem Nichts ein blühendes Unternehmen schuf. Als Kinder bekamen wir ihn selten zu sehen. Er ist vor ein paar Jahren an einem Herzinfarkt gestorben.« Joseph verstummte, trank einen Schluck Kaffee und kämmte sich die dichten schwarzen Haare mit den Fingern zurück.

Joan vermied es, in seine dunklen Augen, überhaupt in sein Gesicht zu sehen, und trank rasch von ihrem Wasserglas. »Das tut mir Leid«, murmelte sie.

Joan wusste, dass die Familie Wong längst fest in der Gastronomie etabliert war, als Josephs Vater starb; sie betrieb auf Hongkong Island und in Kowloon etliche Dim-Sum- und Fischrestaurants. Joseph leitete das Unternehmen jetzt von seinem Büro im Swire Building aus.

»Nicht nötig. Er starb in der Wohnung seiner Freundin«, kicherte er. »Besaß nicht mal den Anstand, auf neutralem Territorium abzutreten.«

Joans Hände spielten mit ihrer Serviette, falteten sie auf ihrem Schoß immer wieder zusammen und auseinander.

»Als einziger Sohn«, fuhr Joseph fort, »wurde ich ins Ausland zur Schule geschickt und systematisch zum Nachfolger aufgebaut, der den Familienbetrieb einmal übernehmen sollte. Während ich weg war, hielt meine Mutter das Unternehmen in Schuss. Eine bemerkenswerte Frau. Mehr gibt's nicht zu erzählen.«

Joan war Mrs. Wong einmal begegnet, zwei Wochen, nachdem sie Joseph kennen gelernt hatte. Im Gegensatz zu Mahmih schminkte sie sich kaum, ließ ihre Haare grau werden und besaß ein ruhiges, gelassenes Wesen. Sie sprach leise und behandelte Joan von dem Moment an, als sie sich im Hongkong-Hotel zum Tee an den Tisch gesetzt hatte, mit großer Freundlichkeit. Joan lächelte und schwitzte gleichzeitig an den Händen vor lauter Angst, sie könnte etwas Falsches sagen oder tun. »Sie mag dich«, hatte ihr Joseph zugeflüstert, als er sie nach Hause brachte. Sie hoffte, es stimmte, und atmete die Luft ein, in der ein Anflug von Süße lag. In der Wärme des geschlossenen Autos beugte sich Joseph zu ihr hinüber und küsste sie. Dabei schob er seine Hand nach oben und legte sie ihr auf die linke Brust.

Joan wurde schwach bei der Erinnerung. »Können wir gehen?«, fragte er. Er stand auf und streckte seine Hand aus, während sie ihm die ihre reichte.

Binnen dreier Monate waren Joan und Joseph das Paar, auf das sich aller Augen richteten, wenn sie ins Repulse Bay Hotel traten, um Tee zu trinken, oder wenn sie sich im King's oder Queen's Theatre den neuesten Hollywoodfilm ansahen. Die Filmstar-Schönheit, die sie beide auszeichnete, und das Restaurant-Unternehmen seiner Familie genügten, um Gerüchte und neugierige Blicke zu nähren. Joan wusste, wie ansteckend der Klatsch in Hongkong war und wie rasch er von all jenen verbreitet wurde, die zu viel Zeit und Geld hatten. Sie erkannte allmählich den Wert von Familienbeziehungen. Auch wenn ihre eigene Familie nicht länger als reich galt, blieb ihre Mutter ein wichtiges Mitglied der Hongkonger Elitezirkel, wozu ihre Mah-jongg-Spiele dreimal die Woche nicht unerheblich beitrugen.

Anfang Juni wusste Joan, dass Mah-mih darum betete, die Familien Wong und Lew mögen sich bald vereinen. Jeden Morgen beim Frühstück redete Mah-mih beiläufig von Dingen, die sie in ihrer eigenen Ehe gelernt hatte. »Nach der Heirat ist es deine Aufgabe, dafür zu sorgen, dass der Haushalt wie am Schnürchen läuft. Entscheidend ist, dass du die richtigen Dienstboten hast. Was würden wir zum Beispiel ohne Foon machen?« Joan schwieg dazu, weil ihrer Ansicht nach solche Themen noch verfrüht waren. Doch im Grunde war sie fast sicher, dass es zu einer Ehe kommen würde. Ihre Familie liebte Joseph, und er zeigte sich gegenüber Joan großzügig und zuvorkommend. Nur Foon blieb auf Distanz und beobachtete ihn vom sicheren Territorium ihrer Küche aus. Mah-mih war euphorisch, verkniff es sich aber, ihren Mah-jongg-Freundinnen allzu viel zu erzählen. Dennoch lief durch Hongkong Island das Getuschel von einer bevorstehenden Verbindung der Familien Lew und Wong.

Bis zum August war die Hitze ins Unerträgliche gestiegen. Die Feuchtigkeit ließ Tropfen die Wände hinunterlaufen und tränkte feuchte Handtücher mit einem säuerlichen Geruch. Gelegentlich zogen Tropengewitter über sie hinweg, nach denen ihnen die nasse Kleidung am Körper klebte. Emma schrieb Briefe an Lia, las oder übte Klavier. Joan war entweder mit Joseph unterwegs oder saß neben dem Telefon und wartete, dass er anrief.

In den letzten Wochen hatte Joan das Gefühl, ihre Beziehung nähme eine neue Wendung. Sie konnte es kaum glauben, dass sie schon seit sechs Monaten zusammen waren. Joan hatte noch nie eine solche Nähe zu einem Menschen empfunden wie in den Momenten, wenn Joseph im Kino ihre Hand nahm oder sie am Ende eines Abends mit Küssen überhäufte und flüsterte, wie sehr er sie liebe, wobei seine Hände zu weit abirrten. War Joan nicht bei ihm, dehnte sich die Zeit in unendliche Längen. Waren sie zusammen, hörte die Zeit auf zu existieren. Es war Liebe, wie Joan sie sich immer vorgestellt hatte, die Art von Liebe, die blitzte und funkelte, die in den Filmen, mit denen sie ihre Fantasie seit so langer Zeit nährte, über die Leinwand flimmerte.

Die Hitze war im September vorbei, beendet von einem jähen tropischen Platzregen, der meist den Beginn der Taifunzeit ankündigte. Joan kannte die Anzeichen nur zu gut. Der Himmel verdichtete sich, hing tief und schwer über der Stadt und hüllte alles in eine unheimliche, brütend heiße Stille. Dann barst er, und die warmen Tropfen stürzten mit Urgewalt herab, gefolgt von tage- und nächtelangen Stürmen. Jedes Jahr hielt Joan den Atem an und hoffte, die Stürme würden nicht wieder so heftig ausfallen wie damals, als ihre Fenster zu Bruch gingen und Emmas 78 Schallplatten mit Musik von Chopin und Bach quer durchs Zimmer flogen und an der Wand zerschellten. Doch dieses Jahr gewannen die Winde nie eine solche Kraft, was zu Joans heiterer Laune beitrug.

»Wohin führt dich Joseph heute Abend aus?«, fragte Emma

mit aufgeregter Stimme, als sie beim Frühstück saßen. Der Himmel war wieder klar, der Raum sonnig und hell.

Joan schaute zu ihr hinüber und lächelte. Das war wieder die kleine Emma, die ihrer großen Schwester einst mit eifrigem, offenem Gesicht beim Schminken zugesehen hatte. »In den Jockey Club zum Essen.«

»Und dann zum Tanzen?«

Joan lachte. »Vielleicht.«

Emma verstummte.

»Ist was?«

»Mir ist nur gerade der Gedanke gekommen, wenn du Joseph heiratest und ich von Hongkong wegziehe, dann werden wir uns nicht mehr viel sehen können.«

Joan erhob sich vom Tisch. »Ich heirate ja nicht schon morgen, und du ziehst bestimmt noch eine ganze Weile nicht weg!« Sie beugte sich über ihre Schwester und streifte ihre Stirn mit einem leichten Kuss.

Im Royal Hong Kong Jockey Club lief der Betrieb wieder auf Hochtouren. Das Restaurant war auch während der japanischen Besatzung nahezu ohne Unterbrechung geöffnet geblieben, und der magere Rennstall, der sich über die Bombenangriffe der Japaner hinweggerettet hatte, war wieder voll aufgestockt, jeden Samstag fand ein Rennen statt. An allen anderen Abenden der Woche war der Club für Chinesen wie Briten *die* Adresse, wenn sie ihre Familie und Gäste glanzvoll bewirten wollten. Ein, zwei Restaurants nebenher zu betreiben war für den Rennstall eine Selbstverständlichkeit, was übrigens für alle Hongkonger Wirtschaftsunternehmen galt. Der Kochunterricht bei Foon und neuerdings die Beziehung mit Joseph hatten Joan die Augen darüber geöffnet, welch hohen Stellenwert das Essen bei den Chinesen einnahm – in jeder Lebenslage.

Sobald Joan und Joseph den Raum betraten, erhob sich ein leises Gemurmel, und einen Augenblick später schien sich alles in Zeitlupe zu bewegen. Egal, wie oft sie dieses Phänomen schon erlebt hatten, jedesmal wieder durchlief Joan ein Schauer der Aufregung, weil sie einen ganzen Raum voller Menschen in ihren Bann zu ziehen vermochte, genau wie im Film.

Joseph blieb beim Essen stumm. Schweigend schlürfte er seine Haifischflossensuppe. Joan machte sich Sorgen, ob er nicht etwas ausbrütete. Sonst war er immer gesprächig und blendend gelaunt. Irgendwie sah er blass und verdrießlich aus, was sie in ihrer Überzeugung bestärkte, das Fahren im Cabrio sei seiner Gesundheit abträglich. Im Sommer war es zu heiß, und im Winter konnte man sich leicht erkälten.

»Alles in Ordnung mit dir?«

Joseph blickte zu ihr auf und lächelte. »Mir geht's gut.«

»Du bist heute Abend furchtbar schweigsam.«

»Mir geht viel im Kopf herum«, murmelte er. »Wir tragen uns mit Plänen, ein neues Restaurant zu eröffnen.«

»Wo? In Hongkong oder in Kowloon?«

»Ich bin mir noch nicht ganz sicher«, antwortete er und schob dann ein paar Reiskörner in den Mund. Joan stocherte weiter in der Abalone mit Pilzen herum und spürte, wie seine Zerstreutheit im Lauf des Abends noch zunahm. Als die Band *Moonlight Serenade* zu spielen begann, erhob sich Joseph, und einen Moment lang glaubte Joan, er wolle sie zum Tanzen auffordern.

Stattdessen hustete er rau. »Vielleicht bin ich doch ein bisschen angeschlagen. Macht es dir etwas aus, wenn wir heute schon früh aufbrechen?«

Joan bekam heftiges Herzklopfen. Ihr Magen krampfte sich zusammen, während sie innerlich um Josephs Wohlbefinden flehte: *Lass ihn gesund bleiben, lass ihn gesund bleiben.* Sie spürte seine Hand auf ihrem nackten Arm, und seine Wärme breitete sich rasch durch ihren Körper aus. Hastig packte sie ihre Handtasche und konnte den Jockey Club nicht schnell genug verlassen.

Von Anfang an hatte sie gewusst, dass etwas nicht stimmte. Es war offensichtlich, dass Joseph sich nicht wohl fühlte. Foon hätte es sofort bemerkt, als er nicht mit seiner üblichen Begeisterung aß.

Am nächsten Tag saß Joan da und machte sich Sorgen. Als sie den ganzen Vormittag nichts von Joseph hörte, überlegte sie, ob sie ihn zu Hause oder im Büro anrufen sollte. Gerade als sie sich dazu entschlossen hatte, klingelte das Telefon. Joan hielt den Hörer dicht ans Ohr. »Mir geht's gut«, sagte Joseph, »ich habe nur ein bisschen Halsweh. Nichts, was sich nicht mit ein, zwei Tagen Ruhe auskurieren ließe. Mach dir keine Sorgen, ich ruf dich morgen früh wieder an.«

Als Joan auflegte, konnte sie noch die Wärme von Josephs Stimme spüren. Sie ging in ihr Zimmer zurück, schloss die Tür und versuchte, sich das Gefühl seiner Nähe so lange wie möglich zu bewahren.

An jenem Nachmittag konnte Joan nicht länger stillsitzen. »Hättest du Lust auf einen Einkaufsbummel?«, fragte sie Emma. »Vielleicht können wir auch Auntie Go in der Strickerei besuchen.«

Mah-mih war schon zum Mah-jongg ausgegangen, Ba-Ba bei einer Besprechung, Foon nirgends zu finden. Joan fühlte sich angespannt. Sie hatte keine Lust mehr, unruhig in ihrem Zimmer auf und ab zu wandern, und brauchte Ablenkung, damit sie nicht ständig an Joseph denken musste.

»Klar«, antwortete Emma und strahlte übers ganze Gesicht. Sie sprang vom Sofa auf und lief in ihr Zimmer, um sich umzuziehen.

In Joan stiegen Schuldgefühle auf. Seit sie Joseph kannte, schenkte sie ihrer Schwester kaum noch Aufmerksamkeit. Emma schien jetzt ganz allein zu sein und nur darauf zu warten, dass sich Joan wieder mehr mit ihr beschäftigte. In Hongkong hatte Emma keine Freundin mehr gefunden, die ihr so nahe stand wie Lia. In Macao waren sie unzertrennlich gewesen, und Joan wusste, dass sie durch Briefe immer noch engen Kontakt zueinander hielten. »Vielleicht kommt Lia bald zu Besuch«, hatte Emma an einem der letzten Abende angekündigt, kurz bevor Joan zu einer Verabredung mit Joseph aufbrach, wie sie sich jetzt erinnerte.

Erst heute früh hatte Joan bemerkt, wie Mah-mihs Blick beim Frühstück auf Emma ruhte. Nach langem Schweigen sagte Mah-mih mit tiefer, ernster Stimme: »Ein bisschen Make-up wäre für dich genau das Richtige, damit du etwas Ausstrahlung bekommst.«

Joan seufzte und hoffte, dass Mah-mihs ehestiftende Bemühungen jetzt nicht auf Emma überschwenkten. Emma besaß doch so viele andere Talente, dass die Make-up-Frage daneben belanglos erschien. Joan spürte ein scharfes Kneifen im Magen, das jedoch gleich nachließ, als sie an Josephs dunkle Augen dachte, an die Art, wie seine Stimme durch den Raum auf sie zuschwebte.

Im Oktober legte sich über die Stadt die Glut einer Hitzewelle, die die Luft zum Atmen zu vertreiben schien; man hatte das Gefühl, als wäre alles zum Stillstand gekommen. Joan und Emma traten aus einer kleinen Boutique in die abgestandene Schwüle hinaus. Joan erörterte mit ihrer Schwester die Frage, ob sie eine grüne Seidenbluse kaufen sollte, die sie gerade gesehen hatte, als ihr Blick auf die gegenüberliegende Straßenseite und auf Joseph fiel. Er lachte und hielt eine andere Frau fest an der Hand. Ihr Gesicht erschien Joan vage vertraut. Sie kamen aus dem King's Theatre, in dem immer noch *Das verlorene Wochenende* lief, ein Film, den er vor ein paar Tagen mit ihr gesehen hatte. Joan starrte so gebannt auf Joseph, dass ihr die Tränen in die Augen stiegen und ihr Blick verschwamm. Sie konnte sich nicht rühren. Der Schlag hatte ihr die Luft aus den Lungen gepresst. Sie spürte, wie Emma sie wegzog und mit so leisen Worten zu ihr sprach, dass sie kaum etwas hören konnte. Die ganze Nacht hallte ihr das Echo dieses Flüsterns in den Ohren wider, bis sie es schließlich verstand. Danach dröhnten Emmas Worte, *das kann nicht er sein, das kann nicht er sein,* genauso laut in ihrem Kopf weiter.

Am nächsten Tag trieb der Wind warmen Regen prasselnd gegen die Fenster. Das Telefon klingelte ununterbrochen, doch Joan weigerte sich, mit Joseph zu sprechen. Emma trat in das dunkle, unaufgeräumte Zimmer und brachte den süßen, schweren Duft von Rosen mit.

»Er sagt, es wäre nur eine der Freundinnen seiner Schwester gewesen«, sagte Emma leise. »Sie bedeutet ihm gar nichts.«

Joan sah zu Emma hoch. Ihre Schwester hielt die Rosen mit beiden Händen fest umklammert und streckte sie ihr hin. Joan lehnte das Geschenk kopfschüttelnd ab. Sie hustete mit trockenem, schmerzendem Hals. »Was will er denn? Vergebung?«

»Er hat einen Fehler gemacht«, plädierte Emma für ihn. Sie wiegte dabei die Rosen in den Armen.

»Ich kann nicht ...«

»Du könntest es versuchen.«

Joan suchte nach den richtigen Worten, um ihrer Schwester begreiflich zu machen, wie verraten sie sich fühlte, wie ungerecht es war, wenn sie sich doch an alle Regeln gehalten hatte. Doch stattdessen kamen nur Tränen und ein leises Stöhnen, das von ganz tief unten in ihrer Kehle aufstieg.

Seit Joans Entdeckung war fast eine Woche vergangen. Langsam stieg sie aus dem Bett und schleppte sich zu ihrem Spiegel hinüber. Ihr Gesicht war aufgedunsen und blass. Sie hatte abgenommen. Foon kochte ihr blutkräftigende Trinkbrühen aus magerem Schweinefleisch und Astragalus-Wurzeln. Joan hatte geweint und geweint, bis keine Tränen mehr kamen.

Wieder meldeten sich die Magenschmerzen, ein scharfes Brennen, das wie ein Messer zustach. Joan biss sich auf die Lippen, bis der Schmerz verebbte. Der Arzt hatte ein winziges Loch in ihrer Magenschleimhaut diagnostiziert, ein kleines Geschwür, das bei Ruhe und den richtigen Speisen in kürzester Zeit ausheilen würde. Joan schluckte und rieb sich langsam die Schläfen, bis sie spürte, wie der Druck hinter ihren Augen nachließ. Sie sah wieder in den Spiegel und fragte sich, ob das kalte, dunkle Loch in ihrem Herzen genauso einfach heilen und verschwinden würde.

Rosenknospe

1946-1947

EMMA

Zwei Stunden, nachdem Emma Joseph in der Stadt gesehen hatte, saß sie in ihrem Zimmer und hakte die drei goldenen Anhänger von ihrem Armband los, die er ihr geschenkt hatte. Der neueste war die Rosenknospe, die er ihr letzte Woche zu ihrem sechzehnten Geburtstag überreicht hatte. »Damit du dich immer an mich erinnerst«, hatte er gesagt. Jetzt würde sie nie wieder hören, wie er sie Rosenknospe nannte. Sie konnte noch die Wärme seiner Hand spüren, als er ihr Handgelenk umfasst und die goldene Knospe befestigt hatte.

Sie zog den Ärmel ihres rosa Baumwoll-*cheungsam* wieder nach unten, blickte auf und betrachtete ihr Spiegelbild. Ihre Züge wirkten jetzt schmaler, vorteilhaft unterstrichen durch ihren kürzeren, schulterlangen Haarschnitt. Emma hörte Mah-mih, die bei Auntie Kao Mah-jongg gespielt hatte, zurückkehren, legte ihr Armband hin und eilte ins Wohnzimmer, wo sie ihre Mutter fand.

»Moi-moi, ich habe gerade deine Nachricht gelesen. Ich hätte nicht gedacht, dass ihr beide schon zurück wärt«, sagte Mah-mih und ließ ihren Blazer aufs Sofa fallen.

»Wir haben Joseph gesehen«, setzte Emma an; sie hielt ihre Hände hinter dem Rücken umklammert.

»Dann geht es ihm also besser. Freut mich zu hören. Auntie Lai meint, es ginge ein schlimmer Virus um.«

Emma schluckte den bitteren Geschmack in ihrem Mund hinunter. »Er hat mit einer anderen Frau Händchen gehalten.«

Mah-mih riss die Augen weit auf, die Linien auf ihrer Stirn vertieften sich. »Eine andere Frau?«, flüsterte sie kaum hörbar. »Bist du dir sicher?«

Emma nickte.

»Der Dreckskerl«, zischte Mah-mih.

Warme Sonnenstrahlen fielen schräg durch die Fenster, während Mah-mih durchs Wohnzimmer schritt, den Kopf nachdenklich gesenkt, die Arme vor der Brust verschränkt. Einen Augenblick lang blieb sie stehen und strich geistesabwesend eine Haarsträhne zurück. Sie murmelte etwas, was Emma nicht verstand, verließ dann den Raum, ging den Gang entlang und klopfte leise bei Joan an. Ohne eine Antwort abzuwarten, öffnete sie die Tür und verschwand im Zimmer.

Emma zögerte, dann folgte sie ihrer Mutter und horchte an Joans Tür. Zu ihrer großen Erleichterung blieb Mah-mihs Stimme ruhig.

»Red doch mit ihm. Möglicherweise hat er eine ganz vernünftige Erklärung.«

»Das kann ich nicht.«

»Aber warum denn nicht? Das begreife ich nicht. Vielleicht war sie nur eine Bekannte.«

»Sie war mehr als das!«, fuhr Joan heftig auf. »Joseph hat mich angelogen, er wäre krank, damit er sich mit ihr vergnügen konnte! Der Fall liegt doch klar auf der Hand!«

In der Erwartung, Mah-mih würde gleich explodieren, trat Emma einen Schritt von der Tür zurück.

Doch es folgte nur eine kaum merkliche Pause, bevor Mah-mih sagte: »Vielleicht ist es gut, wenn du es früh genug mitbekommst: Diese Welt ist nicht einfach für uns Frauen. Manchmal musst du deinen Stolz hinunterschlucken und wieder zur Tagesordnung übergehen.«

»Dann gehe ich eben wieder zur Tagesordnung über.« Joans Stimme klang ausdruckslos, gleichgültig.

Mah-mihs Stimme blieb immer noch ruhig. »Glaubst du, dass es für mich einfach gewesen ist? Oder für sonst eine von uns? Wir akzeptieren, was wir akzeptieren müssen, und machen das Beste daraus. Ein paar Dummheiten hin oder her – ein Mann kehrt immer zu seiner Frau und Familie zurück.«

»Vielleicht kannst du diese Art von Liebschaften akzeptieren, aber ich kann es nicht!«

Emma wartete, dass Mah-mih etwas darauf erwiderte, aber es herrschte nur Schweigen, dann hörte sie Mah-mihs rasche Schritte. Emma lief zum Sofa zurück und konnte sich gerade noch setzen, bevor Mah-mih Joans Zimmer verließ. Sie marschierte geradewegs in ihr eigenes Zimmer und schlug die Tür hinter sich zu.

Emma lehnte sich auf dem Sofa zurück und fragte sich, wo Ba-ba wohl wäre und wann er von seiner Geschäftsreise zurückkehren würde.

Nach dem Essen ging Emma in Joans dunkles, stickiges Zimmer und schloss die Tür hinter sich. »Ich bin's«, flüsterte sie.

»Geh weg.« Joans Stimme klang schleppend.

Emma knipste die Lampe auf dem Nachttisch an. Joan lag im Slip auf dem zerwühlten Bett und hob den Arm, um sich gegen das grelle Licht abzuschirmen. »Joseph hat wieder angerufen.«

»Sag ihm, er kann jemand anderen betrügen!«, stöhnte Joan.

»Warum redest du nicht einfach mit ihm?«, flehte Emma. »Er verdient noch eine Chance.«

Joan ließ den Arm sinken. Ihre Augen waren rot und verquollen. »Warum?«

»Weil jeder mal einen Fehler macht.«

»Das war kein Fehler, Moi-moi.« Joan redete jetzt lauter. »Er wusste genau, was er tat! Jetzt muss er die Konsequenzen tragen!«

»Also, wenn du mal einen Fehler machen würdest, wette ich, Joseph würde dir verzeihen! Er würde dich nicht einfach leiden lassen!«

Joan setzte sich auf und lehnte sich ans Kopfende ihres Betts. »Ich habe Fehler gemacht. Ich habe gelitten!«

Emma schoss das Blut in den Kopf. »Du bist so verwöhnt, weil alle dich schön finden, aber im Moment benimmst du dich bloß wie ein Dickschädel und führst dich auf, als wärst du die Garbo!«

Joan saß steif und blass da, die Arme verschränkt. »Was weißt du denn schon, du bist doch nur ein Kind, du kannst das nicht verstehen, wahrscheinlich bist du selber in Joseph verknallt. Na schön, du kannst ihn haben, und ich bin froh, wenn ich euch beide los bin!«

Emmas Augen begannen zu brennen. »Wann bist du so kalt geworden? Wo ist die alte Joan geblieben?« Sie drehte sich um und lief aus dem Zimmer, bevor Joan antworten konnte.

Als Emma wieder allein in ihrem Zimmer war, begann sie voller Wut auf einen Block zu kritzeln. Die dunklen Linien flossen ineinander und ließen kaum etwas erkennen. Emmas Atem ging ruckartig und krampfhaft, die Tränen liefen ihr nur so herab und tropften auf das weiße Zeichenpapier. Sie hatte es satt, alle Widersprüchlichkeiten der Liebe begreifen zu wollen, Joan begreifen zu wollen. Sie wollte nur eins: die Uhr zurückdrehen und ihre lebhafte Schwester wieder vor sich sehen, ausgehfein mit geschminkten Lippen und Parfum, bereit, alle ausstehenden Schulden einzufordern.

Aber war Emma nicht zum Teil selbst schuld an der Katastrophe? Wenn sie heute nur abgelehnt hätte, als Joan sie zu einem Einkaufsbummel einlud. Zu viele Hausaufgaben! Muss Klavier üben! Aber nein, sie stimmte dem Vorschlag sofort begeistert zu, und was kam dabei heraus? ... Die Erinnerung war wie ein dumpfer, pochender Schmerz.

Emma rupfte das Blatt vom Skizzenblock, riss es in der Mitte durch und dann noch einmal in Viertel. Sie erschrak vor dem Gedanken, dass man einen Menschen nicht wirklich kennen konnte, nicht einmal seine eigene Schwester, wenn dieser es nicht zuließ.

Am Ende der Woche klingelte es wieder an der Tür. Emma sah auf ihre Uhr und lief aus ihrem Zimmer, um zu öffnen. In den letzten zehn Tagen hatte Joseph täglich um zwölf Uhr mittags einen Diener und seine alte, auf Tulpenfüßen balancierende Tante mit Geschenken für Joan hergeschickt. In der Küche türmten sich Schachteln mit Süßigkeiten, die Wohnung quoll über vor Rosen. Am Abend des fünften Tags stolperte Joan aus dem Bett, sammelte alle Rosen, die einen übelkeiterregend süßlichen Duft verströmten, ein und warf sie in den Hof hinunter. Für Emma war es klar: Je größer die Entfernung, die Joan zwischen sich und Joseph schuf, desto rascher würde er für sie verblassen.

»Für Missee Lew«, sagte die alte Tante und überreichte Emma eine kleine Schachtel.

Emma nahm das Geschenk lächelnd entgegen und sah, wie die alte Dame schwankte und sich gegen den Diener stützte. Nie würde Emma die Geschichte vergessen, die Joseph über seine alte Tante erzählt hatte. Nach der Revolution von 1911 musste sie Hankow verlassen, denn nach dem Fall der Mandschu-Dynastie erinnerten ihre eingebundenen Füße unangenehm an ihre adelige Herkunft. Aller annehmbaren Überlebensmöglichkeiten beraubt, wurde sie lange vor Josephs Geburt zu seiner Familie nach Hongkong geschickt. Sie hatte ihn und seine Schwestern großziehen geholfen und würde alles tun, um sie glücklich zu sehen.

»Vielen Dank. Bitte, möchten Sie nicht hereinkommen?«, fragte Emma.

Doch wie jeden Tag lächelte Josephs alte Tante wieder nur und schüttelte den Kopf. Dann drehte sie sich um und machte sich mit Hilfe des Dieners langsam auf den Rückweg, die Treppe hinunter.

Emma klopfte leise an Joans Tür, bevor sie eintrat. Seit ihrem Streit verhielt sie sich noch immer schüchtern und zurückhaltend. Sie hielt die kleine, fröhlich in rotes und goldenes Papier verpackte Schachtel, dazu die neueste Ausgabe des *Movie Mirror* in der Hand. Im Zimmer war es dunkel und muffig, und es roch nach abgestandenem Parfum. Emma zog die Vorhänge auseinander und stieß das Fenster auf, ließ grelles Sonnenlicht und Stimmen von draußen in den Raum fluten. Dann drehte sie sich um und streckte Joan die Schachtel hin. »Wieder ein Geschenk von Joseph.«

Joan lag reglos da, ihre dunklen Haare waren wie ein Gespinst auf dem Kissen ausgebreitet. »Ich will's nicht haben«, flüsterte sie, »lass mich bitte einfach allein. Ich habe Magenschmerzen.«

Emma zögerte und stellte dann das Geschenk auf den Nachttisch. Sie setzte sich so schwungvoll auf das Bett ihrer Schwester, dass die Matratze federte, und blätterte das Filmmagazin auf ihrem Schoß durch. »Ich hab dieses Heft hier heute früh für dich aus dem Laden mitgebracht. Lana Turner soll in *Wenn der Postmann zweimal klingelt* einfach eine Wucht sein. Echt schwüle Szene auf dem Küchentisch. Dann ist noch ein neuer Film mit Li Lihua rausgekommen, er heißt *Falscher Phönix*. Und stell dir vor: Gary Cooper hat vor dem Ausschuss für unamerikanische Umtriebe ausgesagt, er lehne alle Skripts ab, die etwas mit kommunistischen Ideen zu tun hätten.«

Ein leises Lächeln stahl sich über Joans Lippen. Das war ein guter Anfang, und Emma wollte nicht zulassen, dass ihre Schwester ihr wieder entglitt. »Schöner Tag heute. Hättest du Lust auf einen Spaziergang?«

»Heute nicht.« Joan wandte sich ab.

Emma setzte ihre einseitige Unterhaltung fort. »Auntie Go kommt mit den neuesten Pariser Pullover-Designs herüber, um sie dir zu zeigen. Ach ja, und Foon will wissen, ob du in deiner Suppe ein Tausendjahr-Ei haben möchtest.«

Joan drehte sich auf die Seite, zog ihr Kissen herunter und umarmte es fest. »Erzähl ihnen einfach, dass ich im Moment gar nichts weiter brauche als Ruhe und Zeit zum Nachdenken.«

»Das geht jetzt schon zwei Wochen so«, sagte Emma flehend. »Du fehlst uns.«

Joan starrte Emma einen Moment lang mit feuchten, glänzenden Augen an. Dann schloss sie die Lider vor dem weißen Novemberlicht.

Ein Lichtblick im Dezember war für Emma die Aussicht auf Lias Besuch: Ihre alte Freundin würde zwei Tage nach Weihnachten aus Macao eintreffen. Die beiden hatten diese Unternehmung seit Monaten geplant, und nicht einmal die Verzweiflung ihrer Schwester konnte Emmas Aufregung dämpfen. Als der Tag näher rückte, konnte Emma kaum noch schlafen. Am Abend vor Lias Ankunft saß sie bis spät in die Nacht am Esstisch und schrieb alles, was sie Lia zeigen wollte, sorgfältig auf eine Liste: das Peninsula Hotel, Repulse Bay, Stanley Village, den Strand in Shek O, die Trambahnfahrt zum Viktoria Peak hinauf.

»Trink das, sonst wirst du zu müde für deine Freundin sein«, sagte Foon, die aus der Küche auftauchte. Sie stellte eine Schale mit dunklem, übel riechendem Tee auf den Tisch.

»Was ist denn das?« Emma blickte auf und rümpfte die Nase.

»Tee. Aus weißen Blüten und Schlangenzungengras. Hilft schlafen.« Foon wartete neben Emma.

Emma wusste, dass es keinen Zweck hatte, mit Foon zu streiten. Sogar Joan fügte sich und trank, was Foon ihr verordnete, obwohl es ewig zu dauern schien, bis das Magengeschwür ihrer Schwester heilte. Emma legte den Stift weg und hob die Schale mit beiden Händen hoch. Der Tee roch wie Schmutz mit Lakritze und schmeckte sogar noch schlimmer. Emma hielt die Luft an und würgte ihn in drei großen Schlucken hinunter, dann reichte sie die leere Schale der alten Dienerin.

»Gut für dich«, sagte Foon und kehrte in ihre Küche zurück.

Nach einem tiefen, erfrischenden Schlaf fuhr Emma am nächsten Vormittag mit dem Taxi zum Hongkonger Hafen hinunter, um auf Lias Fähre zu warten. Die Sonne schien, und der Wind war schwach, doch im Hafen tobte um Emma das Leben wie ein Sturm. Große Boote und Sampans schossen gewandt aneinander vorbei, Schiffe aus aller Welt pflügten schwankend durchs Wasser. Emma bemühte sich zu erkennen, woher sie kamen, während sie sich durch Wogen von Reisenden einen Weg zum Fährgebäude bahnte. Der Boden war von Auswurf gesprenkelt, der Geruch von Urin und Zigaretten zog in Schwaden durch die Luft. Vor dem Fährgebäude stand eine Schlange von Rikschas, die auf ankommende Passagiere warteten, während Süßigkeiten- und Knallfroschverkäufer ihre Waren feilboten.

Emma lehnte sich gegen das Tor, bis sie das tiefe Heulen des Signalhorns hörte, das die Ankunft der Fähre verkündete.

»Sie ist hier!«, sagte Emma laut, obwohl niemand in der wogenden Menge sie beachtete. Als sich die Tore öffneten, spähte Emma umher und wurde plötzlich nervös. Sie starrte die aussteigenden Passagiere an. Wenn sie Lia nun nicht erkannte? Schließlich hatten sie sich über ein Jahr nicht gesehen. Gerade als sie dieser Gedanke beschlich, blickte sie auf und sah ihre teefarbene Freundin mit den wilden Haaren schnurstracks auf sich zukommen.

»Lia!«, schrie Emma, um den Lärm zu übertönen.

Lia lächelte breit und wischte damit dieses letzte Jahr der Trennung einfach aus, vertrieb die Trauer über Joans zerbrochene Beziehung, Emmas Einsamkeit und alle Tage, an denen sie sich weit fort geträumt hatte.

Auf dem Heimweg im Taxi konnte Emma fast den tropischen Duft von Blüten und Kokosnuss riechen. Sie saß neben Lia und spürte die Kraft in den starken Schultern ihrer Freundin, die sich dunkel von ihrem hellgelben Sonnenkleid abhoben. Beide waren im letzten Jahr gewachsen; Lia hatte volle Brüste und Hüften bekommen, während Emma dünn und drahtig geblieben war.

»Wie geht's dir denn?«, fragte Emma, von plötzlicher Schüchternheit ergriffen.

»Mir geht's gut. Aber du warst traurig. Das habe ich aus deinen Briefen herausgelesen. Auch wenn du es nicht geschrieben hast.« Lia hielt inne, um die hohen Gebäude im Zentrum zu betrachten. »So groß!«

»Meiner Schwester ging's in letzter Zeit nicht so gut«, sagte

Emma ernst, wechselte dann aber rasch zu einem unbeschwerteren Thema über. »Es gibt so viel, was ich dir zeigen möchte. Wir werden gar nicht zum Schlafen kommen!«

»Ich kann ja schlafen, wenn ich wieder in Macao bin.« Lia lachte.

»Und wie geht's deiner *mamae*?«

Lia beugte sich vor, als sie die kurvige Straße den Hügel hinauffuhren, vorbei an einem weiteren neuen Gebäude, das noch in sein Baugerüst aus Bambus eingesponnen war wie ein Schmetterling in seinen Kokon. Dann blickte sie zu Emma zurück. »Ihr geht's gut. Keine Besuche mehr von ihrer Großtante Carmelita.«

Beide brachen in Gelächter aus, und Emma wurde mit jedem melodischen Wort, das Lia sagte, immer fröhlicher.

Lias Besuch ging so schnell vorüber, dass Emma wünschte, sie könnte die Zeit anhalten. Jeden Tag besuchten sie einen anderen Ort, Repulse Bay, Stanley Village und Shek O. Am vierten Tag sahen sie im King's Theatre *Die besten Jahre unseres Lebens* und tranken dann Tee im Peninsula Hotel. Am letzten Tag standen sie ganz früh auf, um mit der Tram zum Viktoria Peak hinaufzufahren, den sie im Morgenlicht erleben wollten. Emma hoffte auch, sie könnten so ihren letzten gemeinsamen Tag in die Länge ziehen.

Quietschend fuhr die große Peak-Tram den steilen Berg herunter. Die Drahtseile vibrierten, während Emma und Lia auf dem Bahnsteig warteten.

»Wird es deiner Schwester bald besser gehen?«, fragte Lia.

Emma trat von einem Fuß auf den anderen. Sie spürte den Boden unter ihren Füßen erzittern, als die Tram sich näherte. »Du hast sie nicht nur wegen ihres Magengeschwürs so wenig gesehen. Sie hat auch mit jemandem Schluss gemacht, der ihr sehr viel bedeutet hat.«

Lia schüttelte den Kopf. »Gebrochenes Herz also.«

»Auch wenn sie es nicht zugeben will. Manchmal begreife ich sie einfach nicht.«

Die Tram kam vor ihnen zum Stehen. Die Tür wurde aufgeschoben, und einige Leute stiegen aus. Emma und Lia nahmen eilig ihre Plätze ein.

»Liebe kann man nicht verstehen«, fuhr Lia fort. »Sie wiegt schwer, wenn du sie hast, und auch, wenn du sie verlierst.«

»Klingt, als wärst du selber schon verliebt gewesen«, neckte Emma sie.

Lia wurde rot. »Ich habe bei meinen Verwandten genug gesehen, um Bescheid zu wissen. Ich wette, Joan wird's bald besser gehen.«

Die Tram begann ihre Fahrt zum Gipfel. Als sie sich über Hongkong erhoben, wurde Lia still, und ihr Mund öffnete sich leicht, während sie wie gebannt hinaussah. In Emmas Kopf kreiste nur ein Gedanke: wie schnell die Tage verflogen waren und wie leer sie sich nach Lias Abreise fühlen würde.

An der Haltestelle befanden sich ein Restaurant und ein kleiner Geschenkeladen. Emma führte Lia zu dem Rundweg, der um den Gipfel herumlief.

»Als wir klein waren, fuhren wir mit Mah-mih und Ba-ba zum Spazierengehen hier hoch«, erzählte Emma über die Schulter hinweg. Lia folgte ihr auf dem Pfad. »Ich erinnere mich an einen dichten Nebel hier oben, als ich ungefähr sieben war. Als wären wir in eine weiße Decke gehüllt worden. Mah-mih hatte uns gewarnt: *Geht nicht weit weg, ihr könnt ja nicht einmal eure fünf Finger vor euch sehen.* Ich streckte meine Arme wie eine Blinde nach vorn und begann zu laufen, immer den Fingern nach, die ich vor mir kaum erkennen konnte. Bevor ich es merkte, hatte ich mich schon verirrt. Ich fing an zu weinen. Ringsherum konnte ich nichts sehen als kühlen, weißen Dunst. Noch nie hatte ich mich so allein und verlassen gefühlt. Und dann sah ich etwas auf mich zukommen. Erst war es nur ein Schatten, der mir Angst machte, doch als er näher kam, erkannte ich meine Schwester, die die Arme nach mir ausstreckte. Irgendwie hatte Joan mich im Nebel gefunden.«

Lia lachte. »Ich könnte meine Geschwister nicht verlieren, und wenn ich mich noch so anstrengte.«

Weiter vorn wurde das Buschwerk dichter. Wilder Indigo und Jasmin, Lorbeer, glänzende Wachsbäume und Rhododendron säumten ihren Weg. Die Luft war viel lieblicher und frischer als unten in der Stadt. Emma sog den üppigen Duft ein, sie konnte gar nicht genug davon bekommen. Sie gingen weiter, bis sie unvermutet auf eine Lücke im Buschwerk stießen, die sich vor ihnen auftat wie ein Fenster. Unten lag ganz Hongkong, atemberaubend schön im Morgenlicht. Und dahinter überquerten Fähren den Silberspiegel des Hafens nach Kowloon.

Emma erinnerte sich an das Spiel, das sie in Macao immer gespielt hatten, und wandte sich zu Lia um. »Und was sehen wir da unten?«

Lia hob die Hand, um ihre Augen gegen das gleißende Licht abzuschirmen. »Ich sehe die ganze Welt zu unseren Füßen liegen.«

Eines Morgens Anfang Januar, eine Woche nach Neujahr, stand Joan zur Überraschung ihrer Familie zum Frühstück auf. Lia war schon vor einer Woche nach Macao zurückgekehrt, und immer noch fühlte sich Emma wie ein Häufchen Elend. Sie ließ ihr süßes Brötchen auf den Teller fallen, als Joan sich ihr gegenüber an den Tisch setzte. Mah-mih, noch im Morgenmantel, zog ihren Ausschnitt enger zusammen, als wäre plötzlich ein Fremder aufgetaucht.

»*Tso sun*«, sagte Joan beinahe fröhlich.

»Guten Morgen«, erwiderte Emma verdutzt.

Joan war fertig angezogen, sie trug eine Baumwollhose und eine wollweiße Hemdbluse. Ihre zu einem Pferdeschwanz zurückgekämmten Haare gaben den Blick auf ein ruhiges, wenn auch müdes Gesicht frei.

»Wie fühlst du dich?«, fragte Mah-mih.

»Besser. Mein Magen brennt nicht mehr. Ich glaube, das Feuer ist endlich ausgegangen.«

Mah-mih lächelte und rief nach Foon, die durch den Türspalt lugte und dann mit einer Schüssel einfacher Suppe aus der Küche herbeieilte. »Gut. Brauch ich nicht mehr so weit zu gehen«, sagte sie und stellte die Schüssel vor Joan hin.

»Könnte ich nicht zur Abwechslung mal was anderes haben?«, fragte Joan die alte Köchin.

»Noch eine Woche«, antwortete Foon und verschwand wieder in der Küche.

Emma beugte sich über den Tisch und gab Joan den Rest ihres süßen Brötchens, das dick mit Butter und Orangenmarmelade bestrichen war.

Nach dem Frühstück schlug Joan ihrer Schwester vor: »Wie wär's mit einem Spaziergang?«

»Was?« Emma war nicht sicher, ob sie richtig gehört hatte.

Joan lächelte. »Heute ist ein guter Tag zum Spazierengehen.«

Emma sah Mah-mih an, die nur sagte: »Geht nicht zu weit.«

Wortlos schob Emma ihren Stuhl zurück und lief in ihr Zimmer, ihren Mantel holen.

Der Januarbeginn hatte kühleres Wetter gebracht. Der Himmel war von einem faden, trüben Grau, die Wolken hingen tief und schwer herab. Joan ging erst langsam, doch bald hörte Emma, wie sie die Luft in tiefen Atemzügen einsog und langsam wieder ausblies. Emma wartete, dass Joan das Gespräch eröffnete.

»Heute früh bin ich aufgewacht und habe mich besser gefühlt«, erklärte Joan. »Ein neues Jahr hat angefangen, und ich wollte einfach nicht mehr allein sein.«

Emma ging langsam neben ihrer Schwester die Conduit Road entlang, an Auntie Gos Wohnung vorbei. Dabei durchströmte sie ein Gefühl von Wärme und Glück. »Ich bin sehr froh«, sagte sie.

»Für Mah-mih war mein Bruch mit Joseph sicher ein vernichtender Schlag.« Joans Stimme durchdrang die kalte Luft. »Sie muss sich wünschen, ich wäre ein Sohn geworden ... dann bräuchte sie sich keine Sorgen um mich zu machen, weil ich jemand wie Joseph heiraten muss.«

»Sie ist stark.« Die drei Worte flossen ohne jedes Nachdenken aus Emmas Mund, bevor ihr die Wahrheit dieses Satzes bewusst wurde.

»Stärker als ich?«

»Stärker als wir beide. Es ist ja nicht das Ende der Welt, weißt du. Du kannst jeden kriegen, den du willst.«

Joan lächelte. »Ich bin nicht sicher, ob ich noch jemand anderen will.«

Emma blieb unmittelbar vor ihrer Schwester stehen. »Warum kannst du ihm dann nicht verzeihen? Es ist immer noch nicht zu spät.«

»Ich weiß es nicht.« Joan trat zur Seite und hielt einen Moment inne, bevor sie weiterging. »Erst war ich furchtbar traurig und wütend, und jetzt fühle ich mich völlig leer und wie ausgepumpt. Das große Nichts.«

»Vielleicht brauchst du noch Zeit.«

»Ich kann mir nicht vorstellen, dass sich damit etwas ändern würde.« Joan beschleunigte ihren Schritt. »Die Trauer und die Wut sind vorbei. Es ist nichts mehr übrig.«

Emma wollte fragen: *Und was ist mit der Liebe?*, doch sie schluckte die Frage hinunter. Vielleicht waren Liebe, Trauer, Schmerz und Wut letzten Endes ein und dasselbe.

Sie waren kaum in die Robinson Road eingebogen, als Joan plötzlich an den Randstein trat und ein Taxi heranwinkte. »Komm, besuchen wir Auntie Go«, forderte sie Emma auf, öffnete schwungvoll die Taxitür und stieg ein.

Emma zögerte. »Mah-mih hat gesagt, wir sollen nicht so weit laufen. Du bist doch gerade erst gesund geworden.«

»Ach, komm doch«, beharrte Joan. »Sei kein Spielverderber. Außerdem fahren wir ja mit dem Taxi, oder? Ich fühle mich pudelwohl, und Auntie Go wird sich freuen, wenn sie sieht, dass ich wieder auf den Beinen bin.«

Emma fand keinen weiteren Einwand mehr und wollte auch keinen finden. So viele Monate lang war Joan nicht mehr sie selbst gewesen. Emma hatte Angst, dass die geringste Kleinigkeit ihre Schwester in ihr dunkles, verschlossenes Zimmer zurückscheuchen könnte. Sie sprang ins Taxi und schlug die Tür hinter sich zu.

Der Wan Chai District wimmelte von Menschen; dicht an dicht reihten sich Kneipen, kleine Läden und Bars mit leicht bekleideten Mädchen aneinander. Die Neonlichter, die nachts wie verrückt blinkten und leuchteten, schienen bei Tag zu schlafen und wirkten völlig harmlos. Mah-mih war nicht glücklich darüber, dass Auntie Go in einem so anrüchigen Viertel arbeitete, doch Emma hörte einmal, wie ihre Tante Mah-mih anfuhr: »Wenigstens sind Prostituierte und Zuhälter ehrlich, was ihre Arbeit betrifft! Im Unterschied zu den Geschäftsleuten und Bankiers, die dunkle Anzüge tragen und ein überlegenes Lächeln aufsetzen.« Emma erinnerte sich, dass Mah-mih nach diesem Streit ein paar Tage lang kein Wort mehr mit Auntie Go wechselte.

Der Vormittagsverkehr schob sich mühsam vorwärts. Straßenverkäufer schrien mit hohen, durchdringenden Stimmen, Hupen ertönten, und Jung und Alt drängelte sich auf den

Gehwegen. Im Taxi warf Emma einen verstohlenen Blick zu Joan hinüber, die alles friedlich in sich aufzunehmen schien, als sähe sie es zum ersten Mal. Blass und müde, wie sie war, wirkte Joan auf Emma dennoch bezaubernd und geheimnisvoll.

Der Strickereibetrieb *Westwind* war in einem schmalen zweistöckigen Gebäude untergebracht, das die Japaner fast völlig demoliert hatten. Gleich nach dem Krieg war Emma mit Mah-mih und Joan dorthin zurückgekehrt, um Auntie Go bei den Aufräumarbeiten zu helfen. Nie würde Emma den starren, angsterfüllten Ausdruck in Auntie Gos Augen vergessen.

»Es wird schon wieder«, hatte Mah-mih gesagt.

Doch als Auntie Go die Tür aufstieß, gähnte ihnen der große Saal im Erdgeschoss völlig leer entgegen. »Alles weg«, flüsterte sie.

Joan ging zum anderen Ende des Raums. »Ich habe etwas Garn gefunden!« Sie hielt eine blaue Spule hoch.

»Das ist doch ein Anfang«, fügte Emma optimistisch hinzu.

Wie zu Eis erstarrt war Auntie Go in der Mitte des Raums gestanden. Erst jetzt hatte sie die Produktion des verwüsteten Betriebs wieder auf volle Touren gebracht. Die staubige Luft unten in dem großen, offenen Saal roch nach heißem Metall, die Strickmaschinen summten rhythmisch wie Musik. Emma liebte die schönen Muster, die sie schufen. Sie stand da und sah wie hypnotisiert zu, wie vor ihren Augen Blumen oder Tiere Reihe um Reihe Gestalt annahmen. Fertige Jacken und Pullover aus Wolle und Baumwolle, die an Ständern hingen, warteten darauf, verpackt und in alle Welt verschifft zu werden. Im Obergeschoss befanden sich Auntie Gos Büro und Lagerräume, wo Garn und Muster aufbewahrt wurden. Emma lief schnell die Holztreppe hoch, Joan folgte ihr etwas langsamer.

Emma klopfte dreimal an Auntie Gos Bürotür und wartete dann auf das zerstreute, leicht gereizte »Herein!«, bevor sie die Tür aufstieß und das rhythmische Sausen der Maschinen von unten hereinließ.

»Wir kommen dich besuchen«, sang Emma fröhlich.

Auntie Go sah auf und lächelte. »Wir?«

»Ich auch«, meldete sich Joan und trat mit ausgestreckten Armen ins Büro.

Auntie Go stand auf und umarmte Joan als erste. Ihre Tante war fast einen halben Kopf größer als sie. »Wie schön, dass du wieder auf bist und dich wohler fühlst.«

Emma sah sich im Raum um – der übliche Schreibtisch und Drehstuhl, zwei Stühle für Kunden, ein kleiner Tisch und darauf ein Tablett mit Teekanne und Thermosflasche. Gerahmte Monet- und Degas-Drucke lehnten an einer Wand. Alles war einfach und zweckmäßig.

»Und jetzt du, Moi-moi.« Auntie Go umarmte Emma. »Was führt euch zwei denn zu mir?«

»Es war meine Idee«, rückte Joan mit der Wahrheit heraus, bevor Emma etwas sagen konnte. »Ich habe nachgedacht ... und mich gefragt, ob du hier vielleicht etwas Hilfe gebrauchen könntest. Ich könnte dir bei den Büroarbeiten zur Hand gehen.«

Einen Augenblick lang schwiegen sowohl Emma als auch Auntie Go vor Überraschung. Nicht weit entfernt hörte Emma das hohle Sausen der Strickmaschinen.

»Ich fände es wunderbar, wenn du zum Arbeiten zu mir kämst.« Auntie Go sprach bedächtig und lehnte sich an die Kante ihres Schreibtisches. »Vielleicht in ein paar Wochen, wenn du wieder ganz bei Kräften bist und deine Mah-mih und dein Ba-ba einverstanden sind.«

»Sind sie sicher«, sprudelte Joan beinahe zu rasch hervor. »Dafür werde ich schon sorgen.«

Emma hörte dem eintönigen, an- und abschwellenden Geräusch der Maschinen zu und ließ die neue Idee auf sich einwirken. Sie fragte sich, ob Joan dies schon damals im Sinn gehabt hatte, als sie davon sprach, sie würde wieder zur Tagesordnung übergehen, anstatt Joseph zu verzeihen. Wieder fragte sich Emma: *Verdient ein Mensch nicht mehr als eine Chance?* Doch sie lächelte nur und nickte, ohne etwas zu sagen.

»Gehen wir doch essen und besprechen dabei die Sache näher«, schlug Auntie Go vor. »Ihr zwei müsst ja halb verhungert sein.«

»Gehen wir ins Hongkong-Hotel?«, fragte Emma.

Auntie Go lächelte. »Natürlich, wir müssen doch Joans Genesung feiern!«

Wieder öffnete Emma die Tür, und wieder drangen die Maschinengeräusche von unten herein.

Als Emma an diesem Abend allein in ihrem Zimmer war, erinnerte sie sich lächelnd an Joans herzhaften Appetit beim Mittagessen. Sie hatte drei gedämpfte Schweinefleischklößchen gegessen und zwei Teller Reisnudeln. Auntie Go erlaubte ihr nicht, noch mehr zu essen, weil sie befürchtete, ihr Magen könnte wieder rebellieren. Dann bekäme sie Mah-mihs und Foons Zorn zu spüren. Doch als sie das Restaurant verließen, wusste Emma, dass ihre Schwester wieder zum Leben erwacht war. Sie sah es an ihren raschen, messenden Bewegungen, dem Funkeln in ihren Augen, das Emma schon fast vergessen hatte.

Jetzt saß Emma an ihrem Schreibtisch und holte ihr Schmuckschränkchen hervor, das Ba-ba ihr geschenkt hatte, eine schwarze Lackarbeit mit Perlmutt-Intarsien. Sie öffnete die beiden kleinen Türen und zog die untere Schublade heraus. Begraben unter ihren goldenen Armbändern und einem Jadeanhänger lagen die drei goldenen Anhänger, die Joseph ihr letztes Jahr geschenkt hatte. Sie nahm einen nach dem anderen heraus, erst das Klavier, dann die Ballerina und zum Schluss die Rosenknospe. Auf ihrer Handfläche spürte Emma, wie leicht sie waren.

Der Weg der Liebe

1948

AUNTIE GO

Beim Mah-jongg lehnte sich Kum Ling plötzlich zurück und fragte in die Runde: »Was soll ich bloß machen? Joan sieht nicht schlecht aus, aber durch ihre Finger schlüpfen die Männer anscheinend nur so durch. Und mit dem Kopf steckt sie immer in den Wolken.«

»Mach dir keine Sorgen«, meldete sich Auntie Hongs hohe Näselstimme. »Joan hat noch viel Zeit. Sie ist erst zweiundzwanzig. Da brauchst du sie doch nicht zu drängen.«

»Aii-ya! Diese kostbaren Jahre darf man nicht vergeuden«, widersprach Kum Ling.

In der Spielpause saß Auntie Go stumm inmitten des Geplauders, während ihre Cousine und ihre Mitspielerinnen die Deckel von den Schälchen hoben und an ihrem dampfenden Tee nippten. Dazu aßen sie von den Knabbereien – Erdnüsse, getrocknete Pflaumen, chinesisches Dörrfleisch und Garnelen-Chips –, die Foon neben jeder Dame auf einem kleinen Tischchen bereitgestellt hatte.

Als Lew Kum Lings erste Cousine war Auntie Go die einzige wirkliche Verwandte, die an deren wöchentlichem Mah-jongg-Zirkel teilnahm. Dank ihrer Schönheit und Eleganz, aber auch dank der Geschäftsbeziehungen ihres Mannes Lew

Hing wurde Kum Ling, inzwischen in den Mittvierzigern, von allen Gastgeberinnen hofiert. Sie spielte Mah-jongg mit den Gattinnen der reichsten Bankiers und Geschäftsleute Hongkongs und wurde oft zu ihren Gesellschaften eingeladen. Auch für ihre Töchter erstrebte Kum Ling solche soliden gesellschaftlichen Kontakte, darüber war sich Auntie Go im Klaren.

»Wir leben heute in einer anderen Welt, Mädchen können länger warten, bevor sie sich binden«, setzte Auntie Kao das Thema fort und zupfte am Kragen ihres ärmellosen *cheungsam*. »In unserer Zeit waren wir zu alt für eine gute Partie, wenn wir mit sechzehn, siebzehn noch nicht verheiratet waren. Heute ist es nicht mehr so, die Zeiten haben sich geändert. Der Krieg ...« Ihre Stimme brach ab.

»Schaut euch Mei an, die Tochter meiner Schwester, die erst Ende zwanzig geheiratet hat ... und jetzt ihr drittes Baby erwartet. Und das erste Kind ein Sohn!« Die füllige Auntie Hong schnappte sich ein Stück Dörrfleisch und kaute gedankenvoll darauf herum. »Du kannst das Schicksal nicht ändern, also nimm es lieber, wie es kommt.«

Kum Lings Gesicht blieb ausdruckslos. An dem kehligen Laut, mit dem sie den letzten Kommentar quittierte, erkannte Auntie Go, dass sie innerlich schäumte.

Auntie Go wusste, dass Kum Lings Freundinnen genauso altmodisch dachten wie ihre Cousine. Ihre Worte sollten Kum Ling besänftigen und ihr das Gesicht wahren helfen, obwohl sie im Grunde ihre Ansichten über die Ehe teilten. Und wie Kum Ling konnte keine von ihnen verstehen, warum eine junge Frau, die so schön war wie Joan, noch keinen passenden Mann gefunden hatte.

Auntie Go übte sich in Schweigen. Lieber hätte sie sich die Zunge abgebissen, als irgendetwas zu äußern, was ihre Cousine verärgern und einen Misston in ihr Mah-jongg-Spiel bringen könnte.

Nach all diesen Jahren war sich Auntie Go ihrer Außenseiterrolle bewusst. Erstens schon einmal aufgrund der Tatsache, dass sie nie geheiratet hatte. Mit den Jahren war dieser Makel verblasst, und man hatte sie in Kum Lings Kreis der *tai tais* akzeptiert, auch wenn sie immer noch unter Worten zusammenzuckte, wie sie jetzt Joan galten.

Zweitens war da die Tatsache, dass sie ihren eigenen Betrieb gegründet hatte und Ende zwanzig in eine Welt eindrang, *auf die sie kein Anrecht hatte*, wie Kum Ling sie einmal warnte. Sie wusste, dass sich ihre Cousine nur um sie sorgte, dennoch hatten diese Worte sie wütend gemacht. Erst in den letzten Jahren war Auntie Go bewusst geworden, dass sie mehr aus Angst als aus echtem inneren Antrieb damals alles riskiert hatte, was sie besaß. Sie wollte kein Mitleid, sie wollte nicht zum Klotz am Bein werden, den die anderen immer mit sich herumschleppen müssten.

Und Auntie Go war es, zu der Joan als Erste kam, wenige Wochen nach ihrem Bruch mit dem jungen Wong. Go hatte bis spät abends in ihrem Betrieb gearbeitet, und als sie nach Hause zurückkehrte, wartete Joan auf sie – der letzte Mensch, mit dem Auntie Go gerechnet hätte.

»Joan, was machst du denn hier? Es ist ja schon fast Mitternacht.« Go schloss die Haustür auf und bot ihrer zerbrechlich wirkenden Nichte einen Stuhl an. »Setz dich, setz dich. Weiß deine Mah-mih, dass du hier bist?«

Joan schüttelte den Kopf. Im trüben Licht wirkte Joan noch blasser und dünner als an dem Abend, als Auntie Go sie zuletzt gesehen hatte. Ihr Baumwoll-*cheungsam* und die passende Jacke hingen lose an ihr herunter. Joan zögerte einen Moment und setzte sich dann. »Sie sollen nicht wissen, dass ich hergekommen bin«, sagte sie angespannt. »Ich muss mit dir reden.«

»Natürlich.« Auntie Go zog einen zweiten Stuhl zu Joan heran. »Es tut mir so leid, dass das alles passiert ist.«

Damit erwähnte sie den jungen Wong zum ersten Mal. Bisher hatte sie zu dem Thema geschwiegen, weil sie fand, Joan müsse erst etwas Abstand gewinnen. Außerdem hatte sie alle Hände voll damit zu tun, ihren Betrieb über Wasser zu halten.

»Ich verstehe nicht, warum ...«, begann Joan mit stockender Stimme.

Auntie Go warf rasch ein: »Manchmal gibt es keine Gründe, warum die Menschen etwas tun oder nicht tun. Vielleicht war er noch nicht bereit für eine so große Verpflichtung.«

»Warum hat er mir dann gesagt, dass er mich liebt?«, fragte Joan zitternd.

Auntie Go nahm Joans Hände fest in die ihren. Sie fühlten sich glatt und klein an. »Ich glaube schon, dass er dich liebt, doch Liebe ist keine Garantie gegen Verletzungen.«

Einen Moment lang starrte Joan sie wortlos an. Auntie Go konnte die Tränen sehen, die sich in ihren Augenwinkeln sammelten.

»War es für dich denn auch so?«

Auntie Go ließ Joans Hände los und lehnte sich zurück. »Wie meinst du das?«

Joan rutschte auf ihrem Stuhl herum und beugte sich dann vor. »Mah-mih hat einmal gesagt, du hättest auch jemand verloren, den du geliebt hast.«

Auntie Go hing eine Weile ihren Gedanken nach. Es schien schon so weit in der Vergangenheit zurückzuliegen. »Ich war neunzehn und verliebt.« Sie lächelte wehmütig. »Er war Lehrer, der jüngste Sohn einer befreundeten Familie, und sein freundliches Wesen machte alle fehlenden materiellen Reichtümer wett. Wir schmiedeten Heiratspläne, als er krank wurde. Innerhalb von wenigen Monaten breitete sich seine Kranheit in seinem Körper aus, heute weiß ich, dass es Krebs war. Ein gutes Jahr später lebte er nicht mehr ...« Gos Stimme verlor sich.

Danach gab es andere Bewerber, viele sogar, aber niemand, mit dem sie ein Leben hätte aufbauen wollen. Go wusste, dass sich andere Mädchen mit jedem Einzelnen von ihnen zufrieden gegeben hätten, einfach um verheiratet zu sein, doch das hätte Go als eine Lüge empfunden, an der sie erstickt wäre.

Sie blickte zu ihrer Nichte hoch. »Das war für mich ein großer Schmerz.«

»Was soll ich jetzt tun?«, flüsterte Joan.

»Du lebst weiter. Dein Weg hat gerade erst begonnen.«

Joan ließ den Kopf sinken und begann leise zu weinen. Auntie Go schlang die Arme um ihre Nichte und drängte ihre eigenen Erinnerungen zurück. Viel später, als Joan sich beruhigt hatte, traten sie in die warme Nachtluft hinaus, die schwach nach Litschis duftete, und dann fuhr Go sie nach Hause.

Nur in der Gegenwart von Joan und Emma taute Auntie Go auf und wurde richtig gesprächig. Ihre Nichten nahmen einen besonderen Platz in ihrem Herzen ein. Seit ihrer Geburt war Auntie Go wie eine zweite Mutter für sie. Manchmal, wenn Stille in ihr einkehrte, spürte sie ihre Kinderlosigkeit. Sie hallte in ihrem Körper wider wie das Echo in den leeren Räumen eines Hauses, in denen nie Möbel stehen würden. Doch mit den Jahren, in denen sie zusah, wie ihre Nichten zu so prächtigen jungen Frauen heranwuchsen, bedrückte sie dies immer weniger.

Auntie Go blickte auf und starrte in die Gesichter von ihrer Cousine und deren Freundinnen am Mah-jongg-Tisch. Sie hörte zu, als richte sich jede der spitzen Zungen, die über Joan sprachen, auch gegen sie. So viele Jahre waren vergangen, doch die Worte versetzten ihr noch dieselben schmerzhaften Stiche. Auntie Go hielt die Luft an, konnte aber die Bemerkung nicht mehr hinunterschlucken, die ihre Nichte verteidigen und diese Frauen in ihre Schranken verweisen sollte.

»Und was wäre, wenn sie nie heiratet? Wäre das so ein Verbrechen?« Auntie Go atmete rasch aus. Sie mied die Blicke ihrer Cousine und drehte in der Tischmitte die elfenbeinernen Spielsteine hastig mit der Vorderseite nach unten. »Joan ist eine fähige junge Frau, die vieles leisten kann.«

Die Stimmen verstummten. Auntie Kao seufzte, während Auntie Hong sich auf die Garnelen-Chips konzentrierte. Go war sich bewusst, dass ihr wieder ein Ausrutscher unterlaufen war. Meist versuchte sie, sich ihre Gedanken nicht zu sehr anmerken zu lassen. Schon allzu oft waren sie und ihre Cousine mit ihren gegensätzlichen Ansichten aufeinander geprallt. Dann endete ihr Gespräch entweder in einem Streit oder in kaltem, erbittertem Schweigen. Joans Mitarbeit im Strickereibetrieb war so ein heikles Thema zwischen den beiden. Doch hier hielt sich Kum Ling zurück, weil sie wusste, dass Joan mit ihrer Teilzeitarbeit dort sehr zufrieden war.

Aber jetzt machte sich Auntie Go auf das Schlimmste gefasst.

»Nicht jede ist so fleißig wie du«, gab ihre Cousine schroff zurück, während die Spielsteine beim Mischen laut gegeneinander klapperten.

»So stellst du es immer gern dar. Ich dagegen neige zu der Ansicht, dass jede dasselbe erreichen könnte wie ich.«

Auntie Go hörte, wie Kum Ling etwas leise vor sich hin murmelte. Es klang wie: *Wir sollten alle ledig bleiben, ohne eigene Familie.*

Dann wurde es ganz still, Go hörte nur noch das Klicken der dicken Elfenbeinsteine, in die Bambussymbole, Kreise und chinesische Schriftzeichen eingeätzt waren; sie wurden gemischt und in vier schnurgeraden Doppelreihen in der Mitte des Tisches ausgelegt. Eine nach der anderen holte sich jede der Frauen ihre Spielsteine, dreizehn insgesamt, und baute sie vor ihrem Platz auf wie eine Kompanie Soldaten.

Go lächelte, als Auntie Kao als Erste die Hand nach den restlichen Reihen ausstreckte und verstohlen zwei Steine statt einen nahm. Nach einem raschen Blick behielt Kao den vorteilhafteren der beiden, warf einen ihrer ursprünglichen dreizehn Steine auf den Ablege-Haufen und schob den überschüssigen Stein unauffällig mit hinein.

Auntie Go wählte, rieb den eingeätzten Kreis auf dem Stein und warf ihn zurück.

»Nicht gut, nicht gut«, brummte Auntie Kao, während sie die vor ihr aufgereihten Steine studierte. Falls die anderen sie beim Schummeln ertappt hatten, schwiegen auch sie. Auntie Kao kam aus einer reichen und mächtigen Familie, die Kaos Entgleisungen immer wieder in Ordnung brachte. Kao war in ganz Hongkong dafür bekannt, sich Dinge ›auszuleihen‹, die ihr nicht gehörten. Seit sie ein kleines Mädchen war, verschwand, woran sie Gefallen fand, aus Häusern und Geschäften. Ihre Familie und ihr Mann vereinbarten mit Händlern und Freunden, die fehlenden Gegenstände in Rechnung zu stellen. Dessen ungeachtet stand Auntie Kao in dem Ruf, großzügig für wohltätige Zwecke zu spenden, und wurde zu jedem wichtigen gesellschaftlichen Ereignis eingeladen.

Auntie Hong räusperte sich und lenkte das Gespräch auf eine Verwandte, deren Sohn aus heiterem Himmel seine Eltern denunziert hatte und der Kommunistischen Partei beigetreten war. »Stellt euch die Unverschämtheit dieses Burschen vor«, tratschte Auntie Hong. »Vergreift sich am Schmuck seiner Mutter und übergibt ihn der Partei als Beispiel für die Dekadenz seiner Familie!«

»Sie wissen es nicht besser nach der Gehirnwäsche, der sie unterzogen werden«, erwiderte Auntie Kao. »Es wird nicht mehr lang dauern, und das ganze Land rennt Mao hinterher.«

»Die jungen Leute heutzutage kümmern sich nur noch um sich selbst«, polterte Kum Ling und klopfte mit ihrem Spielstein auf den Tisch, bevor sie ihn zurück auf den Haufen warf.

»Sie sind wirklich ganz anders als unsere Generation.« Auntie Hong schüttelte den Kopf und griff dann nach einem neuen Spielstein.

Auntie Go lehnte sich entspannt zurück und beobachtete Kum Ling, wie sie seufzte, in langsamen Schlucken ihren Tee trank und, innerlich schon an einem ganz anderen Ort, geistesabwesend zu allem nickte, was gesagt wurde.

Auntie Go hatte nach dem Tod ihrer Eltern deren ganzen Besitz geerbt. Der Laden ihres Vaters wurde verkauft, und obwohl er keine Riesensummen eingebracht hatte, hätte Auntie Go bei umsichtiger Einteilung von dem Geld existieren können. In der finanziell sichersten Zeit ihres Lebens entschloss sie sich zu ihrem größten Wagnis. Von einem Freund ihres Vaters hatte Go gehört, dass eine kleine Pullover-Strickfabrik zum Verkauf stand. Sie wusste wenig über Strickwaren, hatte aber immer fasziniert beobachtet, wie ihre Mutter Pullover und Socken hervorbrachte, indem sie einfach zwei Nadeln gegeneinanderklappern ließ. Da Go im Laden ihres Vaters die Buchhaltung erlernt hatte, beschloss sie, ihre Ersparnisse zu riskieren. Am Tag, als sie Kum Ling von ihrer Tat erzählte, schüttelte ihre Cousine nur den Kopf und sagte: »Nun ja, du kannst immer noch zu uns kommen, wenn Joan und Emma einmal verheiratet sind.«

Auntie Go kaufte den Strickereibetrieb *Westwind* unter dem Namen ihres Vaters. Go, die schon immer eine Zahlenbegabung besaß, arbeitete sich Schritt für Schritt ins Geschäftsleben ein. Obwohl die Arbeitszeit lang war und die Bedienung der Maschinen, die sie erst erlernen musste, ein Labyrinth mit vielen Irrwegen, war Auntie Go entschlossen, ihren Betrieb in den Griff zu bekommen und sich eine eigene Existenz aufzubauen. Sie stellte erfahrene Strickerinnen ein und pflegte die vorhandenen Kundenkontakte – es handelte sich um eine kleine Liste von Händlern und Exporteuren – weiter. Sie spezialisierte sich auf Pullover aus Wolle, Baumwolle und Seide und begann gerade, einen Gewinn zu erwirtschaften, als der Krieg dazwischenkam und ihr aufblühendes Geschäft zugrunde richtete.

Als Go 1945 von Macao zurückkehrte, war sie Kum Ling und den Mädchen dankbar, dass sie darauf bestanden, sie zu ihrem Betrieb zu begleiten. Obwohl sich Go aufs Schlimmste gefasst gemacht hatte, zitterten ihr die Hände, als sie die quietschende Tür aufschob und in die Kälte trat. Das Herz stockte ihr beim Ausmaß der Zerstörung. Was nicht niet- und nagelfest war, hatten die Japaner mitgenommen. Der größte Raum, in dem einmal die Maschinen gesummt hatten, zeigte sich nackt und bloß wie ein Skelett, er war vollkommen leergeplündert, von den Strickmaschinen bis zu den Hockern und Beleuchtungskörpern. Das wenige, das übrig blieb, war vollkommen zerstört.

»Die Teufel«, flüsterte Go. Sie stand in der Mitte des leeren Raums und hätte am liebsten geweint; die Tränen, die sie gewaltsam unterdrückte, brannten ihr hinter den Augen.

»Gar nicht so schlimm«, sagte Emma und legte einen glücklichen und optimistischen Ausdruck in ihre Stimme.

»Es ist ja gar nichts mehr da«, sagte Kum Ling, die Hand, mit der sie ihre Überraschung erstickt hatte, noch immer vor dem Mund.

Joan stand am anderen Ende des Raums und betastete eine

Spule mit blauem Garn, die sie gefunden hatte. »Wie ein leeres Grab«, sagte sie.

»Solche Dinge sagt man nicht«, tadelte Kum Ling ihre Tochter. »Das bringt Unglück!«

Auntie Go nickte. »Joan hat schon recht. Tot und begraben. Dann muss ich eben wieder von vorne anfangen.« Die Worte wollten ihr schier im Hals ersticken.

Im nächsten Monat verkaufte Auntie Go einen Teil ihres Schmucks und schaffte es, auf dem Schwarzmarkt genügend Teile zu organisieren, um eine Maschine zum Laufen zu bringen; allmählich kamen ein paar weitere dazu. Langsam begannen die Aufträge wieder aus England, Frankreich und sogar aus New York und San Francisco einzutrudeln. Go wusste, dass ihr Geschäft einen Aufschwung nehmen würde, wenn sie aktuelle Modelle zu vernünftigen Preisen produzieren könnte. Und nach drei schwierigen Jahren schwamm Auntie Go mit diesem Konzept auf der Welle des Wohlstands, die nach dem Krieg über Hongkong geschwappt war.

Seit dem Krieg hatte Auntie Go mehr von der Welt gesehen, als sie sich je hätte träumen lassen; sie reiste nach Europa und in die Vereinigten Staaten. Zu ihrem Bedauern entfernte sie sich mit jeder Geschäftsreise ein Stück weiter von Kum Ling. Der Erfolg ihres Unternehmens schob sich wie eine wachsende Mauer zwischen sie. Der Mann ihrer Cousine, Lew Hing, hatte zur gleichen Zeit beim Export von Seide und Kunstwerken in den expandierenden Markt Koreas und Vietnams große Verluste erlitten. Für mehrere umfangreiche Schiffsladungen hatte Hing kein Geld erhalten, nachdem sie in die Hände ausländischer Kaufleute gelangt waren.

An einem der seltenen Abende, als Auntie Go ihr Büro früh verließ, fand sie zu ihrer Freude Lew Hing vor, der von Tokio nach Hause gekommen war. Die Familie hatte ihr Abendessen gerade beendet, Kum Ling telefonierte. Joan und Emma entschuldigten sich und ließen Go mit Lew Hing allein am Tisch zurück. Er wirkte dünn und müde in seinem Stuhl am Kopfende des Tisches, der in all den Jahren öfter leer als vom Familienoberhaupt besetzt gewesen war.

»Gehst du bald wieder auf Reisen?«, erkundigte sich Auntie Go, beugte sich vor und wählte eine Birne aus der Schale, die Foon in die Tischmitte gestellt hatte.

Lew Hing räusperte sich und richtete seinen Blick auf ihre Hände, als sie die Birne zu schälen begann. »Mit diesen neuen Geschäftspartnern hat es einige Schwierigkeiten gegeben.«

Auntie Go schälte weiter und spürte das kühle Fruchtfleisch in ihrer Hand. »Vielleicht wäre es eine Überlegung wert, ob du mich nicht in meinem Betrieb unterstützen möchtest.«

»Ich bin viel zu alt, um mich in eine neue Branche einzuarbeiten.« Lew Hing lächelte gezwungen. »Außerdem sind diese Rückschläge nur vorübergehend. Ich erwarte nicht, dass es so weitergeht.«

»Das Angebot bleibt immer bestehen«, sagte Go und ließ die Spirale der Birnenschale auf ihren Teller fallen.

Lew Hing rückte seinen Stuhl zurück, und einen Moment lang dachte Go, er wolle aufstehen und gehen, doch er nahm sich ebenfalls eine Birne und setzte sich wieder.

»Ich danke dir, Go«, sagte er leise.

Auntie Go ahnte nicht im geringsten, dass ihr Angebot Kum Ling belasten könnte. Am nächsten Tag schien Kum Ling ihr gegenüber befangen und ungewöhnlich still. *Was ist denn los?*, wollte Go fragen, überlegte es sich dann aber anders. Einige Monate später kehrte Lew Hing nach Japan zurück in der Hoffnung, dort sein Import-Export-Geschäft wieder aufzubauen. Dass er es abgelehnt hatte, in Gos Unternehmen einzutreten, war ein Thema, um das Kum Ling und sie einen möglichst weiten Bogen machten.

Mochten sie auch noch so verschieden sein, Go allein wusste, wie reich an Höhen und Tiefen Kum Lings Leben gewesen war. Ihr einstmals vermögender Vater hatte den größten Teil seines Besitzes durch Fehlinvestitionen verloren. Go wusste, welches Glück ihre Cousine hatte, schon früh mit dem jungen Lew verlobt worden zu sein. Bei Hing war es Liebe auf den ersten Blick. Kum Ling war noch nicht älter als dreizehn und half Gemüse vom Markt nach Hause zu tragen, als er sie zum ersten Mal sah. Eine Woche später erschien ein Heiratsvermittler, gesandt von der Familie Lew. Ihre Eltern mussten die meisten ihrer Besitztümer verkaufen, um Kum Ling bis zu ihrem sechzehnten Geburtstag mit einer anständigen Mitgift auszustatten, wenn sie Hing heiraten sollte. Obwohl Lew Hings Handelsunternehmen florierte, brachten die ersten Ehejahre Kum Ling unerwarteten Kummer. Sie hatte zwei Fehlgeburten, und der Verlust zweier Söhne erfüllte sie mit Angst und Verzweiflung. »Sei froh, dass du gesund bist. Der Rest kommt dann schon«, hatte Go ihre Cousine zu trösten versucht.

Zwei Jahre nach ihrer zweiten Fehlgeburt bekam Kum Ling Joan, darauf folgten eine weitere Fehlgeburt und schließlich, nach zahlreichen Komplikationen, Emma. Von da an führte Kum Ling das komplizierte Leben einer Hongkonger *tai-tai*, ein Balanceakt zwischen Essenseinladungen, Mah-jongg-Partien, Geschäftskontakten und sozialen Verpflichtungen. Kum Ling brachte mit ihrer zarten Schönheit Glanz in jeden Raum, und Go konnte nur staunen, mit welcher Eleganz sie bei allen gesellschaftlichen Ereignissen auftrat, wie leicht sie sich in die Hongkonger High Society einfügte.

Doch in letzter Zeit, als Lew Hings Geschäfte fehlschlugen und sich für Joan kein Ehemann finden ließ, begann Kum Ling wieder zu murren, dass ihre Töchter ein kläglicher Ersatz seien für das, worum sie gebetet hatte: Söhne, die den Namen der Familie Lew weitertragen würden. Für Go jedoch waren Joan und Emma liebliche Stimmen, die ihre eigene Leere füllten.

Auntie Go wusste natürlich, dass das Schicksal der Mädchen von deren eigenen Stärken und Schwächen abhing. Joan war zwar Kum Lings Schönheit geschenkt worden, doch sie konnte auch impulsiv sein oder in den Tag hinein träumen. Und während Emma Intelligenz und eine rasche Auffassungsgabe besaß, neigte sie oft dazu, sich unnötige Sorgen zu machen. Auntie Go konnte nur hoffen, dass beide in ihrem Leben einmal innere Ausgeglichenheit erreichen würden.

Im letzten Jahr betete Auntie Go zu den Göttern, Joan möge wieder festen Boden unter den Füßen finden. Ihre Teilzeitarbeit in der Strickerei schien ihr dabei zu helfen. Go war genauso verzweifelt wie Kum Ling über Joans Bruch mit dem jungen Wong, allerdings aus anderen Gründen. Auntie Go quälte es, Joans stummes Leiden mit ansehen zu müssen, während zu Kum Lings mütterlicher Anteilnahme noch die schmerzliche Enttäuschung darüber hinzukam, dass die Chance einer so großartigen Verbindung geplatzt war.

Nach dem Mah-jongg-Spiel kehrte Auntie Go in ihre Wohnung zurück, dankbar für die Stille dort. Vom Klappern der Spielsteine und dem Gewirr der Stimmen hatte sie Kopfschmerzen bekommen. Sie goss sich eine Tasse Tee ein und setzte sich, froh, dass die Dienstboten noch beim Einkaufen auf dem Markt waren. Go sah sich in ihrem kargen Wohnraum um, der immer noch nicht vollständig möbliert war, seit die Japaner alles leergeplündert hatten. Das meiste ließe sich ersetzen, bis auf das Perlmuttschränkchen, das Gos Eltern ihr hinterlassen hatten. Der leere Platz, wo es gestanden hatte, war für Go immer noch wie eine offene Wunde. Doch alle wichtigen Dinge wie die Familienfotos und den Schmuck ihrer Mutter hatte Go versteckt und mit nach Macao genommen.

Eine Unterhaltung, die aus einiger Entfernung zu ihr drang, holte Auntie Go aus ihren Gedanken zurück. Sie hörte die Stimme ihrer Dienerin Ming im Steintreppenhaus widerhallen und freute sich sehr, als nach Ming auch Emma durch die Tür trat.

»Moi-moi!« Auntie Go breitete die Arme aus, um ihre Nichte zu begrüßen. Mit siebzehn war Emma eigentlich zu alt für die Anrede »kleine Schwester«, doch alte Gewohnheiten ließen sich nun einmal schwer ändern. »Wie lief's denn heute?«

»Ich glaube, bei der Englischprüfung ist es mir ganz gut gegangen«, antwortete Emma, und ihre dunklen Augen weiteten sich nervös. »Das ist wichtig für meine College-Bewerbungen.«

»Gut, gut.« Auntie Go blickte hoch und sah, wie ihre Nichte von einem Fuß auf den anderen trat und ihren Bücherstapel mit beiden Armen fest umklammerte. »Und was hast du sonst noch auf dem Herzen?«

Emma zögerte, setzte sich in den Sessel Auntie Go gegenüber und sprudelte dann los: »Was hältst du davon, wenn ich zum Studieren nach Amerika ginge?«

Auntie Go lächelte. »Ist das so wichtig, was ich davon halte?«

»Natürlich. Ich brauche jemand, der es Mah-mih beibringt.«

Auntie Go ließ ihren Blick lange auf ihrer jüngeren Nichte ruhen, die in den letzten Jahren ein gutes Stück gewachsen war. Emma würde nie so schön sein wie Joan, doch Auntie Go bemerkte die stille Kraft in ihren dunklen Augen, die seit dem Tag ihrer Geburt darin gelegen hatte. Diese Kraft war etwas, was die Winde im Laufe eines ganzen Lebens nie wegwehen könnten, eine unschätzbar wertvolle Eigenschaft.

»Ich glaube, du solltest selbst mit deiner Mah-mih reden. Du brauchst mich da eigentlich nicht hineinzuziehen«, antwortete Auntie Go und erinnerte sich an die harten Worte, die erst heute Nachmittag zwischen ihr und Kum Ling gefallen waren.

»Du warst doch schon in Amerika. Du kannst Mah-mih sagen, dass es dort nichts gibt, wovor sie sich fürchten müsste.«

Auntie Go seufzte. »Ein Land zu besuchen ist etwas ganz anderes, als dort zu leben.«

»Es wird frühestens in einem Jahr so weit sein, und dann bin ich über achtzehn. Viele Mädchen studieren in Übersee.«

»Aber warum so weit weg? Du kannst doch die ersten ein, zwei Jahre hier studieren und dir dann immer noch überlegen, ins Ausland zu gehen.«

Emma heftete ihre dunklen Augen flehentlich auf Auntie Go. »Hattest du nie das Gefühl, wenn du etwas nicht so bald wie möglich tust, wird nie etwas daraus? So geht es mir mit dem Auslandsstudium.«

Auntie Go dachte daran, wie sie ihren Betrieb gekauft hatte. Tief im Innern wusste sie, dass hinter ihrem Wunsch, Emma solle noch zwei Jahre warten, ganz selbstsüchtige Motive steckten. Es war für sie ein schrecklicher Gedanke, dass Emma so weit von der Familie entfernt leben würde.

»Na gut«, gab Auntie Go nach, »ich werde mit ihr reden.«

Emma beugte sich vor und umarmte sie. Auntie Go holte tief Luft und atmete den schwachen Geruch von Mottenkugeln ein, der in Emmas Wintermantel hing.

Auntie Go ließ einige Wochen verstreichen, bevor sie es wagte, das Thema Auslandsstudium zur Sprache zu bringen. Sie wusste, dass sie bei ihrer Cousine behutsam vorgehen musste, dass sie erst den Samen säen und ihn wachsen lassen sollte, bis er als Kum Lings eigene Idee heranreifte. Der richtige Zeitpunkt ergab sich eines Abends, als ihre Cousine beim Mahjongg einen großen Gewinn gemacht hatte. Joan und Emma waren im Kino, Lew Hing arbeitete in Japan, und der Frühling hatte Wärme und ein milderes Wetter gebracht.

»Die Mädchen werden wohl bald heimkommen«, sagte Kum Ling, die auf dem Sofa saß und den Kragen ihres *cheungsam* aufknöpfte.

Obwohl sie in den letzten Jahren etwas zugenommen hatte, war sie in Auntie Gos Augen immer noch eine bemerkenswerte Schönheit.

»Joan wirkt jetzt viel glücklicher«, sagte Auntie Go.

»Ja.« Ausnahmsweise fügte Kum Ling nichts hinzu, was das Gespräch in eine andere Richtung lenken würde.

»Vielleicht ist sie endlich über die Sache mit dem jungen Wong hinweg.«

Kum Ling lächelte nachdenklich. »Es wäre allmählich Zeit, dass sie jemand anderen kennen lernt.«

»Ja. Hat sie die Absicht, auf die Lingnan- oder auf die Hongkong-Universität zu gehen?« Go wusste genau, dass ihre ältere Nichte schon seit langem jede Absicht aufgegeben hatte, ihre Studien fortzusetzen.

»Sie würde dort gar nicht angenommen«, antwortete Kum Ling nüchtern. »Sie hat nicht Moi-mois ehrgeizigen Fleiß.«

Auntie Go machte eine Pause und trank einen Schluck Tee. »Emma könnte überall hingehen. Sie war immer lernbegierig.«

»Emma würde schon jetzt einen Platz an der Hongkong-Universität bekommen!«

»Oder sie könnte woanders aufs College gehen«, fügte Auntie Go hinzu und setzte ihre Teetasse ab.

»Wieso woanders? Es gibt viele Colleges in der Nähe. Woanders kostet Geld.«

Auntie Go wählte ihre nächsten Worte mit großer Sorgfalt. »Du weißt, dass deine Töchter für mich wie meine eigenen sind. Es wäre für mich eine große Ehre, einen Beitrag zu ihrer Ausbildung zu leisten. Bildung findet nicht nur im Klassenzimmer statt. Es könnte Moi-moi gut tun, woanders hinzugehen, weg vom Schatten, den Joan auf sie wirft.«

»In unserer Generation sind wir einfach zu Hause bei unserer Familie geblieben, bis wir geheiratet haben. Wann ist denn alles so kompliziert geworden?«

»Die Welt ist nicht mehr wie früher.« Auntie Go hielt inne und wartete. Sie wussten beide, dass Joan immer noch gesellschaftliche Erfolge erringen, Emma sich dagegen im akademischen Bereich auszeichnen könnte. Go beobachtete ihre Cousine, wie sie an ihrem Tee nippte und sich Gos Worte durch den Kopf gehen ließ.

»Vielleicht«, sagte Kum Ling schließlich. »Warten wir ab, was die Zeit mit sich bringt.«

Auntie Go lächelte. Sie legte Kum Ling einen Augenblick lang die Hand auf den Arm und freute sich, dass ihre Cousine sich der Berührung nicht entzog.

In dieser Nacht genoss Auntie Go einen unbeschwerten Schlaf und träumte, dass ihre Eltern noch lebten. Gelegentlich besuchten sie Go, sahen nach, wie es ihr ging, und bestärkten sie in ihren Entscheidungen. Go fand, sie sähen jünger aus, ihre Haare waren nicht mehr grau, ihre Bewegungen nicht mehr steif und schwach. »Aber wird es ihr auch gut gehen, so ganz allein in der Fremde?«, hörte sie sich Emmas wegen fragen. Ihre Eltern formten mit den Lippen das Wort *ja.* »Und war es richtig von mir, mich einzumischen?« Auntie Go sah ihre Eltern eindringlich an und wartete auf eine Antwort. Es schien eine Ewigkeit zu dauern, bis sich ihre Mutter erhob, leise lächelte und dann mit dem Kopf nickte.

Die Reise

1950

EMMA

Im Dunkel ihres Zimmers lag Emma hellwach da, langsam atmend, um sich zu beruhigen. In zwei Tagen war es endlich so weit: Sie würde mit der Pan Am nach Tokio fliegen, wo Ba-Ba sie am Flughafen abholen wollte. Sie würde bei ihm übernachten und dann an Bord der *President Coolidge* gehen, die sie nach Amerika bringen würde. Nach Tokio würde das Schiff kurz Honolulu anlaufen und dann Kurs auf seinen endgültigen Bestimmungsort nehmen – San Francisco.

Emma hatte schließlich ihren Traum verwirklicht, dank Auntie Go und Ba-Ba, die Mah-mih überzeugt hatten, dass Emma ein Jahr lang im Ausland studieren sollte. Das harte, glatte *Nein!*, oder *Noch nicht!*, ihrer ersten Unterredungen war einem weniger bestimmten *Vielleicht* oder *Wir werden sehen* gewichen. Jedesmal, wenn Ba-Ba von Japan nach Hause zurückkehrte, gab es eine Diskussion.

Eines Abends war Emma unerwartet früh nach Hause gekommen und in einen Streit zwischen ihren Eltern hineingeplatzt. Leise schloss sie die Haustür, schlich auf Zehenspitzen ins Wohnzimmer und stand lautlos hinter dem schwarzen Lack-Wandschirm. Sie hörte zu, wie ihr Name fiel, als ob sie über eine Fremde redeten.

»Emma ist reif genug, um wegzugehen. Und noch wichtiger, es ist ihr Wunsch«, erklärte Ba-Ba resolut.

Emma hörte Mah-mih kichern. »Wie kann sie wirklich wissen, was sie will? Junge Mädchen ändern oft ihre Meinung, bevor sie sich endgültig für etwas entscheiden!«

»Das gilt für Joan, aber nicht für Emma.« Ba-Ba räusperte sich. »Sie wusste schon immer, was sie will.«

Emma beobachtete, wie sich ihre Mutter auf dem Sofa vorbeugte, als wolle sie gleich zuschlagen. »Aber es ist nicht nötig, dass sie so weit weggeht. Sie kann die ersten beiden Jahre an der Hongkong-Universität studieren.«

»Erinnerst du dich an die Zeit, als Emma ein kleines Mädchen war?« Ba-Bas Stimme beherrschte plötzlich den Raum. »Du hast mich mit den Mädchen in Tokio besucht, und Emma war fasziniert von all den Orten, die sie auf dem kleinen Globus in meinem Büro fand. Weißt du noch? Sie fing an zu weinen, als es Zeit war, zum Abendessen aufzubrechen, bis ich ihr schließlich erlaubte, den Globus mitzunehmen. So sehr war sie damals von fernen Ländern fasziniert. Wie können wir sie jetzt aufhalten, Kum Ling? Sie ist zu einer jungen Dame herangewachsen und trägt immer noch alle Orte dieses Globus im Herzen.«

Im Raum wurde es still, ihre Eltern saßen da, ohne einander anzusehen. Emma lehnte sich an die Wand und schluckte; sie staunte, dass ihrem Vater dieses Vorkommnis im Gedächtnis geblieben war. Sie selbst hatte nur eine schwache Erinnerung an den Büroglobus. Er war blau, mit reliefartig hervortretenden braunen Kontinenten, und fühlte sich in ihren Händen viel leichter an, als sie erwartet hatte. Sie erinnerte sich, dass sie ihn den ganzen Sommer lang wie einen Plastikball mit sich herumgetragen hatte.

»Du würdest sie also so weit wegschicken?«, sagte Mah-mih in anklagendem Ton, und ihre Stimme durchbohrte die Stille.

Ba-Ba wog seine Worte sorgfältig ab, bevor er antwortete. »Früher oder später geht sie sowieso.«

An einem windigen Samstag Mitte Februar, unmittelbar nach dem Mittagessen, als alle nach Foons Ente und Tausendjahr-Eier-Suppe satt und zufrieden dasaßen, richtete sich Mah-mih kerzengerade auf ihrem Stuhl auf und sagte: »Moi-moi, Ba-Ba und ich haben etwas besprochen, als er Neujahr zu Hause war. Du bist jetzt neunzehn Jahre alt, und wir glauben, es wäre gut für dich, wenn du ins Ausland gehst und dort studierst.«

Emma sah erst ihre Mutter an und hoffte, dass sie sich das eben Gehörte nicht nur eingebildet hatte. Dann wanderten ihre Blicke dankbar zu Auntie Go hinüber und schließlich zu Joan, die bei der guten Nachricht lächelte, sich vorbeugte und flüsterte: »Bon voyage, Moi-moi!«

»Danke!«, presste Emma atemlos hervor, nahm die Hand ihrer Schwester und drückte sie fest. Sie umarmte Mah-mih und Auntie Go, bis sie keine Luft mehr bekamen.

Darauf folgte die aufregende Suche nach den richtigen Colleges, an denen Emma sich bewerben sollte. Emma ging vorsichtig vor, um einen Machtkampf zu vermeiden. Hier kam ihr schließlich ihr Verhandlungsgeschick zugute, das sie sich mit den Jahren von Foon abgeguckt hatte, während sie sie auf dem Markt beim Feilschen beobachtete.

»Warum nicht England?«, fragte Mah-mih. »Hongkong ist eine Kolonie, und es gibt keine Sprachprobleme wie im übrigen Europa.«

Emma zuckte mit den Achseln. Sie wusste bereits genug über die englische Kultur. »Wie wär's mit den Vereinigten Staaten?«

»New York ist zu weit weg«, erklärte Mah-mih mit Nachdruck.

»Kalifornien ist nicht so weit«, erwiderte Emma und dachte an alles, was sie über Hollywood gelesen hatte.

Mah-mih verstummte. Sie leckte sich rasch über die Oberlippe, bevor sie den Mund nachdenklich zusammenpresste. »Ja, das wäre näher«, stimmte sie schließlich zu.

Um Mah-mihs Sicherheitsbedürfnis und Emmas Ortswünsche zu befriedigen, wurde beschlossen, dass sich Emma an Privatcolleges in Kalifornien bewerben sollte. Sie suchte sich sofort die Städte San Francisco und Los Angeles aus, noch ganz unter dem Eindruck der geheimnisvollen, verlockenden Bücher, die sie gelesen hatte – *Der Malteser Falke* von Dashiell Hammett und *Der letzte Tycoon* von F. Scott Fitzgerald. Jeden Abend wiederholte Emma die Namen dieser Städte, die klangvollen exotischen Worte summten in ihrem Kopf wie ein ritueller Gesang. Sie hoffte, sie würden ihr irgendwie Glück bringen. Und so war es auch. Zwei Monate später öffnete Emma einen dicken Umschlag von Lone Mountain, einem katholischen Mädchencollege in San Francisco. Sie war angenommen worden und erhielt ein volles Stipendium.

Emma dämmerte es, dass sie mit ihren neunzehn Jahren zum ersten Mal im Leben allein sein würde, und schon der Gedanke verursachte ihr leichtes Magenflattern. Einige Tage, nachdem sie erfahren hatte, dass sie wirklich reisen durfte, wurden ihre Beine ganz wacklig, als wollten sie sich auf den Seegang vorbereiten. Jeden Morgen stellte Emma ihre Füße fest auf den Boden und atmete tief ein, um dem Schwanken vorzubeugen.

Außer ihrer Familie würde Emma einige gute Freundinnen aus der Schule und natürlich Lia in Macao vermissen. Doch es gab keinen ernsthaften Verehrer, der sie in Hongkong halten könnte. Sie war groß und schlank wie Joan, hatte aber den

Sprung zur hinreißenden Schönheit nicht gemacht. Jetzt war sie keine Knospe mehr, die sich schließlich zu einer schönen Blüte entfalten würde. Ihre Nase war etwas zu groß, ihre Lippen zu schmal. Und daran konnte alles Make-up der Welt nichts ändern. Sie hatte die Tatsache akzeptiert, dass sie nie so schön sein würde wie ihre Mutter und ihre Schwester. Insgeheim wünschte sich Emma, Mah-mih solle endlich sehen, wer ihre jüngere Tochter wirklich war, anstatt immer nur neue Wege zu suchen, sie umzumodeln.

Emma blühte auf ihre eigene Art. Im letzten Jahr an der High School blieb sie Klassenbeste, verfeinerte weiter ihr Klavierspiel und trug mit ihren Gedichten und Zeichnungen oft zur Unterhaltung ihrer Mitschülerinnen bei. Ihre Reise nach Amerika war die Krönung harter Arbeit, ein lang gehegter Traum, genährt von Büchern und Filmen. Wenn sie den Schutz des Hongkonger Territoriums verließ, würde sie in neue Richtungen vorstoßen und Wege erkunden, die sie noch nie gegangen war. Sie sehnte sich danach, die unbekannten Gesichter zu sehen, die leeren Räume, die sie nun langsam selbst füllen konnte.

Doch Emma hätte sich nie träumen lassen, dass sie ihr Zuhause früher verlassen würde als Joan – Joan, die schöne Tochter der Lews, seit ihrer Jugend prädestiniert für eine gute Partie, nach wie vor das Hauptthema bei den Mah-jongg-Spielen ihrer Mutter. Mochte Emma auch unattraktiv sein, jedenfalls war es ihr erspart geblieben, rein auf ihren Kurswert am Heiratsmarkt reduziert zu werden. Gespräche dieser Art erfüllten sie immer mit Traurigkeit. Zum Glück würde sich Mah-mih erst darum kümmern, einen Mann für sie zu finden, wenn Joan unter der Haube wäre. Die tiefe Enttäuschung ihrer Schwester, nachdem sie Joseph so sehr geliebt hatte, war für Emma schmerzlich. Noch mehr quälte sie allerdings der Gedanke, dass sie ihr Auslandsstudium vor allem Joans Pech in der Liebe zu verdanken hatte.

Nach Joans Bruch mit Joseph hatte sich Mah-mih mit verstärktem Eifer wieder aufs Ehestiften gestürzt. Emma begriff nicht, wie Joan sich dazu hergeben konnte, eine Reihe öder Heiratskandidaten zu treffen, die immer langweiliger wurden.

Da war erst der Sohn eines reichen Einsiedlers, der während des Kriegs ein Vermögen mit dem Verkauf seiner eigenen chinesischen Medizin gemacht hatte, die er sich hatte patentieren lassen. Angeblich heilte sie alles, von Zahnschmerzen bis zu Malaria. Mah-mih hatte über die Schwester des Einsiedlers ein Treffen arrangiert. Der junge Mann ließ alle seine Einladungen per Chauffeur übermitteln, der in voller Livree mit glänzenden Messingknöpfen bei den Lews erschien und förmlich verkündete: »Mr. Lum gibt sich die Ehre, Miss Joan Lew morgen Abend, acht Uhr, zum Essen einzuladen.« Jedesmal, wenn Emma draußen den schweren, schwarzen 1947er Mercury parken sah, konnte sie sich kaum beherrschen, nicht lauthals zu lachen. Das ging etwa einen Monat so weiter, bis Joan die pompösen Spielchen des jungen Mannes satt bekam, woraufhin die uniformierten Botschaften rasch eingestellt wurden.

Dann gab es den kleinen, schmächtigen Sohn von Freunden der Familie. Er hätte seinen rechten Arm dafür gegeben, wenn Joan ihn geheiratet hätte, doch sie behandelte ihn meist wie einen entfernten Verwandten. Mit seinem zierlichen Wuchs wirkte er mehr wie ein Junge als wie ein Mann, ein Eindruck, den sein chronisches Stottern noch verstärkte. »Ist J-J-Joan zu H-h-hause?«, fragte er, wenn Emma die Tür öffnete. Emma führte ihn dann ins Wohnzimmer und hoffte, er würde sich etwas entspannen, bis Joan erschien. Doch bei ihrem Anblick nahm seine Nervosität nur noch zu, und sein ganzer Körper geriet in ein unwillkürliches Stottern. Nach dreimonatigen Bemühungen klingelte er nie wieder bei den Lews und neigte nie wieder schüchtern den Kopf, während er an Emma vorbei in die Wohnung trat.

Im letzten Jahr zeigte nur einer der Verehrer, ein Architekt, persönliches Format. Er war im selben Maße witzig und intelligent, wie Joseph attraktiv und charmant gewesen war. In Emmas Augen hatte er nach Joseph als einziger Kandidat echte Chancen, bis sie herausbekamen, dass er schon seit längerem ein Visum beantragt hatte, um Hongkong und Joan den Rücken zu kehren und nach Amerika auszuwandern.

Dass Joan etwas für den Architekten übrig hatte, erkannte Emma an der Sorgfalt, mit der sie die Linien und Bögen zog, die ihre Augen und Brauen dunkel betonten, wenn sie sich für eine Verabredung mit ihm zurechtmachte. Als der Architekt nach ein paar Monaten sang- und klanglos verschwand, fand Emma Joan in ihrem Zimmer sitzen und aus dem Fenster starren.

»Alles in Ordnung?«, fragte Emma vorsichtig.

Joan drehte sich mit einem müden Lächeln um. »Ja, mir geht's blendend.«

»Ich weiß nicht, was ich sagen soll.«

»Besser, man merkt es früh als zu spät«, erwiderte Joan. »Vielleicht habe ich jedes Mal ein bisschen mehr Glück.« Sie versuchte zu lachen, doch es klang schrill und falsch.

Emma war froh, dass der Architekt bei Joan immerhin keine solche Verwüstung angerichtet hatte wie Joseph. Sie beobachtete ihre Schwester genau und spürte, dass sie diesmal besser vorbereitet war und sich gegen einen weiteren Schlag hatte schützen können. Vielleicht war es nach dem ersten Mal anders. Wie nach der Vernarbung einer offenen Wunde war Joan danach zäher geworden.

Mit der Morgendämmerung sickerte graues Licht in Emmas Zimmer. Sie döste ein, und als sie wieder wach wurde, setzte sie sich plötzlich auf und lauschte dem Wind, der an ihrem Fenster rüttelte. Sie hörte, wie Foon schon zu so früher Stunde hinter geschlossener Tür herumwirtschaftete und der kalten Küche ihren Lebensatem einblies. Emma kamen die Tränen bei dem Gedanken, dass ihr diese Geräusche, ein Nachhall ihrer Kindheit, von nun an fehlen würden: das leise Klappern des Wok auf dem Feuer oder die hohe, jammernde Stimme des Obstverkäufers, der Orangen und Bananen in ausgefransten Körben feilbot, die er an einer Stange auf Nacken und Schultern balancierte. Sie würde sogar den durchdringenden Geruch von Stockfisch vermissen, der in den Höfen an den Leinen, wo er trocknete, wie lederne Schuhsohlen herunterhing. Bis zu diesem Augenblick waren solche kleinen Dinge des Alltags eine Selbstverständlichkeit für sie gewesen. In Amerika würde alles für sie neu und fremd sein. Sie sehnte sich danach, mit der Straßenbahn die steilen Hügel hinauf- und hinunterzufahren, von denen sie gelesen hatte, und das langgezogene, stöhnende Tuten der Nebelhörner zu hören, die den ins Golden Gate einfahrenden Schiffen seelenvolle Warnungen zuriefen. Trotzdem hatte Emma Angst. Sie versuchte, ihre Angst zu ignorieren, und rief sich Mah-mihs beruhigende Worte ins Gedächtnis: »Wenn du genug gesehen hast und dir das Wasser im Mund zusammenläuft, wenn du an Foons Essen denkst, kannst du jederzeit nach Hause kommen.«

Emma klopfte leise an Joans Tür auf der anderen Seite des Flurs und hörte ein überraschend waches »Komm rein!« Joans Zimmer war hell erleuchtet. »Du bist schon früh auf«, sagte Emma und stieg über die Kaschmirjacke, den seidenen *cheungsam,* den schwarzen Slip und ein halbes Dutzend Filmzeitschriften, die auf dem Boden verstreut lagen. Über allem hing der süße Duft von Revlonpuder und Joans Lieblingsparfum *My Sin.*

»Ich konnte nicht schlafen.« Joan lag im Bett, auf drei grüne Brokatkissen gestützt, und blätterte eine Ausgabe des *Movie Mirror* durch. »Oh! Da gibt's einen neuen Film mit Bette Davis, *Alles über Eva.* Niemand spielt den Ehen zerstörenden Vamp besser als Bette Davis, außer vielleicht Li Lihua. Das machen die alles mit ihren Augen.«

»Worum geht es in dem Film?« Emma freute sich, dass Joan ihre Kinoleidenschaft wiederentdeckt hatte. Sogar in diesem kalten Licht sah Joan in dem cremefarbenen Seidenpyjama, den sie sich bei Lane Crawford's gekauft hatte, selbst wie ein Filmstar aus.

»Offenbar um Eva!«, lachte Joan.

Sie setzte sich auf und warf das Magazin beiseite. »Ich habe mir da etwas überlegt ...« Sie nahm eine lässige Pose ein, doch Emma sah, wie ihre Oberlippe zitterte. »Ich meine ... was würdest du sagen, wenn ich dir erzählte, dass ich Schauspielerin werden will?«

»Schauspielerin?« Emma schluckte ihre Überraschung hinunter und setzte sich auf Joans Bett. Joan war jetzt vierundzwanzig und hatte noch nie den Wunsch nach einem Beruf geäußert, von der Teilzeitarbeit in Auntie Gos Strickereibetrieb einmal abgesehen. »Mensch, das willst du wirklich?«

Joan lächelte. »Als Schauspielerin könnte ich vielleicht irgendwann nach Kalifornien nachkommen.«

Emma blickte zur Seite und wusste nicht, was sie sagen sollte. Manchmal gelangte ihre Schwester so leicht zu einer Entscheidung, viel zu leicht, während sie über allem ewig grübelte. Doch was gäbe es für Joan Natürlicheres, als Rollen zu spielen? Das tat sie doch schon ihr ganzes Leben lang.

»Wie willst du das anfangen?«, fragte Emma, die immer praktisch dachte. Dann fiel ihr Auntie Gos *Westwind* ein.

»Und was ist mit Auntie Go? Sie hofft, dass du den Betrieb einmal übernimmst.«

Joan umarmte eines der Brokatkissen, in dem sie ihr Gesicht halb versteckte. »Teilzeit hieß nie ein ganzes Leben lang. Auntie Go weiß, dass mein Herz nicht daran hängt. Und ich war in der Bibliothek und habe mich über die Hongkonger Filmindustrie informiert.« Vor Aufregung redete sie immer lauter.

»Du in der Bibliothek! Da muss es dir wirklich ernst sein.« Emma lachte.

Joan warf ein Kissen nach ihr. »Ich wette, du hast noch nicht gewusst, was ich dir gleich erzählen werde.« Sie erhob sich auf die Knie und breitete die Arme aus wie eine Opernsängerin. »Seit der Invasion der Japaner in Shanghai, die 1937 stattfand«, deklamierte sie mit tiefer, dramatischer Stimme, »sind chinesische Regisseure und Schauspieler allmählich von Shanghai nach Hongkong übergesiedelt. In den letzten Jahren entwickelte sich Hongkong zum Mekka der Filmindustrie, wo Filme sowohl auf Mandarin als auch in chinesischer Sprache produziert werden.«

»Ich sehe, du warst *wirklich* in der Bücherei«, spöttelte Emma.

Joan schlug die Augen zur Decke. »Und ich habe weiß Gott genug Filme gesehen! Doch in letzter Zeit habe ich mehr hinter die Leinwand geschaut. Jede Geste, jeder Blick kann etwas anderes aussagen. Es ist, als hätte ich eine ganz neue Welt entdeckt!«

Emma lächelte. Joan besaß sicher genug Schönheit und Ausdruckskraft, um eine große Leinwand zu füllen. »Eines Tages bist du genauso ein Star wie Joan Crawford!«

Joan beugte sich vor und schlang ihre Arme um Emma. »Ich werde dich wirklich vermissen, Moi-moi.«

Emma entwand sich ihr. In ihre Hoffnung mischten sich immer auch Zweifel. »Wird es dir auch gut gehen?«

Joan drückte sie noch einmal fest an sich. »Du brauchst dir keine Sorgen um mich zu machen. Es wird mir ausgezeichnet gehen. Das verspreche ich dir«, sagte sie und ließ sich auf die Polster zurückfallen.

Joan plauderte glücklich über ihr neues Ziel, während Emma auf der Bettkante balancierte, die Freude ihrer Schwester teilte und versuchte, sich Joans makelloses Profil einzuprägen. Bald überliefen sie in der kalten Morgenluft Schauer der Aufregung. Ohne ihren leisen Wortfluss zu unterbrechen, hob Joan ihre grüne Seidendecke hoch, und Emma kroch zu ihr hinein.

Unter Tränen blickte Emma aus dem kleinen Flugzeugfenster und winkte Mah-mih, Auntie Go und Joan zum Abschied zu. Foon hatte sich geweigert, sie zum Flughafen zu begleiten, und brummte: »Kein Vogel, nein. So lange in der Luft rumfliegen – das ist nicht recht.«

Gestern Abend beim Essen hatte ihnen Emma angemerkt, wie traurig sie waren, weil sie alle plötzlich verstummten. Sogar Mah-mih fand keine Worte mehr, und Auntie Go schien jede Bewegung Emmas zu verfolgen. Sie war dankbar, als Joan endlich etwas sagte. Sie hatte in einer ihrer Filmzeitschriften von einer neuen amerikanischen Fernsehserie mit dem Titel *Der weiße Reiter* gelesen.

»Der Held ist ein geheimnisvoller Cowboy, der maskiert herumreitet und den Menschen hilft.«

Emma hatte genau zugehört und sich gewünscht, der maskierte Cowboy würde ihr sicheres Geleit nach Amerika geben.

Mit trockenem, kratzendem Hals schloss Emma ihren Sitzgurt. Aus einer der vielen Düsen über ihrem Kopf blies ein kühler Luftstrom auf sie herunter. Vor ihrem Fenster erwachten die Propeller mit einem Dröhnen zum Leben, die Rotorblätter verwischten zu verschwommenen Kreisen. Emma atmete heftig; sie war aufgeregt und verängstigt zugleich und blickte rasch in die Runde. Das Flugzeug sah aus wie ein großes Rohr, mit Sitzen auf beiden Seiten eines schmalen Gangs. Hochgewachsene Amerikanerinnen in frisch gebügelten, marineblauen Kostümen und gestärkten weißen Blusen lächelten unentwegt, während sie den Passagieren beim Verstauen ihres Handgepäcks halfen. Emmas Blick wanderte verstohlen die Gesichterreihen entlang. Die Hälfte der Passagiere waren japanische und britische Geschäftsleute, die einander mit einer vollendeten Höflichkeit begegneten. Emma konnte sich kaum mehr vorstellen, dass sie erst vor fünf Jahren Krieg gegeneinander geführt hatten. Sie lehnte sich zurück, dankbar, dass der Sitz neben ihr frei geblieben war. Sie sah über ihn hinweg zum Fenster hinaus, als sich das Flugzeug mit einem Ruck in Bewegung setzte. Auf beiden Seiten der Startbahn glänzte der Hafen, als glitte das Flugzeug über eine spiegelnde Wasserfläche, auf der jetzt Schiffe aus aller Welt kreuzten. Emma erinnerte sich wieder an die grauenvolle Stille bei ihrer Rückkehr aus Macao. Damals wäre sie am liebsten auf der Stelle wieder umgekehrt, zurück zu Lia.

In ihrer Handtasche lag der Brief, den Lia ihr vor ein paar Wochen geschrieben hatte, und die Musik ihrer Stimme klang in jedem ihrer Worte mit ... *Jeden Freitag fahre ich mit dem Bus auf unsere Nachbarinsel Taipa. Da wohnt Antonio, mein Freund, der auf dem Fischerboot seines papai mitarbeitet. Er würde dir gefallen. Bringt mich die ganze Zeit zum Lachen. Macht das Leben leichter. Was mich daran erinnert, dir etwas zu erzählen: Ich habe beschlossen, eine Ausbildung als Krankenschwester zu machen. Ich habe ja all die Jahre die Kratzer und Wunden meiner Geschwister verarztet. Da kann ich doch gleich einen Beruf daraus machen! Vor Blut und Knochen bin ich noch nie zurückgeschreckt. Angst habe ich nur vor Dingen, die ich nicht sehen kann.*

Emma hatte zurückgeschrieben, dass sie bald wirklich nach Kalifornien aufbrechen würde, und die Worte, die aus ihrem Füller aufs Papier flossen, kamen ihr fremd und kompliziert vor. Jetzt vermisste Emma ihre alte Freundin schmerzlich.

Als die Maschine plötzlich vom Boden abhob, sackte Emma der Magen nach unten. Sie schloss die Augen und wiederholte ein Gebet, das sie in der sechsten Klasse in St. Cecilia's gelernt hatte, bevor sie auf die chinesische Mittelschule überwechselte. O *mein Gott, es tut mir von Herzen Leid, wenn ich gegen deinen Willen verstoßen habe, und ich bereue alle meine Sünden.*

Nach fünf Stunden in der Luft war Emma von dem tiefen, monotonen Brummen, das durch die Maschine vibrierte, wie betäubt. Doch als sie im Anflug auf Tokio an Höhe zu verlieren begannen, regten sich wieder sämtliche Ängste in ihr. Beim Gedanken an die Landung des großen Flugzeugs wurde ihr heiß, und der Schweiß brach ihr aus. Emma lehnte sich zurück und betete, dass Ba-Ba sie auch wirklich abholen würde. Noch einmal vergewisserte sie sich, dass in der Hülle ihres Passes auch seine Adresse und das Geld steckten, das Mah-mih ihr gegeben hatte. Das Flugzeug senkte sich immer tiefer. Emma geriet in Panik und kniff die Augen zusammen. Ihr Herz klopfte wild, als die Maschine einen kleinen Satz nach oben machte, doch endlich spürte sie, wie die Räder, nachdem sie einmal vom Boden zurückgeprallt waren, holpernd die Startbahn entlangrollten. Sie stemmte die Füße fest gegen den Sitz vor ihr, bis das Flugzeug endgültig zum Stillstand kam.

Emma war erleichtert, als sie Ba-Ba an der Absperrung entdeckte. Er sah alt und müde aus und schien in den Monaten, seit sie ihn zuletzt gesehen hatte, weiter in sich zusammengesunken zu sein.

»Ba-Ba, ich freue mich so, dich zu sehen«, sagte Emma und umarmte seinen dünnen Körper.

»Wie war der Flug?«, fragte er und nahm ihr das Köfferchen ab.

»Entsetzlich.«

»Du klingst ja wie deine Mutter.« Ba-Ba lächelte. »Sie glaubt mir nicht, aber mit der Zeit gewöhnt man sich daran. Wie geht es Mah-mih, Go und Joan?«

»Bestens.«

»Komm, wir holen den Rest deines Gepäcks.«

Sie warteten an der Gepäckausgabe auf Emmas großen Schrankkoffer, denselben, den Mah-mih früher auf ihren unzähligen Reisen zwischen Hongkong und Japan benutzt hatte. Emma liebte jeden Kratzer und jede Delle auf dem braunen Leder. Als er auf dem Förderband entlangrumpelte, begann Emma, sich wieder Sorgen zu machen. Hatte sie auch alles eingepackt, was sie brauchte? Würden ein Wollmantel und drei Kaschmirpullover genügen, um sie in San Francisco warm zu halten? Hatte sie genug Schuhe mitgenommen? Die Spannung fiel schließlich von ihr ab, als Ba-Ba ihr lachend erklärte: »Moi-moi, wenn du etwas vergessen hast, kannst du es dir immer kaufen oder nachschicken lassen.«

Er führte sie zu einem wartenden Wagen hinaus, und sie fuhren durch lebhaften Verkehr zu seiner kleinen Wohnung. Tokio war groß, das Menschengewühl fast so dicht wie in Hongkong. Emma verwunderte der Gedanke, dass alle diese Fremden erst vor wenigen Jahren ihre Feinde gewesen waren. Jetzt, wie sie so in bunten Kimonos oder in westlicher Kleidung durch die Straßen gingen, sahen sie eher schüchtern und harmlos aus.

Für Ende September war es immer noch warm. Emma kurbelte das Fenster nach unten. Die Geräusche und Gerüche hier in Tokio waren ganz anders als in Hongkong, leiser und frischer. Ba-Ba beugte sich zu ihr herüber und zeigte ihr rosapurpurn blühende Blumen, die am Straßenrand wuchsen. »Sie heißen *lespedeza.* Eine Art Buschklee, hier als eine der sieben Herbstblumen bekannt.« Bevor Emma fragen konnte, welche die anderen sechs Herbstblumen waren, deutete er auf die Schmetterlingsblüten, die wie Schneeflocken herabfielen und sich wie eine Decke über den Boden legten. Sie schienen das Hupen der Autos, das Weinen der Babys, die schreienden Stimmen zu dämpfen. Ba-Ba lächelte. In diesem Augenblick begann Emma zu begreifen, warum er am liebsten in Japan Geschäfte machte.

An jenem Abend ging Ba-Ba mit Emma in ein kleines japanisches Restaurant an der Ginza. Sie hatte sich umgezogen und trug jetzt einen *cheungsam* aus gelbem Leinen, der bis zur halben Wade reichte. Als sie Tee tranken und in aller Ruhe miteinander aßen, versuchte sich Emma zu erinnern, vor wie vielen Jahren sie zum letzten Mal allein mit ihrem Vater in einem Restaurant gegessen hatte. Sie war in der Gesellschaft ihrer Mutter, Tante und Schwester aufgewachsen. Ihr Vater war nur ein Schatten, der lediglich während seiner kurzen Besuche zur greifbaren Person wurde. Der Duft seines süßen Rasierwassers wehte zu ihrer Seite des Tischs hinüber, so vertraut wie immer, doch sein magerer Körper war mit dem Alter erschlafft. Emma senkte den Blick, als sie merkte, dass sie ihn unhöflich anstarrte. Warum hatte sie ihn nie besser kennen gelernt? Plötzlich überkam sie der sehnsüchtige Wunsch, ihr in der Kindheit von ihm gewonnenes Bild zu erweitern. Während sie in ihrem Gemüsereis herumstocherte, stieg in ihr das traurige Bedürfnis auf, irgendein kleines Stück von ihrem Vater mit sich nach Amerika zu nehmen.

»Alles in Ordnung?« Ba-Ba hatte eine ruhige, melodische Stimme, die Joan zu ihrem Glück geerbt hatte. Emmas Stimme hingegen besaß die hohe, aufgeregte Schärfe, die typisch für Mah-mihs Sprechweise war.

»Ja«, antwortete Emma und blickte von ihrem Essen auf.

»Möchtest du noch etwas anderes?«

Emma lächelte schüchtern. »Kommst du mich in Kalifornien mal besuchen?«

Ba-Ba lächelte zurück. »Wenn es meine Arbeit erlaubt. Mach dir keine Sorgen, Moi-moi, es wird dir sicher nicht schwer fallen, dich dort einzuleben. Du hast es dir doch immer gewünscht.«

Emma trank einen Schluck grünen Tee und schaute in seine gütigen, müden Augen. Ein kleiner Kloß setzte sich in ihrer Kehle fest, als sie mit den Fingern flüchtig über den Ärmel seines Leinenjacketts streifte.

»Ich werde dich trotzdem vermissen«, sagte sie nach längerem Schweigen.

Ba-Ba goss ihr grünen Tee in ihre Tontasse nach. »Ich dich auch. Wie immer.«

Nachdem mehrmals ein Ruck durch die *President Coolidge* gelaufen war, schob sich das Schiff langsam vom Kai weg und zum Hafen hinaus. Es gab dabei ein tiefes, hohles Tuten von sich, das Emma durch Mark und Bein ging. Kurz bevor sie an Bord gegangen war, hatte Ba-Ba sie fest umarmt, während eine knisternde Aufnahme von *Auld Lang Syne* über sie hinwegschmetterte. Er hatte ihr dabei einen Umschlag zugesteckt und gesagt: »Pass gut auf dich auf, Moi-moi, und öffne das hier erst, wenn das Schiff ausgelaufen ist.«

Emma konnte immer noch sein blumiges Rasierwasser ausmachen, das über den üblen Hafengerüchen schwebte. Sie weinte, obwohl sie sich alle Mühe gab, es nicht zu tun, und hielt den Umschlag so fest umklammert, als wäre er ihres Vaters Hand. An Deck quetschte sie sich durch die Menge, lehnte sich schwer an die Reling und starrte zurück, bis Ba-Ba und die Silhouette Tokios sich in nichts aufgelöst hatten.

Emma drehte sich um und wurde sofort von der Menge verschluckt. Ihre romantischen Vorstellungen von ausgiebigen Streifzügen über leere Decks würden wohl nie Wirklichkeit werden, dachte sie. Vielmehr konnte sie sich durch die Leute hier kaum einen Weg zu ihrer Kabine unten bahnen. Laute Stimmen und fremde Gesichter stürmten von allen Seiten auf sie ein. Noch nie hatte sie so viele Amerikaner auf einmal gesehen. So würde es in Kalifornien sicher auch sein! Sie war ganz allein auf sich gestellt! Emma wurde schwindlig. Ba-Ba war schon so weit weg, und es gab keine Mah-mih, Auntie Go oder Joan, die zu ihrer Rettung herbeieilen würden. Emma schob sich durch das Getümmel, bis sie die Lobby erreichte und das Gefühl hatte, wieder atmen zu können.

Emmas Kabine war halb so groß wie ihr Zimmer zu Hause, ihre Taschen und der Schrankkoffer waren die einzigen vertrauten Gegenstände darin. Sie setzte sich auf das harte Einzelbett, seufzte tief und sprang wieder auf die Füße, als ein weiteres klagendes Heulen der Schiffssirene sie aufschreckte. Der Boden zitterte unter ihr, als sie das kleine Bullauge ihrer Kajüte aufstieß. Sie waren in voller Fahrt, das Schiff tanzte bereits von einer Seite zur anderen, während es durch die raue See der Bucht von Tokio pflügte.

Emma sah auf den Umschlag hinunter, den sie immer noch umklammert hielt. Mit unbeholfenen Fingern öffnete sie ihn und fand amerikanisches Geld darin, zwei Hundert-Dollar-Scheine. Emma wünschte, sie hätte Ba-Ba noch einmal an sich drücken können. Stattdessen schob sie die druckfrischen Scheine wieder in den Umschlag zurück und versteckte ihn ganz unten in ihrer Handtasche.

Plötzlich fing Emmas Magen an zu rebellieren. Sie setzte

sich aufs Bett und atmete tief ein. Die Übelkeit ließ nach, als sie langsam wieder ausatmete. Das kommt nur von der ganzen Aufregung, sagte sie sich, holte noch einmal tief Luft und atmete aus. Sie streifte ihre Schuhe ab und legte sich auf ihr schmales Bett. Während sie wartete, dass das Gefühl verging, sagte sie immer wieder den knappen alten Spruch auf: *Weizen, Sesam, Gerste, Bohnen, Reis.* Foon wäre stolz auf sie gewesen, hätte sie gewusst, dass Emma mit den fünf körnigen Grundzutaten der chinesischen Küche nach Amerika segelte!

An diesem Abend mühte sich Emma zur Essenszeit damit ab, in einen *cheungsam* aus beiger Spitze zu schlüpfen. Sie schleppte sich durch ein Labyrinth gleich aussehender Gänge, bis ihr ein Schild den Weg zu den hohen Türen des Speisesaals wies. Ihr war immer noch übel, doch sie hoffte, ihr Magen würde sich beruhigen, sobald sie etwas gegessen hätte.

Der große, helle Raum hallte wider vom Stimmengewirr der Passagiere, die mitten in der zweiten Essensschicht waren. Es war heiß und laut und roch wie Foons gedämpftes Schweinefleisch. Der Oberkellner stand groß und steif vor Emma und ging seine Liste nach einem Platz durch. Emma starrte über die Tische voll fremder Gesichter, und ihre Übelkeit verstärkte sich wieder. Sie wollte gerade zurück in ihre Kabine flüchten, als ein lächelnder Mann in Uniform zu ihnen trat.

»Irgendwelche Probleme?«, fragte er mit ruhiger, freundlicher Stimme.

»Ich versuche, für die junge Dame einen Platz zu finden. Sie steht nicht auf meiner Liste«, antwortete der Oberkellner.

»Hör ruhig zu suchen auf, sie kann bei mir sitzen.« Der Mann wandte sich an Emma. »Darf ich mich vorstellen – Ron Stuart. Ich bin der Schiffszahlmeister.«

Emma blickte zu ihm hoch. Er war wohl Mitte dreißig, obwohl sie wusste, dass die Europäer und Amerikaner oft älter aussahen, als sie wirklich waren. Schön konnte man ihn nicht gerade nennen, aber er hatte freundliche blaue Augen und ein jungenhaftes Lächeln. Sie fasste sich wieder, holte noch einmal tief Luft und erwiderte: »Ich bin Emma Lew.«

»Miss Lew, würden Sie mir die Ehre erweisen und sich an meinen Tisch setzen?«

Emma zögerte. »Ich ...«

»Ich sitze dort mit einigen Leuten, die Sie vielleicht gern kennen lernen möchten. Bitte – Sie würden mir einen großen Gefallen tun«, sagte er freundlich lächelnd.

Seine Augen waren wirklich das Attraktivste an ihm. »Ich brauche nur etwas, damit sich mein Magen wieder beruhigt.«

»Da weiß ich genau das Richtige: Hühnerbrühe und Cracker, dazu gute Gesellschaft«, sagte er und machte einen Schritt zur Seite, um ihr den Vortritt zu lassen. »Mein Tisch ist gleich da drüben.«

Niemand hatte zu Hause je daran gedacht, Emma beizubringen, wie sie mit solchen Situationen umgehen sollte. Joan würde genau wissen, was sie zu tun und zu sagen hätte. »Denk einfach an Lauren Bacall«, hatte ihr Joan einmal empfohlen, »die hat immer alles im Griff.« Doch das hier war nun wirklich neu für Emma. Nach einem Blick durch den Raum, in dem die Stimmen zu einem vibrierenden Summen ineinander flossen, zweifelte sie daran, ob sie es ertragen könnte, von noch mehr Gesichtern angestarrt zu werden. Sie brachte ein schüchternes Lächeln zustande und machte dann einen Schritt auf den Tisch des Zahlmeisters zu.

Ron Stuart, Zahlmeister der ersten Klasse, wurde an Bord der *President Coolidge* zu Emmas Schutzengel. Er hatte eine Frau und zwei kleine Töchter in Seattle und stellte Emma keine albernen Fragen wie andere wohlmeinende Amerikaner, zum Beispiel: »Wie kommt es, dass Sie so gut Englisch sprechen?«, oder: »Haben Sie schon einmal in Ihrem Leben ein Steak gegessen?« Die meisten Abende, an denen es Emma so gut ging, dass sie sich in den Speisesaal setzen konnte, verbrachte sie mit Ron und zwei anderen Studentinnen aus Hongkong, die auf dem Weg zum Holy Names College in Oakland waren, auf der anderen Seite der Bucht von San Francisco. An anderen Abenden, wenn sie nichts bei sich behalten konnte, kam Ron in ihre Kabine und stellte ihr etwas hin, um sie bei Kräften zu halten. Seine Hühnerbrühe-und-Cracker-Theorie war jämmerlich fehlgeschlagen. Jetzt brachte er ihr trockenen Toast und Tee.

Emma fürchtete, ihre Seekrankheit bliebe die beherrschende Erinnerung an diese Reise, von Rons Freundschaft einmal abgesehen. Sie konnte sich nicht vorstellen, dass sie sich jemals wieder wohl fühlen würde, befreit von dieser Übelkeit, die sie Tag und Nacht plagte. Doch nach neun Tagen rauen Seegangs beruhigte sich das Wetter und mit ihm auch Emmas Magen.

Als die *President Coolidge* in Honolulu anlegte, war Emma ungemein dankbar, dass sie es so weit geschafft hatte. Auf Hawaii hatten sie zwei Tage Aufenthalt, während einige der Passagiere von Bord gingen und andere zustiegen.

Als Emma zum ersten Mal wieder Land betrat, spürte sie den Boden unter ihren Füßen schwanken. Sie stand reglos da und schloss die Augen, bis der Schwindel nachließ.

Nach neun Tagen Seekrankheit war Honolulu ein Geschenk des Himmels. Mit seiner warmen, blütenduftenden Tropenluft und der unbeschwerten Gemächlichkeit des Lebens erinnerte diese farbenprächtige Stadt an Macao. Die Menschen in Hawaii waren freundlich und hilfsbereit. Die lächelnden Gesichter der dunkelhaarigen Polynesierinnen erinnerten Emma immer wieder an Lia. Doch als sie, wieder gesund, aber allein in der sanften Meeresbrise stand, setzte ihr zum ersten Mal seit ihrem Aufbruch von Tokio die Einsamkeit ernsthaft zu.

Am Abschiedsabend in Honolulu führte Ron Emma und die beiden anderen Hongkonger Studentinnen ins Royal Hawaiian Hotel aus. Er erzählte ihnen, dieses Gebäude heiße seit 1927 der ›Rosa Palast des Pazifiks‹, wegen seiner ungewöhnlichen Farbe und der maurischen Kuppeln. Emma war von der Hotelhalle mit ihrer hohen maurischen Decke einfach hingerissen. Der große, offene Raum wimmelte von Amerikanern, die Blumenkränze und Kameras um den Hals hängen hatten. Draußen vor dem Hotel war es warm und feucht. In den duftenden tropischen Gärten, die ringsum angelegt waren, blühten Strelitzien, roter Hibiskus und süß duftender Ingwer. Der Strand lag nur ein paar Schritte entfernt. Emma hörte in der Nähe das tiefe, rhythmische Schlagen von Trommeln.

Ron ging mit ihnen zu einer großen Wiese, auf der schöne junge Frauen in Grasröcken den Hula vorführten. Sie faszinierten Emma durch ihre Anmut, mit der sie ihre Hände und Hüften schwenkten; jede ihrer Bewegungen hatte etwas zu erzählen. Ihre Hände formten Gestalten in der Luft, gestikulierten und winkten, führten Emma durch die Geschichte von Liebe und Verlust, trugen sie sanft bis zum Ende. Emma konnte es kaum erwarten, Joan und Lia von dieser wunderbaren Insel zu berichten.

Warum Ron ihr empfohlen hatte, ein weites Kleid zu tragen, wurde Emma klar, als sie sich nach der Hula-Vorführung im Schneidersitz aufs Gras setzten. »Das nennen die Hawaiianer ein *luau*«, erklärte er, während sie versuchte, mit der unbequemen Stellung zurechtzukommen. In einer Grube briet ein ganzes Schwein. Es roch köstlich, wie der Schweinebraten mit der knusprigen Haut, den sie in Hongkong immer gegessen hatte. Emmas Magen knurrte bei der Vorstellung, in ein dickes, saftiges Stück Fleisch hineinzubeißen, doch sie merkte bald, dass die klebrige graue Paste auf dem Braten namens *poi* genauso schmeckte, wie sie aussah, nämlich fad und sandig wie nasser Zement. Emma probierte, tat so, als würde sie die graue Schmiere wirklich hinunterschlucken, und spuckte sie diskret in ihre Serviette. Doch sie aß eine Schale Reis nach der anderen und auch die duftenden, süßen Mangos und Papayas. Sie war froh, dass Mah-mih und Foon nicht hier waren und sahen, wie viel sie durch ihre Seekrankheit abgenommen hatte.

Auf der letzten Etappe der Reise nach San Francisco lobte Ron, Emma sei jetzt »hochseetauglich« geworden, weil sie nicht mehr seekrank wurde. Und obwohl es ihr schwer fallen würde, Rons Obhut zu verlassen, der ihr so viel Freundlichkeit entgegengebracht hatte, spürte Emma bereits die ersten Aufregungen ihres neuen Lebens, als sie an Deck standen und unter der Golden Gate Bridge hindurchfuhren. Sie beugte sich vor und hielt sich an der Reling fest, stand ein Stück abseits vom Rest der Menge. Die kühle, frische Meeresluft prickelte in ihrem Gesicht, während sie sprachlos den ersten Eindruck der heiteren, eleganten Stadt in sich aufnahm. San Francisco war genauso schön, wie sie es sich vorgestellt hatte. Sie atmete tief ein und spürte auf ihrer Zunge den Salzgeschmack des Meeres. Ihr Herz schlug immer schneller, je näher das Schiff zum Ufer glitt. Sie fand es wunderschön, wie die pastellfarbenen Gebäude das frühherbstliche Licht einfingen; Reihe um Reihe zogen sie sich treppenartig die Hügel hinauf. Durch das rhythmische Stampfen des Schiffs und das Gewirr der anderen Stimmen drangen Rons Worte schwach zu ihr durch: »Das ist ein Anblick, der mich immer wieder zum Staunen bringt.«

Knapp drei Wochen, nachdem Emma von Hongkong aufgebrochen war, schlüpfte sie in einen *cheungsam* aus Baumwolle und setzte endlich ihren Fuß auf Pier 19 in San Francisco. Als sie von Ron und den anderen Studentinnen tränenreich Abschied genommen und ihr Gepäck gefunden hatte, das auf dem Dock auf sie wartete, überkam sie ein panisches Gefühl der Verlassenheit. Schwester Madeleine vom College hatte ihr im letzten Brief versprochen, jemanden zu schicken, der sie abholen käme, doch niemand ließ sich blicken. Die Luft roch salzig und metallisch. Die Sonne war verschwunden, der Hafen lag schon im Schatten. Emma wartete, bis alle Passagiere ausgestiegen waren und die Menge sich zerstreute. Was sollte nun aus ihr werden? Allein am Pier, lauschte sie den Stimmen Mah-mihs und Auntie Gos, die ihr sagen sollten, was sie zu tun hätte, doch sie schienen auf dem Weg über den Ozean verloren gegangen zu sein. Emma atmete tief ein und dachte an Joans Rat: Was würde Lauren Bacall tun? Sie beschloss, ein Taxi zum Lone Mountain College zu nehmen.

Ein mitfühlender Taxifahrer, selbst Immigrant aus Russland, zeigte sich freundlich und hilfsbereit. »Sehr gescheit, dass Sie nehmen ein Taxi. Dieser Hafen ist nicht gut abends«, sagte er, und sein dicker, buschiger Schnauzbart wippte beim Reden auf und ab. »Keine Sorge, Sergej bringt Sie sicher zu Ihrer Schule.«

Emma sah zu, wie er ihr Gepäck in den Kofferraum lud, die hintere Tür öffnete und wartete, dass sie einstieg. Er war klein und gedrungen, gleichzeitig aber leichtfüßig und behende. Sein Haar war länger, als sie es je bei einem Mann gesehen hatte, und hing in zotteligen Strähnen über den Kragen seines Karohemds. Zum Schutz gegen den kalten Wind zog sie ihren Pullover enger um sich und war froh, als sie dann im Taxi saß, wo sie sich geborgen fühlte.

Sergej drehte sich um und sah sie über die Schulter an. »Wir nehmen Panoramastraße. Ich will Erster sein, der Ihnen zeigt diese wunderbare Stadt!«

Emma wurde plötzlich heiß. »Nein, keine Umwege.«

»Keine Angst. Keine Extrakosten für Sie. Zurücklehnen und genießen!«

Emmas Bedenken zerstreuten sich rasch, als Sergej den Embarcadero entlang in Richtung auf die hellen Lichter von *Fisherman's Wharf* zufuhr. Emma starrte auf die großen Gebäude und die Limousinen, die an den breiten Straßen parkten. Alles wirkte so sauber und geordnet.

»Hier Sie können essen die besten Krebse von ganzes Welt!«, sagte Sergej mit stolzgeschwellter Brust.

Als das Taxi in eine schmale Straße zum Jachthafen einbog, sah Emma plötzlich alle die kleinen Fischerboote vor sich liegen, dicht an dicht vertäut, und sie lächelte über die hoffnungsfrohen Namen, die jeweils auf den Bug gepinselt waren: *Glücksstern, Marias Traum, Dicker Fang, Goldpott.* Sie beugte sich vor und kurbelte ihr Fenster hinunter, um das kräftige Aroma frischer Fische und Krebse einzuatmen. In der engen Straße hätte Emma nur den Arm aus dem Fenster strecken müssen, um die Krebse zu berühren, die in den Kisten übereinanderkrabbelten, bevor sie schließlich in den großen schwarzen Kochtöpfen landeten.

Vom Menschengewühl der Uferstraße bog Sergej in eine Straße ab, die er Columbus nannte. »Wie der Entdecker«, sagte er und fuhr langsamer, während er im Rückspiegel nach ihr Ausschau hielt. »Und das ist North Beach, wo alle Italiener wohnen und essen.«

Emma wandte rasch den Blick vom Spiegel. »Aus Italien?«

Er nickte. »Früher mal.«

»Und wo wohnen und essen alle Russen?«

»Wo wir können«, lachte Sergej.

»Was ist das für eine Straße?«, fragte Emma und blickte auf die glitzernden Lichter, die sich den Block entlangzogen.

»Das ist der Broadway. Mit den Bars für die Seeleute.

Nichts für nette junge Damen wie Sie«, warf Sergej rasch hin und vermied es, in den Spiegel zu blicken.

Er fuhr mehrere Straßenzüge weiter und bog dann rechts ab. »Das ist die Washington Street. Sie wissen, erster amerikanischer Präsident.« Dann bog er ein weiteres Mal rechts ab, in die Grant Avenue. »Jetzt wir sind im Herz von Chinatown!« Seine dicken Augenbrauen schossen in die Höhe, als er wieder ihren Blick im Spiegel auffing.

Emmas Puls raste. Chinatown wirkte viel kleiner, als sie erwartet hatte. In Rot, Grün und Gold gestrichene Restaurants und Läden drängten sich mehrere Straßenzüge weit. Auf der Suche nach einem Echo des Lebens, das sie zurückgelassen hatte, drehte sich Emma von einem Fenster zum anderen und nahm so viele Eindrücke in sich auf, wie sie konnte. Menschen mit konzentrierten Gesichtern, wie Emma sie auch in Wanchai oder Causeway Bay gesehen haben könnte, eilten die belebte Grant Avenue entlang. Straßennamen blitzten auf, *Jackson, Pacific* und wieder *Broadway.* Als könnte er Emmas Gedanken lesen, kehrte Sergej um und fuhr noch einmal durch Chinatown. Emma lächelte und las die chinesischen Schriftzeichen auf Schildern und Fenstern, aus denen sie Trost schöpfte: *Nachtclub Die Verbotene Stadt, Goldene Ernte, Restaurant Kuo Wah, Die Große Chinesische Mauer.* So groß die Unterschiede zu Hongkong auch sein mochten, San Franciscos Chinatown war das Vertrauteste, was Emma seit Wochen zu Gesicht bekommen hatte.

Sie beugte sich vor und flüsterte Sergej zu: »Sie sind sehr freundlich.«

Er drehte sich rasch um und lächelte, sein warmer Zigarettenatem streifte ihre Wange. »Ich weiß, wie man sich fühlt. Als ich ankomme zum ersten Mal aus Moskau, das war vor elf Jahren, ich wusste nicht, ob ich soll gehen nach links oder rechts! Jetzt Sie kennen schon Columbus, Washington und

Grant, und haben Sergej einen Schritt voraus. Ich bringe Sie jetzt lieber zur Schule, bevor die fragen, was ist passiert mit Ihnen!«

Sie fuhren auf einer kurvenreichen Straße den Hügel hinauf und erreichten die Eisentore des Lone Mountain College. Im grauen, frühabendlichen Zwielicht schienen die großen, stuckverzierten Gebäude turmhoch und einschüchternd in den Himmel zu wachsen. Sergej half Emma das Gepäck ausladen und wartete bei ihr, bis eine aufgeregte Nonne herbeieilte, um sie zu begrüßen.

»Ich bin Schwester Madeleine. Wir haben uns solche Sorgen um Sie gemacht!« Sie lächelte freundlich, wobei sich ihre Haube in ihre rosa Bäckchen drückte. »Es tut mir so leid, mein Kind. Sie sollten von einer unserer anderen chinesischen Studentinnen abgeholt werden. Ich weiß nicht, was dazwischengekommen sein könnte. Ich hoffe, ihr ist nichts zugestoßen«, murmelte Schwester Madeleine, und ihr langes schwarzes Gewand blähte sich im Wind.

Emma lächelte schüchtern zurück.

Als Sergej langsam anfuhr, streckte er den Kopf aus dem Fenster und blinzelte ihr zu. Am liebsten hätte Emma ihm zugerufen, er solle warten. Er war der einzige Mensch, den sie in San Francisco wenigstens vage kannte, doch plötzlich fühlte sie sich zu müde, um etwas anderes zu tun als der hochgewachsenen, stämmigen Schwester Madeleine hinterherzulaufen.

Emma umklammerte den Griff ihres Koffers, während Schwester Madeleines singende Stimme die Stille mit Regeln und Vorschriften anfüllte. Emma war bemüht, sich auf die Worte der Schwester zu konzentrieren: »Wir haben etwa 300 Mädchen, die hier wohnen ... Ich bin sicher, Sie werden schnell neue Freunde finden ... Wir essen um sechs ... einfach, aber nahrhaft ... an Wochentagen keine Besuche nach zehn Uhr abends ... halb zwölf an den Wochenenden ...«

Doch diese Instruktionen prallten hart gegen andere Worte, die Emma wieder und wieder durch den Kopf gingen:

Columbus, wie der Entdecker. Washington, Jackson und Grant, wie die Präsidenten. Der Broadway und der Pazifik. Der riesige Ozean, der mich nun von Hongkong trennt ...

Die Frau vom Schwanenfluss

1951-1953

JOAN

Joan lief die Steintreppe zur Lew'schen Wohnung hinauf; sie kam wie immer zu spät. In ihr klangen noch die eindrucksvollen Szenen aus *Die Frau vom Schwanenfluss* nach, dem neuesten Film von C. K. Chin. Wie Joan nachgelesen hatte, wurde die Hongkonger Filmindustrie, was die Filme in kantonesischer Sprache betraf, von Chin und seiner Filmgesellschaft *Tigerkralle* beherrscht. Es hieß, er bräuchte nur wenige Wochen für einen Film. Allein im letzten Jahr hatte er einen Ausstoß von über zwanzig Filmen, die beim Hongkonger Publikum zunehmend Beifall fanden. Nach der *Frau vom Schwanenfluss* war Joan jedenfalls überzeugt, dass Chin das Format besaß, um dem chinesischen Film zu neuer Bedeutung zu verhelfen. Im Unterschied zu den Hollywoodproduktionen waren seine Filme technisch immer noch körnig und amateurhaft, öffneten sich aber in letzter Zeit dem Einfluss der Filmemacher aus Shanghai, die nach Hongkong gekommen waren. Joan verfolgte mit, wie die Hongkonger Filme an thematischer Vielfalt und Tiefe gewannen.

»Da bist du ja endlich!«, sagte Mah-mih, als Joan die Tür hinter sich schloss. Ihre Mutter saß mit Auntie Go im Wohnzimmer.

»Tut mir leid, dass ich mich verspätet habe«, entschuldigte sich Joan atemlos und legte ihre Handtasche ab. »Ich habe gerade einen tollen Film gesehen.«

»Das dachte ich mir schon.« Mah-mih hielt einen blauen Luftpostumschlag hoch. »Heute ist ein Brief von Emma gekommen.«

Joan nahm ihn entgegen. Seit Emma vor fast drei Monaten nach San Francisco abgereist war, traf fast jede Woche ein Brief von ihr ein. Die zerknitterten blauen Bögen lagen leicht in Joans Hand.

»Was hast du denn gesehen?«, fragte Auntie Go. Die Modezeitschrift, in der sie geblättert hatte, klappte zusammen und rutschte auf den Boden.

»*Die Frau vom Schwanenfluss mit* Ming Li.«

»Ich glaube, ich habe gerade etwas darüber gelesen.« Auntie Go versuchte sich zu erinnern. »Ach ja, der Film von Chin über die Frau, die ihre Familie und ihr Dorf verlässt, weil sie sich in der Stadt ein besseres Leben erhofft.«

»Genau«, sagte Joan und ließ sich neben ihr auf das Sofa fallen. »Den musst du dir unbedingt ansehen! Ming Li ist die ideale Besetzung für die Rolle. Ihre eindringlichen Augen könnten hundert Geschichten erzählen. Und es ist keins der üblichen Familiendramen, die von den anderen Studios am Fließband produziert werden. Ming Li hat viel mehr zu bieten. Da gibt es Hoffnung, sogar in ihrer Scham und Enttäuschung!« Joan sprudelte das alles aufgeregt hervor, ohne einmal Luft zu holen.

»Sicher nicht: wie im wirklichen Leben«, wandte Mah-mih ein, räusperte sich und deutete auf die blauen Briefbögen. »Schnell, lies Moi-mois Brief.«

Joan lehnte sich auf dem Sofa zurück, warf einen flüchtigen Blick auf die vertraute feine Handschrift und wünschte sich, Emmas Brief wäre nicht ausgerechnet heute gekommen.

Denn sie hätte lieber noch einmal Ming Lis Bilder vor ihrem geistigen Auge vorbeiziehen lassen.

Joan hätte nie gedacht, dass sie Emma so sehr vermissen würde. Jetzt beneidete sie ihre Schwester manchmal um ihr neues Leben. In letzter Zeit war sie sich bewusst geworden, dass ein Teil ihrer eigenen Identität darin bestand, Emmas ältere Schwester zu sein, was bei aller Verschiedenheit zum Vergleich herausforderte: Diese unvermutete Erkenntnis erschreckte sie. Joan schleppte sich weiterhin ziellos von einem Tag zum nächsten, während sich die harten Tatsachen immer weniger leugnen ließen: Sie war fünfundzwanzig, immer noch ledig und ohne Beruf.

Sie blickte auf und lächelte Mah-mih und Auntie Go zu, die Emmas Brief natürlich bereits gelesen hatten und jetzt begierig darauf warteten, dass sie sich in die Unterhaltung einschaltete, was bedeutete, erst alles zu wiederholen, was Emma geschrieben hatte, und dann die Zeilen akribisch nach allem abzuklopfen, was sie nicht erzählt hatte.

Seit Emma nach Amerika gegangen war, schlief Joan ausgesprochen unruhig und wurde in den frühen Morgenstunden regelmäßig von Träumen gequält, in denen sie auf irgendetwas zurannte, ohne ihr Ziel je zu erreichen. Einmal führte ihr Traum sie zu einem großen Lagerhaus, hinter dessen Tor ein gelblich rotes Licht flackerte. Joan ging hinein und entdeckte Emma inmitten eines Publikums, das selbstvergessen auf eine Filmleinwand starrte, wo gerade *Alles über Eva* lief. Und dort, eingezwängt zwischen Celeste Holm und Hugh Marlowe, saß eine Schauspielerin im Pelzmantel, die Joan aufs Haar glich.

Nach einigen Wochen setzte in Joans Magen wieder ein dumpfer Schmerz ein. Joan nahm an, ihr Geschwür kehre womöglich zurück, obwohl es nicht dasselbe saure Brennen war. Dieser Schmerz pochte ruhiger und tiefer, er war hart und störend wie ein verschluckter Kern jener getrockneten Pflaumen, die sie so gern kaute. Sie fragte sich, ob Angst und Einsamkeit vielleicht körperliche Leiden wären, die sich in ihrem Magen festsetzten und zu wachsen begannen.

In diesen Wochen versuchte Joan, ganz normal zu essen und weiterzuleben, um Mah-mih und Auntie Go nicht noch mehr zu beunruhigen. Seit Emmas Abwesenheit hatten sich Joan und Mah-mih noch weiter entfremdet. Sie standen sich an den Ufern eines reißenden Flusses gegenüber, über den Emma immer eine Brücke geschlagen hatte. Seit ihre Schwester in Amerika war, musste sich Joan alleine abmühen, einen Weg zur anderen Seite zu finden.

Ohne ein Wort zu sagen, begann Foon aufs Neue, für Joan einen übel riechenden Tee aus bitteren Wurzeln aufzubrühen. Eine Woche lang fand Joan jeden Abend eine Schale davon auf dem Tisch neben ihrem Bett stehen. »Trink«, sagte Foon. »Heilt alles. Bringt sogar bei einem räudigen Hund das Fell wieder zum Wachsen.«

Während Joan den Brief ihrer Schwester las, klang hinter den Worten immer lauter Emmas Stimme durch: *Ich studiere alle Grundfächer – Mathe, Physik, Englisch, Amerikanische Geschichte. Aber Kunst liebe ich am meisten! Das ist eine Weltsprache, bei der ich mich nicht stundenlang anzustrengen brauche, um sie zu verstehen. Ich besuche einen wunderbaren Kunstkurs, in dem ich für mich Ausdrucksformen entdecke, die ich nie für möglich gehalten hätte. Wie können Bleistift- oder Kohlestiftlinien plötzlich lebendig werden? Und du wirst's nicht glauben, aber als ich vor ein paar Tagen zum Kunstunterricht ging, saß ein nackter Mann im Klassenzimmer und wartete darauf, dass wir ihn zeichneten!*

»Was soll dieses Gerede über Kunst und einen nackten Mann?«, fragte Mah-mih, als hätte sie mit Joan mitgelesen.

»Das heißt Aktzeichnen.« Auntie Go lachte. »Wie kannst du etwas malen, ohne es zu sehen? Denk doch nur an da Vinci oder Michelangelo.«

»Also, langsam verstehe ich, was ihr an Kunst so gefällt«, fuhr Mah-mih fort.

»Mach dir keine Sorgen. Jeder große Künstler hat einmal so angefangen«, sagte Auntie Go.

»Mit dem Anstarren nackter Männer? Ha!«, entrüstete sich Mah-mih. »Ich weiß, wohin *das* führt! Du solltest dir lieber auch Gedanken machen.«

Joan musste lächeln. Seit sie denken konnte, liefen die Gespräche zwischen ihrer Mutter und ihrer Tante nach dem Muster heftiger Auseinandersetzungen ab. Sie las weiter.

Natürlich war ich so verlegen, dass ich nicht viel zeichnen konnte, weil ich ihn nicht anstarren wollte. Aber stell dir vor! Er saß einfach da wie in seinem eigenen Zimmer, als ob ihn nicht dreißig Studentinnen angafften und darauf warteten, dass er mit einem Muskel zuckte. Wahrscheinlich ist er selbst ein Künstler, der am Hungertuch nagt und irgendwie Geld verdienen muss!

Ein Künstler am Verhungern. Joan hörte auf zu lesen. Wie die *Frau vom Schwanenfluss.* Wie viel Mut man haben musste, um für die Kunst zu sterben! Für etwas, woran man glaubte! War sie stark genug? Joan wusste von dem Moment an, als der *Schwanenfluss* zu Ende war und die Lichter im Kino wieder angingen, dass sie mit C. K. Chin arbeiten wollte. Wie gern würde sie Opfer bringen, hart arbeiten und leiden! Sogar Hunger leiden, um eine Chance zu bekommen! Sie war froh, dass Emma ihre ehrgeizigen Pläne, Schauspielerin zu werden, in ihren Briefen nicht erwähnte. Joan konnte immer noch Emmas Gewicht spüren, wie sie an jenem Morgen vor ihrer Abreise bei ihr auf dem Bett gesessen war. Sie erinnerte sich an den Duft von *My Sin* in der Luft und an den ängstlichen Unterton in Emmas Stimme. Joan wusste, wie viel Sorgen sich Emma um sie machte.

Aber Joan wusste auch, dass die Träume, die sie verfolgten, ein Zeichen waren, eine »Stimme des Himmels«, wie Mahmih sich ausdrücken würde. Joan öffnete den obersten Paspelknopf am Kragen ihres *cheungsam* und holte tief Luft, bevor sie ihre Stimme erhob. »Ich habe euch etwas anzukündigen.«

Mah-mih und Auntie Go hörten auf zu zanken und schwiegen überrascht.

»Ich möchte Schauspielerin werden«, fuhr Joan fort, bevor sie weiterreden konnten. »Ich möchte Filme machen.« Sie faltete Emmas Brief auf ihrem Knie zusammen und strich die Falzlinien mit dem Daumen glatt.

»Was redest du denn da?«, fragte Mah-mih.

Auntie Go blieb stumm.

Joan schluckte. »Ich habe es mir lange überlegt. Ich glaube, ich habe Talent. Ich habe ja praktisch mein ganzes Leben geschauspielert!«

Mah-mih beugte sich vor, stützte sich mit den Handflächen auf den polierten Teakholztisch, der vor dem Sofa stand, und seufzte. Joan dachte, sie würde sich schrecklich aufregen, doch statt dessen sah sie Joan nur lange an und sagte dann leise: »Was ist denn das für ein Leben? Das ist doch nur eine Scheinwelt.«

»Für mich ist sie echt.« Joan spürte, wie ihr das Blut in die Wangen stieg. Warum hatte sie nur so lange gebraucht, um zu einer so einfachen Erkenntnis zu gelangen?

»Glaubst du nicht, dass du zu alt bist, um jetzt noch damit anzufangen?«, fragte Mah-mih schließlich.

Der Stachel saß. »Ich bin fünfundzwanzig. Das ist vielleicht zu alt, um zu heiraten, aber nicht, um Filmrollen zu spielen. Ming Li ist Ende zwanzig.« Joan hatte allerdings auch gelesen, dass Ming Li nur eine der zwanzig bis dreißig Schauspielerinnen war, die C.K. Chin unter Vertrag nahm und für seine Filme ausbildete, doch das verschwieg sie jetzt lieber.

»Du weißt, so habe ich das nicht gemeint«, brauste Mah-mih auf. »Du stellst dir eine Glitzerwelt wie in den Filmzeitschriften vor, aber es ist ein schwieriges Leben mit viel harter Arbeit. Was weißt du denn schon wirklich davon? Und was werden die Leute sagen?«

»Ich hatte schon immer eine Leidenschaft fürs Kino. Und was die Leute denken, ist mir egal!«

Auntie Go stand auf und nahm ihren Pullover und ihre Handtasche vom Sessel. »Ich glaube, jeder Mensch sollte eine Chance bekommen, seine Träume zu verwirklichen«, sagte sie und wandte sich zum Gehen.

»Das kann ich mir denken«, brummte Mah-mih.

Joan holte noch einmal tief Luft und atmete langsam aus. Zum ersten Mal seit Monaten hatte der dumpfe Schmerz in ihrem Magen nachgelassen. Ihr war jetzt leichter ums Herz, und sie kam sich jetzt auch schon viel weniger naiv vor als damals, als sie Emma von ihrem geheimen Wunsch erzählt hatte.

»Wir sehen uns morgen«, verabschiedete sich Auntie Go. Ihre Schritte hallten auf dem Hartholzboden wider, bis Joan das leise Klicken der ins Schloss fallenden Haustür hörte.

Mah-mih wandte ihren Blick von Joan und stöckelte durch den Flur davon. Das Zimmer, das eben noch von Stimmen erfüllt war, wirkte plötzlich riesig und leer.

Joan faltete Emmas Brief noch einmal auseinander und las den Rest: *San Francisco ist eine wahnsinnig schöne Stadt! Es gibt hier so viele Grünflächen, der Golden Gate Park ist so groß wie unsere Innenstadt und Wanchai zusammen. Ich verbringe die Hälfte der Zeit damit, mich zu verirren, und die andere Hälfte damit, wieder den Rückweg nach Hause zu finden.*

Von diesem Abend an ließ Joan keinen Film mehr aus, der in erreichbarer Nähe lief. Sie sah sich politische Filme und Familiendramen genauso an wie Historien- und Horrorfilme – weniger wegen der Handlung als unter dem Aspekt, wie die Schauspieler mit subtilen Ausdrucksmitteln und Bewegungen ihrem Spiel Dichte und Tiefe gaben. Und in dem Maße, wie Joans Ehrgeiz wuchs, verschwand allmählich der dumpfe Schmerz in ihrem Magen.

Obwohl es noch nicht einmal Mittag war, herrschte bereits brütende Hitze, als Joan die Nathan Road in Kowloon entlangging. Sie bog um eine Ecke und blieb vor dem Gebäudekomplex der Filmgesellschaft *Tigerkralle* stehen. Auf zwei großen Holztoren stand in verblichenen roten Schriftzeichen der Name gepinselt. Joan verharrte lange genug davor, um auszuspähen, was hinter den spaltbreit geöffneten Toren lag. Das Studio bestand aus mehreren großen, stuckverzierten Gebäuden, die von hohen Mauern umschlossen waren; alles wirkte schlicht und unauffällig. Aus nächster Nähe konnte Joan die kostümierten Schauspieler sehen, die von einem Set zum anderen gingen. Sie zerfloss fast in der glühenden Hitze. Der Schweiß lief ihr den Nacken hinunter, feuchtes Leinen klebte ihr am Rücken.

Sie schaute zu dem kleinen hölzernen Pförtnerhäuschen neben den Toren hinüber, strich ihren grünen *cheungsam* glatt und ging wie beiläufig am Pförtner vorbei, zurück zur Nathan Road.

Sicher versuchten Hunderte junger Frauen mit jeder denkbaren Ausrede zu Chin vorzudringen: *Mr. Chin erwartet mich – hat er meinen Namen nicht an der Pforte hinterlassen? Ich muss sofort zum Set – jede Minute ist Drehbeginn. Ich bin seine lang verschollene Tochter.* Joan schluckte den säuerlichen Geschmack hinunter, der ihr aufgestoßen war. Sie musste einen anderen Weg finden, um dort hineinzukommen.

Chin suchte sich die meisten seiner Schauspielerinnen selbst und bildete sie während der Dreharbeiten aus. Joan würde gar nicht erst zu ihm vordringen können. Die großen Hongkonger Filmstudios glichen in ihrem engen Zusammenhalt den chinesischen Familien: Frisches Blut wurde nur unwillig akzeptiert, war man aber einmal aufgenommen, gab es kein Zurück.

Die Schauspielerei selbst erschien Joan nicht annähernd so furchteinflößend wie die Aufgabe, Mah-mih von ihrem Berufswunsch zu überzeugen. Und nachdem sie monatelang Filme angesehen und alles über Chin und sein Studio gelesen hatte, dessen sie habhaft werden konnte, zweifelte sie allmählich daran, ob sie wirklich das besaß, was nötig war, um vom Tigerkrallenclan für brauchbar befunden zu werden.

Als Joan am nächsten Morgen ihrer Mutter beim Frühstück gegenübersaß, trank sie ihren Kaffee in einem Zug aus, schluckte ihren Stolz hinunter und fragte beiläufig: »Glaubst du, Auntie Kao kennt C. K. Chin?«

Sie sah zu, wie Mah-mih einen Klacks Orangenmarmelade auf ihren Teller löffelte. »Könnte sein. Auntie Kao kennt durch ihre Familienbeziehungen so gut wie jeden.«

Joan reichte ihrer Mutter eine Scheibe Toast. »Meinst du, sie würde mich vielleicht mit ihm bekannt machen?«

»Wann schlägst du dir endlich diesen Unsinn aus dem Kopf, dass du Schauspielerin werden willst?« Mah-mih zog ihre Augenbrauen hoch. Sie klang mehr erschöpft als zornig und legte ihren Löffel mit einem raschen Klappern am Rand ihres Tellers ab.

»Aber das ist eben genau, was ich will. Warum kannst du das nicht verstehen?«

Mah-mih lehnte sich auf ihrem Stuhl zurück und ließ ihre dunklen Augen auf Joan ruhen. »Ich möchte dir nur eine Enttäuschung ersparen.«

»Bist du sicher, dass du *mir* die Enttäuschung ersparen willst?«

Mah-mih schwieg einen Augenblick. »Wäre es nicht schön, wenn wir beide nicht enttäuscht würden?«

Joan bemühte sich mit aller Kraft, ein Lächeln aufzusetzen und eine ruhige Stimme zu bewahren. »Dann musst du mir eben einfach vertrauen.« Ihre Augen waren noch vom Schlaf verquollen. Sie fuhr sich mit den Fingern durch die dunklen Strähnen ihrer schulterlangen Haare.

Lange und eindringlich sah Mah-mih Joan über den Rand ihrer Tasse hinweg an; keine der beiden wich dem Blick der anderen aus. Dann ließ sie die Tasse langsam sinken und stellte sie auf der Untertasse ab. »Ich werde mit Auntie Kao reden«, sagte sie und senkte den Blick. »Schauen wir mal, was ich tun kann.«

Joan lehnte sich zurück und lächelte. Im harten Morgenlicht sah Mah-mih älter und müde aus, doch selbst ohne Make-up war sie immer noch schön. Wie schade, dachte Joan, dass Mah-mih keine Schauspielerin geworden war. Sie hätte das ideale Gesicht für die Leinwand.

Als Joan sechs Tage später ins Esszimmer kam, wurde sie dort von ihrer Mutter, die früh aufgestanden war, schon erwartet. Mah-mih nippte an ihrem Tee; die Orangenschalen, Toastbrösel und Orangenmarmelade auf ihrem Teller ließen darauf schließen, dass sie gerade gefrühstückt hatte. Ein blauer Luftpostbrief lag zusammengefaltet vor ihr auf dem Tisch.

»Tso sun«, sagte Mah-mih.

»Guten Morgen.« Joan setzte sich und schenkte ihre Tasse mit Kaffee voll, dessen kräftiges Aroma sie wach machte. Sie brauchte etwas Stärkeres als Mah-mihs englischen Tee, um morgens in die Gänge zu kommen. Joan warf einen Blick auf den Brief und entdeckte Ba-bas kleine, gleichmäßige Handschrift.

Draußen hörte sie die hohe, jammernde Stimme des Obstverkäufers. Sie wusste, dass Foon gleich das Beste, was die Jahreszeit zu bieten hatte, für sie und Mah-mih aus seinen Körben heraussuchen würde.

»Oran ... gen!«

Mah-mih lehnte sich zurück und fasste Joan scharf ins Auge. »Dein Ba-ba freut sich, dass du etwas gefunden hast, was du mit einer solchen Leidenschaft verfolgst.« Sie klopfte auf die dünnen Briefbögen. »Ich habe mich auch mit Auntie Kao unterhalten. Gestern Abend hat sie mir berichtet, ihr Mann hätte mit Chin gesprochen, und du könntest in seinem Studio eine Stelle für kleine Nebenrollen haben, wenn du willst.«

»Man ... gos!«

Joan hörte auf zu trinken und sah zu ihrer Mutter hoch. »Bist du sicher?«, fragte sie und hielt die Tasse in die Luft. »Natürlich will ich!«

»Bana ... nen!«

Mah-mih lächelte und goss sich noch mehr Tee ein. »Jetzt kannst du sehen, ob es wirklich das ist, was du willst.«

Zum ersten Mal seit Jahren stürzte Joan zu Mah-mih hinüber, um sie zu umarmen und einzutauchen in den Duft von Lavendelseife und Orangen, den ihr warmer Körper ausströmte. Als Joan sich von ihr löste, vermisste sie bereits die weiche, seidige Berührung der Haut ihrer Mutter.

Als der bullige Pförtner der Filmgesellschaft *Tigerkralle* Joans Namen auf der Liste gefunden hatte, stapfte er aus seinem Häuschen heraus und öffnete ihr das Tor.

Drinnen fand sie das Studio größer als erwartet. Drei große, weiß gestrichene Gebäude standen nebeneinander, umgeben von großen Flächen für Außenszenen. Joan straffte die Schultern und ging auf das nächstliegende Gebäude zu.

Sie trat in eine dunkle, kühle Halle mit hoher Decke, die an eine Höhle erinnerte. An der Tür blieb sie stehen und spähte nervös und unruhig hinein, im ersten Moment blind, bis sich ihre Augen an das Halbdunkel gewöhnten, während kostümierte Schauspieler an ihr vorbeihasteten und von einem improvisierten Set zum nächsten eilten. Joan blickte angestrengt umher, ob sie irgendwelche Stars erkennen könnte, doch die Gesichter verschwammen ihr vor den Augen. Irgendwo schlugen Hämmer in einem dumpfen Rhythmus, während aus allen Richtungen Stimmen hallten, sodass Joan ganz wirr im Kopf wurde.

»Suchen Sie jemand?«, fragte eine hohe, klare Stimme.

Eine zierliche Frau etwa in Joans Alter war bei ihr stehen geblieben, einen Packen reich verzierter Roben und blutdurchtränkter Lumpen im Arm.

»Ja, ja, ich suche etwas«, antwortete Joan, dankbar für die Hilfe und Aufmerksamkeit. »Ich suche das Büro von Mr. Chin. Ich soll heute hier zu arbeiten anfangen.«

Die junge Frau lächelte. »Ich muss erst noch diese Kostüme loswerden, dann bringe ich Sie zum Hauptgebäude.« Sie wandte sich ab, drehte sich aber noch einmal um. »Ich heiße übrigens Jade Wind.«

»Joan Lew.« Sie lächelte.

»Freut mich sehr, Sie kennen zu lernen. Ich bin gleich zurück.«

Joan sah zu, wie Jade Wind rasch von Set zu Set ging, einzelne Welten, die durch dünne Sperrholzwände voneinander getrennt waren. Von ihrem Standort aus erkannte Joan einen kaiserlichen Thronsaal, nur ein paar Schritte davon entfernt ein modernes Wohnzimmer. Jade Wind verteilte ihre Kostüme und sammelte andere ein. Sie kehrte zurück und legte ihre neue Ladung auf einem Holzstuhl ab.

»Da entlang«, sagte sie und lief schon zur Tür hinaus.

Joan eilte ihr nach in die Sonne, wo sie die Augen im grellen Licht zusammenkniff.

»Da drüben ist das Hauptgebäude.« Jade Wind deutete zu dem schlichten Haus nebenan. »Die Büros und die Unterrichtsräume für die Schauspieler liegen im obersten Stockwerk. Das Gebäude, das wir gerade verlassen haben, und das Haus da drüben sind in verschiedene Tonateliers unterteilt.«

»Das ist ja alles größer, als ich dachte.«

»Ich bin Kostümbildnerin. Wir arbeiten hinten in dem Gebäude, in dem Sie gerade waren. Sie sind sicher Schauspielerin.«

Joan zögerte und sagte dann: »Kleine Nebenrollen.«

»Also in Ausbildung. Na, dann bekommen Sie vielleicht mehr von Chin zu sehen, als Sie sich vorgestellt haben.« Jade Wind lachte. Sie blieb beim Eingang des Hauptgebäudes stehen.

»Wie meinen Sie das?«

»Das werden Sie schon sehen. Die Büros sind ganz oben, wenn Sie diese Treppe hinaufgehen.« Jade Wind sah auf ihre Uhr. »Ich muss weiter. Wir unterhalten uns bald wieder.«

Sie lächelte beruhigend, drehte sich um und verschwand zwischen den beiden Gebäuden.

Joan brauchte nicht lange, um zu begreifen, was Jade Wind gemeint hatte. Sie bekam einen Stapel Regeln und Erklärungen von Chins Sekretärin Mei ausgehändigt, einer ernsten jungen Frau von klassischer Schönheit, die etwas älter war als Joan.

»Nächsten Mittwoch Vormittag melden Sie sich bei der Kostümbildnerei für eine Massenszene in *Der blinde Schwertkämpfer*, Bühne acht.« Mei musterte Joan von oben bis unten. »Mr. Chin sieht es nicht gern, wenn Sie mit anderen Beschäftigten der Filmgesellschaft während gemeinsamer Dreharbeiten persönliche Kontakte pflegen. Wenn Sie nicht am Set eingeteilt sind, besuchen Sie den Stimmbildungs- und Schauspielunterricht, dort erhalten Sie weitere Aufgaben übertragen.«

»Selbstverständlich«, sagte Joan, umklammerte die Papiere und fragte sich, was das wohl für Aufgaben sein könnten. »Werde ich Mr. Chin sehen?«

Mei lächelte. »Nicht heute.«

In der ersten Woche lernte Joan, dass es unter anderem zu ihren Pflichten gehörte, C. K. Chin ein Tablett mit Tee und Kuchen zu bringen und die Tür zu seinem Büro dabei so leise wie möglich zu öffnen und zu schließen. Das Tablett mit heißem Tee, das Joan trug, wurde von Minute zu Minute schwerer. Ihr rasches, energisches Klopfen an der großen Holztür hallte durch das leere Gebäude. Jeder dumpfe Schlag vibrierte durch ihren Körper, während sie nervös wartete. Jade Wind hatte sie gewarnt, dass ein *cheungsam* hinderlich wäre, wenn sie Teetabletts tragen und auf Botengängen herumrennen musste. Deshalb trug Joan, auch wenn die meisten anderen Schauspielerinnen im *cheungsam* kamen, nun weite Röcke westlichen Stils mit passenden Pullovern. Sie stieg von einem Fuß auf den anderen und wartete darauf, dass sich die Türe öffnete und sie Chin endlich begegnen würde. Statt dessen hörte Joan eine gedämpfte Stimme, die sie hereinrief. Mit einer verschwitzten Hand drückte sie die Klinke herunter, während sie auf der anderen Hand das Tablett balancierte. Sie machte einen Schritt nach vorn und wollte die Tür nach innen aufmachen, als sie merkte, dass sie sich nach außen öffnete. »Verdammter Mist«, flüsterte sie vor sich hin.

Mit klirrendem Tablett trat sie zurück und zog die Tür auf. Der Raum war düster und roch unangenehm nach Rauch. Gerahmte Plakate von Chins Kinoerfolgen hingen an einer holzgetäfelten Wand, darunter auch Ming Li in *Die Frau vom Schwanenfluss*. Chin saß an seinem Schreibtisch und schnippte die Asche seiner Zigarette in einen silbernen Aschenbecher. Durch den Dunst erkannte Joan einen mageren Mann mit schütterem Haar, der genauso alt wirkte, wie er war: sechzig Jahre. Er wedelte mit einer Hand in der Luft herum und redete wie ein Maschinengewehr auf die beiden Männer ein, die vor seinem Schreibtisch saßen. Seine Sekretärin Mei, die einen engen *cheungsam* aus rotem Seidensatin trug, saß an seiner Seite und schrieb mit.

»Ihr Tee«, verkündete Joan mit lauter, klarer Stimme.

»Stellen Sie ihn hierher«, sagte Chin, zog an seiner Zigarette und deutete auf seinen großen Schreibtisch.

Joan tat, wie ihr geheißen.

»Gut, gut«, brummte er und winkte sie hinaus.

Als Joan sich zum Gehen wandte, ertappte sie Chin dabei, wie er sie in Augenschein nahm: Seine schmalen Vogelaugen glitten rasch von ihrem Kopf bis zu ihren Füßen und wieder zurück.

Der Schauspielunterricht fand in kleinen, fensterlosen Räumen im obersten Stock des Hauptgebäudes statt. »Mr. Chin wünscht nicht, dass Sie sich gegenseitig ablenken«, erklärte der hagere, humorlose Schauspiellehrer in Joans erster Stunde. Die meisten der anderen acht Schüler, die um den großen Tisch in der Mitte des stickigen Raums herumsaßen, waren etwas jünger als sie und von Chin oder jemand anderem aus dem Studio hochgeschickt worden. Zwar nickten sie oder grüßten höflich, doch fiel Joan ihre Distanziertheit auf. Sie setzte sich an das untere Ende des Tisches in die Nähe der Tür und fühlte sich auf ihrem harten Holzstuhl nervös und verletzlich.

Der Schauspiellehrer ging den Tisch entlang und teilte kurze Scripts aus.

»Nehmen Sie sich Zeit, und sehen Sie sich Ihre Texte an. Es

handelt sich um verschiedene Auszüge aus *Endstation Sehnsucht* von Tennessee Williams. Die meisten von Ihnen werden das Stück oder den Film kennen.« Er schloss beim Sprechen seine Hände um eine Stuhllehne. »Anschließend möchte ich Sie bitten, nach vorn zu kommen und Ihren Abschnitt vorzulesen.«

Joan starrte auf ihren Text und lächelte. Er stammte aus einer ihrer Lieblingsszenen. Sie schloss die Augen und stellte sich vor, sie wäre Vivien Leigh in der Rolle der Blanche Dubois.

»Miss Lew.«

»Ja?« Beim Klang ihres Namens blickte sie erschrocken hoch, und ihr Herz klopfte schneller, als sie aller Augen auf sich gerichtet sah.

»Würden Sie jetzt bitte lesen?«

Joan schob ihren Stuhl zurück, stand auf, zog ihren Pullover aus und hängte ihn über den Stuhlrücken. Sie war froh, dass sie ein weites Chiffonkleid angezogen und dazu eine schlichte Perlenkette umgelegt hatte. Sie ging nach vorn, hob ihr Kinn und tastete nach ihrer Halskette. Ihre Stimme nahm vom Raum Besitz, laut und klar las sie die beste Blanche Dubois, die sie zu geben hatte: *Körperliche Schönheit vergeht ... aber geistige Schönheit, der Reichtum des Gemüts und Herzenszärtlichkeit ... die werden nicht kleiner, sondern sie wachsen! Sie steigern sich mit den Jahren!*

Als Joan geendet hatte, fröstelte sie vor Schweiß, und ihre Beine zitterten vor Schwäche. Sie sah in die Runde. Im Raum war es ganz still geworden, alle Blicke blieben auf sie geheftet. In Joan klangen noch immer die großartigen Worte nach, die sie gerade gesprochen hatte, und erfüllten sie ganz.

Der blinde Schwertkämpfer war ein historischer Film, in dem Joan eine unter vielen verängstigten Dorfbewohnerinnen spielen sollte. Auf dem Weg zur Kostümbildnerei ging sie an verschiedenen Filmsets vorbei. Anscheinend standen heute diverse Kampfszenen in historischen Kostümen auf dem Plan. Joan staunte über die kunstvollen antiken Kostüme der Schauspieler, die dicke weiße Schminke, die die Geister der Vergangenheit wachrief, die Akteure, die auf Trampolins sprangen, durch die Luft wirbelten und graziös auf dem Boden landeten, wie in einem Tanz. Phantasien wurden Wirklichkeit durch wacklige Kulissen, zusammengehalten nur von Nägeln und Kleber, durch Burgen und Klöster, innerhalb von Stunden erbaut und wieder abgerissen, durch Darsteller, die Kostüm und Maske wechselten, um verschiedene Personen im selben Film zu spielen. Joan durchschaute nun den Filmzauber, von dem sie sich auf der Leinwand hatte blenden lassen; ihre Faszination aber, was sich durch Illusion alles schaffen ließ, blieb ungebrochen.

Jade Wind arbeitete in der Kostümbildnerei, einem großen Raum im hinteren Teil des Gebäudes, in dem ein wüstes Durcheinander herrschte. Kleidungsstücke und prunkvolle Roben hingen an Ständern längs der Wand, lagen aber auch bergeweise auf Tischen und Stühlen. Und mittendrin saß Jade Wind und nähte emsig Perlen auf ein Kleid.

Joan freute sich, ihr freundliches Gesicht wiederzusehen. »Jetzt habe ich die Kostümbildnerei wohl tatsächlich gefunden.«

Jade Wind sah auf und lächelte. »Richtig. Kommen Sie zur Anprobe?«

»Ich spiele in *Der blinde Schwertkämpfer* eine Frau aus dem Dorf.« Joan lachte. »Nicht gerade die Glamour-Rolle, die ich mir erhofft hatte!«

»Die Kampffilme haben diesen Monat bei Chin Hochkonjunktur.« Jade Wind stand auf, legte das Kleid beiseite und stöberte einen Ständer in ihrer Nähe durch. »Das ist jetzt der Vierte von der Sorte, wir drei von der Kostümbildnerei kommen kaum nach!«

Joan schaute sich einen Ständer mit *cheungsams* aus Seide und Spitze an. »Haben Sie mit Ming Li gearbeitet? Ich fand sie im *Schwanenfuss* wunderbar.«

Jade Wind nickte und zog aus dem Durcheinander eine mit Schlammspritzern übersäte schwarze Hemdbluse und eine Hose aus Baumwollstoff hervor. »Die kann ganz schön aufbrausen, vor allem, wenn sie nicht kriegt, was sie will.« Jade Wind rollte mit den Augen. »Ich bin froh, dass sie vor dem nächsten Projekt eine Drehpause hat. Hier ist Ihr Kostüm. Sie können es da drüben anprobieren.« Sie deutete auf eine Umkleidekabine.

»Wirklich? Ist sie so schwierig?« Joan konnte ihre Enttäuschung nicht verbergen.

Jade Wind nahm das Kleid wieder auf und setzte sich hin, um die Perlenstickerei zu beenden. »Leider sind manche Schauspielerinnen in Wirklichkeit nicht so nett wie in den Rollen, die sie spielen. Ach ja, nehmen Sie sich vor den Statisten in acht. Bleiben Sie bei den Massenszenen ganz vorn, sonst werden Sie von allen abgedrängt, die vor die Kamera wollen.«

Joan presste Bluse und Hose fest an sich. »Nett, dass Sie mich warnen«, sagte sie dankbar.

»Das sind so die kleinen Tricks.« Jade Wind vernähte ihren Faden. Ein paar Perlen kullerten zu Boden. »Da kann ich Ihnen noch einiges erzählen – das war gerade mal der Anfang meiner Plaudereien aus dem Nähkästchen.«

Manchmal setzte sich Joan nach einem langen Tag im Studio in ein Taxi und fuhr zu Auntie Go. Bei ihr im Büro klagte sie über ihr Schicksal als Nebenrollendarstellerin und Laufmädchen.

»Keiner zwingt dich, dort zu bleiben«, sagte Auntie Go und goss Joan einen Sherry ein. »Du weißt ja, wie viel Sorgen sich Mah-mih um dich macht.«

»Was bleibt mir sonst schon übrig?«, fragte Joan und nippte an dem samtigen, süßen Wein, der ihr heiß die Kehle hinunterrann.

Auntie Go lächelte. »Du kannst jederzeit wieder bei mir arbeiten.«

Joan schwieg eine Weile. Der Strickereibetrieb hatte sich mit jedem Jahr vergrößert, und sie erinnerte sich an eine Bemerkung Mah-mihs, Auntie Go würde aus Wanchai wegziehen, in ein größeres Gebäude. »Hat Mah-mih neulich nicht erwähnt, du wolltest mit dem *Westwind* nach Kowloon übersiedeln?«

Auntie Go goss Joan noch etwas Sherry nach und füllte auch ihr eigenes Glas wieder auf. »Dieses Haus platzt aus allen Nähten. Ich hoffe, wir können in den nächsten Monaten umziehen.«

Joan kannte Auntie Gos Wunschtraum, dass entweder sie oder Emma in ihren Betrieb einsteigen würden. Glühend vor Bewunderung sah Joan ihre hochgewachsene Tante an. Auntie Go hatte sich mit großem Erfolg eine Karriere aufgebaut, ohne eine Ehe als Rückhalt zu haben. Joan hoffte nur, auch sie würde das eines Tages schaffen.

»Du machst aus dem *Westwind*, ein richtiges Strickimperium!« Joan lächelte und hob dann ihr Glas. »Auf deinen anhaltenden Erfolg!«

Auntie Go wurde rot und nippte an ihrem Sherry. »Aber das ist doch nicht der Rede wert.«

»Und ob es das ist!«

Joan leerte ihr Glas bis auf den letzten Tropfen. Tief im Inneren war sie noch nicht bereit, die Schauspielerei aufzugeben. Mochte es in dieser Branche auch noch so hart und berechnend zugehen, in sich hörte sie immer noch eine Stimme, die sie unbedingt an ein Publikum richten musste.

Joan spürte, wie ihr eine angenehme Wärme in die Wangen stieg. »Kannst du mir mit meiner Antwort auf dein Angebot noch etwas Zeit lassen?«

»Du weißt, dass du es dir überlegen kannst, so lange ich lebe.«

Früh am nächsten Morgen marschierte Joan geradewegs zu C. K. Chins Büro. Seine Sekretärin Mei saß noch nicht an ihrem Schreibtisch. Joan fragte sich, ob die immer lauter werdenden Gerüchte, dass Mei mit Chin ins Bett ging, wohl stimmten. Kam sie spät am Vormittag, weil sie bis spät in die Nacht geblieben war? Sie war seine fünfte Sekretärin in ebenso vielen Jahren. Im Gegensatz zu anderen Produzenten interessierte sich Chin nicht für seine Schauspielerinnen, sondern zog ihnen die Gesellschaft seiner Sekretärinnen vor. Seine leidgeprüfte Frau und seine vier Kinder kompensierten ihren Kummer mit einer Zehn-Zimmer-Villa in Repulse Bay und einem Fuhrpark, zu dem auch das neueste Cadillac-Modell aus Amerika gehörte.

Joan hatte in den chinesischen Filmzeitschriften gelesen, dass Chin zwar älter als sechzig wirken mochte, aber die Konstitution eines dreißig Jahre jüngeren Mannes hätte. Egal, welche Ereignisse oder privaten Angelegenheiten ihn bis spät in die Nacht wach hielten, jeden Morgen Schlag acht saß er wieder an seinem Schreibtisch, ausgenommen an Sonntagen. Sonntags schloss er seine Geschäfte von seinem Büro in Repulse Bay aus ab. Irgendwann musste er sich wohl bei seiner Familie blicken lassen.

Joan leckte sich über ihren roten Lippenstift. Sie fuhr sich durch die Haare, betupfte das dunkel geschminkte Muttermal über der Oberlippe und strich sich die Seidenbluse und die Caprihose glatt, die sie bewusst für diesen Anlass gewählt hatte. Ohne zu zaudern klopfte sie energisch an Chins Tür. Keine Antwort. Vielleicht war Chin heute doch nicht so früh ins Büro gekommen. Vielleicht war er gar nicht das ›Gewohnheitstier‹, dem die ungestörte Ruhe der frühen Morgenstunden lieb und teuer war, wie ihn die Zeitschriften gern schilderten. Doch im selben Moment, als sich Joan zum Gehen wandte, hörte sie seine Stimme murmeln: »Herein.« Wohlweislich trat sie einen Schritt zurück und öffnete die Tür.

Chin saß hinter seinem großen Holzschreibtisch, der quer im Raum stand. Im Morgenlicht wirkte er klein und weniger einschüchternd. Als sie näher trat, versuchte Joan, sich diesen ersten, einfachen Eindruck von ihm zu bewahren. Nur dann würde es ihr gelingen, ihm alles zu sagen, was sie vorhatte.

»Entschuldigen Sie, Mr. Chin, ich bin eine Ihrer Schauspielerinnen. Könnte ich wohl mit Ihnen sprechen?«

»Ja, worum geht's?«, antwortete Chin, ohne von seiner Morgenzeitung aufzublicken. Zigarettenrauch hing in einer dünnen Schicht knapp unter der Decke.

»Ich bin eine sehr gute Schauspielerin«, erklärte Joan in einem schärferen, lauteren Ton als beabsichtigt. »Ich finde, ich hätte wichtigere Rollen in Ihren Filmen verdient.«

Chins Augen schweiften endlich von seiner Zeitung ab und zu ihr hinüber. Er nahm die brennende Zigarette von den Lippen und ließ sie in den halb vollen silbernen Aschenbecher fallen. Wieder spürte sie seinen Blick, der von ihrem Kopf bis zu ihren Füßen wanderte und wieder zurück.

»Wieso glauben Sie, Sie könnten spielen?«, fragte er und lehnte sich in seinem Sessel zurück.

Joan wurde es heiß, sie fühlte, wie ihr der Schweiß ausbrach. Am liebsten hätte sie sich umgedreht und wäre gegangen, stattdessen verschränkte sie die Arme vor ihrer Brust.

»Und woher wissen Sie, dass ich es nicht kann?«, fragte sie zurück, und ihre Stimme blieb ganz ruhig. »Kommen Sie doch einfach zum Schauspielunterricht, und sehen Sie mir zu. Ich zeige Ihnen, wie gut ich spielen kann.«

Chin starrte sie lange an, seine Augen wurden schmal. Auf dem Prüfstand, dachte Joan, zuckte aber mit keiner Wimper. Sie spürte, wie ihr der Schweiß unter dem Kragen herablief. Dann breitete sich auf Chins faltigem Gesicht langsam ein Lächeln aus.

»Da haben Sie recht. Ich kann es nicht wissen, wenn Sie es mir nicht zeigen.« Er hob seine Zigarette auf und nahm einen tiefen Zug. »Sagen Sie, ist dieses Muttermal da auf Ihrer Lippe echt?«

Unwillkürlich tastete Joan danach. »Ja. Genauso echt wie meine schauspielerischen Fähigkeiten.«

»Wie heißen Sie?«

»Lew. Joan Lew.«

»Joan Lew.« Er lächelte. »Ach ja. Die perfekte Blanche Dubois. Habe ich wenigstens gehört.« Er zündete sich eine weitere Zigarette an. »Na schön, wir werden sehen, was aus Ihnen wird, Miss Lew.« Er wandte sich ab und griff wieder zu seiner Zeitung.

Wochen, Monate vergingen, ohne dass sich etwas geändert hätte. Joan fragte sich, ob sie je in einem Film zu sehen wäre, ohne dass fünfzig weitere Leute sie umringten. Ab und zu sah sie Chin bei einem Set auftauchen, mit einem Regisseur sprechen und dann wieder in seinem Büro verschwinden.

In *Der blinde Schwertkämpfer*, der im Queen's Theatre lief, sah sich Joan zum ersten Mal auf der Leinwand. Mah-mih und Auntie Go warteten gespannt auf ihre Massenszene, während sich Joan fragte, ob sie bei dieser Aufnahme überhaupt mitgefilmt worden war. Sie hatte versucht, ganz vorn in der Menge zu bleiben, doch eine hartnäckige Schauspielerin drängte sie immer wieder beiseite. Hinter den Kulissen liefen mehr Schlachten ab als im Drehbuch vorgesehen.

»Da ist sie!«, flüsterte Auntie Go.

»Wo? Wo?« fragte Kum Ling und packte Joan am Arm.

Joan bekam einen trockenen Mund, als sie sich den Bruchteil einer Sekunde lang selbst sah, in schlammbesudelten Kleidern, mitten im Gedränge, panische Angst in ihren dunklen Augen, um ihr Leben laufend, als könnte die Kamera sie retten.

Joan war nahe daran aufzugeben, als Chin ihr in einem weiteren Kampffilm eine kleine Rolle gab: Sie spielte eine ›Frau in Verzweiflung‹. Als Allererstes setzte sich Joan hin und schrieb Emma einen Brief, denn sie wusste, wie begeistert ihre Schwester von ihrem kleinen Erfolg wäre. *Vielleicht siehst du mich wirklich eines Tages in Hollywood,* schrieb Joan. *Endlich darf ich den Mund aufmachen und etwas von mir geben, auch wenn es nur ein Schrei um Hilfe ist!*

Mah-mih war immer noch skeptisch, doch Auntie Go sprach Joan Mut zu, und Foon hörte auf, ihr Tees zu brauen. Nach so langer Zeit hatte Joan endlich eine Richtung in ihrem Leben gefunden.

In den kleinen Rollen, die Joan nun eine nach der anderen erhielt, hatte sie meist das Gefühl, hinter Kostüm und Maske unterzugehen. Sie kreischte und schrie auf Kommando und durfte ab und zu sogar mehr als ein, zwei Worte äußern; ihr längster Text lautete: *»Damit kommst du mir nicht davon, Halunke!«,* woraufhin sie ein frühzeitiger Tod ereilte, indem sie ihre Herrin rettete. Selbst wenn ihre Szenen gekürzt oder ganz herausgeschnitten wurden, war Joan nun eine richtige Schauspielerin, obwohl sie sich manchmal in die Haut kneifen musste, um sich zu vergewissern, dass sie nicht träumte. Und so unbedeutend ihre Rollen auch sein mochten, ihre neueste Todesszene genügte, um Chin endlich von ihrem Talent zu überzeugen. Er verlängerte ihren Vertrag um ein Jahr.

Fast eineinhalb Jahre, nachdem sie zum ersten Mal ihren Fuß in die Studios der Filmgesellschaft *Tigerkralle* gesetzt hatte, erhielt Joan auch größere Rollen und spielte meist die Zofe der jeweiligen Heldin. Gleichzeitig fand sie Aufnahme in Chins Filmfamilie und wurde damit endlich auch von den anderen in der Gesellschaft anerkannt. Es dauerte nicht lange, bis sie die Eifersucht und Gehässigkeit vieler jüngerer Schauspielerinnen zu spüren bekam, die sie misstrauisch beobachteten und hinter ihrem Rücken abfällig über sie tuschelten. Dass sie mit »Chin geschlafen« hätte oder »sich mit Hilfe ihrer Familienbeziehungen eingekauft« hätte. Joan zog die etablierteren Schauspielerinnen bei weitem vor, denn die ignorierten sie einfach. Das erste Jahr beim Film hatte ihr die Augen für die brutale Wirklichkeit der Branche geöffnet – die langen Arbeitszeiten, die Gerüchte, die einem den Todesstoß versetzen sollten, das Gerangel um den besten Platz vor der Kamera, der einem mehr Beachtung einbringen würde. Trotzdem gab es für sie nichts Aufregenderes, als sich selbst auf der Leinwand in eine andere Person verwandelt zu sehen.

Eines der ersten Dinge, die Joan lernen musste, war der Umgang mit den unerwünschten Aufmerksamkeiten, mit denen man sie überhäufte. Nicht lange, nachdem sie ›Familienmitglied‹ geworden war, begannen viele der Schauspieler und Regisseure, sie mit Blumen und Essenseinladungen zu verfolgen. »Sie müssen etwas essen«, sagten sie, oder: »Ich werde dafür sorgen, dass Sie als Nächstes eine größere und bessere Rolle bekommen.« Bald wurde sie der leeren Worte und süß duftenden Rasierwässer überdrüssig. Als höfliches Ablehnen nicht genügte, begann Joan, diesen Männern unverblümt ins

Gesicht zu starren, während sie ihnen eine Abfuhr erteilte, bis ihnen nichts anderes übrig blieb, als das Feld zu räumen. Bald waren sie so eingeschüchtert, dass keiner mehr Joan einzuladen wagte. Sie wahrte bewusst Distanz, auch auf die Gefahr hin, als hochnäsig zu gelten oder der Primadonna-Allüren verdächtigt zu werden.

Jade Wind wurde zu Joans engster Freundin und Vertrauten im Studio. Während Joan in Gegenwart der anderen Schauspielerinnen eine Maske aufsetzte, teilte sie mit Jade Wind Klatsch und Gelächter, wann immer sie Zeit fanden, im kleinen Hof hinter den großen Gebäuden miteinander zu essen oder Tee zu trinken.

»Schau mal, wie viel die zugenommen hat«, lästerte Jade und zog ihre Augenbrauen hoch, als eine junge Schauspielerin vorbeiging. »Sie passt kaum noch in ihr Kostüm. Ich musste es mit Sicherheitsnadeln feststecken.« Sie lachte. »Ich kann mir nicht vorstellen, wie sie ihre Kampfszenen schaffen will.«

»Ziemlich bald wird sie nicht mehr so graziös durch die Luft fliegen«, fügte Joan hinzu und nahm ihre Nudelschüssel hoch. »Das ist mir jedenfalls zu Ohren gekommen.«

»Du meinst ...?«

Joan nickte. »Man munkelt, der Vater sei der Regisseur ihres letzten Films.«

Jade stopfte sich Nudeln in den Mund. »Aber ich habe gehört, er könnte nicht ...«

»Offensichtlich kann er doch.« Joan lachte.

Sie hätte Jade gern erzählt, dass sie selbst mindestens zwei heikle Situationen mit diesem Regisseur erlebt hatte, überlegte es sich dann aber anders. Sie kannte inzwischen die Filmgesellschaft *Tigerkralle,* eine kleine Welt für sich, zur Genüge. Manchmal waren die Filmleute nicht besser als zankende Geschwister. Man konnte nie vorsichtig genug sein. Es ging noch an, bereits kursierendes Getratsche weiterzugeben, doch unerwünschte Gerüchte über sich selbst loszutreten war eine andere Sache.

Am nächsten Tag wartete Joan den ganzen Vormittag angespannt auf den Drehbeginn einer Szene aus ihrem neuesten Film, *Der Prinz der Liebe* mit Bai Guang in der Hauptrolle, einer ihrer Lieblingsschauspielerinnen. Joan hatte darin ihre bisher größte Rolle als Revuegirl, und solche Sängerinnen- oder Hostessenrollen schienen immer beliebter zu werden. Für die Szene musste ein Hongkonger Tanzcafé nachgebaut werden, doch kaum war der Set fertig, verschob der Regisseur die Dreharbeiten in letzter Minute. Da Joan an diesem Tag für keine andere Szene mehr eingeplant war, durfte sie zum ersten Mal in fast zwei Jahren vorzeitig nach Hause gehen.

Die Wohnung war kühl und einladend. Der lange nachklingende Duft von Mah-mihs *Shalimar* schwebte noch in der Luft, obwohl Kum Ling, wie Joan wusste, bereits zum Mittagessen ausgegangen war, bevor sie sich in der Wohnung einer Auntie oder im Nebenraum eines Restaurants zum Mahjongg einfinden würde.

Joan schaute kurz die Post durch, die auf dem Esstisch lag, und fand einen Brief von Emma. Foon war nirgends zu sehen, also schleuderte Joan ihre Pumps von sich und setzte sich aufs Sofa, um Emmas Brief zu lesen.

Ich kann es gar nicht erwarten, in den Ferien nach Hause zu kommen, um dich in einem deiner Filme zu sehen. Ich bin so stolz auf dich! Ich habe den Mädchen im College erzählt, dass meine Schwester ein echter chinesischer Filmstar ist, und sie wollten wissen, wann du so berühmt wirst wie Joan Crawford. Ich habe ihnen gesagt, du brauchst noch ein Jahr, und dann bist du so bekannt wie Lucille Ball! Eine Freundin, Maggie O'Leary, hat mich zu sich nach Hause eingeladen, und dort habe ich zum ersten Mal die Fernsehshow I Love Lucy gesehen. Ich begreife immer noch nicht, wie bewegte Bilder in einem so kleinen Kasten gezeigt werden können. Doch Mrs. O'Leary sagt, sie werden durch Wellen in der Luft übertragen. Vielleicht hast du eines Tages deine eigene Fernsehshow in Hongkong!

Joan spürte, wie sie errötete, und las weiter.

Ich wünschte, du könntest mich besuchen kommen. Du würdest San Francisco lieben! Das Wetter ist so mild, dass ich manchmal keinen Unterschied zwischen einem Monat und dem nächsten bemerke. Ich versuche, so oft wie möglich nach Chinatown zu fahren, obwohl das Essen dort kaum Ähnlichkeiten mit dem hat, was ich zu Hause bekommen habe. Sogar das chinesische Essen ist hier amerikanisiert: süßsaure Saucen auf allem. Trotzdem schmeckt es besser als das Essen im College, das aus großen Portionen von fadem, zu lange gegartem Fleisch und Kartoffeln mit viel Ketchup besteht. Am meisten vermisse ich – außer euch allen – Reis zum Abendessen. Die Mädchen hier stopfen sich mit Unmengen Weißbrot voll, und ich warte nur, dass sie einmal alle explodieren!

Ich hoffe, Mah-mih und Auntie Go geht es gut. Ich schreibe ihnen eigene Briefe, Ba-Ba auch. Wie ich Foons wunderbares Essen vermisse! Ist es nicht merkwürdig, dass du erst weggehen musst, um wirklich zu schätzen, was du hast?

Joan legte Emmas Brief beiseite und machte sich auf die Suche nach Foon. Sie lauschte nach irgendwelchen Anzeichen, wo sich die alte Dienerin aufhalten könnte, nahm aber nur eine seltsame Stille wahr, unterbrochen von den üblichen Geräuschen wie plötzlich durcheinanderrufenden Stimmen im Hof oder dem Klappern von Töpfen auf dem Feuer. Joan bekam einen trockenen Hals. Sie hatte seit langem kein wirkliches Gespräch mehr mit Foon geführt. Wenn sie zum Abendessen nach Hause kam, war es oft schon spät. Meist zog sie sich nach dem Essen gleich in ihr Zimmer zurück, um sich auf eine Szene vorzubereiten, die am nächsten Tag gedreht werden sollte.

»Foon!«, rief Joan. Sie öffnete die Küchentür, doch der Raum war leer. Vielleicht war Foon gerade etwas besorgen gegangen, oder sie stand unten im Hof, über eine große Waschwanne gebeugt.

Joan schaute durch die Hintertür auf den steingepflasterten Hof hinaus, doch auch er war leer.

»Foon!«, rief Joan wieder, obwohl sie keine Antwort mehr erwartete. Sie kehrte in die Küche zurück, die nach Knoblauch und Foons seltsamen Kräutern duftete. Das war der Raum, in dem Joan immer am meisten Wärme und Behaglichkeit gefunden hatte. Sie streckte ihre Hand aus und berührte die steinerne Arbeitsplatte, die vom jahrelangen Putzen glatt poliert war, dann hob sie Foons altes Küchenbeil hoch und wog es in der Hand. Sie lächelte bei der Erinnerung, wie Foon ihr mehrmals erzählt hatte, die Klinge sei im Lauf der Jahre durch das Wetzen über zwei Zentimeter schmaler geworden.

»Früh zurück heute.« Foons Stimme schreckte sie auf.

Joan drehte sich um und sah Foon aus ihrem schrankartigen Raum neben der Küche auftauchen. Beim Sprechen blitzte ihr Goldzahn hervor. Graue Haarsträhnen standen ihr vom Kopf ab. Joan wäre am liebsten hingegangen und hätte sie umarmt, regte sich aber nicht von der Stelle.

»Wir durften früher gehen.« Joan legte das Küchenbeil auf die Arbeitsplatte zurück. »Probleme mit einer der Szenen.«

»Zum Kochen noch zu früh.« Foon betrachtete das Küchenbeil.

»Ist Mah-mih beim Mah-jongg?«

»Bei Auntie Hong.«

Joan lächelte. »Ich hab mich nur gefragt, was du gerade machst. Vielleicht kann ich dir irgendwie helfen?«

»Alles schon fertig.«

»Brauchst du noch etwas vom Markt?«

Foon knöpfte ihre Steppweste zu. »War schon heute früh.«

Foon goss Wasser in einen alten Kessel und stellte ihn aufs Feuer. »Ruhige Nachmittage jetzt. Du im Studio, Moi-moi in Amerika ... Erst fehlen einem am meisten die Stimmen. Später der Rest.«

Joan schwieg, wusste nicht, was sie sagen sollte. »Egal, wohin uns das Leben führt, bei dir und in dieser Wohnung werden wir immer zu Hause sein«, sagte sie und nahm zwei von Mah-mihs guten Teetassen vom Regal.

Foon erwiderte nichts, sondern beschäftigte sich damit, ein kleines Stück Tee aus einem großen, runden Kuchen getrockneter Teeblätter herauszubrechen. »Warum zwei?«, fragte sie, als sie die Tassen sah, die Joan hervorgeholt hatte.

»Ich dachte, du möchtest vielleicht auch Tee«, sagte Joan, ohne den Blick von ihrer alten Dienerin zu wenden.

Foon sah die zerbrechlichen Porzellantassen an, nickte dann langsam und ließ in jede Tasse eine gerade ausreichende Menge dunkler Teeblätter rieseln.

Verabredung

1954

AUNTIE GO

Mit einem steifen Gefühl im linken Knie ging Auntie Go in ihrem Hotelzimmer auf und ab, während sie auf Emma wartete. In diesem Jahr war sie nun schon zum zweiten Mal um die halbe Welt gereist, was auf ihren Körper nicht ohne Auswirkungen blieb. Außer der Steifheit in den Gelenken, die kam und ging, peinigten sie auch Schlafstörungen, die unweigerlich zu heftigen Kopfschmerzen führten. Wenn Go jetzt zu einer Geschäftsreise nach Amerika oder Europa aufbrach, überhäufte Kum Ling sie jedes Mal mit Einwänden: *Du bist nicht mehr so jung! Schick lieber jemand anderen an deiner Stelle.*

Doch Go war noch keine fünfzig und ließ sich von ihrer Cousine nicht vom Reisen abbringen. Sie liebte neue Eindrücke und hatte sich an das Alleinreisen gewöhnt. Das eintönige Brummen von Flugzeugmotoren und das schrille Schleifgeräusch der Räder ratternder Züge gehörten inzwischen genauso zu ihrem Leben wie das monotone Sausen ihrer Strickmaschinen. Auf eine merkwürdige Weise wirkten die rauen, mechanischen Geräusche des Reisens auf sie befreiend, entführten sie aus ihrem Alltag in unentdecktes Neuland.

Die immer noch aparte Auntie Go trug auf ihren Reisen

westliche Kleidung – maßgeschneiderte, wadenlange Kleider mit passenden Hüten und Handtaschen. Zu Hause in Hongkong kümmerte sie sich nicht um aktuelle Trends, sondern zog der amerikanischen und europäischen Designermode, die bei den meisten Hongkonger *tai-tais* so beliebt war, die Bequemlichkeit chinesischer Kleidung vor. Im *Westwind* trug sie meist Hemdblusen und Hosen, jeweils abwechselnd in Blau und Schwarz.

Im Ausland aß Auntie Go oft in Gesellschaft ihrer Kunden, von denen sie einige nun schon gut kannte. Sie luden Go häufig zu sich nach Hause ein, zu einem gemütlichen Essen im Kreis der Familie. Aus Freundschaft und manchmal aus Einsamkeit nahm Go diese Einladungen an.

»Aber du weißt doch eigentlich gar nichts über sie«, warnte Kum Ling ihre Cousine, als sie zum ersten Mal davon erfuhr.

»Sie behandeln mich freundlich und ordern Pullover bei mir. Mehr brauche ich nicht zu wissen«, antwortete Go.

Kum Ling sah sie eindringlich an und sagte dann mit klarer, scharfer Stimme: »Die Götter wissen, dass ich dich gewarnt habe. Bei der Arbeit setzen die Leute oft ein ganz anderes Gesicht auf als im Privatleben.«

Auntie Go hatte gelächelt und diese Worte mit einem stummen Kopfschütteln abgetan.

Kum Ling konnte nicht wissen, wie herzlich der Kontakt zu den meisten ihrer Kunden war. Es gab soviel Glück in ihrem Leben, großes und kleines. Sie war stolz auf den Erfolg ihres Betriebs und auf die vielen Freunde, die sie gewonnen hatte. Auntie Go hatte sich auch mit verschiedenen Gerichten der westlichen Küche angefreundet – sie aß gern dicke salzige Schinkenscheiben aus der Dose, Kartoffelpüree, Corned Beef und Kohl oder Nudel-Käse-Auflauf. In letzter Zeit trank sie sogar gelegentlich ein Glas heiße Milch vor dem Einschlafen. Doch musste sie bei der Vorstellung lachen, was Foon für ein

Gesicht machen würde, wenn sie diesen Mischmasch von blassen Farben und fad schmeckenden Speisen zu sehen bekäme.

Eines verschwieg Auntie Go ihrer Cousine: Manchmal war ihren westlichen Kunden nicht wohl dabei, sie allein reisen und speisen zu sehen. Das erkannte sie an ihren verstohlenen Blicken und dem leisen Getuschel. Go galt sofort als Außenseiterin, die ganz allein auf sich gestellt war. In Hongkong dagegen gehörte sie immer einer größeren Gruppe an, als zweite Mutter ihrer beiden Nichten, Inhaberin des Strickereibetriebs *Westwind* und Mitglied von Kum Lings Mah-jongg-Zirkel.

Bewusst setzte Go stets ein leises Lächeln auf, eine Universalsprache, die, wie sie entdeckte, jeder verstand. Es schützte sie vor Seitenblicken, wenn sie sich allein in teure Restaurants wagte, und nahm denjenigen den Wind aus den Segeln, die heimlich den dunkelgrünen Jadering ihrer Mutter taxierten, der an der Stelle saß, wo eigentlich ein Ehering hingehörte.

Liebevoll betrachtete Auntie Go ihren Jadering, den einzigen Schmuck, den sie auf Reisen trug. *»Jade wird dich immer beschützen«,* hörte sie die sanfte Stimme ihrer Mutter. Ob ihre Mutter wohl geahnt hatte, wie viel Trost ihr dieser Ring schenken würde?

Gos Blick fiel auf ihre Armbanduhr, dann auf die weißen Wände des Hotelzimmers. Es hätte sich überall auf der Welt befinden können, nur der Blick durch die Fenster auf die Golden Gate Bridge erinnerte sie daran, dass sie in San Francisco war; jeden Augenblick würde Emma durch die Tür kommen. Auntie Go hatte sich eine Suite geben lassen, falls Emma es sich anders überlegte und doch einige Tage bei ihr bleiben wollte. Schließlich war Go das einzige Mitglied der Familie, das an Emmas Graduiertenfeier teilnehmen würde. Das

Wohnzimmer war geräumig und bequem, mit einem Sofa und zwei ausladenden Sesseln. Während sie ihre Blicke durch die Suite schweifen ließ, fragte sich Go, ob sie sich nicht doch zu viel Luxus geleistet hatte.

Emma war nur ein einziges Mal nach Hongkong zurückgekehrt, nämlich im ersten Sommer nach ihrer Abreise. Auntie Go erinnerte sich an die glühende Hitze des Augustanfangs, bei der sie in Hauskleidern aus Baumwolle um den Esstisch herum saßen und Eistee tranken, wobei sie ihre Fächer in der schweren, stehenden Luft unablässig in Bewegung hielten.

Diesen heißen, schweißtreibenden Monat verbrachte Foon in der Küche, wo sie alle Lieblingsgerichte Emmas kochte – gebratenen Reis mit Stockfisch und gewürfeltem Hühnerfleisch, chinesischen Senfkohl mit Pilzen in Austernsauce und Jakobsmuscheln mit Knoblauch und Ingwer.

Abends, wenn Joan bis spät in die Nacht im Studio arbeitete, wichen Auntie Go und Kum Ling nicht von Emmas Seite. Sie vergewisserten sich, dass sie genug aß, und warteten begierig darauf, dass sie haarklein berichtete, was sie vergangenes Jahr in San Francisco erlebt hatte. Emma lächelte müde, hob die Haare von ihrem verschwitzten Nacken und wiederholte viel von dem, was sie bereits in ihren Briefen geschrieben hatte.

»Von acht Uhr morgens bis etwa vier Uhr nachmittags besuche ich den Unterricht«, sagte sie zwischen zwei Bissen; sie aß gerade Reis mit gewürfeltem Hühnerfleisch und eingelegtem Gemüse.

»Und wann isst du?«, fragte Kum Ling.

»Zwischen den Stunden.«

Mah-mih fasste Emma scharf ins Auge. »Kein Wunder, dass du abgenommen hast. Ständig herumrennen und nichts essen!«

»Du siehst gut aus«, verteidigte Auntie Go ihre Nichte. »Viel erwachsener.«

Emma sah ihre Tante mit einem dankbaren Lächeln an. »Es ist anders, wenn man auf sich allein angewiesen ist. Dann kommt einem alles klarer vor, unmittelbarer.«

Auntie Go fuhr fort: »Du hast doch sicher ein paar gute Freundinnen in deinem Wohnheim gefunden?«

»Die Mädchen sind sehr nett zu mir. Mit zwei davon bin ich enger befreundet. Eine kommt aus Hongkong. Aber ich vermisse Foons Essen.« Den letzten Satz sprach Emma lauter, damit Foon sie hören konnte.

»Dann solltest du zu Hause bleiben«, entfuhr es Mah-mih. Sie legte ihre Essstäbchen quer über ihr Schälchen, nahm ihren Fächer und entfaltete ihn mit einem schnellen Ruck ihres Handgelenks.

Emma hörte auf zu essen und sah zu ihrer Mutter hoch. »Manchmal denke ich darüber nach, ob ich nicht vielleicht nach Hause kommen sollte, aber San Francisco ist mir wirklich ans Herz gewachsen«, sagte Emma ruhig und selbstsicher. »Außerdem bin ich entschlossen, meinen Bachelor's Degree in Kunst zu machen, und wenn ich im Lone Mountain College verhungern sollte!«

Auntie Go lächelte vor sich hin.

Kum Ling schwieg einen Moment, dann lächelte auch sie und lud noch mehr Fleisch in Emmas Schälchen. »Wie kommt es, dass meine zwei Töchter solche Dickschädel sind?«

»Schau dir doch ihre Mutter an«, lachte Auntie Go.

Kum Ling nickte in seltenem Einverständnis. Sie wandte sich an Emma: »Na, dann iss lieber, solange du kannst.«

Nach diesem Sommer blieb Emma in San Francisco, sogar als Auntie Go ihr ein Ticket für die Heimreise schenken wollte. Es gäbe immer Arbeit, sagte Emma, oder Prüfungen, auf die sie sich vorbereiten müsste, Dinge, die sie auf der anderen Seite des Pazifik festhielten. Aber Auntie Go hatte irgendwie das Gefühl, dass es auch mit dem zunehmenden Lärm und den Menschenmassen in Hongkong zu tun hatte. Wie sie selbst brauchte Emma Distanz, Ruhe.

»Glaubst du, dass sich Moi-moi von uns entfernt?«, hatte Kum Ling eines Tages mit einem Seufzer gefragt.

»Emma wird erwachsen, das heißt aber nicht, dass auch der Abstand zwischen uns wächst«, lautete Auntie Gos behutsame Antwort.

Auntie Go konnte es kaum glauben, wie rasch ihr die Zeit durch die Finger rann – ein gutes Jahr war es her, seit sie Emma zum letzten Mal gesehen hatte. Go musste ihren letzten geplanten Besuch streichen, weil es Probleme mit dem *Westwind* gab, und sie wechselte mit Emma nur kurz ein paar Worte auf dem Flughafen, als sie von New York über San Francisco nach Hongkong zurückflog. Auntie Go hatte Emma einen roten Umschlag mit Glücksgeld zugesteckt; sie sah immer noch die zarte Gestalt ihrer Nichte vor sich, wie sie ihr zum Abschied zuwinkte.

Von Streik war die Rede gewesen und von einer drohenden Schließung des Betriebs, wenn Go nicht sofort nach Hongkong zurückkehrte. Sie erinnerte sich, wie sie damals dachte: *Gebt ihnen doch, was sie wollen. Sie arbeiten hart genug dafür!* Doch der Betrieb war zu groß geworden, als dass sie diese Entscheidung im Alleingang hätte treffen können. Auntie Go musste sich mit ihren Managern, Anwälten und Strategen beraten. *»Sie werden nie Gewinn machen, wenn Sie ihnen nachgeben!«*, schrien ihr erregte Stimmen zu.

Doch Auntie Go hatte Gewinn gemacht, mehr, als sie sich je hätte träumen lassen, und viele der Stricker und Strickerinnen hatten von Anfang an für sie gearbeitet, als sie selbst den Unterschied zwischen einem *Fair-Isle*-Muster und einem Saumstich noch nicht kannte. Die alte Sum hatte ihr beigebracht, wie man die Maschinen bediente, und Mei-mei, wie man die Musterkarten las. Sie waren zu ihrer Arbeitsfamilie geworden, Gesichter, die ihr genauso vertraut waren wie die ihrer eigenen Angehörigen. *Gebt ihnen, was sie wollen,* dachte sie immerfort, wie sie auch Kum Ling, Joan und Emma alles geben würde, was sie geben konnte. Schließlich beruhigten sich die Gemüter. Man war sich auf halbem Weg entgegengekommen.

Go erinnerte sich, wie sie ihren Betrieb betreten hatte, nachdem alles geregelt war. Sie wurde von ihren Arbeitern mit lächelnden Gesichtern begrüßt; sie nickten und dankten ihr. Die etwa hundert in gleichförmigen Reihen aufgestellten Maschinen liefen wieder, Holz streifte gegen Metall und erfüllte den großen, offenen Saal mit einem singenden Geräusch. Im hellen Licht, das durch die Oberlichter fiel, wirkte die Szene wie im Blitz einer Kamera festgehalten. Auntie Go blinzelte und rieb sich die Nase, die vom herumschwebenden Staub der Woll- und Baumwollgarne kitzelte. Sie blieb stehen und inspizierte einen Ständer mit Baumwollpullovern. Waren die Maschen gleichmäßig? Schnitt und Farben perfekt? Der Ruf ihres Betriebs gründete sich auf Qualitätsarbeit. Zufrieden mit dem Ergebnis stieg Go die Holztreppe zu ihrem Büro hoch und schaute in den Saal hinab, wo sich alles so rasch bewegte, dass es ihr vor den Augen verschwamm.

Am Ende des Arbeitstages kam die alte Sum zu ihr. Sie klopfte, trat mit abgewandtem Blick ins Büro und wollte sich nicht setzen. Immer wieder schob sie die Hand in die Tasche ihrer Hemdbluse und zog sie wieder heraus. »Sie wissen, dass diese Dinge nicht geschehen wären, wenn es nach mir gegangen wäre«, sagte sie schließlich mit zaghafter, schüchterner Stimme.

Auntie Go lächelte ihre langjährige Mitarbeiterin an, die schon weit über sechzig war. »Manchmal braucht es eine Erschütterung, damit alles wieder an den richtigen Platz fällt. Erinnern Sie sich, wie Sie mir damals die Bedienung der Maschinen beibrachten? Sie sagten, ich müsse mich entspannen, Kopf und Finger würden bald ganz von selbst das Garn einfädeln und die richtigen Knöpfe drücken, ohne dass ich darüber nachzudenken bräuchte. Ich glaube, im letzten Jahr habe ich diesen Betrieb genauso geleitet: automatisch. Es ist Zeit, wieder neu nachzudenken.«

Die alte Sum blickte mit glänzenden Augen auf. »Aber die Arbeiter hätten mit Ihnen reden und nicht heimlich hinter Ihrem Rücken handeln sollen.«

»Wir müssen das Vergangene hinter uns lassen. Jetzt zählt für uns nur die Zukunft.«

»Eine blühende Zukunft!«, lächelte Sum und entblößte dabei ihre schiefen, verfärbten Zähne.

Auntie Go goss ein Glas Sherry ein und reichte es Sum, dann goss sie sich selbst eines ein. »Auf eine lange, blühende Zukunft!«, sagte Go und trank einen Schluck, der ihr warm, süß und wohltuend die Kehle hinunterrann.

Doch diese Reise nach San Francisco hatte eine besondere Bedeutung. Nichts würde Auntie Go davon abhalten, an Emmas Graduiertenfeier teilzunehmen, und wenn der *Westwind* seine Produktion einstellte! Schwierigkeiten hatte es schon genug gegeben. Flugtickets waren reserviert und dann storniert worden. Für Joan stand es schon fest, dass sie Auntie Go begleiten würde, als C. K. Chin höchstpersönlich eine Filmrolle mit ihr besetzte; daraufhin versuchte sie erfolglos, den Drehbeginn hinauszuschieben.

»Was soll ich machen?«, fragte Joan und lief in Auntie Gos Büro auf und ab. »Es ist zwar nicht die Hauptrolle, aber *Für immer verloren* ist ein gutes Familiendrama, und Lin Yus beste Freundin, die ich spielen soll, ist eine bedeutende Figur darin. Aber das Entscheidende für mich ist, dass Chin selbst mich gefragt hat.«

Im letzten Jahr waren Joan immer größere Rollen übertragen worden, und das Publikum begann, auf sie aufmerksam zu werden. In ihren letzten Filmen *Das Traumzimmer* und *Die drei Phönixe* hatte Joan neben der Hauptdarstellerin die zweitwichtigste Rolle gespielt. Kum Ling und Auntie Go waren gespannt, wie lange es noch dauern würde, bis Chin ihr eine Hauptrolle gab.

»Sie ist wirklich überzeugend«, hatte Kum Ling gesagt, als sie nach Joans neuestem Film das Queen's Theater verließen. »Findest du nicht, dass Joan die jüngere Schwester hervorragend dargestellt hat?«

Auntie Go lachte. »Joan konnte ja ihr ganzes Leben lang Moi-moi studieren!«

»Eine Person zu kennen ist etwas ganz anderes, als in ihre Haut zu schlüpfen!«

Zum ersten Mal hörte Go den hellen Unterton von Stolz und Hoffnung in Kum Lings Stimme.

Auntie Go saß da und hörte Joan mit verständnisvollem Nicken zu, goss sich heißen Tee ein und trank ihn in kleinen Schlückchen. »Dann hast du keine andere Wahl, sondern musst hier bleiben.« Im Geiste machte sie sich eine Notiz, das Flugticket ihrer Nichte zu stornieren.

»Glaubst du, Moi-moi wird mir jemals verzeihen?«, fragte Joan mit düsterer Miene.

»Natürlich wird sie das.«

»Ich schicke ihr gleich morgen ein Telegramm. Erzählst du ihr auch bestimmt, wie Leid es mir tut und dass ich es auf irgendeine Weise wieder gutmachen werde?«

»Ja, das weißt du doch.«

Als Joan sie mit einem traurigen Lächeln ansah, stellte Go erschüttert fest, wie sehr sie Kum Ling ähnelte.

Auntie Go hatte Kum Ling unermüdlich bearbeitet, sie solle sie doch auf dem Flug nach San Francisco begleiten. Doch ihre Cousine zauderte, wollte sich nicht festlegen und verwies auf Lew Hings Gesundheitszustand. Wenige Tage vor dem Abflug machte sie einen endgültigen Rückzieher.

»Du wirst ihr die Sache schon erklären«, verteidigte sich Kum Ling, als sie am Esstisch saß. Sie steckte ein Paar Perlenohrringe und ein goldenes Armband in einen bestickten roten Seidenbeutel und schob ihn Go hin. »Bitte, Go, gib Moi-moi das hier von mir. Sag ihr, dass es ihrem Ba-Ba nicht gut geht und dass ich bei ihm bleiben muss.«

Go strich über den glatten Seidenbeutel. Was Kum Ling da vorbrachte, war nur die halbe Wahrheit. Zwar war Lew Hing gesundheitlich angeschlagen, doch wenn Kum Ling vor der Reise nach San Francisco zurückschreckte, lag das zuallererst an ihrer Angst vor dem Fliegen. Kum Ling überstand schon kaum den Flug nach Tokio. Go erinnerte sich, wie sie einmal zusammen gereist waren und ihre willensstarke Cousine mit weißen Fingerknöcheln dasaß, die Armlehnen fest umklammernd, bis sie landeten. Es bestand kaum je die Aussicht, dass sie einen ganzen Ozean überqueren würde.

»Das klingt nach einer schwachen Ausrede.« Go ließ nicht locker, sie wollte Kum Ling nicht so einfach davonkommen lassen. »Moi-moi ist die erste aus unserer Familie, die studiert hat. Ihre Abschlussfeier ist keine Kleinigkeit, die man ruhig versäumen dürfte!«

Kum Ling schnalzte mit der Zunge und schob Kuchenkrümel auf dem Tisch herum. »Es ist eine so unglaublich weite Reise. Sie wird das schon verstehen«, sagte sie mehr zu sich selbst als zu Auntie Go. »Ich werde ihr einen Brief schreiben, in dem ich ihr alles erkläre.«

In der Stille, die zwischen ihnen entstand, hörten sie Foon in der Küche herumwirtschaften – Hackgeräusche, fließendes

Wasser, ein Topf, der mit Geklapper auf den Herd gestellt wurde.

»Schreib ihn noch heute Abend.« Go stand auf. »Er erreicht Emma schneller, wenn ich ihn mitnehme.«

Ein rasches Klopfen an der Tür weckte Auntie Go aus ihren Gedanken. Sie rieb sich ihr linkes Knie und erhob sich langsam. Emma stand im Flur und strahlte sie an. Auntie Go holte tief Luft und atmete langsam wieder aus. In dem Jahr, seit sie ihre Nichte zuletzt gesehen hatte, hatte sich Emma bemerkenswert gut entwickelt, ihre jugendliche Rundlichkeit war ausgeprägteren, schmaleren Zügen gewichen. Sie hatte sich die Haare kurz schneiden lassen, einen Pagenschnitt mit Pony, und trug einen blauen Wollpullover, einen Glockenrock und sportliche helle Schuhe mit dunklem Einsatz. So sah sie aus wie frisch vom College. Go mochte gar nicht daran denken, wie sie im Vergleich dazu in Emmas Augen gealtert sein musste.

»Moi-moi ... ich meine, Emma!« Go lachte. »Du siehst wunderbar aus! Richtig amerikanisch.«

Emma umarmte sie. »Ich freue mich riesig, dich zu sehen. Ich kann's gar nicht glauben, dass du wirklich hier bist«, sprudelte sie aufgeregt hervor.

»Komm rein, komm rein!« Go nahm Emma am Arm. »Wir haben so viel nachzuholen.«

»Ich freue mich so, dich zu sehen«, wiederholte Emma, als sie sich aufs Sofa setzte. In ihrer Stimme klang noch das junge Mädchen durch, das Auntie Go so gut kannte.

»Wir sind sehr stolz auf dich. Es tut mir leid, dass wir nicht alle kommen konnten.«

»Wie viele Leute haben schon eine Schwester, die sich nicht freimachen kann, weil sie einen Film dreht?« Emma lachte eine Spur zu schnell. »Und wie geht es Mah-mih?«

Auntie Go reichte ihr Kum Lings Brief und den roten Seidenbeutel. »Deine Mah-mih musste zu Hause bleiben, um sich um deinen Ba-Ba zu kümmern. Sie wäre hier, wenn sie könnte.«

Emma nickte und hielt den Seidenbeutel auf ihrem Schoß fest, ohne ihn aufzumachen. »Und Ba-Ba? Wie geht es ihm?«

Auntie Go schüttelte den Kopf. »Er ist gesundheitlich schon seit langem nicht mehr ganz auf der Höhe.«

»Er hat mir geschrieben, es ginge ihm gut, und ich bräuchte mir keine Sorgen um ihn zu machen«, sagte Emma mit angespannter Stimme.

»Dann solltest du dich an das halten, was er sagt«, beruhigte sie Auntie Go. »Du sollst auch wissen, dass deine Mah-mih gern gekommen wäre, aber Angst vor so langen Flügen hat. Kum Ling traut dem Schicksal nicht. Das hat sie nie getan.«

»Du schon.«

Auntie Go lachte. »Ich war nie klug genug, um Misstrauen zu entwickeln.«

Die Graduiertenfeier würde erst in zwei Tagen stattfinden, und Auntie Go war ganz aus dem Häuschen bei der Aussicht, Emma bis dahin für sich allein zu haben. Sie konnten in einer der schönsten Städte der Welt unternehmen, worauf immer sie Lust hatten. Go war entschlossen, aus diesem Wochenende ein Erlebnis zu machen, das Emma nie vergessen würde. Sie wollte auf alle Hügel steigen, von denen sie gelesen hatte – *Nob Hill, Russian Hill, Telegraph Hill ...*

Auntie Go saß als Zuschauerin in der fünften Reihe der überfüllten Aula des Lone Mountain College, wo ihre Nichte gleich ihren mit Auszeichnung bestandenen Abschluss entgegennehmen würde. Man glaubte schier ersticken zu müssen bei all dem Stimmengemurmel, schweren Parfum,

Haarspray und Schweiß in der Luft. »So eine Bullenhitze hier!«, hörte Go eine Männerstimme, darauf ein noch lauteres »Schsch!«

Auntie Go lächelte. Es war *wirklich* zu heiß in diesem brechend vollen Saal. Lange hatte sie überlegt, was sie anziehen sollte, bis sie sich für ein weinrotes Strickkostüm entschied, komplett mit passender Handtasche und Schuhen. Go trug nicht gerne Handschuhe. Irgendwie hatte sie das Gefühl, ihre Hände könnten darin nicht atmen. Trotzdem sah sie genauso aus, wie sie sich fühlte: eine stolze Mutter, die zusah, wie ihre Tochter akademische Ehren empfing.

Go zog die Strickjacke aus, fächerte sich mit dem Programm, das an den Rändern grün-golden verziert war, Luft zu und sah noch einmal nach, ob sich der Umschlag für Emma auch wirklich in ihrer Handtasche befand. In der Glückwunschkarte steckte ein schmales Stück weißes Pergamentpapier, mit dem 25 Prozent ihrer Besitzanteile am *Westwind* auf Emma überschrieben wurden. Joan würde dasselbe bekommen. Der Rest des Unternehmens würde ihnen nach Gos Tod zufallen, und sie könnten nach Belieben damit verfahren. Go schluckte bei dem Gedanken. Die Zukunft würde sich schon von selbst regeln.

Auntie Go saß zwischen zwei Elternpaaren eingeklemmt, die unablässig den Hals nach vorn und nach hinten reckten. Sie rutschten so viel auf ihren Sitzen herum, dass Go sie am liebsten *versteinert* hätte wie in einem jener Kinderspiele. Als Emmas Name aufgerufen wurde, hallte er in Gos Ohren wider wie ein Echo, das den riesigen Saal füllte. Auntie Go hatte das Gefühl, alles ringsum höre auf zu existieren. Heiße Tränen brannten ihr hinter den Augen. Emma, mit schwarzer Kappe und fließender Robe, die zu den Gewändern der Nonnen passte, schritt vorsichtig über die Bühne und streckte den Arm aus, um ihr Diplom in Empfang zu nehmen. Dann, kurz bevor sie den Rand der Bühne erreichte, drehte sich Emma um, und ihre Augen suchten und fanden Auntie Go. Ein dankbares Lächeln breitete sich über Emmas Gesicht aus, als sie die Hand hob und winkte.

Ein Frühlingstraum

1955

EMMA

Eine Mischung der kräftigen Gerüche von frischem Fisch, süßen Früchten, getrockneten Kräutern und Zigarettenrauch lag in der Luft, als Emma in Chinatown aus dem Bus stieg. Rasch ging sie die Straße entlang und schlängelte sich um die Trauben von Menschen herum, die ihr im Weg standen. Vor den zahlreichen Marktständen, die die Straße säumten, standen mit Einkaufstaschen beladene Männer und Frauen vor dem Durcheinander der Holzkisten und suchten Orangen, Mandarinen und chinesische Grapefruits fürs Neujahrsfest aus. Ihre hohen, gehetzten Stimmen erinnerten Emma an Foon und die anderen Dienstboten, die auf dem Markt drauflospalaverten oder im Hof gemeinsam die Wäsche wuschen. Emma stellte sich vor, Chinesisch müsse für die meisten Amerikaner wie Streiterei klingen, obwohl es nur Ausdruck einer Lebensweise war, ein Aufeinanderprallen von Stimmen, die um Gehör kämpften und im Chor durcheinanderriefen.

Gelegentlich war Emma mit anderen chinesischen Studentinnen ins Kuo Wah Restaurant oder Pacific Café essen gegangen, doch sonst hatte sie während ihres Studiums im Lone Mountain College Chinatown nicht allzu oft besucht. Jedes

Mal, wenn sie sich ins Getümmel seiner lauten Straßen stürzte, gaben ihr all die kleinen Ähnlichkeiten das tröstliche Gefühl, die Entfernung zu Hongkong und ihrer Familie wäre gar nicht so groß. Manchmal überfiel sie heftiges Heimweh allein schon beim Aussprechen der vertrauten Namen – Ba-Ba, Mah-mih, Auntie Go, Joan. Emma musste wiederholt darüber staunen, wie ihr tausend Kleinigkeiten aus ihrer Kindheit in die Gegenwart folgen und sie immer noch so stark berühren konnten.

Emma blieb vor dem Golden Harvest Market stehen, wo ein rotgoldener Kalender für das Jahr 1955 im Schaufenster hing. Ein überlebensgroßer Widderkopf mit spiralförmigen Hörnern starrte ihr entgegen, umringt von den elf anderen Tierzeichen, die ihr nie alle einfielen – *Drache, Affe, Pferd, Tiger, Ratte, Schwein, Hahn, Hase, Schlange* ... Ihre Augen wanderten weiter und beobachteten das Geschiebe und Gedränge der Leute, die alle auf der Jagd nach den besten Früchten waren. Sie erinnerte sich, wie sie als kleines Mädchen die warme, glatte Hand ihrer Mutter gehalten hatte, während sie vor einem chinesischen Neujahrsfest über den von Menschen wimmelnden Markt gingen. Mah-mih wirkte mit ihrem makellosen Make-up und dem seidenen *cheungsam* ausgesprochen fehl am Platze, doch Emma war glücklich wie noch nie und sog den süßen, blumigen Duft ihrer Mutter ein, als sich Mah-mih zu ihr herunterbeugte und flüsterte: *»Ein Geheimnis, Moi-moi ... die Orangen mit der glatten, dünnen Schale sind immer die süßesten.«* Sie reichte Emma eine wachsartige Frucht, die glänzte wie der Mond. Emma trug ihr Geheimnis mit sich herum wie ein Geschenk, nur um später zu entdecken, dass Joan schon seit Jahren über die glattschaligen Orangen informiert war.

Emma lächelte bei der Erinnerung und fragte sich, ob es wohl alle Leute, die sich zu den Holzkisten vorkämpften, auf dieselben süßen, dünnschaligen Orangen abgesehen hatten.

Sie zog ihren Mantel enger um sich und ging weiter. Der Februar war kalt, es wehte ein scharfer, stechender Wind. Sie konnte es kaum noch erwarten, dass der Frühling kam.

Sie bog in die Washington Street ein, denn dort war sie zu ihrem Vorstellungsgespräch beim chinesischen Freizeitzentrum verabredet. Ihr Studium am Lone Mountain College lag nun schon fast acht Monate zurück, aber bei der Suche nach einer Stelle – von einigen kurzfristigen Bürojobs abgesehen – hatte sie bisher kein Glück gehabt.

Emma erinnerte sich an die Tage vor der Graduiertenfeier, als sie und Auntie Go einen Nachmittag im Golden Gate Park verbrachten, im berauschenden Duft süßer Blüten und frisch gemähten Grases. Am späten Nachmittag hatten sie im japanischen Teegarten Tee getrunken. Sie nippten an dem bitteren grünen Getränk, knabberten Reisgebäck und schauten auf einen großen Teich mit einer Holzbrücke hinaus.

»Was hast du nach dem Studium für Pläne?«, fragte Auntie Go und griff nach einem winzigen quadratischen Cracker.

Emma zuckte mit den Achseln. »Ich möchte noch eine Weile in San Francisco bleiben und arbeiten. Ich weiß, dass Mahmih darüber nicht allzu glücklich sein wird. Aber jetzt, nach dem Abschluss des Studiums, hätte ich gerne noch ein bisschen Zeit, um diese Stadt besser kennen zu lernen. Es gibt hier noch so viel zu entdecken! Vielleicht ein, zwei Jahre Sekretariatsarbeit oder einfache Buchführung, stelle ich mir vor. Sodass ich in meiner Freizeit weiter Malunterricht nehmen könnte. Glaubst du, Mah-mih wäre sehr gekränkt?«

Auntie Go trank einen Schluck Tee. »Deine Mutter wird erst toben und die Sache dann akzeptieren«, sagte sie nüchtern. »Sie vermisst dich, Moi-moi, auch wenn sie es nicht laut sagt. Und jetzt, wo Joan den ganzen Tag im Studio ist ...«

»Ich vermisse euch auch. Du kannst dir gar nicht vorstellen, wie viel es für mich bedeutet, dass du hier bei mir bist.«

Auntie Go legte ihre Hand auf die von Emma. »Nicht um alles in der Welt hätte ich darauf verzichten wollen.«

Emma lächelte. »Dann ist Joan also endlich glücklich mit ihrer Schauspielerei. Ich hoffe nur, sie wird eines Tages die Zeit finden, mich hier zu besuchen. Vielleicht, wenn sie ein großer Star geworden ist!«

»Dafür drück ich ihr schon mal die Daumen, das schadet nie.« Auntie Go umschloss ihre Teeschale aus Ton mit beiden Händen.

»Für mich bitte auch.«

Auntie Go hob einen gedrückten Daumen hoch und sagte: »Nur für ein bisschen zusätzlichen Schutz. Du hast studiert, Moi-moi. Da wirst du deinen Platz im Leben ganz sicher finden.«

Der Wind wehte ihr eisig ins Gesicht. Im chinesischen Freizeitzentrum stand Emma ihr drittes Vorstellungsgespräch in dieser Woche bevor. Es ging wie auch bei den ersten beiden Stellen in einer Versicherungsgesellschaft und einer Buchhaltungsfirma um einen Bürojob. Beide Male hatte Emma in frostigen Großraumbüros sitzen müssen, und mit ihren vierundzwanzig Jahren beschlich sie die Frage, ob ihre Entscheidung, in San Francisco Arbeit zu suchen, richtig gewesen war. Ihre Fähigkeiten als Sekretärin waren bestenfalls begrenzt, doch nach einem Kunststudium blieben ihr als Frau wenig andere Möglichkeiten.

Seit den letzten beiden Monaten war ihre Finanzlage angespannt. Emma wollte Mah-mih nicht beunruhigen und schrieb deshalb nach Hause: *Es gibt immer Aushilfsjobs, wenn ich einen brauche.* Wenn Ba-Ba kränkelte, hatte ihre Mutter ihre eigenen finanziellen Sorgen, wie Emma wusste. In Wahrheit tat sich Emma schwer mit Steno und Maschinenschreiben und war im letzten Monat auch als Aushilfe nicht mehr verlangt worden. Sie hatte von ihren mageren Ersparnissen gelebt und dem stetigen Strom von ›Glücksgeld‹, der jeden Monat von Auntie Go eintraf.

Emma konnte immer noch nicht ganz glauben, dass ihre Studienzeit vorüber war. Sie hatte gerade erst begonnen, das Studentenleben richtig zu genießen, als der geordnete Rhythmus von Unterricht und Lernen ein Ende fand. Emma erinnerte sich an ihre Anfangsschwierigkeiten während der ersten sechs Monate in Lone Mountain. Manchmal, wenn sie besonders viel Heimweh hatte, las sie in Briefen von Mah-mih, Joan und Auntie Go in der Hoffnung, dass deren Worte etwas von ihrer inneren Leere füllen würden.

Auntie Hongs Nichte heiratet nächsten Monat, schrieb Mahmih. Das ist die mit dem langen Gesicht, die, wie manche sagen, einem Pferd ähnelt. Aber du kennst ja den Spruch: Wenn du Ähnlichkeit mit einem Tier hast, bist du ein Glücksbringer. Oder Auntie Gos ruhige Stimme: *Die Geschäfte gehen gut. Ich hoffe, dass ich dich Ende des Jahres in San Francisco besuchen kann, wenn alles läuft wie geplant.* Und schließlich Joan: *Ich kann es kaum glauben, dass ich wirklich für C. K. Chin arbeite. Meine erste Massenszene war ein Erfolg, auch wenn man mich kaum sehen kann! Drück mir die Daumen, dass mich nächstes Mal jemand bemerkt.* Immer wenn Emma diese Worte las, drückte sie unwillkürlich beide Daumen.

Dank zweier neuer Freundinnen, Sylvia Lu und Margaret O'Leary, begann Emma, sich langsam in ihrer neuen Umgebung einzuleben. Sylvia und Margaret waren so verschieden wie Tag und Nacht und irgendwie ein Abbild von Emmas altem und neuem Leben. Sylvia, die aus einer reichen Hongkonger Familie stammte, war klein und zierlich, ein richtiges Energiebündel. Ihre Freistunden verbrachte sie statt mit Studieren mit Einkaufen, mit »*Zeitkaufen*«, wie sie lachend sagte, bis sie nach dem Abschluss wieder nach Hongkong zurückkehren könnte.

»Warum bist du eigentlich hergekommen?«, fragte Emma eines Abends beim Essen im dunklen, imposanten Speisesaal.

»Ba-Ba möchte, dass ich eine gute Ausbildung bekomme«, antwortete Sylvia, griff nach ihrer Handtasche und öffnete den Schnappverschluss. Sie hatte ihr Essen, einen grauen Hackbraten, grüne Dosenbohnen und dicke Kartoffelbrocken, kaum angerührt.

»Das ist doch keine schlechte Idee.« Emma stocherte in einem weißen Kartoffelberg herum.

»Er erhofft sich durch diese Erfahrung einen Gewinn für meine Persönlichkeit.« Sylvia lachte und holte eine silberne Puderdose und einen Lippenstift heraus.

Emma war nicht sicher, ob sie lachen sollte oder nicht, bis Sylvia sie mit dem Ellbogen anstupste.

»Ich hab auch gar nichts dagegen«, schwatzte Sylvia weiter, »ich krieg soviel Grips mit, wie mein Vater mit seinem Geld kaufen kann. Und San Francisco ist als Stadt nicht übel.« Sie klappte die Puderdose auf und puderte sich ihre Nase auf beiden Seiten. »Aber manchmal vermisse ich meine Familie.«

Emma schluckte; ein dumpfer Schmerz zog durch ihren Körper und machte bei ihrem Herzen Halt. »Ich auch«, flüsterte sie und fragte dann: »Was hat dich am meisten überrascht, als du hier ankamst?«

Prompt antwortete Sylvia: »Alles war kleiner, als ich erwartet hatte. Sogar die Stadt selbst. Ganz zu schweigen von den Zimmern hier, die nicht größer sind als mein Wandschrank zu Hause! Und wie steht's mit dir?«

»Das fade Essen«, sagte Emma und deutete auf ihr Tablett. »Und manchmal haben die Leute hier so lässige Umgangsformen. Die Studenten gehen barfuß. Und die Verkäuferinnen nennen mich *honey* oder *dear*, obwohl sie mich gar nicht kennen.«

Sylvia nickte lachend. »Und was gefällt dir *am besten* an San Francisco?« Sie schraubte ihren rubinroten Lippenstift auf und zog ihre vollen Lippen nach.

»Dass einem alles offen steht«, sagte Emma, und die Worte entschlüpften ihr ohne großes Nachdenken. »Ich habe das Gefühl, hier könnte ich alles werden, was ich möchte.«

»Ich möchte nichts weiter als nach Hongkong zurückkehren«, seufzte Sylvia und ließ ihre Puderdose zuschnappen.

Trotz ihrer Verschiedenheit hatten Sylvia und Emma durch ihre Herkunft etliches gemeinsam, und sie plauderten mit viel Gelächter über Menschen und Orte, die die Freuden ihrer Kindheit wieder wachriefen. Als Joans Brief mit der Nachricht eintraf, sie hätte bei C. K. Chins Filmgesellschaft *Tigerkralle* Arbeit bekommen, war dieser Name Sylvia bereits ein Begriff. Sylvia brachte auch ein neues Element in Emmas Leben: Verabredungen mit Jungs. Doch nachdem sie ein paar Mal zu viert essen und tanzen gegangen waren, durchschaute Emma die Oberflächlichkeit von Sylvias Freunden, die vom selben Schlag waren wie die verwöhnten reichen Jüngelchen, mit denen sich Joan in Hongkong getroffen hatte. Und während ihr *The Tennessee Waltz* und *Apple Wine and Cherry Blossom Time* noch lästig in den Ohren weiterklangen, schwor sich Emma, nie mehr mit solchen Leuten auszugehen.

Maggie O'Leary war ganz das Gegenteil von Sylvia, nicht nur in ihrer Persönlichkeit, sondern auch schon von der Körpergröße her. Als Spross einer irisch-katholischen Familie hatte sie feuerrote Haare und überragte Emma um fast einen Kopf. Sie war eine ernsthafte, ehrgeizige Studentin mit echtem Interesse für die Wissenschaft.

Zu Hause bei Maggie im Richmond District feierte Emma

ihr erstes amerikanisches Thanksgiving-Fest. Anschließend wurde der Philco-Fernseher eingeschaltet, und sie erlebte das Wunder der *Milton Berle Show*.

Beim Essen saß Emma zwischen Maggie und Mrs. O'Leary. Die fünf jüngeren O'Leary-Kinder, die sich gleich auf Emma gestürzt hatten, als sie mit Süßigkeiten und Blumen eintraf, wandten ihre Aufmerksamkeit dem mit Essen beladenen Tisch zu.

»Und auf welches Fach möchten Sie sich spezialisieren, Emma?«, erkundigte sich Mrs. O'Leary, eine grobknochige, ebenfalls rothaarige Frau mit freundlichem Gesicht.

Emma kaute an einem Bissen trockenem Truthahnfleisch herum, das sie sorgfältig von dem roten Klecks fern hielt, bei dem es sich, wie man ihr erklärt hatte, um süße Preiselbeersauce handelte. »Im Moment sieht es so aus, als wäre es Kunst«, antwortete sie und trank einen Schluck Wasser.

»Emmas Schwester in Hongkong ist Schauspielerin«, warf Maggie ein.

»Tatsächlich? Eine Schauspielerin! Ist sie berühmt?«, fragte Mrs. O'Leary.

»Sie ist auf dem Weg, es zu werden.« Emma strahlte.

»Unsere Maggie wird einmal Ärztin werden«, sagte Mrs. O'Leary stolz. »Das wollte sie schon immer. Wenn man bedenkt, dass ich nicht einmal die High School abgeschlossen habe! Wir leben wirklich in einem wunderbaren Land.«

Emma nickte nur lächelnd. Manchmal wünschte sie sich, sie hätte für ihr Leben auch solche konkreten Pläne wie Maggie. Sie hatte keine Ahnung, was sie mit einem Abschluss in Kunst anfangen sollte, doch die Kunst hatte es ihr nun einmal angetan. Emmas Augen wanderten rasch durch den gemütlichen Raum, in dem kein Eckchen leer geblieben war, bis ihr Blick auf den Porzellanfiguren hängen blieb, die hinter Mrs. O'Leary reihenweise in den Wandregalen standen. Die meisten davon waren Tiere – Schildkröten, Pferde, Schwäne und Vögel.

»Noch ein Stück Fleisch?« Mrs. O'Leary hob lächelnd eine Scheibe Truthahn hoch. Emma lehnte höflich ab, woraufhin einer von Maggies jüngeren Brüdern sich die Scheibe rasch sicherte.

Es gab so viele jüngere O'Learys, dass Emma den ganzen Abend brauchte, bis sie sich die Namen aller Kinder merken konnte. In absteigender Reihenfolge waren da Patrick, Daniel, Barbara, Sean und die Jüngste, die Mary hieß. Emma wurde es zum ersten Mal wirklich bewusst, was es hieß, in einer großen, lauten Familie aufzuwachsen, in der jedes Kind um Aufmerksamkeit buhlte. Sogar Maggie ging im Kreis ihrer Familie aus sich heraus, als spränge eine geheime Tür auf, aus der sich eine Flut lärmender Stimmen in den Raum ergoss.

Jedes Mal, wenn Emma bei den O'Learys zum Essen eingeladen war, musste sie an Joan denken, und sie wünschte sich, sie hätten mehr Geschwister, die Mah-mih beschäftigt hielten.

Sylvia war nach Hongkong zurückgekehrt, und Maggie hatte einen Studienplatz für Medizin bekommen. Für diese beiden lief das Leben ganz nach Plan, während Emma das Gefühl hatte, in einem leeren Raum zu treiben. Als junges Mädchen wollte sie unzählige Reisen unternehmen und vieles ausprobieren. Jetzt musste sie ihre Zeit auf Jobsuche verbringen, damit sie im Bellevue-Apartmenthaus für Frauen, wo sie seit Abschluss ihres Studiums wohnte, die Miete bezahlen konnte.

Emma wusste, dass sie Auntie Go jederzeit telegraphisch um Hilfe bitten könnte, wenn ihre Reserven aufgezehrt wären. Aber noch hatte sie nicht die Absicht, aufzugeben. Doch wenn sie nicht bald eine feste Stelle fände, würde Mah-mih auf ihrer Rückkehr nach Hongkong bestehen. Schon jetzt beschränkte sich ihre Mutter in ihren Briefen nicht mehr auf bloße Andeutungen: *Jetzt, wo du etwas von der Welt gesehen hast, wäre es an der Zeit, dass du nach Hause kommst und ein geregeltes Leben beginnst.* Oder: *Joan will überhaupt nicht auf mich hören! Vielleicht kannst du sie zur Vernunft bringen, wenn du nach Hause kommst. Sie beharrt weiter auf dieser Schauspielerei.*

Jedes Mal, wenn Emma in ihr Apartment zurückkehrte, brach ihr schon beim Gedanken, dass vielleicht ein Brief von Mah-mih auf sie warten könnte, der Angstschweiß aus.

Emma war nur einmal in den fünf Jahren, seit sie in San Francisco lebte, nach Hongkong zurückgekehrt. Die drückende Hitze jenes Sommers verdichtete sich für sie in der Erinnerung zu einem bestimmten Geruch, als sie in Begleitung Mah-mihs in ihre stickige Hongkonger Wohnung trat. Hier schlugen ihr all die herrlich vertrauten Düfte entgegen: Mah-mihs Parfum, Stockfisch, Kräuter und das heiß geliebte Aroma, das aus Foons Küche drang. Da löste sich die Sehnsucht, die Emma das ganze Jahr bedrückt hatte, mit ein paar kurzen Schritten auf und verschwand.

Foon kam aus der Küche; sie fasste Emma scharf ins Auge und sagte: »Du bist zu mager.«

»Ich habe dein Essen vermisst«, platzte Emma heraus. »Meine Schule könnte dich dringend in der Küche brauchen!« Am liebsten hätte sie die alte Dienerin umarmt, doch sie wusste, dass Foon mit Worten besser zurechtkam.

Foon lächelte, und ihr Goldzahn blinkte so wunderbar vertraut. »Hab dir eins von deinen Lieblingsgerichten gekocht. Gefüllte Bittermelone.«

Außer Foons Essen fieberte Emma noch etwas anderem mit großer Aufregung entgegen: Endlich würde sie Joan auf der Leinwand zu sehen bekommen. Und obwohl ihre Schwester in dem Film nur eine kleine Rolle spielte – eine Frau in einer Massenszene, die schreit und in Ohnmacht fällt, als ihr ihr

Kind entrissen wird –, wusste Emma ab dem Moment, als die Kamera auf Joans schönem, eindrucksvollem Gesicht verweilte, dass das Wort STAR in Großbuchstaben auf ihrer Stirn geschrieben stand. Emma hielt die Luft an und wagte nicht weiterzuatmen, bis die kurze Szene vorüber war.

»Du warst so schön! So tragisch«, rief Emma, als die Lichter wieder angingen. Ringsum standen die Leute auf und schoben sich zum Ausgang. Im ganzen Kinosaal roch es nach getrockneten Pflaumen und chinesischem Dörrfleisch. Emma blieb neben Joan sitzen und hielt immer noch ihren Arm umklammert; Mah-mih saß auf der anderen Seite. Auntie Go hatte sich für die Nachmittagsvorstellung nicht freimachen können, würde aber später beim Tee im Peninsula Hotel zu ihnen stoßen.

»Diesmal war es eine viel größere Rolle«, sagte Mah-mih und tat damit ihren Beifall kund.

Joan lächelte. »Es ist nicht so viel von mir auf dem Boden der Cutterin gelandet.«

»Passiert so was wirklich?«, erkundigte sich Emma.

»Öfter als du ahnst, Moi-moi!«, lachte Joan.

Nach dem Treffen im Peninsula Hotel gingen Mah-mih und Auntie Go zu einem Geburtstagsbankett, und Emma und Joan hatten die seltene Gelegenheit, zu Hause einen ungestörten Abend miteinander zu verbringen. Emma schwirrte noch der Kopf von dem Erlebnis, Joan auf der Leinwand gesehen zu haben. Foon hatte für sie chinesische Pilze mit Pak Choy und Rindfleisch in Austernsauce gekocht, und sie ließen sich das Essen ausgiebig schmecken, bevor sie ins Wohnzimmer übersiedelten, um Ba-bas teuren Sherry zu trinken.

»Ich fühle mich, als wäre ich jahrelang fort gewesen.« Emma nippte genießerisch an ihrem Sherry, der ihr süß und warm die Kehle hinunterrann. »Ich kann es kaum glauben, wie stark sich Hongkong in diesem einen Jahr verändert hat! Überall stehen neue Gebäude, und dann diese Menschenmassen!«

Joan nickte. »Seit dem Krieg sind wir ein richtiger Magnet geworden, und das natürlich erst recht, seit die Kommunisten in China an der Macht sind ... Wahrscheinlich bleibt nichts sehr lange, wie es einmal war.«

»Du brauchst nur dich anzusehen!«, lachte Emma. »Du bist ein echter Filmstar geworden!«

»Du meinst, eine Statistin.«

Emma erhob ihr Glas. »Ich meine, ein aufsteigender Stern am Filmhimmel!«

»Was für ein Jahr! Ich hätte nie gedacht, dass sich mein Leben so dramatisch verändern könnte.«

»Ich wusste, dass du alles schaffst, was du willst.«

Nun erhob Joan ihr Glas. »Und auf meine reizende Schwester, die erste Akademikerin der Familie Lew. Wenn Professor Ying dich jetzt sehen könnte!«

Emma lehnte sich auf dem Sofa zurück und lachte. Der Trinkspruch klang gut – falls sie das Studium überhaupt durchstehen würde. Sie trank wieder einen Schluck Sherry und entspannte sich. »Hast du eigentlich daran geglaubt, dass wir es wirklich so weit bringen würden?«

Joan lächelte und schenkte sich nach. »Erinnerst du dich, wie du mich damals beim Schuldenkassieren begleitet hast?«

»Klar.«

»Ich hatte Angst, du würdest mich für eine Versagerin halten, wenn ich kein Geld einnähme.«

Emma schoss das Blut in die Wangen; sie sah ihre Schwester an. »Wie konntest du nur auf solche Gedanken kommen? Auf der ganzen Welt gibt es niemand, der tapferer wäre als du. Das gilt für damals genauso wie für jetzt!«

Joan errötete. »Ich hoffe, du hast Recht. Ich will jetzt einfach nicht die Flinte ins Korn werfen. Ich wünschte, Mah-mih hätte genauso viel Vertrauen zu mir wie du.«

Emma stellte ihr leeres Glas auf den Tisch. »Lass ihr ein bisschen Zeit. Sie wird ihre Meinung schon noch ändern, wenn sie sieht, was für ein großer Star du wirst.«

»Ich hoffe, wir können bald beide vor ihr glänzen«, sagte Joan und drückte Emma fest die Hand.

Das chinesische Freizeitzentrum war ein alter Bau aus roten Ziegeln, zwischen der Powell Street und der Mason Street gelegen – das jedenfalls hatte ihr der Mann am Telefon erzählt. Da es für ihren Termin um zwei Uhr noch zu früh war, bummelte Emma in einigen chinesischen Antiquitätengeschäften weiter oben an der Straße herum, bis die Zeit für ihr Vorstellungsgespräch heranrückte.

Das Büro der Verwaltung lag am Ende des schmalen, dunklen Vorraums neben einer Anschlagtafel. Die schmutzige grüne Tür flog mit einem Knall auf, und ein chinesischer Junge von etwa zwölf oder dreizehn Jahren trat heraus, in der Hand einen Basketball, den er ein-, zweimal auf dem Boden aufprallen ließ. Er lächelte sie schüchtern an.

»Wilson kommt gleich zurück. Er hat mir gesagt, ich soll hier auf Sie warten.«

»Danke.« Emma erwiderte sein Lächeln. Der Junge war dünn, aber fast genauso groß wie sie. Seine Haare glänzten vor Schweiß, an den Seiten waren sie so kurz abrasiert, dass die Kopfhaut weiß durchschien. Vom Haaransatz lief eine dünne Schweißspur den Hals hinunter. Er machte einen schüchternen Eindruck.

Das Büro war klein und voll gestopft, der Schreibtisch mit Papieren übersät. An einer Wand standen drei hohe graue Aktenschränke. An der Wand gegenüber hingen schwarz gerahmte Fotos der Basketballmannschaften, die in den letzten

Jahren die Chinatown-Meisterschaften gewonnen hatten. Die Jungen auf den Fotos ähnelten alle dem Jungen vor ihr – mager, schlaksig und mit Korbbällen vertrauter als mit Mädchen. Daneben hing noch ein Kalender von 1954.

»Sie können sich hier hinsetzen und warten. Wilson ist gleich da«, wiederholte der Junge.

»Danke.« Emma lächelte erneut und setzte sich.

Der Junge schien erleichtert und drehte sich zum Gehen um. »Es dauert nicht lang«, sagte er noch einmal in beschwichtigendem Ton und schloss die Tür hinter sich.

Einen Augenblick später flog die Tür wieder auf, und ein kleiner, drahtiger Mann in weißem T-Shirt, brauner Hose und braunem Pulli kam herein. Um seinen Hals hing eine silberne Pfeife.

»Miss Lew, ich bin Wilson Chang. Tut mir leid, dass ich mich verspätet habe. Wir hatten ein kleines Problem in der Turnhalle. Ich hoffe, Sie warten noch nicht lange?«

»Nein, ganz und gar nicht.«

Er schüttelte Emma die Hand. Seine war überraschend warm und weich. Dann zog er eine braune Mappe aus einem Stapel auf seinem Schreibtisch hervor und setzte sich.

»Entschuldigen Sie das Durcheinander hier, Sie sehen schon, dass ich jemand suche, der sich um das Büro kümmert.« Er blickte auf und lächelte.

Emma nickte. Sie drückte ihre Handtasche fester an sich und rutschte auf dem Stuhl herum, während er ihre Bewerbung studierte.

»Sie haben nicht viel Erfahrung mit Büroarbeiten«, sagte er, ohne nach beschönigenden Worten zu suchen. »Collegeabschluss, in Kunst. Etwas Farbe könnten wir hier gut gebrauchen«, brummte er und nahm den Blick nicht von ihrer Akte.

Emma wäre am liebsten aufgesprungen und gegangen. Erst ließ er sie warten, und dann hatte er noch nicht einmal den

Anstand besessen, vor ihrer Ankunft wenigstens einen Blick auf ihre Bewerbung zu werfen. Manchmal waren ihr die Amerikaner wirklich *zu* salopp. Sie versuchte zu lächeln und saß verkrampft da.

»Sie sind in Hongkong geboren und aufgewachsen. Das bedeutet vermutlich, dass Sie fließend Kantonesisch sprechen?«

Emma umklammerte den Griff ihrer Handtasche. »Selbstverständlich spreche ich Kantonesisch«, entfuhr es ihr, Höflichkeit war ihr inzwischen egal.

Über die Akte gebeugt, blickte er zu Emma hoch. »Aha. Schön, Sie können den Job haben, wenn Sie ihn wollen. Es ist wichtig, dass Sie fließend Kantonesisch sprechen, weil die meisten Anrufe von Eltern aus dem Ursprungsland kommen, die sich über unser Angebot informieren wollen. Das Gehalt wäre bis auf weiteres sechzig Dollar die Woche.«

Emma war wie vor den Kopf geschlagen. Sie stand so schnell auf, dass sie beinahe den Stuhl umwarf. »Sind Sie sicher?«

»Absolut. Sie sehen aus wie jemand, der dieses Chaos in den Griff kriegen und Anrufe entgegennehmen kann.« Er wedelte mit der Hand über seinen Schreibtisch.

»Wann soll ich anfangen?«

»Wäre morgen um neun Uhr zu früh?«

»Das passt mir ausgezeichnet.« Emma lächelte verlegen und wandte sich zum Gehen. Nach kurzem Zögern drehte sie sich wieder zu Wilson Chang um. »Ich glaube, ich sollte Ihnen gestehen, dass ich nicht sehr schnell tippen kann.«

»Kann ich auch nicht«, meinte er nur und erhob sich von seinem Stuhl. »Aber kann ich mich darauf verlassen, dass Sie pünktlich hier sind und mir helfen, dieses Chaos aufzuräumen?«

Emma ließ den Blick durch das kleine Büro schweifen, in dem sich alles übereinander stapelte, und lächelte.

»Ja. Ja, das können Sie.«

»Dann sehen wir uns also morgen«, verabschiedete er sich hastig. »Es tut mir leid, wenn ich Sie drängen muss, aber wir haben in zehn Minuten ein Spiel.«

Als Wilson ihr seine Hand entgegenstreckte, staunte sie wieder über deren Wärme, die sie wie ein Handschuh umhüllte und auch nicht mehr verließ, als er den Händedruck löste.

Auf dem Heimweg machte Emma beim Golden Harvest Market halt, weil sie Appetit auf etwas Selbstgekochtes hatte. Mit den Jahren verlor sich ihr Heimweh immer mehr, und sie richtete sich in ihrem neuen Leben ein, doch gelegentlich ließ ihr die Erinnerung an eines von Foons Gerichten das Wasser im Mund zusammenlaufen, und es überkam sie ein starkes Verlangen danach. Emma schob sich durch die staubigen, überladenen Regalreihen des Ladens, in dem es schwach nach Arzneimitteln roch, und kaufte sämtliche Zutaten für gefüllte Bittermelone, eine von Foons Spezialitäten. In einer braunen Tüte transportierte sie alles Notwendige nach Hause: schwarze Pilze, mageres Hackfleisch vom Schwein, die faustgroße, torpedoförmige Bittermelone und eine Flasche Austernsauce. Emma hatte Foon und Joan bei der Zubereitung dieses Gerichts so oft zugesehen, dass sie sicher war, sie könnte es mühelos nachkochen.

Stunden später gab Emma ihre Versuche auf, setzte sich vor eine Schüssel gekochten Reis und überlegte, ob sie sich vielleicht ein Spiegelei dazu braten sollte. Durch die dünnen Wände dröhnte von nebenan die *Jackie Gleason Show.* Emma konnte die Worte nicht im Einzelnen verstehen, hörte aber Stimmen, die gelegentlich anschwollen, worauf dann eine Hammondorgel und mechanisch klingendes Gelächter ertönten. Vor ihr lag die matschige Melone, mit dem grauen Fleisch zu einem unappetitlichen Brei vermengt. Die Sache hatte nicht einmal eine entfernte Ähnlichkeit mit dem, was Foon und Joan zu Hause gekocht hatten. Emma ging die Arbeitsschritte im Geiste noch einmal durch: Sie hatte die Melone geschält, in der Mitte ausgehöhlt und von den Kernen befreit; dann hatte sie den Knoblauch und die Pilze klein geschnitten und mit dem Schweinefleisch vermischt. Nachdem sie die Melone damit gefüllt hatte, schnitt sie sie in drei Zentimeter dicke Scheiben. Emma besah sich die wässrige, verkochte Pampe vor ihr. Sie hatte wahrscheinlich zu viel von dem Melonenfleisch entfernt und das Gericht zu lange schmoren lassen. Im Gegensatz zu Joan waren ihre Fähigkeiten, was das Kochen anlangte, bestenfalls rudimentär.

Emma sah zu Joans letztem Brief hinüber, der neben *Anna Karenina* und der Zeitung von gestern auf der anderen Seite des Tischs lag. Die Schlagzeile lautete: *Präsident Eisenhower zur Verteidigung Formosas ermächtigt.* Emma konnte sich nicht vorstellen, dass Joan jetzt viel Zeit zum Kochen hatte, wo sie so kurz vor dem Durchbruch zum Star stand. Sie hatte Emma von ihrem neuen Vertrag mit der Filmgesellschaft *Tigerkralle* berichtet: *Ist das zu fassen? Chin hat mir versprochen, innerhalb eines Jahres würde ich eine Hauptrolle in einem seiner Filme bekommen.* Emma lächelte über die Aufregung, die in den Worten ihrer Schwester durchklang. Sie stocherte in der Melone und dem Schweinefleisch, die nach nichts schmeckten, herum und schmiedete bereits Pläne, zur Premiere nach Hongkong zu fliegen.

Am nächsten Morgen begann Emma mit ihrer Arbeit im chinesischen Freizeitzentrum; sie kam eine halbe Stunde früher und blieb fast bis sechs Uhr. Wilson Chang erklärte ihr, was sie tun sollte und was nicht, und ließ ihr ansonsten freie Hand, denn er zog das Training mit den Jungs in der Turnhalle dem Durcheinander seines Schreibtischs vor. Er ließ aus dem Keller einen alten Schreibtisch samt Stuhl für sie hochbringen, den sie in eine kleine Kammer neben seinem Büro quetschten. Emma beantwortete telefonische Anfragen, ordnete seine Papiere alphabetisch in Mappen ein und verstaute sie in den Schränken. Es war simpel genug, doch Wilson war sichtlich dankbar, obwohl er nicht viele Worte machte, sondern nur schüchtern auf Zehenspitzen um sie herumschlich.

Am Ende der ersten Woche konnte Emma einige Ähnlichkeit mit einem Büro erkennen, in dem sich arbeiten ließ. Als sie den Mantel anzog und zum Ausgang ging, tauchte Wilson aus der Turnhalle auf; in seinem T-Shirt und den Tennisschuhen sah er so jung aus wie mancher seiner Spieler.

»Vergessen Sie nicht«, sprach er sie an, »alle Überstunden aufzuschreiben, die Sie diese Woche gemacht haben.«

»Aber ich ...«

»Sie haben bisher prima Arbeit geleistet«, lobte Wilson sie mit freundlicher Stimme. »Schönes Wochenende dann.«

»Ihnen auch.« Emma lächelte.

Sie standen sich einen Augenblick lang in befangenem Schweigen gegenüber, bis Wilson sich umdrehte und in sein Büro verschwand.

Schönheit – was hat man davon?

1956-1957

JOAN

Joan stieß gegen den Schminktisch in ihrer Garderobe, dass die zahlreichen Döschen und Fläschchen klapperten. Mit fast dreißig stand sie auf der Schwelle zum Ruhm. Sie bereitete sich auf die Schlussszene von *Der längste Tag* vor, hoffentlich der letzte Film, in dem sie nur eine Nebenrolle hatte. Manchmal, wenn sie tief in Träumereien versank, hörte sie schon tosenden Applaus, spürte das Gedrängel der sich langsam vorwärtsschiebenden Menge, das heiße Scheinwerferlicht und die Kameras, die sie mit schneeweißem, blendendem Blitzlicht übergossen. Joan wurde ganz bang bei dem Gedanken, dass ihre Filmkarriere nach Jahren ausdauernder, harter Arbeit nun tatsächlich Wirklichkeit wurde. Sie biss sich in den Daumennagel und wagte nicht an die Folgen zu denken, wenn ihr nächster Film, *Die Geschichte einer Frau,* in dem sie die Hauptrolle spielen sollte, beim Publikum durchfiele.

Ein plötzliches Flattern ließ Joan zusammenzucken. Sie drehte sich um und sah, wie der Luftzug die Seiten ihrer Filmzeitschriften umblätterte, die auf dem Tisch unter dem offenen Fenster lagen. Die glatten Hochglanzbilder des *Movie Mirror* erinnerten sie leise daran, wie die wirklichen Filmstars hießen: *Elizabeth Taylor, Marlon Brando, Kim Novak, William Holden.*

In letzter Zeit geriet Joan wegen jeder Kleinigkeit in Unruhe. In den vergangenen Wochen hatte sie seltsame körperliche Empfindungen verspürt. Als würde ein Fieber in ihr aufsteigen und durch ihren Körper ziehen, litt sie die meiste Zeit unter Hitzewallungen und Röte im Gesicht. Im letzten Jahr hatte Joan ähnliche Symptome bei Mah-mih beobachtet, die ständig schwitzte und über Hitze klagte. »Als ob in dir plötzlich ein Ofen eingeschaltet würde«, hatte Mah-mih gesagt und sich heftig Luft zugefächelt. Joan wusste, dass diese Hitze das Anzeichen für eine Wende im Leben war, nach der ihre Mutter keine Kinder mehr bekommen konnte.

Früher waren Kinder für Joan kein Thema gewesen. Sie hatte genug mit ihrem eigenen Leben zu tun. In ihrer Umgebung bekamen alte Schulfreundinnen ihr zweites, drittes Kind und stellten *amahs* ein, die sich um die Kleinen kümmerten, während sie selbst ihr altes Leben wieder aufnahmen: Lunch-einladungen, Einkaufsbummel und Nachmittagstees. Joan hatte nie verstanden, wozu man Kinder brauchte, wenn man sie kaum sah. Doch wenn jetzt die Hitze durch ihren Körper jagte, konnte sie sich nicht vorstellen, kinderlos zu bleiben.

Joan starrte in den Spiegel und suchte nach sichtbaren Veränderungen. Sie spürte, wie eine plötzliche Wärmewelle ihren Körper durchlief und ihr Gesicht sich leicht rötete. Sie beugte sich näher zum Spiegel vor. Das warme Glühen brachte ihren hellen, glatten Teint, die dunklen Augen und das Muttermal über der Oberlippe, das zu ihrem Markenzeichen geworden war, nur noch vorteilhafter zur Geltung.

Trotzdem erschreckte sie die fiebrige Röte. Joan fragte sich, ob wohl jemandem auffiel, was ihr da viel zu früh passierte – dafür war sie doch zu jung! Aber keiner schien eine Veränderung an ihr zu bemerken. Mah-mih und Auntie Go hatten noch nichts gesagt ... kein »*Fühlst du dich auch wohl?*«, oder »*Hast du vielleicht Fieber?*« ... Kein starker schwarzer Tee aus Foons Küche.

Mitten im Winter, während draußen Wind und Regen wüteten, schüttete Joan Eistee, Eiskaffee oder Sojamilch, süß oder salzig, in sich hinein und achtete besonders darauf, ›*kühle*‹ Nahrungsmittel zu essen – frischen Tofu, Obst und Gemüse –, um ihre Körpertemperatur unter Kontrolle zu halten. Beim Abendessen wartete sie immer, bis Suppe und Reis lauwarm abgekühlt waren. Sie ließ sich weitschweifig darüber aus, was sie am Tag erlebt hatte – *der Schauspieler, der sich ein Bein brach, als er in einer Kampfszene durch die Luft wirbelte, oder die Schauspielerin, die einen Blackout hatte und ihren ganzen Text vergaß* –, um Mah-mih und Auntie Go zu unterhalten, damit sie nicht bemerkten, wie ihr Essen kalt wurde. Nur Foon schüttelte den Kopf, sagte aber kein Wort. Nach einer Woche ging sie dazu über, Joan erst am Ende der Mahlzeit eine Schale lauwarmer Trinksuppe zu bringen.

An Joans Garderobentür war ein leises Klopfen zu hören, danach sagte eine hohe, besorgte Stimme: »Miss Lew, Sie werden in fünf Minuten am Set gebraucht.«

»Ja. Ja, ich komme.«

Joan bürstete ihr Haar zu einem Knoten zurück und schloss dann den obersten Knopf ihres *cheungsam.* So sah sie ganz nach der *tai tai* aus, der verheirateten Frau, die sie in diesem Film spielte. Im wirklichen Leben hatte Mah-mih in den letzten Jahren so gut wie resigniert und ihre Bemühungen, eine Ehe für Joan zu stiften, eingestellt. Endlich gab sie sich damit zufrieden, dass ihre Tochter wenigstens einen Beruf als Lebensgrundlage hatte. Joan hörte einmal, wie ihre Mutter beim Mah-jongg erzählte: »Meine ältere Tochter ist eine *Schauspielerin*«, ein Wort, das sie immer überdeutlich akzentuierte, »und meine jüngere Tochter hat gerade ihr Studium in Amerika abgeschlossen. Mit Auszeichnung.«

Doch gerade als sich endlich alle mit der modernen Lebensweise der Lew'schen Töchter abgefunden hatten, regte sich in Joan ein winziger Anflug von Unzufriedenheit. Trotz ihres wachsenden Erfolgs spürte sie eine zunehmende innere Leere. Je besser Mah-mih die Tatsache akzeptierte, dass ihre ältere Tochter nicht heiraten würde, desto unruhiger wurde Joan. Sie bemühte sich angestrengt, sich nichts anmerken zu lassen, dachte aber oft, im Grunde ihres Herzens sei Mah-mih doch bestimmt von ihr enttäuscht, weil sie ihre Erwartungen nicht erfüllt hatte. Joans Blick schärfte sich für das angespannte Lächeln, die suchenden Augen ihrer Mutter. Und obwohl Joan wusste, wie töricht das war, vollendete sie für sich den Satz, den Mah-mih ihrer Meinung nach wirklich sagen wollte: »Meine ältere Tochter ist eine *Schau-spielerin* ... weil sie keinen Mann finden konnte.«

Nach einiger Überlegung konnte Joan zurückverfolgen, wann ihre plötzlichen Fieberanfälle begonnen hatten: letzten Monat im Studio, gleich nachdem ihr Jade Wind vom Tod der Schauspielerin Lily Wong berichtet hatte. Fast ein Jahrzehnt lang gehörte Lily Wong zu den schönsten Filmheldinnen des Hongkonger Kinos. Sie stammte aus Shanghai, war aber nach dem Krieg nach Hongkong übergesiedelt, mit der zweiten Welle von Schauspielern und Regisseuren, die diese Stadt 1948 erreichte. Sofort sicherte sie sich einen wichtigen Platz in der Hongkonger Filmindustrie und drehte Filme sowohl auf Mandarin als auch auf Kantonesisch. Sie stand bei einem anderen großen Studio unter Vertrag, obwohl C. K. Chin Gerüchten zufolge immer davon redete, sobald ihr Vertrag ausliefe, wolle er sie für seine Filmgesellschaft gewinnen. Lily war Mitte dreißig, auf dem Höhepunkt ihrer Karriere und wurde angeblich von Größen wie David O. Selznik hofiert, der ihr einen Hollywoodfilm mit einem Budget in Millionenhöhe anbot.

»Wie ist sie gestorben?«, hatte Joan gefragt. Jade Wind war damit beschäftigt, einen langen, weißen Morgenmantel zu säumen, den Joan in ihrer nächsten Szene tragen sollte.

»Selbstmord«, murmelte Jade Wind durch die Nadeln hindurch, die zwischen ihren Lippen steckten. »Hat sich die Pulsadern aufgeschnitten. Ihre Dienerin hat sie in einer Blutlache gefunden. Schon tot.«

Joan seufzte und wandte ihren Blick ab; ihre Augen begannen zu brennen. Sie hatte von Lilys unglücklichen Affären mit Schauspielern und Regisseuren gelesen, die meist nur ein paar Monate dauerten. Joan konnte gut nachfühlen, wie das gewesen sein musste, erst die Euphorie, die mit der Hoffnung kommt, dann die Enttäuschung. Hatte sie das nicht alles selbst durchgemacht? Trotzdem war es schwer zu glauben, dass eine so schöne Frau ihrem Leben auf dem Höhepunkt ihrer Karriere ein so sinnloses Ende setzen konnte.

»Weiß man, warum?«, fragte Joan.

»Es gehen nur Gerüchte um.« Jade Wind zog die letzten Nadeln zwischen den Lippen hervor. »Manche sagen, sie sei schwanger gewesen, andere meinen, sie hätte wieder mal Liebeskummer gehabt. Ich glaube eher an den Liebeskummer, weil eine Freundin von mir sie kurz vorher für einen Film ausgestattet hat, und da war sie dünn wie eine Bohnenstange.«

»Liebe«, murmelte Joan vor sich hin.

»Was hast du gesagt?«

Joan zog den Morgenmantel enger um sich. »Es ist ein Jammer.«

Wieder klopfte es an der Tür ihrer winzigen Garderobe, und Joan ging das Fenster schließen. Dann warf sie einen letzten

Blick in den Spiegel und setzte den passenden Gesichtsausdruck für ihre Rolle als glücklich verheiratete Frau auf: Lippen, die sich rundeten wie der zunehmende Mond, Augen, die freudig strahlten wie Sterne.

Im März war Joans erste Besprechung mit Edward Chung angesetzt, dem Regisseur, den Chin für *Die Geschichte einer Frau* ausgewählt hatte. Der Enddreißiger stand in dem Ruf eines anspruchsvollen Filmemachers, mit dem es schwierig zu arbeiten sei. Joan erwartete gar nicht erst, dass sie ihn sympathisch finden würde.

»Bei dem musst du aufpassen«, warnte Jade Wind. »Bei ihm sind schon über ein Dutzend Schauspielerinnen heulend vom Set gerannt, bevor der Film abgedreht war.«

Joan schüttelte ihre Angst mit einem Lachen ab. »Also bei mir kann er sich die Zähne ausbeißen!«, sagte sie herausfordernd.

Sie hatte sich auf erbitterte Kämpfe eingestellt und war überrascht, einem hochgewachsenen, schlanken Mann mit freundlichen Manieren und Goldrandbrille zu begegnen. Beim ersten Treffen in Chins verräuchertem Büro gab Edward Chung kein Wort von sich. Als sie in seine Richtung blickte, ertappte sie ihn dabei, wie er sie beobachtete, und dachte unwillkürlich: *Es ist, als ob er gar nicht da wäre.*

Mitten in der Besprechung fiel Joan plötzlich auf, dass ihr Fieber weg war. Als hätte ihr Körper sein Gleichgewicht wiedergefunden. Die Hitze, deretwegen sie den ganzen Winter hatte schwitzen müssen, verschwand genauso plötzlich, wie sie gekommen war. Joan lächelte, ohne es zu merken, dann entlud sich ihre Erleichterung in einem unwillkürlichen Lachen.

»Was gibt's denn Lustiges?«, fragte Chin, die brennende Zigarette zwischen den Lippen.

Edward Chung beobachtete sie schweigend.

Joan sah zu Chin hinüber, in sein müdes Gesicht mit den hängenden Lidern. »Ach, nichts. Tut mir Leid«, entschuldigte sie sich rasch, während sie sich vorstellte, wie die Hitze aus ihrem Körper nach oben entwich wie Dampf.

Erst beim Hinausgehen blieb Chung vor ihr stehen, nahm seine Brille ab, blickte ihr unvermittelt in die Augen und fragte: »Sind Sie bereit?«

Joan nahm an, er meinte damit, ›bereit für Ihre große Rolle im nächsten Film‹, und ihre Antwort fiel genauso kurz angebunden aus: »Klar.«

Doch zu Hause beim Abendessen, das Joan dampfend heiß verzehrte, nagte Chungs Frage weiter an ihr. Wohl wissend, dass ihre weitere Laufbahn vom Erfolg dieses Films abhing, begann Joan an sich selbst zu zweifeln. Gleichzeitig machte es sie wütend, dass Chung schon jetzt so viel Macht über sie hatte. Das lag an seinen Augen, an der Art, wie er sie ansah – mit dieser unerbittlichen Direktheit. Viele Männer gerieten in Verlegenheit und wandten ihren Blick ab, wenn sie vorbeiging oder in den Raum trat. Anders Chung: Ihn schien sie nicht im Geringsten einzuschüchtern. Joan trank noch ein Schälchen heiße Suppe, die Foon ihr hingestellt hatte, wieder überzeugt, so bereit zu sein wie nie.

Einige Tage später fand Joan, als sie morgens ins Studio kam, zu ihrer Überraschung eine Nachricht von Chung vor.

Hätten Sie heute Nachmittag um vier Uhr Zeit, um beim Tee den Film zu besprechen? Ich warte im Peninsula Hotel auf Sie, wenn ich nichts anderes höre.

Edward Chung

Joan überlegte sich hundert Ausreden, wie sie vorgeben könnte, sie sei verhindert, behielt stattdessen jedoch den ganzen Tag die Uhr im Auge und rannte dann aus dem Studio, um pünktlich im Hotel zu sein.

Bei Joans Ankunft saß Chung bereits an einem Tisch. Er trug lässige Kleidung, eine khakifarbene Hose, ein weißes Hemd und ein Halstuch. In dem großen, offenen Raum standen die Leute Schlange, um auf einen freien Tisch zu warten. Joan wand sich durch die *tai tais* im Designerkostüm, die sich vom Einkaufsstress erholen wollten, und die Geschäftsleute mit ihrem wichtigtuerischen Gehabe, die sich im *Pen* regelmäßig zum Nachmittagstee trafen. Für manche bevorzugten Stammgäste blieben feste Tische reserviert, daher war es Joan unbegreiflich, wie Chung es geschafft hatte, einen gemütlichen Tisch in einer Ecke zu belegen, fernab vom Getümmel.

Sobald er Joan entdeckt hatte, hob er seine Hand zu einem leichten Winken, die Finger locker gespreizt wie beim Melden in der Schule. Sofort spürte Joan, wie eine andere Art von Hitze sie durchströmte.

Chung stand auf und lächelte. »Ich freue mich, dass Sie kommen konnten«, sagte er und bot ihr einen Stuhl an.

»Sie wollten den Film mit mir besprechen?« Joan setzte sich ihm gegenüber und wirkte dabei völlig ruhig und distanziert.

»Ja, das möchte ich.« Er hob wieder die Hand, um einen Ober heranzuwinken. »Tee oder Kaffee?«

»Tee, bitte.«

Nachdem ihre Bestellung notiert war, kam Chung, ohne Zeit zu verschwenden, direkt zur Sache. Er beugte sich vor, um sich im lauten Stimmengewirr Gehör zu verschaffen, und fragte: »Was erwarten Sie von diesem Film?« Er nahm seine Brille ab und ließ seinen Blick reglos auf ihr ruhen.

Während des ganzen Vormittags hatte Joan überlegt, welche Fragen er ihr wohl stellen könnte. Sie hatte die Antworten geprobt, als stünde ihr eine Art Prüfung bevor. So antwortete sie jetzt ohne Zögern: »Dass es ein besserer Film wird als alles, was jetzt in den Kinos läuft. Ein Film, der sich von den üblichen Familien-Soaps abhebt, die hier so gedreht werden.«

»Ein Film kann nur so gut sein wie seine Story«, sagte er, den Blick immer noch auf sie gerichtet. »Und deren Interpretation. Wie sollte diese Geschichte Ihrer Meinung nach ausgelegt werden, Miss Lew?«

Joan lächelte. *Schön ruhig bleiben. Immer schön ruhig bleiben,* dachte sie bei sich und sagte dann: »Nennen Sie mich doch bitte Joan. Ich kann mich nur dazu äußern, was meine Figur empfindet. Der Rest liegt in Ihrer Hand.«

»Aha.« Chung lehnte sich zurück. »Wenn das nun aber eine Geschichte ist, die mit Ihrer Figur steht und fällt?«

Der Kellner kehrte mit einem Silbertablett zurück, das mit ihrem Tee und einem dreistöckigen Ständer voller Sandwich-Häppchen und Kuchenstücken beladen war. Leises Gemurmel drang zu ihnen herüber.

Joan umfasste ihre Teetasse mit beiden Händen und beugte sich vor. »Glauben Sie das denn?«

Er lächelte. »Allmählich schon.«

»Meine Figur ist ein Siegertyp«, erklärte Joan und wählte sich vom Tablett ein Gurkensandwich aus. »Eine Frau, die gelernt hat, den anderen immer etwas vorzuspielen, damit sie am Ende bekommt, was sie haben will. Aber sie hasst sich, weil sie nicht stark genug ist, ihren ungeliebten Mann um des Mannes willen, den sie liebt, zu verlassen.« Joan biss in ihr Sandwich.

Chung lachte. »Und wie können Sie beim Zuschauer Sympathie für Ihre Figur wecken?«

Joan schluckte und lehnte sich zurück. »Indem ich zeige, dass diese Frau im Grunde sich selbst gegenüber zutiefst ehrlich ist.«

Chung lächelte. »Und was erwarten Sie sich von diesem Film für Ihre Karriere?« Er griff wahllos nach einem Sandwich und schob es in den Mund.

Joan schwieg eine Weile, unsicher, was sie antworten sollte. Sie wünschte, das Kreuzverhör wäre beendet. »Wenn ich in diesem Film gut genug bin, werden sich mir vielleicht weitere Möglichkeiten bieten.«

Chungs Blick schweifte durch den belebten Raum und wanderte dann zu ihr zurück. »Ich bin sicher, dass Sie gut sein werden.« Er lächelte sie wieder an.

Jetzt war es an Joan, den Blick abzuwenden. Sie trank ihren noch heißen Tee so hastig aus, dass sie sich die Zunge verbrannte.

Diesem ersten gemeinsamen Tee folgten ein, zwei Mittagessen, dann mehrere Abendessen, was dazu führte, dass in den chinesischen Filmzeitschriften eine Reihe von Artikeln über sie erschien. Auntie Go bemerkte als erste das Foto auf dem Cover des beliebtesten Filmmagazins, dem *Chinese Movie Digest*.

»Enthältst du uns vielleicht etwas vor? Diese Hefte habe ich auf dem Heimweg vom *Westwind* gekauft.« Auntie Go legte lächelnd zwei Ausgaben des Magazins auf den Esstisch.

Mah-mih schnappte sich sofort ein Heft und studierte das Foto. »Sieht nach Intellektuellem aus.«

Joan lachte. »Er ist der Regisseur meines nächsten Films. Wir haben uns nur über die Filmstrategie verständigt.«

»Schau mal, Go«, sagte Mah-mih und deutete auf das Foto. »›Filmstrategie‹ nennt man so was heutzutage.«

Joan versuchte, die Sache mit einem Lachen abzutun, starrte aber später selbst das Foto an, das bei ihrem ersten Treffen im Peninsula Hotel geknipst worden war. Wie sie zugeben musste, zeigte es sie in einer kompromittierenden Situation:

Es sah so aus, als schmiegten sie sich eng aneinander und flüsterten sich dabei etwas Vertrauliches ins Ohr. Nichts wäre damals von der Wahrheit entfernter gewesen. Chung hatte sie als perfekter Gentleman mit ausgesuchter Höflichkeit behandelt. Dem entsprach ihr eigenes Verhalten. Doch schon damals erzählte das Foto eine ganz andere Geschichte.

Natürlich hatten sich seit dieser Aufnahme die Dinge weiterentwickelt. Was als völlig harmloses Treffen begonnen hatte, nahm vielschichtige Dimensionen an. Edward taute ihr gegenüber auf, erzählte ihr von seiner Kindheit, die er in Shanghai verbracht hatte, für ihn die »aufregendste Stadt der Welt«. Und dass er zurückkehren wollte, um Filme zu machen, sobald die dortige Filmindustrie wieder auf die Beine käme. »Echte Shanghai-Filme«, sagte er, »die nicht auf irgendwelchen abgelegenen, auf Shanghai getrimmten Filmgeländen gedreht werden.«

Joan wusste, dass viele der Regisseure aus Shanghai erst in den letzten Jahren damit begonnen hatten, Filme zu drehen, die in Hongkong spielten und die Alltagsprobleme der hiesigen Gesellschaft behandelten. Und was ist mit Hongkong?, hätte sie ihn gern gefragt, bevor seine dunklen Augen ihren Blick einfingen und dieser Gedanke davontrieb.

Als sie zum dritten Mal miteinander ausgingen, wusste Joan, dass sie sich in einem emotionalen Aufruhr befand. Seit der Zeit mit Joseph hatte sie nicht mehr das Bedürfnis gespürt, mit jemandem zusammen zu sein. Sie begann, in den Tag hineinzuträumen und sich zu fragen, was Edward wohl gerade machte, wenn sie nicht bei ihm war. Sie hoffte, es ginge ihm genauso. Plötzlich kam Joan früher ins Studio, als sie gebraucht wurde, in der Hoffnung, ihn kurz zu sehen. Ein rasches Winken quer über den Set machte sie für den Rest des Tages glücklich. Sie wusste, dass Chung noch eine Besprechung mit Chin bevorstand, in der er den endgültigen Drehplan diskutieren würde, bevor sie in zwei Wochen zu filmen beginnen könnten. Joan lief in ihrer Garderobe auf und ab und machte sich dann auf die Suche nach Jade Wind.

»Was ist denn los mit dir? Du benimmst dich, als wärst du tausend Meilen weit weg«, neckte Jade Wind sie beim gemeinsamen Mittagessen.

Joan errötete. »Ich habe mir gerade wegen des Films Gedanken gemacht«, sagte sie rasch und ließ ihre Stäbchen sinken.

»Da brauchst du dir nicht groß Gedanken zu machen! Du wirst durch den Film ein berühmter Star. Chungs Filme hatten immer Erfolg. Er hat viele Fans in Shanghai und jetzt auch in Hongkong.«

Joan lächelte und stellte ihr Nudelschälchen ab. »Einmal ist immer das erste Mal.«

»Es passiert schon nichts.« Jade Wind lachte. »Schließlich würde Chung nicht zulassen, dass jemand, an dem er Interesse hat, die Hauptrolle in einem Flop spielt. Denk doch nur, dass es hier eine Hand voll Schauspielerinnen gibt, die jeden Mord begehen würden, um deinen Platz einzunehmen. Du solltest mal hören, was hier für Gerüchte kursieren. Dass du ihn *verführt* und so die Rolle aus ihm herausgekitzelt hast, dass du das Kind *seiner Liebe* trägst, dass ihr *heiraten* werdet, sobald der Film abgedreht ist!«

Joan lachte. »Du weißt ja, dass man bei diesen Sets immer irgendwelche Affären angehängt bekommt. Und was diese Zeitschriftenfotos betrifft, hab ich dir doch gesagt, dass da nichts dahinter steckt. Du wärst die Erste, die es erfährt, wenn zwischen uns etwas läuft. Die Magazine wollen auf diese Weise doch nur ihre Auflagen erhöhen.«

Jade Wind aß schlürfend den Rest ihrer Nudeln auf. »Das haben sie auch geschafft«, nuschelte sie zwischen zwei Mund voll.

Als Joan nach Hause zurückkehrte, wartete eine Überraschung auf sie – Edward Chung. Er hatte geduldig in seinem Wagen gesessen und nach ihr Ausschau gehalten, und als sie aus ihrem Taxi stieg, rief er sie beim Namen. Der Wind trug ihr seine Stimme wie ein Flüstern zu, das ihren Hals genau unter dem Ohr streifte.

»Was machen Sie denn hier?«, fragte Joan, und ihr Herz schlug mit jedem Wort schneller.

»Ich musste Sie sehen«, antwortete er gar nicht mehr so reserviert, wie es sonst typisch für ihn war.

»Wegen des Films?«

»Wegen uns.«

Als Joan zu ihm ins Auto stieg, wusste sie, dass sie sich in etwas hinein begab, worüber ihr die Kontrolle längst entglitten war. Sie spürte, wie die Leere endlich von ihr wich, und dieses Gefühl erfüllte sie mit einer solchen Wärme, einem solchen Staunen, dass sie fürchtete, ihr kämen die Tränen. Vertraute Straßen flogen vorbei wie in einem Traum, und Joan kurbelte das Fenster herunter und ließ den warmen Fahrtwind hereinwehen. Schwach hörte sie, wie Chung etwas sagte, sah, wie sich seine Lippen bewegten, und wandte sich um, verstand aber nichts im Brausen des Winds, weil sie sich ans offene Fenster lehnte. Während der ganzen Fahrt durch die kurvigen Straßen betete Joan, Chung möge endlich jenen Teil von ihr öffnen, den sie so lange unter Verschluss gehalten hatte.

Chung fuhr mit ihr zu einer kleinen Wohnung, die er in Kowloon in der Nähe des Studios gemietet hatte. Er hatte immer noch einen Wohnsitz in Shanghai, den er als sein wirkliches Zuhause betrachtete. Seit er 1948 nach Hongkong ausgewandert war, wartete er wie so viele andere auf den Tag, an dem er nach Shanghai zurückkehren konnte. Seine Wohnung in Kowloon war klein und fast leer bis auf einen Tisch, zwei Stühle und ein Sofa. Vom Wohnzimmer aus konnte sie in sein kleines Schlafzimmer sehen, das von einem großen Bett fast ganz ausgefüllt wurde. Beim Anblick des zerwühlten Betts fuhr Joan zurück; Chung entschuldigte sich, schloss die Tür zum Schlafzimmer und ging in die Küche, um Tee zu kochen. Als er mit der Teekanne und zwei Tassen zurückkam, setzten sie sich an den Tisch, und Joan versuchte, sich zu entspannen.

»Worüber wollten Sie so dringend sprechen?« Joan musste für diese Frage ihre ganze Kraft zusammennehmen.

»Ich denke die ganze Zeit an Sie«, antwortete er nur und sah ihr geradewegs in die Augen.

Joans Herzklopfen wurde mit jeder Sekunde ihres Schweigens heftiger. »Ich auch«, sagte sie schließlich.

Als Edward Chung zum ersten Mal ihre Hand berührte, spürte sie durch ihren ganzen Körper einen Funken fliegen. Dann beugte er sich vor und küsste sie ... einmal ... zweimal ... immer wieder.

Der Rest ergab sich wie von selbst. Joan war nicht sicher, ob sie nicht vielleicht träumte. Er nahm sie an der Hand und führte sie zu seinem Schlafzimmer, öffnete die Tür, die er gerade geschlossen hatte, und schob sie sanft auf sein Bett. Er nahm seine Brille ab und sah plötzlich viel jünger, weicher aus.

Einen Augenblick lang war es, als hätte Joan ihren Körper verlassen und beobachtete das alles von oben. Sehr behutsam zog er sie aus, berührte sie an verborgenen Stellen, dass sie Schauer überliefen, obwohl die Wärme seines Körpers sie einhüllte wie eine Decke. Sie berührte seinen Rücken, erspürte mit den Händen die Weichheit seiner Haut, die Rundungen seiner Schultern, lauschte den leisen Seufzern, den tiefen Atemzügen. Sie versuchte, sich zu entspannen und spürte einen scharfen Stich, als er in sie eindrang. Sie schwebte dahin in den langsamen, schaukelnden Bewegungen eines Tanzes und erlebte dann die blind machende, erlösende Wärme, die sich in ihr ausbreitete.

Für Joan verging jeder Tag wie im Nebel. Sie verbrachte so viel Zeit mit Edward, wie sie nur konnte. Auch wenn sie nicht mit ihm zusammen war, kreisten ihre Gedanken ständig um ihn. Beide mussten sich sehr beherrschen, um keine unerwünschte Aufmerksamkeit auf ihre Beziehung zu lenken. Vom Studio aus fuhr sie entweder mit einem Taxi zu seiner Wohnung, oder sie traf sich irgendwo mit ihm und fuhr dann mit ihm mit. Edward meinte, bis der Film fertig wäre, sollten sie sich lieber unauffällig verhalten. »Chin wird nicht begeistert sein«, sagte er.

Joan wusste, dass er Recht hatte. Sie erinnerte sich an die Predigt, die Mei ihr am ersten Tag gehalten hatte, als sie bei der Filmgesellschaft *Tigerkralle* zu arbeiten anfing. Dass Chin es nicht gern sehe, wenn während der Dreharbeiten persönliche Kontakte jedweder Art gepflegt würden. »Das gibt nichts als Scherereien«, hatte er einmal alle seine Schauspieler gewarnt. »Gar nicht zu reden von der Zeit und dem Geld, die unnütz verplempert werden, wenn die Liebe flöten geht.«

Doch Joan bekam es bald satt, ständig allen etwas vorzuspielen, Edward im Studio aus dem Weg zu gehen und ihre Gefühle vor Jade Wind, Mah-mih und Auntie Go zu verbergen. Was spielte es schon für eine Rolle, wenn sie sich sahen? C. K. Chin hin oder her, wenn der Film fertig wäre, könnten sie schon verheiratet sein. Joan hatte so lange auf den richtigen Mann gewartet, dass das Geheimnis ihrer Liebe nun wie ein Feuer in ihr brannte.

Wenn Joan keine Ruhe mehr fand, dachte sie manchmal daran, an Emma zu schreiben. Die Entfernung war gleichzeitig ein Schutz. Sie begann einen Brief, *Liebe Moi-moi*, die Worte flossen ihr aus der Feder, *ich habe jemand kennen gelernt, den ich liebe*, dann stockte sie. Dass da vor ihr auf dem Papier etwas von Liebe stand, erschreckte sie. Das Wort war ihr erst fremd, wie ein neuer Geschmack, doch allmählich gewöhnte sie sich daran. Joan begann einen neuen Brief und dann wieder einen, bis sie schließlich einen aus ihren Händen in den Briefkasten gleiten ließ.

Ende April sollten sie mit den Dreharbeiten beginnen. Joan kam schon früh am Morgen ins Studio und hoffte, sie könnte sich noch mit Edward unterhalten, bevor die anderen eintrafen. Sie wusste nicht, worüber sie im Augenblick größere Aufregung empfand – Edward zu sehen oder ihre erste Hauptrolle zu spielen. Ein heißes Glücksgefühl durchströmte sie, während sie sich auf beides freute. Doch diese Hochstimmung verflog, als sie in ihrer Garderobe eine Notiz mit der Aufforderung fand, sich in Chins Büro einzufinden. Sie las den Zettel ein zweites Mal, hielt ihn in ihrer verschwitzten Hand und spürte einen Anflug von Angst.

Als Joan diesmal leise an Chins Tür klopfte, kam sofort eine scharfe Antwort. Rasch trat sie in das dunkle, verräucherte Zimmer, entschlossen, jegliches Fehlverhalten abzustreiten. Das wäre auch nicht gelogen. Auf den Fotos besprachen sie lediglich das Filmprojekt, es war von nichts Persönlichem die Rede gewesen. Edward hatte sich als perfekter Gentleman gezeigt, und sie war zu diesem Zeitpunkt nicht an einer Beziehung interessiert gewesen. Damals hatte sie vor allem ihre Karriere beschäftigt. Chin hatte nichts gegen sie in der Hand außer einem zwanzig mal fünfundzwanzig Zentimeter großen Hochglanzfoto, das sie bei vertraulichem Geflüster zeigte, so eng beieinander sitzend, dass man kein Blatt Papier hätte zwischen sie schieben können.

Chin saß mit ernstem, strengem Gesicht an seinem Schreibtisch. Als Erstes fiel Joan auf, dass seine Hände mit den Handflächen nach unten auf der Tischplatte lagen. Ein Rauchfaden kräuselte sich von der Zigarette hoch, die in seinem Aschenbecher brannte, statt ihm zwischen den Lippen zu hängen.

»Sie wollten mich sehen?« Joans Hals fühlte sich trocken an, wie ausgedörrt.

»Nur herein, nur herein«, drängte Chin und lächelte eine Spur zu breit.

Er deutete auf einen Sessel, in dem Joan Regisseure, Schauspieler und Produzenten gesehen hatte, sie selbst allerdings war noch nie darin gesessen. Heute war sie auf Frühling eingestellt und trug ein zartgrünes Kleid, einen rosa Schal, lose um den Hals drapiert, und eine dunkle Sonnenbrille. Sie setzte sich, fühlte sich aber unbehaglich, als gehörte sie nicht hierher.

Sie kam direkt zur Sache: »Gibt es irgendwelche Probleme?«

Chin lächelte. »Mir ist zu Ohren gekommen ...« Er verstummte und räusperte sich, ein kratzendes, hohles Geräusch, mit dem ein Raucher seine Kehle befreit. »... dass Sie sich recht gut mit Mr. Chung angefreundet haben.«

Joan atmete rasch aus. »Alles nur der typische Unsinn, den die Filmmagazine verbreiten«, hörte sie sich sagen, ausgerechnet sie, die ihr ganzes Leben lang die eifrigste Leserin dieser Magazine gewesen war. »Wir haben nur über den Film gesprochen. Sie wissen doch, wie laut es im Pen sein kann. Wir mussten so dicht nebeneinander sitzen, damit wir uns überhaupt hören konnten.«

Chin nickte, ohne den Blick von ihr zu wenden. »Es ist mir eine große Genugtuung, das von Ihnen selbst zu erfahren. Wie Sie wissen, glaube ich Gerüchten nie unbesehen, sondern wende mich direkt an die betreffenden Personen. Diese Gesellschaft gründet sich auf Vertrauen und Respekt. Wir sind wie eine Familie, und in einer Familie kann man aufrichtig zueinander sein ...«

Joans Gedanken schweiften ab. Sie fragte sich, ob Chin schon mit Edward gesprochen hatte, dann fiel ihr ein, dass sie heute früh als Erste gekommen war. Wenn Edward ebenfalls alles abstritte, wäre Chin vielleicht zufrieden. Dieses Gespräch war wohl nur eine Warnung, sicher wollte er den Film nicht gefährden.

»... und da die Ehe ein heiliges Band ist, sieht es nicht gut aus, wenn einer meiner verheirateten Regisseure mit einer meiner unverheirateten Schauspielerinnen ... äh, sagen wir mal ... Zeit verbringt.«

Joan hob mit einem Ruck den Kopf. »Verheiratet?«, fragte sie tonlos.

»Was haben Sie gesagt?«

Joan wurde übel von dem Rauchgestank im Büro. »Nichts«, sagte sie und schluckte. »Sie haben ganz Recht. Das Letzte, was man beim Drehen braucht, ist ein Skandal. Es gibt genug andere Probleme.« Ein bitterer Geschmack breitete sich auf ihrer Zunge aus.

»Ich wusste ja, dass Sie mich verstehen würden.« Chin nahm sich eine weitere Zigarette und zündete sie an. »Dieser Film wird einen großen Star aus Ihnen machen. Es täte mir sehr Leid, wenn etwas Unangenehmes passierte, nachdem Sie so weit gekommen sind.«

Joan nickte und stand auf. Ihre Beine fühlten sich weich an wie Gummi. »Sie brauchen sich keine Sorgen zu machen. Wir haben nichts miteinander.« Sie zwang sich zu einem raschen Lächeln.

Chin führte die Zigarette zum Mund und inhalierte. Er blies eine Rauchwolke aus, die zur Decke hochstieg. »Gut, gut, das habe ich mir schon gedacht. Diese Gerüchte sind wirklich ärgerlich.«

Joan machte einen Schritt auf die Tür zu und schaffte es mit einer ungeheuren Willensanstrengung, Chins Büro zu verlassen. Sie hatte vor ihm die beste Vorstellung ihres Lebens abgeliefert. Kaum war die Tür ins Schloss gefallen, lehnte sie sich an die Wand. Sie schloss die Augen und versuchte,

Chins Worte, die noch einmal wie eine Flutwelle über ihr zusammenschlugen, aus ihrem Kopf zu verbannen. *Verheiratet!* Wie konnte sie nur so dumm sein? Warum hatte niemand je erwähnt, dass er verheiratet war? Nicht einmal Jade Wind wusste es. Es war, als füllten sich Joans Lungen langsam mit Wasser. *Atmen, atmen,* dachte sie und zwang sich, Luft zu holen und wieder auszuatmen. Sie hörte, wie in ihrer Nähe eine Tür aufging und sich wieder schloss, dann spürte sie einen kühlen Luftzug im Nacken, und die Kälte kroch ihr bis ins Mark.

Von diesem Tag an stürzte sich Joan mit ihrer ganzen Leidenschaft auf ihre Rolle und arbeitete wie besessen daran, aus der *Geschichte einer Frau* einen Erfolg und aus sich selbst einen Star zu machen. Das Schicksal Lily Wongs lastete ihr schwer auf der Seele, als sie nervös in Edwards Apartment saß und auf ihn wartete.

Ihre einst weichen, liebevollen Worte wurden heftig und hart. »Ich denke, jetzt, wo die Dreharbeiten begonnen haben, sollten wir uns nicht mehr sehen«, sagte sie voller Wut, doch unfähig, ihm die Anklage *»Du bist verheiratet!«* ins Gesicht zu schleudern. Das Wort lag ihr noch immer wie Blei auf der Zunge.

Edward gingen vor Überraschung die Augen über, er fasste sie mit ausgestrecktem Arm an der Schulter. »Was redest du denn da? Was ist denn los?«

Joan senkte den Blick, um seinen Augen auszuweichen. »Ich muss jetzt gehen!« Sie schlug seine Hand von ihrer Schulter, und ihre brüchige Stimme zersplitterte wie Glas.

Joan versuchte, sich so kühl und professionell wie möglich zu geben, lehnte es ab, mit Edward Chung über etwas anderes als den Film zu sprechen, und verschloss sich gegenüber allem, was sie einmal mit einer solchen Seligkeit erfüllt hatte. Es tat ihr weh, seine leise Stimme zu hören, sogar bei Regieanweisungen wie: »Ein bisschen weiter nach links« oder: »Bitte die Haare aus dem Gesicht.« Es war immer noch zu intim, als wären nur sie beide wieder zusammen. Und wie bei einem letzten Tanz spielte sich Joan das Herz aus dem Leib und ließ dabei ihren Gefühlen freien Lauf. Sie lachte, weinte und schrie auf Kommando.

»Dich lieben? Ich habe dich nie geliebt! Das war nur ein dummes Spiel, das ich gespielt habe.« Immer wieder probte sie diese Zeilen.

Jade Wind gab an Joan weiter, was bereits an Gerüchten kursierte: Joan spiele so gut wie noch nie, und dieser Film wäre sicher ihr Sprungbrett zum Ruhm.

In einer Drehpause bat Edward sie am Set: »Sprich doch mit mir! Wenn Chin dahinter steckt, lass dich von ihm nicht einschüchtern. Er weiß, dass alle Gerüchte dem Film nur noch mehr Publicity einbringen.«

Joan starrte an ihm vorbei. Sie registrierte, dass Edward gewartet hatte, bis alle anderen vom Set verschwunden waren. Zorn stieg in ihr hoch bei dem Gedanken, dass er immer noch auf seinen Schutz bedacht war.

»Da gibt es nichts zu besprechen! Machen wir einfach den besten Film, den wir zustande bringen, und vergessen alles andere«, sagte sie kalt. Sie warf ihm einen Seitenblick zu und sah, wie er die Fassung verlor, sein sonst immer ruhiges Gesicht war hochrot.

»Was ist denn los?« Er packte sie am Arm. »Red endlich mit mir!«

Joan riss sich von ihm los. »Sagen wir mal, mir ist ein Licht aufgegangen. Ich kann mich doch darauf verlassen, dass unser Kontakt in Zukunft auf einer rein beruflichen Ebene abläuft.«

Sie wandte sich von ihm ab. »Ich muss gehen. Ich komme zu spät zum Umkleiden.«

Chung gab nicht auf. Er folgte ihr von einem Set zum nächsten. »Lass mich in Ruhe!«, fuhr sie ihn an.

»Was ist bloß in dich gefahren?«

Joan wirbelte unerwartet herum. »Kümmere dich lieber um deine Frau!«, zischte sie.

Chung blieb stehen, als hätte sie ihm ins Gesicht geschlagen. Doch er fand sofort die Sprache wieder. »Woher weißt du das? Wir haben uns seit Jahren nicht gesehen.«

»Bist du immer noch verheiratet?«, fragte Joan, und ihre Augen kämpften dabei die Tränen nieder.

Chung wich ihrem Blick aus. »Ja. Aber sie lebt in Shanghai ihr eigenes Leben.«

Joan nahm ihren ganzen Mut zusammen. Sie spürte die Wärme seines Körpers, hörte den leisen Seufzer, mit dem er ausatmete. Sie wagte es nicht, ihn anzusehen, als sie in geschäftsmäßigem Ton sagte: »Dann ist die Sache für mich erledigt. Von jetzt an ist die Arbeit an diesem Film der einzige Grund für mich, mit dir zu reden. Wenn wir damit fertig sind, will ich dich nie mehr sehen!« Sie spuckte die Worte aus, die hart und unerbittlich zwischen sie fielen, als wären sie Steine.

Dann drehte sie sich um und ging weiter. Diesmal folgte Chung ihr nicht mehr. Einen Moment lang glaubte Joan, sie hätte ein leises Flüstern gehört, das sie zu bleiben bat, doch es verlor sich im Wind, der durch den leeren Set pfiff.

Fast jeden Abend seit Beginn der Dreharbeiten für die *Geschichte einer Frau* war Joan spät nach Hause gekommen. Mah-mih und Auntie Go beendeten gerade ihr Abendessen, als sie ins Esszimmer trat.

»Du siehst müde aus«, bemerkte Auntie Go und setzte ihr Schälchen ab.

»Wieso lässt dich dieser Regisseur denn immer so lange arbeiten?«, fragte Mah-mih und füllte Joans Schälchen mit Reis. »Ich habe genau das richtige Mittel gegen diese dunklen Ringe unter den Augen.«

Joan brannten die Augen, mit trockenem Mund schluckte sie den säuerlichen Geschmack hinunter, der ihr immer wieder aufstieß. Die letzten Tage hatte sie unter Übelkeit gelitten. »Ich habe nicht viel Hunger«, brachte sie mühsam hervor.

»Unsinn! Du musst etwas essen. Wie willst du diesen Film zu Ende bringen, wenn du nicht bei Kräften bleibst?« Mah-mih lud einen weiteren Löffel Hühnerfleisch in ihr Schälchen.

Joan ließ sich auf ihren Stuhl fallen. Ja, wie sollte sie diesen Film jemals zu Ende bringen? Sie zwang sich, den ganzen Berg in ihrem Schälchen aufzuessen, nur damit sie nicht reden musste. Die beiden ahnten ja nicht, dass ihre Arbeit das Einzige war, was sie aufrecht hielt, sonst würde sie einfach verwelken und absterben wie eine Blume.

Foon brachte ihr eine Suppe, die sie aus Astragalus-Wurzeln und wilden Beeren gekocht hatte. »Gibt dir Kraft«, flüsterte sie mit ungewöhnlich sanfter Stimme.

Wieder einmal floh Joan der Schlaf. Manchmal ließ er sich wie zum Spott einfangen und erlaubte ihr, eine kurze Zeit lang zu vergessen und ihre Augen auszuruhen. Dann weckte sie wieder das leiseste Geräusch – das ferne Bellen eines Hundes, eine Tür, die knarzend aufging, ein plötzlicher Seufzer. Je weniger sie schlief, desto schärfer wurden ihre Sinne. Nach tagelangem Schlafmangel setzte in ihrem Hinterkopf ein dumpfes, beharrliches Hämmern ein. Sie lag in ihrem Bett und sah zu, wie das weiche Schwarz der Dunkelheit langsam in Grau überging und die Schatten in ihrem Zimmer Gestalt annahmen. Ihr pochte der Schädel vor Verlangen, Teil seines Lebens zu sein, seine Berührungen, seinen Körper neben sich zu spüren. *Wenn ich nur schlafen könnte,* dachte sie im Stillen. *Wenn ich nur die Augen schließen und vergessen könnte.*

»Trink das«, sagte Foon, als Joan am nächsten Abend nach Hause kam. Die alte, ergebene Dienerin nahm ihr das Skript, die Handtasche und den Pullover ab und schälte sie so aus den Schichten ihres Arbeitstages. »Trink!«, befahl sie noch einmal. Joan trank, kostete die Bitterkeit aus, dann die Erleichterung, dass jemand ihr eine Richtung wies, sich um sie kümmerte. Foon führte sie in ihr Zimmer, half ihr beim Auskleiden und legte sie behutsam ins Bett. Als Joan die Augen schloss, meldete sich wieder das Pochen im Kopf und dazu eine leichte Übelkeit, doch sie spürte auch die unerwartete, tröstliche Gegenwart Foons, die neben ihr saß. Joan nahm den Geruch von Knoblauch und Kräutern wahr und hörte, wie Foon ihr sanft und behutsam befahl: »Schlaf, schlaf.« Sie versuchte zu antworten, doch ihre Zunge fühlte sich dick und belegt an. »Was würde ich ohne dich machen ...«, klang es ihr durch den Kopf. Sie wollte Foon danken, glitt aber stattdessen mit einer solchen Leichtigkeit in den Schlaf hinüber, dass sie kaum Zeit hatte, daran zu denken, wie sehr sie ihn brauchte.

Ewiges Warten

1957-1958

EMMA

Am ersten Oktoberwochenende hockte Emma auf den abgetretenen Holzdielen ihres Apartments und verschnürte eine weitere Orangenkiste, die sie mit Büchern voll gepackt hatte. Die ganzen letzten Wochen hatte sie leere Apfel- und Orangenkisten und Pappkartons nach Hause geschleppt, die sie sich vom Markt in der Nähe des Freizeitzentrums holte. Nachdem sie fast drei Jahre im Bellevue-Apartmenthaus für Frauen gewohnt hatte, sah Emma mit euphorischen Gefühlen dem Umzug in eine größere Wohnung entgegen, die nicht weit von Lone Mountain entfernt am Geary Boulevard lag.

Zum Packen trug sie eine alte Bluse, die sie in der Taille geknotet hatte, und weite Jeans mit hochgekrempelten Beinen. Sie musste sich zwingen, die alphabetisch von *Austen* bis *Wharton* geordneten Bücher des nächsten Regals zügig in die Kisten zu schichten, ohne sich über jedem einzelnen Buch aufzuhalten, es in die Hand zu nehmen und durchzublättern. Selten war sie ohne Buch unterm Arm oder in der Handtasche anzutreffen, wenn sie mit dem Bus nach Chinatown zur Arbeit und zurück nach Hause fuhr. Die alte Gewohnheit aus ihrer Kinderzeit hatte sich durch die Studienjahre bis ins Berufsleben erhalten. Immer noch wurde Emma von jeder Geschichte in den Bann gezogen, ließ sie sich in ferne Zeiten oder Länder versetzen, nahm sie an Kriegen teil und verliebte sich in erfundene Gestalten.

In letzter Zeit war ihr stärker bewusst geworden denn je, wie sehr sie diese kostbaren Bücher brauchte. Die Geschichten halfen ihr, eine zunehmende Leere in ihrem Leben zu füllen. Mit sechsundzwanzig arbeitete Emma immer noch als Sekretärin im chinesischen Freizeitzentrum. Nicht, dass es keine gute Stelle gewesen wäre, was vor allem an Wilson Chang lag. Er war ein Chef, wie man sich keinen besseren wünschen konnte; darüber hinaus hatte sich zwischen ihnen eine enge Freundschaft entwickelt. Doch irgendwie hatte sich im letzten Jahr etwas verändert, ein Gefühl von Stagnation saß ihr in den Knochen wie ein dumpfer Schmerz. Was als vorübergehender Job gedacht war, nahm lähmende, unverrückbare Formen an. Oft fragte sich Emma, wozu sie überhaupt studiert hatte.

Als dann der Sommer in die bittersüßen Herbsttage überging, gelangte sie zu dem Schluss, dass es Zeit sei für einen Umzug. Sie hoffte, mit ihren neuen vier Wänden würde sich auch ihr Leben ändern. An Mah-mih schrieb sie: *... ich bin aus dem kleinen Apartment herausgewachsen ...*, und konnte hören, wie ihre Mutter Auntie Go in scharfem Ton fragte: *»Wann schlägt sie sich endlich den ganzen Unsinn aus dem Kopf und kommt nach Hause?«* Dieselbe Frage hatte sich Emma in den letzten Monaten auch oft gestellt, doch die Antwort war einfach genug: *Ich kann nicht als Versagerin zurückkehren.*

»Ist was?«, fragte Wilson, der zu Emmas Überraschung plötzlich aufgetaucht war.

Er stand in der offenen Tür, und Emma sprang im Dschungel ihrer Schachteln und Kisten rasch auf. Sie hatte ganz vergessen, dass er ihr für den Umzug seine Hilfe angeboten hatte.

Wie immer war Wilson einfach ein Schatz, gab ihr den Freitag frei, damit sie packen konnte, und stand am Samstag in aller Frühe fröhlich auf der Matte, um mit anzupacken. Irgendwie nahm er die Stelle des Bruders ein, den Emma nie gehabt hatte.

»Es ist nichts«, sagte Emma, schob sich die Haare zurück und strich sie hinter die Ohren. »Ich dachte nur über den Umzug nach.«

»Ich hab da diese Theorie«, sagte er und lächelte süffisant, »dass man nur Kopfschmerzen kriegt, wenn man zu viel nachdenkt.«

Emma erwiderte sein Lächeln und nickte. Wilson fand immer freundliche, tröstliche Worte.

»Ich hab einen Freund mitgebracht, der mithilft«, fuhr Wilson fort. »Er wartet drunten mit dem Lieferwagen.«

»Wie kann ich dir jemals danken?« Emma wurde ernst. »Ich weiß nicht, wie ich es ohne dich geschafft ...«

»Was ist denn in diesen Schachteln drin?«, unterbrach sie Wilson bei seinem mühsamen Versuch, eine Kiste hochzustemmen.

»In den Orangenkisten sind meine Romane.« Emma lachte. »Ich lese gern. Du bist noch nicht bei den Kunstbüchern, warte nur, bis du zu den Bananenkisten kommst!« Sie deutete auf einen anderen Stapel.

»Schon mal was von Bibliothek gehört?«

»Ich besitze gern die Bücher, die ich lese. Also komm, einem großen, starken Kerl wie dir dürfen ein paar Bücher doch nichts ausmachen.«

Wilson feixte, und ein jungenhaftes Grinsen breitete sich auf seinem Gesicht aus. Wären seine schütteren Haare nicht gewesen, man hätte ihn kaum für die fünfunddreißig gehalten, die er war.

»Dafür bist du mir was schuldig«, drohte er und beförderte zwei Kisten neben die Tür.

»Abendessen bei Mel's«, bot Emma an.

»Ich dachte eher an Ernie's oder Alfred's.« Wilson richtete sich auf und rieb sich den Rücken.

Emma lachte. »Nur, wenn mir mein Boss eine Gehaltserhöhung gibt.«

»Dann bleibt's bei Mel's.« Er wuchtete eine Orangenkiste auf seine Schulter und ging die Treppe hinunter.

Emma packte weiter. Mit ihren letzten Kunstbüchern füllte sie eine robuste Chiquita-Bananenkiste. In letzter Zeit hatte sie immer etwas Geld gespart, um sich Kunstbücher zu kaufen – *Degas, Klimt, Manet, Matisse.* Aus den glänzenden Seiten voller aufregender Farben und Formen schöpfte sie Inspiration. Sie hatte in ihrer Freizeit wieder zu malen begonnen, ein Bedürfnis, das ihr vom Kunststudium geblieben war und immer dringender wurde. Das Malen schenkte Emma ein Gefühl von Freiheit, das ihr der Alltag nicht geben konnte. Meist arbeitete sie mit Kohle auf billigem Papier, auf dem sie ihre Modelle porträtierte – die Jungen, die ins Freizeitzentrum kamen.

Aus dem Gedächtnis zeichnete Emma auch ihre Familie, Ba-ba im dunklen Geschäftsanzug, Mah-mih am Mah-jongg-Tisch, Auntie Go vor dem *Westwind,* Joan mit ihrem Spiegelbild. Sogar Foon blickte von den Wänden ihres kleinen Zimmers auf sie herab. Doch als die Gesichter zu bedrückend wurden und sie zu sehr daran erinnerten, wie ihr Leben zum Stillstand gekommen war, hängte Emma die Zeichnungen eine nach der anderen vorsichtig ab, wickelte sie in Seidenpapier und verstaute sie im Schrank.

Dort fand Emma auch eine Schachtel mit Briefen von ihrer Familie und Lia. Sie strich über die säuberlich verschnürten Bündel, zog ein paar Umschläge heraus und öffnete sie. Wieder blieb die Zeit stehen, als die vertrauten Stimmen zu flüstern begannen und Emma umfingen. Ba-bas Worte kamen aus dem Winter, knapp und quälend … *Die Tage scheinen so schnell zu vergehen. Meine Knochen werden in der Kälte brüchig. Ich habe beschlossen, in zwei Jahren oder schon früher nach Hongkong zurückzukehren. Deine Mah-mih besteht darauf, dass ich mich mehr schone. Langsam sollte ich wohl auf sie hören. Vielleicht werden wir dich dann in San Francisco besuchen.*

Emma hörte auf zu lesen. Der Brief stammte vom Februar dieses Jahres. Mit etwas Glück hätte sie noch Zeit, sich vor dem Besuch ihrer Eltern beruflich zu verbessern.

Emma lächelte, als sie einen anderen Brief ansah: ein rosa Umschlag von Lia, mit ihrer großen, kühnen Handschrift, erst vor einem Monat abgestempelt. Zum letzten Mal hatten sie einander vor über zehn Jahren gesehen, doch die sanfte Melodie, die durch Lias Worte klang, beglückte Emma immer noch. Lia war jetzt verheiratet und hatte zwei kleine Kinder, das dritte war unterwegs. Sie arbeitete Teilzeit als Schwesternhelferin und hoffte immer noch, eines Tages ihre Ausbildung als qualifizierte Krankenschwester zu beenden. Emma las sich auf der ersten Briefseite fest. *Joans Film* ›Die Geschichte einer Frau‹ *ist hier gerade angelaufen. Ganz Macao ist begeistert. Ich habe die Jungs bei* mamae *gelassen und bin mit dem Bus in die Stadt gefahren, um mir den Film anzuschauen. Du wärst ganz schön stolz gewesen, wenn du die Schlangen vor dem* Rialto *gesehen hättest. Sie ist so* bonita *und wird bestimmt weltberühmt!* Emma hörte auf zu lesen. Immer wenn sie an Joans Erfolg dachte, zog sich der kleine Knoten in ihrem Magen noch fester zusammen. Sie wollte Joans Glück nicht mit neidischen Gedanken vergiften, aber in letzter Zeit hoben die Erfolge ihrer Schwester ihre eigenen Unzulänglichkeiten nur noch stärker hervor.

Emma übersprang den Rest von Lias Brief bis zur letzten Seite. *Wenn das Baby nach den beiden Jungs ein Mädchen wird, werden wir es* Carmelita Emma Alvarez *nennen. Ich habe beschlossen, den Familienaberglauben bei den Hörnern zu packen.* Mamae *sagt, das bringt schlimme Erinnerungen zurück, die ihr Enkelkind verfolgen werden, aber ich sage, die Urgroßtante wird doch nicht jemandem schaden, der so heißt wie sie! Außerdem trägt meine Kleine dann den Namen von zwei starken Frauen. Wie könnte sie für diese Welt besser gerüstet sein? Und vielleicht lockt dich das einmal nach Macao zurück.* Emma legte den Brief beiseite. Nach so vielen Jahren überfiel sie plötzlich wieder bohrendes Heimweh.

Emma wischte sich mit dem Handrücken über die Augen, als sie Schritte auf der Treppe hörte. Sie wollte nicht, dass Wilson sie so verstört sah. Rasch verstaute sie die Briefe in einer offenen Kiste und drehte sich überrascht um. Nicht Wilson, sondern ein größerer, schlankerer Mann in Jeans und Sweatshirt stand in der Tür. Aus dunklen Augen sah er sie eindringlich an; mit seiner dunklen Haut und den weichen Zügen wirkte er wie ein Kaukasier mit chinesischem Einschlag.

»Hi. Sie müssen Emma sein. Ich bin Jack Leung, ein Freund von Wilson.« Seine tiefe, sanfte Stimme erschreckte sie mit ihrer Wärme, und ihr stieg die Röte ins Gesicht.

»Ja«, sagte sie, stand auf und streckte ihm die Hand entgegen. »Nett von Ihnen, dass Sie mithelfen. Ich bin wirklich sehr dankbar.«

»Sie stammen wohl nicht aus San Francisco, oder?«

»Aus Hongkong.« Nicht einmal Jeans und Bluse konnten über ihre Herkunft hinwegtäuschen, die ihr Akzent verriet.

»Ich war vor mehreren Jahren ein paar Tage dort.« Jack lächelte. »Wollte immer mal wieder hin.«

»Hongkong hat Ihnen gefallen?«

»Ja, sehr.« Wieder lächelte er, sodass seine ebenmäßigen Zähne leuchteten. »Jetzt mach ich mich lieber an die Arbeit, bevor Wilson sich wundert, was hier los ist. Sind die da fertig?« Er deutete auf die Kisten, die Wilson gerade aufgestapelt hatte.

»Ja«, nickte sie.

Er lächelte sie an, nahm eine Kiste und verschwand rasch durch die Tür, die Treppe hinunter.

Spät am Nachmittag standen sämtliche Obstkisten und Kartons in der richtigen Reihenfolge in den Zimmern der neuen Wohnung aufgestapelt. Die Wohnung kam Emma mit einem Schlafzimmer, einem Wohnzimmer, einer kleinen Küche und einer Essnische riesengroß und leer vor.

In der Küche packte Emma die Kisten wieder aus, die sie erst heute früh voll gepackt hatte. Ihre Küchenutensilien, die sie in ihrem Apartment kaum hatte unterbringen können, verloren sich beinahe in den gelben Schubladen und Schränken. Emma mochte den frischen Geruch nach Putzmitteln und die Tapete mit dem Muster aus gelben und grünen Kürbissen. Es war behaglich hier, man spürte noch das Leben der Vorgänger, obgleich alles sauber geschrubbt war. Emma lächelte bei dem Gedanken, dass auch Foon die Wohnung gutheißen würde.

Sie hörte, wie Wilson und Jack sich in ihrem Wohnzimmer unterhielten, während sie darauf warteten, dass Emma irgendwelche Trinkgefäße für das Cola aufstöberte. Sie wühlte in einer Apfelkiste und fand die beiden blauen Plastikbecher, die sie bei Woolworth gekauft hatte. Hastig setzte sie den Flaschenöffner an, sodass der Kronkorken aufs grüne Linoleum flog. Sie verteilte Eiswürfel in die Becher, goss Cola ein, schüttete Erdnüsse auf einen Teller und eilte ins Wohnzimmer.

»Na endlich!«, sagte Wilson, der mitten im Raum auf einem ihrer Küchenstühle aus gelbem Plastik Platz genommen hatte. Jack saß mit übereinander geschlagenen Beinen neben ihm wie beim Arzt im Wartezimmer.

»Du Sklaventreiber!«, lachte Emma, die sich keine Gelegenheit entgehen ließ, einen der vielen Slangausdrücke anzubringen, die sie erst in Amerika gelernt hatte.

Anfangs hatte ihr das amerikanische Englisch einiges Kopfzerbrechen bereitet. Manches machte ihr immer noch zu schaffen, obwohl sie inzwischen genauso gut sprach und verstand wie die meisten in Amerika geborenen Chinesen. Vor allem mit dem Slang und den Kürzeln in den Schlagzeilen der Zeitungen hatte sie noch Probleme ... *Elvis Shakes His Pelvis, Freed's Radio Show Rocks 'n Rolls 'em, Troops Flood Little Rock* ... Im ersten Jahr in San Francisco hatte Emma das Gefühl, als müsste sie eine neue Sprache lernen.

»Haben Sie ein Radio?«, fragte Jack, der mit den Tennisschuhen leicht auf den mattbraunen Teppich klopfte. Seine dunklen Augen verfolgten Emma, seit sie ins Zimmer getreten war.

»In einer von diesen Schachteln«, antwortete sie errötend und wich sorgfältig seinem Blick aus. Ihr wurde heiß und etwas unbehaglich zumute.

Emma suchte in einer Apfelkiste herum, die in der Ecke stand, doch Jack zog ihr Radio, einen braunen Kasten der Marke RCA, aus einer Bananenkiste hervor und steckte es ein. Es rauschte und knackte, dass ihnen die Ohren wehtaten.

»Ausschalten!«, schrie Wilson lachend.

»Moment.« Jack legte sich bäuchlings auf den Boden und spielte mit dem Knopf herum, bis sich Pat Boones Sirupstimme in den Raum ergoss, mit der Schnulze *Love Letters in the Sand*.

»Bitte, alles, was du willst, nur nicht Pat Boone!«, flehte Wilson und ließ seinen Becher kreisen, dass die Eiswürfel klirrten.

Jack drehte den Knopf weiter und übersprang undeutliches Stimmengewirr, bis er bei *Peggy Sue* von Buddy Holly landete. Er drehte das Radio leiser, damit sie sich unterhalten könnten, doch plötzlich verstummten alle.

Peggy Sue, Peggy Sue, I love you. Jack trommelte mit den Fingern auf dem Radio herum. Emma konnte den Blick nicht von seinem Ring wenden, einem Goldring mit eingravierten Insignien.

»Was haltet ihr davon, wenn ich euch beide zum Abendessen einlade?«, schlug Wilson vor. »Chinatown? North Beach? Ihr könnt es euch aussuchen.«

»Wenn hier jemand einlädt, dann bin ich's«, sagte Emma und sah erst Wilson an, dann Jack. »Es war wahnsinnig nett von euch beiden, mir beim Umziehen zu helfen.«

Jack trank sein Cola aus und erhob sich vom Boden. »Ich würde die Einladung gern annehmen, aber ich fürchte, ich muss sie verschieben. Ich hab heute Abend Dienst.«

»Dienst?«, fragte Emma.

Wilson antwortete: »Jack ist in der Army. Er ist im Presidio stationiert, dem Militärstützpunkt hier. Ein echter Held aus dem Koreakrieg!«

»Ich schmeiß dich gleich raus«, flachste Jack zurück. Er wölbte drohend seinen Rücken nach hinten und baute sich groß und breitschultrig vor Wilson auf.

Emma wunderte sich jetzt, dass sie alle Anzeichen seines Berufs übersehen hatte. Er stand sogar da wie ein Soldat, mit leicht geöffneten Beinen, die Hände hinter dem Rücken verschränkt. Neben ihm fühlte sich Emma zu kurz geraten, obwohl sie ihm immerhin bis zur Schulter reichte. Wilson war mit seinen einssiebzig kaum einen Fingerbreit größer als sie.

»Ruf mich an«, sagte Jack zu Wilson, der immer noch auf seinem Stuhl saß.

»In ein, zwei Tagen. Danke, Buddy.«

Emma begleitete Jack zur Tür, stand im kühlen Flur und zog ihre Baumwoll-Strickjacke enger um die Schultern. Sie streckte ihm die Hand entgegen. »Nochmals vielen Dank für die große Hilfe.«

Er schüttelte ihre Hand, beugte sich dann, ohne sie loszulassen, näher zu ihr heran und flüsterte: »Das mit dem aufgeschobenen Essen war mein Ernst. Ich werde mich bald bei Ihnen melden.«

Jack trat einen Schritt zurück und zwinkerte, dann ging er rasch die Betontreppe hinunter, und Emma spürte noch die Wärme seiner Hand auf der ihren.

Emma kämpfte mit Müdigkeit, als Wilson sie nach dem Essen nach Hause gefahren und in ihrer neuen Wohnung abgesetzt hatte. Sie wanderte durch die Räume, in denen die übereinandergestapelten Kisten aufs Auspacken warteten, und versuchte, die Fremdheit daraus zu vertreiben. Dann setzte sie Tee auf und trank ihn im Wohnzimmer auf demselben Plastikstuhl, auf dem Jack gesessen hatte. Sie fragte sich, wie er wohl in Uniform aussehen mochte, und lächelte vor sich hin. Ein Soldat. Emma nippte bedächtig an ihrem Tee und vergegenwärtigte sich noch einmal, wie Jacks dunkle Augen ihr durch den Raum gefolgt waren, wie rasch er sich bewegte und wie er schwerer geschuftet hatte als sie und Wilson zusammen, obwohl er sie nicht einmal kannte. Warum hatte Wilson seinen Freund nie erwähnt?

Vor zwei Stunden hatte sie noch mit Wilson in seinem DeSoto gesessen und in Mel's Drive-in Hamburger und Pommes verspeist. Sie dachte an ihr leicht dahinplätscherndes Gespräch, den Fettgeruch der Zwiebeln und Pommes, den Erdbeer-Milchshake, der ihr kühl die Kehle hinunterrann. Emma wollte Wilson nicht zu auffällig über Jack aushorchen, konnte aber wie beiläufig die Frage einschieben: »Wie lange ist Jack denn schon in der Army?«

Wilson kaute nachdenklich, bevor er antwortete: »Hat sich

gleich nach der Highschool verpflichtet. Ist eigentlich der jüngere Bruder von einem meiner Freunde. Halb Chinese, halb Portugiese. Ein guter Kerl, schon immer gewesen. Jetzt ist er Second Lieutenant, Berufsoffizier. Irgend so ein Sonarspezialist, glaube ich. Sieht gut aus, was?«

Emma wurde es wieder warm, sie begann, an einem Pommes zu knabbern. »Nett von ihm, dass er beim Umzug geholfen hat.«

»Jack ist ein netter Typ. Wir geben uns Mühe, in Kontakt zu bleiben, vor allem nach dem Tod seines Bruders.«

»In Korea?«

»Nein, bei einer Schießerei in Chinatown. Ist irgendwie in die High-School-Banden reingeraten. Einer der Gründe, warum ich mich für das Freizeitzentrum engagiere.« Wilson stopfte sich den Rest seines Hamburgers in den Mund.

Emma schwieg. Sie konnte gar nicht mehr mitzählen, wie viele Welten sich rings um sie auftaten. Wie furchtbar musste für Jack der Tod seines Bruders gewesen sein. Sogar noch schlimmer als Lias Schmerz, als ihr kleiner Bruder starb, den sie schließlich nicht so lange gekannt hatte. Und wie wichtig waren Angebote von engagierten Menschen wie Wilson, die die Kids von den Straßen holten. Wilson war wahrscheinlich einer der nettesten Typen, die sie in ihrem Leben kennen gelernt hatte, ganz anders als diese reichen Söhne aus Hongkong, die von klein auf im Geld ihrer Familien schwammen.

»Ich habe eine Freundin, deren Bruder erstickt ist. Aber er war noch klein, und es war ein Unfall. Ich kann mir nicht vorstellen, was ich täte, wenn meiner Schwester Joan etwas passierte.« Ein Schauder kroch Emmas Rücken hoch.

Wilson schüttelte den Kopf. »Es ist ein unheimlicher Gedanke, wie leicht man einen Menschen verlieren kann, den man liebt.«

Geräuschvoll schlürfte er mit seinem Strohhalm den Rest

seines Schoko-Shakes auf. Er übernahm die Rechnung, denn er wollte sich Emmas Einladung lieber für später aufheben: Sie sollte ihm etwas kochen, wenn sie ihre neue Küche ausprobiert hatte.

Als Emma schließlich in dem fremden, neuen Schlafzimmer in ihrem vertrauten Bett lag, schloss sie die Augen und streifte in Gedanken noch einmal durch jedes Zimmer, durch den Nebel der letzten Tage. Der Schlaf kam schließlich mit einem Traum, in dem Emma fiel, ins Bodenlose stürzte. Unter sich sah sie nur Dunkelheit, nichts bremste ihren Fall. Erst als sich Emma der Leere überließ, spürte sie, wie sich ihr Fall verlangsamte und sie dann von einem Paar starker Hände aufgefangen wurde. Doch obwohl diese Hände sie ganz fest hielten, konnte Emma im Dunkeln nicht sehen, welches Gesicht dazugehörte.

Am Ende der nächsten Woche kam Jack wie ein Wirbelwind hereingestürmt. Emma saß an ihrem metallgrauen Schreibtisch neben Wilsons Büro und sprang auf, als die Tür mit einem kalten Windstoß aufging und gegen die Wand knallte. *Schon wieder diese Kids*, war ihr erster Gedanke. Sie stürzte sich mit ausgebreiteten Armen auf ihren Schreibtisch, um die Papiere festzuhalten. Ihr Beutel mit dem Mittagessen fiel hinunter, eine Dose mit Stiften flog hinterher, und ihr Inhalt verteilte sich über den ganzen Boden. Als sie hochblickte, stand Jack in der Tür. In seiner Uniform, die ihm gut stand, wirkte er eher förmlich, woran auch der große Gummibaum nichts ändern konnte, den er im Arm hielt. Er stellte ihn neben ihrem Schreibtisch auf dem Boden ab.

»Tut mir Leid. Der Wind spielt heute verrückt.« Er drehte sich um und schloss die Tür, während Emma aufstand und hastig ihre Strickjacke zurechtzupfte. »Wie geht's? Haben Sie sich schon in Ihrer neuen Wohnung eingelebt?« Er hob ihren Beutel auf und legte ihn zurück auf den Schreibtisch.

Emma sammelte mehrere Bleistifte ein und räusperte sich. »Mir geht's prima«, brachte sie schließlich hervor und starrte auf seine gebügelte grüne Jacke, das beige Hemd und die Hose.

»Ich dachte, ich bringe Ihnen ein kleines Einweihungsgeschenk vorbei.«

»Danke.« Emma berührte den Gummibaum, strich über eins seiner dicken grünen Blätter. »Er ist wunderschön.«

Jack warf einen kurzen Blick auf die vielen Mannschaftsfotos, die hinter ihr aufgereiht an der Wand hingen. »Sieht ganz danach aus, als würde Wilson prima Arbeit leisten.«

»Das tut er auch. Möchten Sie ihn sehen?«

Jack kniff an den Falten seiner Mütze herum und sah sie stirnrunzelnd an. »Na ja, eigentlich bin ich vorbeigekommen, um mit Ihnen zu reden.«

Emma überlief es heiß, sie war sicher, dass ihr Gesicht feuerrot glühte. »Wirklich?«

Er befeuchtete seine Lippen. »Ich dachte, wenn Sie am Samstag noch nichts anderes vorhaben ... ob Sie dann mit mir essen gehen möchten?« Er verschränkte seine Arme vor der Brust.

Emma streifte ein Gummiband über die Bleistifte und drehte sie unablässig zwischen den Fingern. »Diesen Samstag?«

»Ich könnte Sie um sieben abholen«, fügte Jack mit einem Lächeln hinzu.

»Ich ... ja.« Emma zog einen Stift heraus und schrieb ihre Telefonnummer auf ein Blatt Papier. »Da.« Sie reichte ihm den Zettel. »Für den Fall, dass Sie mich erreichen müssen.«

»Danke.« Jack steckte den Zettel in seine Jackentasche. »Samstag um sieben dann.« Er strahlte übers ganze Gesicht, ging rückwärts zur Tür und hob die Hand zu einem lässigen Gruß.

Als er die Tür öffnete, tanzte der Wind wieder um Emma

herum und fuhr knisternd durch die Blätter, die von ihrem Schreibtisch aufflogen wie das Glück selbst und dann sanft zu Boden schwebten.

Als Emma am Freitag das Freizeitzentrum verließ, erzählte sie Wilson nichts von ihren Plänen, mit Jack essen zu gehen.

»Bis Montag«, sagte er, als sie am Gehen war. »Hast du was Aufregendes vor, oder bleibst du zu Hause?«

Emma nahm ihren Mantel. »Wahrscheinlich schaue ich nur, dass ich mit dem Auspacken vorankomme«, sagte sie stockend. Sie zog eine Schublade auf und holte ihre Handtasche heraus.

»Ja, klingt gut.« Seine Finger spielten mit der Pfeife, die er um den Hals hängen hatte. »Schönes Wochenende dann.«

»Dir auch.«

Wilson nickte.

Die ganze Heimfahrt im Bus konnte sich Emma nicht auf ein einziges Wort ihres Romans konzentrieren, *Die Leute vom Peyton Place*, weil sie ständig überlegen musste, warum sie Wilson ihre Verabredung mit Jack verschwiegen hatte.

Am Samstag erschien Jack Punkt sieben, im dunklen Sakko und Krawatte statt in Uniform. »Nur, wenn es notwendig ist«, sagte er, als er ihren kurzen Blick wahrnahm. »Sonst sehe ich lieber aus wie ein normaler Mensch.«

»Möchten Sie etwas trinken? Cola? Kaffee oder Tee?«, fragte Emma, überrascht, dass er ihre Gedanken lesen konnte.

Er blickte auf die Uhr. »Ich hab für halb acht reserviert. Wir sollten lieber gleich los.« Er hielt ihr die Tür auf. »Sie sehen übrigens toll aus.«

Emma errötete und murmelte ein rasches »Danke«.

Sie hatte den ganzen Nachmittag überlegt, was sie anziehen sollte, und sich schließlich für einen *cheungsam* aus blauer Seide entschieden. Seit ihren Collegezeiten, als sie mit Sylvia Lu ausgegangen war, hatte sie ihn nicht mehr getragen. Als sie in die kühle Seide schlüpfte und die Paspelverschlüsse zuknöpfte, kam sie sich seltsam fremd darin vor. Wenn sie in den Spiegel schaute, sah sie nicht mehr aus wie das Mädchen aus Hongkong, das gerade nach San Francisco gekommen war. Doch sie war ganz sicher auch nicht die Amerikanerin, die zu Elvis Presley tanzte und jedes Mal in Ohnmacht fiel, wenn er die Hüften schwenkte. Emma war von beiden Polen gleich weit entfernt.

Sie aßen im Pisa Nuova am oberen Ende der Grant Avenue in North Beach. Emma saß Jack gegenüber, die flackernde Kerze zwischen ihnen verbreitete ein weiches gelbes Licht. Sie nippte an dem zu herben Rotwein, der ihr sofort zu Kopfe stieg, und ganz plötzlich erzählte sie ihm alles über ihre Familie. Baba in Tokio, Mah-mih in Hongkong, Auntie Go und der *Westwind*, ihre Schwester Joan, die Schauspielerin, und natürlich Foon, die wunderbar kochte.

»Das klingt alles ganz toll«, sagte er und schnitt in seine Cannelloni. »Ich fürchte, mein Leben war bei weitem nicht so aufregend. Ich bin mit meiner Mutter und meinem Bruder aufgewachsen. Mein Vater hat sich davongemacht, als ich fünf war. Mein Bruder Frank war damals fast zehn. Wir wohnten ganz in der Nähe von Chinatown.«

»Ist Ihre Mutter Portugiesin?«, fragte Emma und spießte ein Ravioli auf; die Sauce war kräftig und mit viel Knoblauch gewürzt.

Jack nickte. »Ihre Familie stammt aus Macao. Sie hat meinen Vater hier kennen gelernt.«

»Wir haben während der Besatzung in Macao gelebt. Das war für uns wirklich ein Ort der Geborgenheit.«

»Meine Mutter hat Macao verlassen, als sie noch ein kleines

Mädchen war«, sagte er und trank einen Schluck Wein. »Erzählen Sie mir doch, was Ihnen an Macao am besten gefallen hat.«

Emma trank etwas Wasser. Dazu fiel ihr jede Menge ein, Lia, die Musik, Sao Paulo, die trägen tropischen Tage, die melodische Sprache ... »Die Leute. Und ihre Freundlichkeit.«

An der Tür hielt Jack ganz lange Emmas Hand umfasst. Sie sagten kaum etwas, doch ihr wurde kalt, als er ihre Hand losließ.

Spät in der Nacht wühlte Emma atemlos ihre Schachtel mit den Briefen durch; sie suchte nach dem Brief, den sie vor mehreren Monaten von Joan bekommen hatte. Als sie den dünnen weißen Umschlag fand, strömte er immer noch einen schwachen Duft von *My Sin* aus. Emma überflog das kurze Schreiben bis zu den letzten Zeilen. *Ich habe jemand kennen gelernt. Er ist überhaupt nicht der Typ, von dem du erwarten würdest, dass er mir gefällt. Viel ernster und intellektueller. Mah-mih und Auntie Go haben keine Ahnung. Ich kann dir nur erzählen, dass er aus derselben Branche ist und ich mich in ihn verliebt habe.*

Emma steckte den Brief wieder in die Schachtel, und ihre dahinfliegenden Gedanken ordneten sich schon zu Plänen: Wilson am Montag von Jack erzählen, die restlichen Kisten auspacken, auf Jacks Anruf warten, Joan wieder einen Brief schreiben und ihr sagen, *ich weiß genau, wie du dich fühlst.*

Die Geschichte einer Frau

1959-1961

JOAN

Joan wartete in C. K. Chins Büro. Die Morgensonne tauchte den Raum in ein fahles, hartes Licht. Joan saß in einem der neuen schwarzen Ledersessel vor dem Schreibtisch. Nicht einmal der satte Ledergeruch konnte den Geruch des kalten Rauchs übertönen, der sich mit den Jahren im Teppich und den Tapeten festgefressen hatte. Joan sah auf ihre Uhr hinunter. Chin ließ auf sich warten.

Nach Joans Erfolg in der *Geschichte einer Frau* hatte sie zwei weitere Filme gedreht, *Tag für Tag* und *Die letzte Stunde*. Plakate aller drei Filme hingen an der dunklen Wand, die Chins erfolgreichsten Produktionen vorbehalten war. Joan konnte es kaum glauben, dass es ihr eigenes Gesicht war, das ihr da entgegenstarrte. Nach einem weiteren Blick auf die Uhr wollte sie schon aufstehen und gehen, als die Tür aufflog und Chin in sein Büro eilte.

»Joan, Joan ... Es tut mir Leid, dass ich mich so verspätet habe.« Chin beugte sich vor und küsste sie auf die Wange. »Bei *Taifun* gab's Probleme am Set.« Er seufzte, und sein Zigarettenatem wehte ihr entgegen.

»Du wolltest mich sehen?«

Chin zögerte, setzte sich in den Sessel neben dem ihren und

schlug die Beine übereinander. Ohne das Bollwerk seines Schreibtischs sah er unbeholfen aus, wie am falschen Ort. »Ich muss dich um einen kleinen Gefallen bitten.« Chin lächelte, und seine Augen wurden schmal. »Ich habe den perfekten Film für dich, nur ... er kann leider nicht warten, bis du von deiner Reise zurück bist.«

Joan erhob sich. »Nein. Meine Schwester erwartet mich in zwei Wochen in San Francisco, und daran gibt es nichts mehr zu rütteln.«

Chin berührte sie mit seiner feuchten, verschwitzten Hand am Arm. »Verschieb's. Dieser Film ist es wert. Joan, wenn du das für mich tust, wirst du ein noch größerer Star, als du es schon bist.«

»Wieder eins von diesen Revuegirls?«

»Das nicht gerade. Obwohl die Hauptfigur eine Frau ist, die um ihre Anerkennung in der Gesellschaft kämpft. Aber glaub mir, der Film geht auf eine ganz neue Weise mit diesem Thema um. Wirf einfach mal einen Blick ins Drehbuch.«

»Nein«, wiederholte sie und griff nach ihrer Handtasche. »Jetzt entschuldige mich bitte, ich komme zu spät zu einer Verabredung.«

»Ich verlange nicht, dass du dich sofort entscheidest. Lass dir ein, zwei Tage Zeit. Aber denk daran, der Ruhm einer Schauspielerin kann schnell verblassen. Man sollte das Eisen schmieden, solange es heiß ist.« Chin stand auf, ließ sein goldenes Zigarettenetui aufschnappen und griff nach dem Feuerzeug auf seinem Schreibtisch. Er musste zweimal schnippen, bis die Flamme brannte und er die Zigarette, die von seinen Lippen hing, anzünden konnte.

Joan hatte nicht erwartet, dass ihre Unterredung mit Chin so lange dauern würde. Verspätet, wie sie war, hetzte sie durch den Flughafen Kai Tak, bis sie außer Atem beim Flugsteig 2A anlangte, wo bereits eine kleine Menschenmenge wartete. Babas Maschine war gerade gelandet. Joan lehnte sich neben dem Fenster an die Wand, das Sommerkleid klebte ihr am Rücken, die Sonnenbrille rutschte ihr auf die Nase.

Draußen, wo die Pan-Am-Maschine eben ausgerollt war, stieg die Hitze in Wellen vom schwarzen Asphalt hoch. Joan war gerade noch rechtzeitig gekommen, um zu sehen, wie die Tür des Flugzeugs aufgeschoben wurde. Einer nach dem anderen kletterten die Passagiere vorsichtig die silberglänzenden Stufen der Gangway hinunter und gingen zum Flughafengebäude. Joan tupfte sich mit einem Taschentuch über die Stirn und wagte nicht zu blinzeln, damit sie Ba-ba nicht verpasste. Sie hatte ihren Vater nicht mehr gesehen, seit er zur Premiere ihres ersten großen Films, *Die Geschichte einer Frau*, aus Japan gekommen war.

»Sei bitte pünktlich«, hatte Mah-mih sie gestern Abend gebeten. »Bist du sicher, dass ich nicht doch ein Taxi nehmen und wir uns alle dort treffen sollten?«

»Ich habe eine Besprechung mit Chin im Studio. Anschließend hole ich Ba-ba ab und bringe ihn direkt nach Hause«, sagte Joan mit ruhiger, sanfter Stimme. Sie freute sich schon darauf, eine Weile allein mit ihm zu sein.

»Sei nur rechtzeitig dort«, wiederholte Mah-mih beharrlich und lief zwischen dem Sofa und der Terrassentür hin und her. »Du weißt ja, dass es Ba-ba nicht besonders gut geht.«

Joan musste zweimal hinschauen, bevor sie die hagere, blasse Gestalt erkannte, die aus dem Flugzeug stieg. Ihr tat das Herz weh, als sie sah, wie stark er in den letzten beiden Jahren gealtert war. Sie nahm die Sonnenbrille ab und strich sich die Haare zurück. »Ba-ba!«, rief sie, kaum dass er das Gebäude betreten hatte. Als er aufblickte, zeigte sich flüchtig eine Spur des gut aussehenden Mannes, der er einmal gewesen war.

»Wie geht's meiner Tochter, der Filmdiva?«, fragte er, ließ seinen Aktenkoffer fallen und drückte sie fest an sich.

»Sie freut sich wahnsinnig, dich zu sehen.« Joan spürte durch sein Jackett nur Haut und Knochen. »Lass mich das tragen.« Sie hob seinen Aktenkoffer hoch, nahm ihn dann am Arm und führte ihn zur Gepäckausgabe.

Als sich ihr Taxi auf der Rückfahrt nach Hongkong durch Kowloon schlängelte, starrte Ba-ba sehr lange aus dem Fenster. Nach einer Weile lehnte er sich zurück und murmelte: »So viele Menschen.« Als ob er sich gerade erst erinnerte, dass Joan neben ihm saß, drehte er sich zu ihr um und fragte: »Ist hier nicht irgendwo dein Studio?«

Joan nickte. »Ein paar Straßen weiter in die Richtung.« Sie deutete an ihm vorbei aus dem Fenster. »Jetzt, wo du wieder zu Hause bist, machen wir mal eine Besichtigungstour.«

Ba-ba lächelte und wischte sich die Stirn mit seinem Taschentuch ab. »Weißt du, erst war ich gar nicht so glücklich darüber, dass du Schauspielerin werden wolltest. Ich hatte Angst, du könntest in diesem schwierigen Beruf Schiffbruch erleiden.«

»Aber ...«

Ba-ba legte seine knochige, mit blauen Adern überzogene Hand auf die ihre. »Aber ich habe nie vergessen, mit welcher Bravour du damals vor dem Krieg das Geld einfordern gingst, das man mir schuldete. Ich wusste, dass du alles schaffst, was du dir in den Kopf setzt. Das gilt für meine beiden Mädchen. Das Leben ist schon schwer genug, auch wenn du deine Familie nicht gegen dich hast.«

»Und wenn ich keinen Erfolg gehabt hätte?«, sagte Joan leise, mehr zu sich selbst als zu ihrem Vater.

Doch Ba-ba hörte es. »Aber du hattest Erfolg.«

Joan versuchte, den Kloß in ihrer Kehle hinunterzuschlucken. Die feuchte Luft war zum Ersticken heiß. Sie schloss die

Augen hinter ihrer Sonnenbrille. Während sie durch die schmalen, überfüllten Straßen Kowloons fuhren, nahm Joan die Hand ihres Vaters und hielt sie fest in der ihren.

Kurz nach Ba-bas Rückkehr nach Hongkong zog Joan in eine eigene Wohnung um, die an der Magazine Gap Road lag. Sie hatte ein großes Wohnzimmer, zwei Schlafzimmer und eine enge Küche, in der zu kochen sie selten Zeit fand. Meist aß sie in Restaurants oder, mindestens dreimal die Woche, daheim bei ihren Eltern und Auntie Go. Jedes Mal, wenn sie die Steintreppe zur Wohnung ihrer Eltern hinauflief, stiegen ihr die Düfte aus Foons Küche entgegen, und sie konnte fast erraten, was Foon zum Abendessen gekocht hatte. Heute gab es Rindfleisch mit Knoblauch und Ingwer. Als sie die Haustür aufmachte, hörte sie aus dem Wohnzimmer gedämpfte Stimmen.

Mah-mih stand neben dem Klavier. Seit Emma nach Amerika gegangen war, hatte niemand mehr darauf gespielt. Mah-mihs Augen waren geschwollen, als hätte sie geweint. Auntie Go saß ruhig auf dem Sofa.

»Was ist denn los?«, fragte Joan mit trockenem Mund. »Wo ist Ba-ba?«

Auntie Go antwortete: »Er hat sich hingelegt. Wir haben heute ein Telegramm von Emma bekommen.«

»Ihr ist doch nichts passiert?«

Mah-mihs Stimme schnitt wie ein gespannter Draht durch die Luft. »Deine Schwester hat vor drei Tagen geheiratet.« An ihrer Schläfe pochte eine kleine Ader.

»Jack?«, entschlüpfte es Joan in einem Moment der Unachtsamkeit.

Blitzschnell bohrte sich Mah-mihs Blick in sie. »Du weißt von ihm?«, fragte sie vorwurfsvoll.

»Dann kennt sie ihn schon länger?«, fragte Auntie Go, und ihre Stimme verriet Erleichterung.

Joan legte Jacke und Handtasche ab. »Emma ist das ganze letzte Jahr mit ihm ausgegangen.«

»Und du hast diesen Jack vor uns geheim gehalten?«, fuhr Mah-mih fort, und ihre Augenbrauen schnellten in die Höhe.

»Ich habe Emma versprochen ...«

»Du hättest diese Ehe verhindern können!«, rief Mah-mih anklagend.

»Kum Ling, überleg doch, was du sprichst«, unterbrach Auntie Go ihre Cousine. »Joan hat nur getan, worum Emma sie gebeten hat.«

Mah-mih presste die Lippen zusammen und zerknüllte das Telegramm in ihrer Hand. »Ich hätte darauf bestehen sollen, dass sie nach dem Studium mit dir nach Hause zurückkehrt, Go. Dieser ganze Unsinn mit der Kunst! Und dann vergeudet sie ihre Zeit damit, in San Francisco zu arbeiten. Ich hätte hier eine gute Partie für sie finden können! Jetzt ist sie mit einem Menschen liiert, von dem wir rein gar nichts wissen! Aus was für einer Familie kommt er? Was macht er überhaupt?«

Joan sah die winzigen Fältchen, die von den Mundwinkeln ihrer Mutter ausgingen. »Emma liebt ihn. Reicht das nicht?« Joan entfuhren diese Worte, bevor sie Zeit zum Nachdenken hatte.

Mah-mih funkelte sie wütend an. »Nein, Liebe allein reicht manchmal nicht. Sie hätte gar nicht erst nach Amerika gehen sollen!«

»Das Studium in Amerika war das Beste, was Emma passieren konnte! Warum kannst du ihr nicht einfach ihr Glück gönnen? Oder sonst wem?«, sagte Joan, in der langsam Ärger hochstieg.

»Dass du ein großer Filmstar geworden bist, heißt noch lange nicht, dass du alles übers Leben weißt!« Mah-mih holte Luft und schleuderte ihr dann entgegen: »Oder über die Liebe!«

»Ich weiß mehr, als du ahnst.«

Mah-mihs Augen wurden schmal. Sie wandte sich von Joan ab und sagte tonlos: »So denkst du also. Meine beiden Töchter scheinen zu glauben, sie wüssten alles besser!«

Auntie Go stand auf und ging zu Mah-mih hinüber. Sie nahm ihr das Telegramm aus den Händen und faltete es wieder ordentlich zusammen. »Über das Schicksal hast du keine Macht, Kum Ling. Jeder muss sein eigenes Leben leben, ob es dir gefällt oder nicht.«

»Du kannst ja leicht allem zustimmen, Go«, fuhr Mah-mih sie an. »Aber bloß weil du deine eigene Fabrik besitzt, hast du noch lange keine Autorität, was meine Töchter betrifft!«

Dann drehte sich Mah-mih um und verließ mit klappernden Absätzen das Wohnzimmer. Die Tür ihres Schlafzimmers ging quietschend auf und fiel mit einem Krachen ins Schloss.

An jenem Abend aalte sich Joan in einem heißen Bad, bis sich ihre helle Haut vor Hitze rosa färbte. Das Wasser bedeckte ihre Brüste und reichte ihr bis unters Kinn. Sie ließ ihren Körper nach oben schwimmen, und ihre Zehen, ein Dreieck dunkler Haare, ihre Brustwarzen ragten aus dem Wasser.

»Moi-moi ist jetzt eine verheiratete Frau. Eine Ehefrau ...« Joan sprach die Worte laut aus, um sich an sie zu gewöhnen. Andere Worte folgten, die ihr schwer auf der Zunge lagen. *»Alleinstehend, ledig, alte Jungfer.«* In dem von dichten Dampfschwaden vernebelten Badezimmer klangen sie gedämpft, weniger hart.

»Alleinstehend, ledig, alte Jungfer!«, sagte Joan lauter und lachte vor sich hin. Mit dreiunddreißig war sie nicht gewillt, sich in Bezeichnungen wiederzuerkennen, die in ihren Ohren wie Kinderreime klangen.

Joan ließ sich im warmen Wasser treiben. Sie dachte immer noch an Edward Chung, der vor zwei Jahren nach Shanghai zurückgekehrt war. Es hieß, dass er die Shanghaier Filmindustrie wiederbeleben und zu ihrem alten Glanz zurückführen wolle, aber Schwierigkeiten mit der kommunistischen Regierung habe. Joan legte ihre Hand auf ihren flachen Bauch und fragte sich, wie ihr Leben wohl wäre, wenn sie das Kind bekommen hätte. Mehrere Wochen nach Beendigung der Dreharbeiten für *Die Geschichte einer Frau* merkte sie, dass sie schwanger war. Erst geriet sie in Panik, ihr wurde jeden Morgen übel, was sie vor Mah-mih und Foon zu verbergen suchte. Am liebsten hätte sie alles Auntie Go erzählt, aber dann hatte sie den Entschluss gefasst, sich Jade Wind anzuvertrauen.

»Was soll ich machen?«, fragte Joan und schloss die Tür ihrer Garderobe.

»Wie weit bist du?«, fragte Jade Wind.

Joan schüttelte den Kopf. »Ich weiß nicht genau. Der Drehmonat und dann noch drei Wochen. Wahrscheinlich gegen Ende des zweiten Monats.«

Jade Wind lief hin und her, dann blieb sie plötzlich stehen. »Ich kann rauskriegen, wo du es dir wegmachen lassen kannst. Mehrere Schauspielerinnen hier haben das schon hinter sich. Und es ist alles glatt gelaufen ...« Sie verstummte.

Joan lehnte an der Tür, ihr wurde wieder schlecht. »Das kann ich nicht«, flüsterte sie.

»Wirst du's ihm sagen?«

»Das kann ich auch nicht.«

Zwei Tage später wachte Joan mit heftigen Krämpfen auf. Bis sie beim Badezimmer angelangt war, hatte sich das Problem von selbst erledigt. Doch seit damals spürte sie immer wieder das leise Ziehen des Lebens, das einmal in ihr gewachsen war.

Joan hielt die Luft an und tauchte unter. Sie schüttelte alle Gedanken ab und versuchte, sich an einen frühen Brief zu erinnern, in dem Emma alles über Jack berichtet hatte. *Er ist ein gu-*

ter Freund von Wilson ... halb Chinese, halb Portugiese ... sieht gut aus ... Mah-mih wird nicht begeistert sein, dass er ein Mischling ist ... Er hat nicht studiert ... möchte in der Army Karriere machen ... Er ist ein herzensguter, freundlicher Mensch ... ich war nie glücklicher ...

Joan stieg aus der Wanne und hüllte sich in ein Handtuch. In der kühlen Luft überlief sie am Bauch und an den Beinen eine Gänsehaut. Sie schaute zum Spiegel, der vom heißen Dampf völlig beschlagen war, machte sich aber nicht die Mühe, ihn abzuwischen.

Sie schlüpfte in einen Morgenmantel aus weißer Seide und ging zu ihrem Schreibtisch hinüber, um ein Telegramm an Emma aufzusetzen.

> *Glückwünsche zur Ehe! Besuch wegen eines neuen Filmprojekts um ein paar Monate verschoben ... So störe ich nicht die Flitterwochen. Du hast dein Glück verdient. Keine Sorge wegen Mah-mih, sie wird sich schon an den Gedanken gewöhnen.*
>
> *Alles Liebe, Joan*

Sonnenaufgang

1963-1964

AUNTIE GO

Innerhalb weniger Monate kam der Tod zu Lew Hing, und er kam nicht ohne Schmerzen. In dem Jahr, als er aus Japan nach Hongkong zurückkehrte, war er schon abgemagert und schwach. Als in der Klinik die Krebsdiagnose gestellt wurde, nahm Kum Ling die Erklärungen des Arztes entgegen, als wären sie eine viel zu kalte Speise. Die Worte gefroren in der Luft: *»In der Bauchspeicheldrüse ... Zu weit fortgeschritten ... Es gibt nichts, was wir tun könnten ... Sorgen Sie dafür, dass er es bequem hat ... es tut uns Leid ...«*

Erst auf der Heimfahrt im Taxi taute Kum Ling auf und redete ohne Unterlass.

»Wir holen ihn nach Hause«, sagte sie und drehte an dem diamantenbesetzten Ehering an ihrem Finger. »Ich ziehe in Joans Zimmer, dann hat er mehr Platz. Ich darf nicht vergessen ... vergessen, Foon zu sagen, sie soll ... soll Katzenpfotengras für eine Suppe besorgen. Die Mädchen. Ich muss gleich den Mädchen Bescheid sagen ...«

Auntie Go legte beschwichtigend ihre Hand auf die ihrer Cousine, um sie zu bremsen. Kum Lings Hand war jetzt warm und feucht. »Joan kommt später herüber, dann sagen wir es ihr. Ich schicke Moi-moi ein Telegramm. Die Mädchen können jetzt nichts weiter unternehmen, Kum Ling. Es ist besser, wenn wir nicht mehr Unruhe in ihr Leben bringen als nötig.«

»Ja. Ja, du hast recht, Go.«

»Wenn wir nach Hause kommen, lassen wir uns von Foon *po-lai*-Tee kochen, dann legst du dich eine Weile hin. Für alles andere bleibt noch Zeit genug.«

Kum Ling nickte. Sie drehte sich zum Fenster und starrte auf die vorbeiziehenden Straßen hinaus. Go betrachtete Kum Lings Spiegelbild in der Scheibe, die leeren Augen, die seidige, glatte Haut, die vollen Lippen, die jetzt fest aufeinandergepresst waren. Mit neunundfünfzig war sie immer noch sehr schön, hatte noch kein einziges graues Haar, wogegen Go wie über Nacht grau geworden war.

»Erinnerst du dich?«, fragte Kum Ling plötzlich, ohne sich umzudrehen.

»Woran?«

»An unsere Hochzeit.« Kum Ling wandte ihr Gesicht wieder zu Auntie Go um.

Go lächelte. »Wie könnte ich die vergessen? Es war eine wunderschöne Hochzeit.«

»Ich war noch so jung, erst sechzehn. Ich lehnte es ab, mich in einer Sänfte tragen zu lassen, weißt du. Mah-mih hätte es sich gewünscht, aber ich weigerte mich einfach. Das Geld war ohnehin knapp. *›Er hat mich doch schon gesehen‹*, sagte ich zu ihr. *›Wieso soll ich mich da noch verstecken?‹* Als der Heiratsvermittler die Familie Hing davon unterrichtete, waren alle entsetzt bis auf Hing. Er sagte einfach: *›Sie hat Recht.‹* Wie hätte ich ihn all die Jahre nicht lieben sollen, in guten wie in schlechten Zeiten?«

»Er ist ein guter Mann«, flüsterte Go.

»Es war nicht immer einfach mit mir. Für keinen von euch.«

Auntie Go wusste nicht, was sie darauf antworten sollte. So

viele Jahre lang waren sie stets gegenteiliger Ansicht gewesen, und jetzt, wo sie in völliger Eintracht nebeneinander saßen, überkam sie ein merkwürdiges Gefühl. »Mit keinem von uns ist es einfach gewesen«, sagte Go, »aber könntest du dir ein anderes Leben für uns vorstellen?« Sie drückte ihrer Cousine die Hand.

Kum Ling lächelte. Ihre Lippen öffneten sich, um etwas zu sagen, hielten dann aber inne. Statt dessen spürte Auntie Go, wie Kum Ling näher an sie heranrückte und die kleine Lücke schloss, die sie noch voneinander trennte.

»Essen, essen!«, kommandierte Foon. »Bringt nichts für Lew, wenn *Seen-San* krank wird.« Sie schaufelte Reis in Kum Lings Schälchen und blieb neben ihr stehen, bis sie die Stäbchen nahm.

Joan beugte sich zu Auntie Go hinüber und flüsterte: »Weiß man, wie lange noch?« Es war ihr erster ganzer Satz, seit sie vom Zustand ihres Vaters erfahren hatte. Aus den schroffen Worten hörte man ihre Trauer heraus.

»Sechs Monate, mehr oder weniger«, flüsterte Auntie Go zurück.

»Aber das ist so kurz«, murmelte Joan mehr zu sich selbst als zu Auntie Go.

»Was habt ihr gesagt?«, fragte Kum Ling, die ihr Schälchen unberührt in der Hand hielt.

»Ich glaube, es ist vielleicht besser, wenn ich für eine Weile wieder nach Hause ziehe«, antwortete Joan rasch.

»Unsinn!«, polterte Kum Ling laut, und ihr alter Kampfgeist erwachte wieder. »Du hast jetzt deine eigene Wohnung. Eine Schauspielerin braucht Ruhe, um ihre Texte zu studieren.«

Auntie Go lächelte, als sie Kum Ling dasselbe Argument wiederholen hörte, das sie selbst einst vorgebracht hatte.

»Aber du brauchst doch ...« widersprach Joan.

»Wenn ich etwas brauche, sage ich es schon«, beendete Kum Ling die kleine Auseinandersetzung.

Joan stocherte in ihrem Essen herum. »Was ist mit Emma?«

»Ich wollte ihr morgen ein Telegramm schicken«, sagte Auntie Go. »Sie hat sicher beide Hände voll mit dem Baby und dem Umzug in das neue Haus zu tun.«

Joan bat: »Kann ich das übernehmen?«

Auntie Go musterte Joans Gesicht, makellos wie das ihrer Mutter. Nachdem sie so lange ihre Rollen nur vor dem Spiegel gespielt hatte, war sie ein berühmter Star geworden. Seit ihrem ersten großen Film, der *Geschichte einer Frau*, hatte Go eine grundlegende Veränderung an ihrer Nichte festgestellt. Joan hatte ihre nervöse Rastlosigkeit abgelegt. Es schien, als hätte sie etwas viel Wichtigeres entdeckt als den Ruhm: Sie wusste nun, wer sie war und was sie konnte.

»Selbstverständlich.« Auntie Go lächelte. »Sag ihr, sie soll sich nicht grämen, er wird gut versorgt.«

Joan nickte. Mit ihren Stäbchen hob sie ein Stück chinesischen Senfkohl zum Mund, ließ ihn aber wieder ins Schälchen fallen.

Kum Ling lehnte Auntie Gos Angebot ab, die Nacht bei ihr zu verbringen. »Um mich brauchst du dir keine Sorgen zu machen. Foon ist ja hier. Du leitest ein Unternehmen und musst früh aus dem Bett. Morgen werde ich in der Klinik alles Nötige veranlassen, dass Hing nach Hause gebracht wird. Und jetzt geh bitte heim.«

Auntie Go zögerte, sah aber am Ausdruck von Kum Lings Augen, dass sie meinte, was sie sagte. »Ich ruf dich morgen früh an.«

»Tu das«, sagte Kum Ling und hielt ihr die Haustür auf. »Ich danke dir, Go«, flüsterte sie, während ein kühler Novemberwind die Steintreppe hochwehte. »Für all die Jahre.« Dann schloss Kum Ling rasch die Tür.

Auntie Go schlug erst die Richtung zu ihrer Wohnung ein, überlegte es sich dann aber anders und fuhr mit einem Taxi nach Kowloon. Ihre Schlüssel stießen klirrend gegen ihren Ring, als sie die Tür zum *Westwind* aufsperrte. Sie schaltete die Deckenbeleuchtung ein und zuckte unter dem grellen weißen Licht zusammen. Als Erstes erreichte sie der leicht säuerliche Geruch von Wolle und Metall. Die abgeschalteten Maschinen standen lautlos da, doch schon bei ihrem Anblick kehrte das Phantom der sausenden Zischgeräusche zurück, die Gos Tage ausfüllten. Go hatte keine Ahnung, warum sie mitten in der Nacht zu ihrem Betrieb zurückgefahren war, sperrte aber die Tür hinter sich zu und stieg mit langsamen, nachdenklichen Schritten die Treppe zu ihrem Büro hinauf.

»Warum bin ich hier?«, flüsterte Go vor sich hin und konnte es sich nicht erklären. Sie trat in ihr Büro, knipste ein weicheres Licht an, goss sich einen Sherry ein und setzte sich an ihren mit Papieren überhäuften Schreibtisch. In kleinen Schlückchen trank sie den süßen Wein, lehnte sich zurück und schloss die Augen, als ihr der Alkohol ins Blut überging und sie wärmte.

Go wunderte sich, wie manche Erinnerungen wie kleine Lasten an ihr hängen blieben. Selbst wenn sie sie zurückdrängte, schoben sie sich wieder in den Vordergrund und verschafften sich Zutritt zu ihrem Leben, als gehörten sie zur Gegenwart. Dieser Moment war keine Ausnahme. Sie wusste jetzt, warum sie zum *Westwind* zurückgekehrt war. Hier in ihrem Büro hatte Lew Hing sie einmal vor vielen Jahren besucht. Auntie Go rechnete nach – über fünfzehn Jahre war es jetzt her, obwohl sie Hings Präsenz immer noch spürte, als wäre es gestern gewesen.

Er hatte so leise geklopft und die Tür geöffnet, dass sie vielleicht gar nicht aufgeblickt hätte, wenn nicht plötzlich ein lauter Schwall von Maschinengeräuschen und ein Hauch seines kräftigen, süßlichen Rasierwassers seine Ankunft angemeldet hätten.

»Hing!«, hatte Go überrascht gerufen.

Er lächelte und stellte seinen Koffer ab. Dann stand er da und knetete die Krempe seines Huts zwischen den Fingern. »Ich komme gerade aus Tokio und bin vom Flughafen direkt zu dir gefahren.«

»Ist etwas passiert? Kum Ling? Die Mädchen?«, fragte Auntie Go und erhob sich halb von ihrem Stuhl.

Hing schüttelte den Kopf und hob die Hände, um zu einer Erklärung anzusetzen, ließ sie dann aber in der Luft hängen. »Ich ... ich bin gekommen, um mit dir zu reden.«

Auntie Go setzte sich erleichtert wieder hin. Ihr nächster Gedanke war, dass er sicher auf ihr Angebot zurückgreifen wollte, in ihre Firma einzusteigen, worüber sie vor einigen Monaten gesprochen hatten. Sie bot ihm mit einer Handbewegung einen Stuhl an, doch er zupfte an einem Mantelknopf herum und blieb stehen.

»Wir könnten deine Hilfe hier gut gebrauchen«, sagte Go in der Hoffnung, das Gespräch zwanglos in Gang zu bringen und ihm die Scheu zu nehmen. »Ein Mann mit deiner Geschäftserfahrung ...«

»Du verstehst mich nicht«, unterbrach sie Hing. »Was ich dir jetzt sagen möchte, beruht auf reiflicher Überlegung. Du weißt, dass ich Kum Ling von ganzem Herzen liebe ...«

Auntie Go stand langsam auf, bis sie sich auf gleicher Höhe mit ihm befand. »Worauf willst du hinaus?«, fragte sie und flehte zu den Göttern, ihre Befürchtungen würden sich als Missverständnis herausstellen.

Er strich sich mit den Fingern durch die Haare, sah Go in

die Augen und sagte: »Es gibt da schon seit langem jemand anderen.«

Go stand da wie betäubt. In jüngeren Jahren war Kum Ling so viel mit ihm gereist, wie sie konnte, auch noch, als ihre Flugangst wuchs; wochenlang hatte sie die Mädchen in Gos und Foons Obhut gelassen. Doch als ihre Töchter älter wurden, zog Kum Ling es vor, in Hongkong zu bleiben, während Lew Hing seine Geschäfte von Tokio aus führte. Go konnte sich gut vorstellen, dass sie sich mit den Jahren entfremdet hatten.

»Ist sie in Tokio?«

»Nein«, antwortete er und wandte den Blick ab, »sie ist hier.«

Go spürte Zorn in sich aufsteigen. Sie beugte sich vor und stemmte die Arme auf den Schreibtisch. »Hier! Wie das?« Sie bemühte sich, ihre Stimme unter Kontrolle zu behalten.

Lew Hing umklammerte seinen Hut noch fester. »Hier. In diesem Raum.« Ein Lächeln huschte über sein Gesicht.

Einen Augenblick lang begriff Go nicht, was er meinte. Dann wich sie einen Schritt zurück. »Was?«, flüsterte sie, gleichermaßen entsetzt wie ungläubig.

»Ich liebe dich schon sehr lange.« Hings Worte brachen nun rasch hervor. »Du brauchst nichts zu sagen, Go. Das Schicksal führt die Menschen auf verschiedene Wege. Das weiß ich. Kum Ling wird immer meine Frau sein, die mir lieb und teuer ist. Aber ich konnte mein Leben nicht dahingehen lassen, ohne zu sagen, was ich empfinde. Immer empfunden habe.«

Auntie Go setzte sich. Sie war sprachlos, ein bitterer Geschmack legte sich ihr auf die Zunge. Sie kannte Hing den größten Teil ihres Lebens, war erst vierzehn gewesen, als er und Kum Ling geheiratet hatten. Go liebte ihn wie einen Bruder, und er hatte kein Recht, dieses geschwisterliche Verhältnis anzutasten. Sie wagte nicht, zu ihm hochzublicken, bemerkte aber, dass er seinen Hut aufsetzte, seinen Koffer nahm und sich zum Gehen wandte.

»Ich verlasse dich jetzt. Ich werde nie mehr darüber sprechen. Du brauchst keine Angst zu haben.«

Dann ging er genauso leise aus ihrem Büro, wie er hereingekommen war, und ließ nur den Blütenduft seines Rasierwassers zurück.

In den fünf Monaten nach Lew Hings Heimkehr aus der Klinik war Kum Ling ein anderer Mensch geworden. Sie verzichtete darauf, sich zu schminken, und vertauschte seidene *cheungsams* mit Hose und Hemdbluse. Go sah zu, wie ihre Cousine Lew Hing pflegte und alles tat, was in ihrer Macht stand, um sein Leiden zu lindern – kühle Umschläge, beruhigende Tees, sanfte Worte ohne Ende.

Seine Schmerzen nahmen sie alle mit, doch Auntie Go und Joan machten sich zunehmend Sorgen um Kum Lings Gesundheit. Sie lehnte es ab, sich mehr Ruhe zu gönnen, und schlief jede Nacht nur wenige Stunden, weil sie lieber am Bett ihres Mannes sitzen wollte, falls er etwas brauchte.

»Du brauchst deinen Schlaf«, redete Auntie Go eindringlich auf sie ein. »Joan oder ich können bei ihm bleiben.«

»Und wenn er etwas braucht?«

»Dann weck ich dich.«

»Ich weiß nicht.« Kum Ling schüttelte langsam den Kopf, in ihren Augen lag ein verzweifelter Ausdruck.

»Emma hat gestern angerufen. Sie macht sich Sorgen um dich. Baby hin oder her, sie sagt, sie wird herfliegen, wenn du nicht auf dich aufpasst«, drohte Auntie Go.

Nachdem Kum Ling fast zwei Jahre nicht mit Emma gesprochen hatte, hatte die Geburt ihrer ersten Enkelin das Schweigen gebrochen. Der Zorn über Emmas Heirat wich der Freude über die neue Generation.

Endlich lenkte Kum Ling ein. »Meine Enkelin braucht ihre Mutter. Sag Emma, dass es mir gut geht.« Sie trank in kleinen Schlucken den Beruhigungstee, den Foon aus Maulbeerzweigen und anderen undefinierbaren Zutaten gebraut hatte. »Und du versprichst, dass du mich wirklich weckst?«

Auntie Go lächelte. »Natürlich tu ich das. Und Joan kommt gleich morgen früh, um dir zu helfen.«

Kum Ling lächelte müde. In letzter Zeit hatten sich auf ihrer Stirn feine Linien eingegraben, Zornesfalten, die sich von ihren Augenwinkeln die Nasenwurzel entlang nach oben zogen.

Zwei Nächte später saß Auntie Go am Fenster von Lew Hings und Kum Lings Schlafzimmer und lauschte seinem rasselnden, mühsamen Atem. Sie und Hing waren seit seinem Geständnis, das nun schon Jahre zurücklag, selten allein gewesen. Immer standen die Mädchen oder Kum Ling zwischen ihnen, um seine Worte auszulöschen und ihre Scham und Verwirrung zu überdecken. Dafür wusste Auntie Go zu sorgen. Und Hing hielt sich an sein Versprechen, behandelte sie genau wie vorher und erwähnte jenen Tag nie wieder. Go war dankbar für seine Selbstbeherrschung. Doch sie konnte dieses Zimmer nie ohne ein leises Unbehagen betreten. Jetzt, im Dunkeln, herrschte hier eine kühle, sterile Atmosphäre, und Go tränten die Augen vom starken Geruch nach Franzbranntwein, Medikamenten und Kräutern.

Hier in diesem Raum, dachte Go, *wird er seinen letzten Atemzug tun.* Es sei nur noch eine Frage der Zeit, hatte der Arzt gesagt. Er sei bereits komatös. *Was bedeutete das?*, hätte sie den Arzt gern gefragt. *Wochen? Tage? Stunden?* Hing lag schon verdorrt und saftlos wie ein abgestorbener Ast unter der blauen Decke.

»Ich habe immer gespürt, Lew Hing, dass du ein guter

Mensch bist.« Go sprach laut, weil sie wollte, dass er sie hörte. »Deinen Töchtern geht es gut, und ich werde mich immer um Kum Ling kümmern. Du brauchst dir keine Sorgen zu machen.« Vom Hof her hörte sie das hohe, jammernde Miauen der Nachbarskatzen, das einen gnädigen Moment lang die rauen, mühevollen Atemzüge übertönte.

Noch vor Morgengrauen wachte Auntie Go auf, ihre Glieder waren vom Schlafen im Sessel steif geworden. Sie hätte schwören können, jemand habe sie an der Schulter berührt und sanft wachgerüttelt, doch sie war allein im Dunkeln. Go stand auf, reckte ihren schmerzenden Rücken und rieb sich die Augen. Erst dann fiel ihr auf, wie still es im Raum war. Das Herz klopfte ihr bis zum Hals, als sie näher ans Bett trat. Sie beugte sich über Hing, berührte seine hohlen Wangen, sein knochiges Handgelenk, und spürte nur Kälte. Ein leiser Schrei entfuhr ihr. Sie setzte sich wieder hin und wartete. In einigen Stunden würde die Sonne aufgehen. Dann würde sie Kum Ling wecken.

Lied einer Regennacht

1964-1965

EMMA

Emma saß im Wohnzimmer ihres neuen Hauses und trank eine Tasse *lok-on*-Tee. Die warme Nachmittagssonne durchflutete den Raum mit einem trägen Licht, das sie schläfrig machte. Sie blickte auf die leere weiße Wand vor sich; erst heute früh hatte Jack gesagt: »Dort könnten wir ein Bücherregal aufstellen.« Emma lächelte. Wie glücklich Jack über das Haus war, erkannte sie daran, dass er dauernd von den Regalen redete, die er für ihre noch immer in der Garage aufgestapelten Kisten von Büchern bauen wollte. »So schnell schlepp ich die nicht wieder durch die Gegend«, sagte er lachend.

Früher hatte Jack eine Wohnung dem Haus vorgezogen. »Ich fühle mich wohl in kleinen Räumen«, hatte er zu ihr gesagt. Sein ganzes Leben lang hatte er in beengten Räumlichkeiten gelebt, erst mit seiner Mutter und seinem Bruder in einer Wohnung an der Grenze zu Chinatown, dann in Quartieren, die ihm von der Army zugeteilt wurden – stets Zimmer, in denen kaum mehr als ein Bett Platz hatte –, und schließlich, nach ihrer Hochzeit im Mai 1960, in Emmas Wohnung am Geary Boulevard.

Als Emma ein Jahr später entdeckte, dass sie schwanger

war, bestand sie auf dem Umzug in ein Haus, sobald Emily mehr Platz zum Spielen bräuchte. Kurz nach Emilys zweitem Geburtstag hatte Emma den Führerschein gemacht und mit ihm ein neues Gefühl von Freiheit erworben. In Jacks grünweißem Ford Cabrio durchkämmte sie die verschiedenen Viertel San Franciscos – Sunset, Noe Valley, Richmond, Twin Peaks – und sah sich die Häuser an, manchmal reihenweise nach denselben Plänen gebaut, andere so individuell wie die Anhänger ihres Armbands. Schließlich fand sie in Richmond ein weißes, mediterran anmutendes Haus, das zum Verkauf stand. Es erinnerte sie an das Haus ihrer Familie in Macao und lag außerdem in der Nähe eines ruhigen Parks und eines Lebensmittelgeschäfts, lauter Vorzüge, die sie Jack vor Augen hielt. Emma ließ ihm keine Wahl. Auch wenn das Haus teurer war als geplant, wollte sie alles tun, was in ihrer Macht stand, um ihrem Kind ein geborgenes Zuhause zu bieten, denn Jack war entschlossen, seine Armeelaufbahn fortzusetzen. *»Ich möchte, dass Emily dieses Haus mit ihrer Kindheit verbindet«*, hatte sie zu ihm gesagt – ein Rasen vor und hinter dem Haus, Emilys eigenes Zimmer, sahneweiß gestrichen, eine helle, gelbe Küche, in der Emma ihrer Tochter ein paar chinesische Schriftzeichen beibringen wollte, wenn sie älter wäre, und ein großes, lichtes Wohnzimmer.

Dazu kam noch, dass sie nur ein paar Straßen von den O'Learys entfernt wohnten. Ihre Freundin Maggie lebte nun als Ärztin in Portland, Oregon, wie Emma hörte; sie hatte ihr erstes Thanksgiving-Fest in Maggies Haus nie vergessen.

»So eine schöne Überraschung!«, hatte Mrs. O'Leary gesagt, als Emma mit Emily vorbeischaute. »Und so ein süßes kleines Fräulein.« Mrs. O'Leary kitzelte die Kleine.

»Sie schlägt nach ihrem Vater.« Emma lächelte. Emily hatte von Jack die dunkle Haut und die gerade Nase geerbt.

»Aber sie hat die hübschen Augen ihrer Mutter«, ergänzte Mrs. O'Leary.

»Wie geht's Maggie?«

»Ihr gefällt's da oben bei den Bäumen, in der Natur! Maggie hat ihr Leben ganz der Medizin verschrieben. Keine Zeit für Babys, sagt sie. Aber wenn sie Ihren kleinen Schatz hier sehen könnte, würde sie sich's bestimmt anders überlegen.«

Mrs. O'Leary war seit ihrer letzten Begegnung alt geworden. Sie lächelte immer noch genauso viel wie früher, doch ihre roten Haare waren angegraut und stumpf geworden. Sie hatte auch etwas zugenommen, nachdem alle Kinder erwachsen und aus dem Haus waren.

Emma lächelte. »Maggie hat sich ihren Traum erfüllt. Das können nicht viele von sich sagen.«

»Sieht so aus, als hätten Sie auch so einen kleinen Traum auf dem Arm. Ich seh Sie schon mit ein paar mehr von der Sorte in einigen Jahren.«

Emma lachte laut auf. Emilys Geburt war so schwierig gewesen, dass sie oft daran zweifelte, ob sie es wagen würde, noch ein zweites Kind zu bekommen. Die langen, alptraumhaften Wehen, dann der Riss und der Schnitt, die genäht werden mussten – tagelang konnte sie danach nicht gehen. Emma hatte beschlossen, alles Weitere dem Schicksal zu überlassen.

Zwei Wochen nach ihrem Umzug ins neue Haus, der im November stattfand, traf ein Telegramm von Joan ein, dass Baba an Krebs erkrankt wäre. In Emma breitete sich eine eisige Kälte aus. *Oh Ba-ba, ich habe so viele Jahre darauf gewartet, dass du mich besuchen kommst,* dachte sie. Sie setzte sich gleich ans Telefon und brachte tatsächlich eine Verbindung zu Mah-mih zustande, deren Stimme dünn und weit entfernt klang.

»Soll ich nach Hause fliegen? Brauchst du mich?«, fragte sie und wünschte, Mah-mih würde ihr sagen, was sie tun sollte. Ihre Gedanken überschlugen sich. Sollte sie Emily mitnehmen? Konnten sie sich den Flug leisten?

»Nein, nein, dafür besteht kein Grund. Ba-ba ist hier gut aufgehoben. Du musst dich um deine eigene Familie kümmern, und wir wissen nicht, wie lange ...« Mah-mihs Stimme wehte über den Ozean.

Emma umklammerte den Hörer und starrte die winterlichen Regenperlen an, die das Küchenfenster hinunterliefen. »Bitte richte Ba-ba alles Liebe von uns aus«, sagte Emma und spürte, dass ganz gegen ihren Willen diese Worte wohl wie das Echo einer amerikanischen Grußkarte klangen.

»Selbstverständlich ...«, antwortete Mah-mihs Stimme und löste sich in Rauschen auf.

Die nächsten Tage konnte Emma kaum essen. Ein schwerer Druck lastete auf ihrem Herzen. Ihr alter Kindheits-Aberglaube regte sich wieder. Ein Unglück kommt nie allein, sondern schlägt dreimal zu, hatte Mah-mih immer gesagt. Jedes Mal, wenn das Telefon klingelte oder ein Brief eintraf, war Emma überzeugt, es wäre eine neue Schreckensnachricht.

Langsam gingen die Monate vorbei, und Emma vergaß ihre Ängste und abergläubischen Befürchtungen. Das Leben in ihrem neuen Haus bekam etwas angenehm Dauerhaftes. Jack arbeitete hart, und sie und Emily richteten sich in ihrer neuen Umgebung ein: täglich ein Spaziergang zum Park, dann Emilys Mittagsschlaf, während Emma kochte, putzte, Briefe nach Hongkong schrieb und immer öfter auch ihren Skizzenblock hervorholte. Sie nutzte jeden freien Augenblick, um ein wenig zu malen. Sie hatte bereits eine Reihe von Kohlezeichnungen von Emily fertig gestellt und wollte gerade mit einer Skizze von Jack beginnen, als das Telefon klingelte. Emma wischte sich rasch die Hände ab, bevor sie zum Hörer griff.

»Hallo?«

Am anderen Ende der Leitung knackte es laut, und Joans unverkennbare, glutvolle Stimme ertönte: »Danke, Vermittlung.« Dann sagte sie: »Moi-moi?«

»Joan, bist du's wirklich!«, rief Emma, und beim Klang der Stimme ihrer Schwester durchfuhr sie ein heißes Gefühl der Freude.

»Ja, ich bin's«, antwortete Joan, und das hohle Rauschen des Ferngesprächs floss zwischen ihnen hin und her. »Emma, ich habe schlechte Nachrichten«, sagte sie rasch.

»Ba-ba?«, sagte Emma, denn sie wusste, hatte es immer gewusst, dass dieser Anruf kommen würde. Das Wort entschlüpfte ihr, bevor sie Zeit hatte, es festzuhalten und ein letztes Mal auszukosten, bevor sie es losließ. Emma legte die Hand über die Sprechmuschel, holte tief Luft und atmete dann langsam aus, während sie zuhörte.

»Er ist im Schlaf gestorben. Als Auntie Go nach ihm sah, war er schon tot.« Plötzlich setzte ein Knacken und Knistern ein, das Joans Sätze zerschnitt. »... Begräbnis ... hier in Hongkong ... übermorgen ... Emma? ... Bist du noch da?«

Emma umklammerte den Hörer noch fester. »Ja, ja, ich bin noch da. Wie geht es Mah-mih?«

»Den Umständen nach gut. Sie ist stark. Das sind sie beide.«

Emma wusste, dass Joan damit Auntie Go meinte. Plötzlich überkam sie ein so starkes Bedürfnis, ihre Familie zu sehen, dass sie zu weinen begann, die warmen, salzigen Tränen stachen ihr in den Augen. Doch sie drängte sie zurück, räusperte sich und flüsterte: »Sag ihnen alles Liebe von mir. Ich vermisse euch schrecklich. Ich wünschte, ich könnte bei euch sein.«

»Das wünsch ich mir auch. Wie geht's Jack und Emily?«

»Sie können es beide kaum erwarten, meine berühmte Schwester zu sehen. *Ich* kann's kaum erwarten, meine berühmte Schwester zu sehen.«

Joan lachte. »Ich glaube nicht, dass noch ein Jahr vergehen wird, bis wir's endlich schaffen.«

Das Rauschen nahm zu, erinnerte sie an die Entfernung, an die Jahre, die sich zwischen sie geschoben hatten.

»Bist du glücklich?«, platzte Emma heraus. Die Worte schienen so einfach.

Joans langsame Antwort wanderte durch das knisternde Rauschen. »Ich bin nicht nur glücklich, ich bin voller Hoffnung.«

In dieser eisigen Nacht in San Francisco schlang Jack seine Arme um Emma und drückte sie eng an sich, küsste sie auf die Stirn, und sein Pfefferminzatem streifte ihr Ohr. »Wein ruhig«, flüsterte er. Emma erwiderte kurz seinen Druck und wartete dann, bis sein regelmäßiger Atem zeigte, dass er eingeschlafen war, bevor sie ihre Tränen strömen ließ.

Seit ihrer Heirat hatte Emma Einladungen zu einem wöchentlichen Kaffeekränzchen erhalten, und Jack überredete sie, doch hinzugehen. »Vielleicht macht's dir sogar Spaß«, hatte er gesagt. »Mrs. O'Leary würde bestimmt so lange auf Emily aufpassen.«

Emma nahm ab und zu am Kränzchen teil, weil Jack es sich wünschte, doch sie fühlte sich nie ganz wohl, wenn sie im Kreis der anderen Offiziersgattinnen bei Kaffee und Kuchen saß. Das Lächeln dieser Frauen war Emma zu angestrengt, sie redeten ihr zu schnell. Der Klatsch und Small Talk dort erinnerten sie allzu sehr an Mah-mihs oberflächlich-langweilige Mah-Jongg-Zirkel.

»Ein Krisenherd«, hatte gestern Nachmittag eine der Offiziersfrauen gesagt.

»Wir müssen rüber nach Vietnam und ihnen zeigen, wer hier der Boss ist«, sagte eine andere Frau und fuchtelte so mit dem Arm herum, dass sie ihrer Nachbarin beinahe einen Schlag versetzt hätte.

Emma hörte stumm zu, während eine andere Stimme einfiel und das Thema wechselte. »Sagt mal, habt ihr gehört, dass dem armen Bill Harvey seine Frau weggelaufen ist?«

Emma versuchte, Interesse zu heucheln, trank den bitteren Kaffee und lächelte, während das Gespräch reihum plätscherte. Den Rest des Nachmittags schwieg sie. Sie hätte gern mehr darüber erfahren, was die Frauen über Vietnam dachten, wusste aber, dass keine von ihnen ehrlich ihre Meinung äußern und eventuell die Karriere ihres Mannes gefährden würde. Immer noch ging Emma unablässig durch den Kopf, was sie tags zuvor im Radio gehört hatte. Dutzende von GIs waren in Vietnam getötet worden, und ihre Angst um Jacks Leben nahm im gleichen Maße zu wie die politischen Spannungen.

Emma dachte zuerst, sie hätte sich verhört, als Jack vom Presidio aus anrief und ihr erzählte, er würde in den Süden geschickt. »Ich soll in den neuesten Radar-Aufklärungstechniken ausgebildet werden. Dann komme ich zum Presidio zurück und gebe die Informationen weiter. Das heißt, dass wenigstens im Moment kein Einsatz in Übersee droht.« Seine Stimme klang unbeschwert und glücklich.

»Los Angeles?«, fragte sie und umklammerte den schweren schwarzen Hörer. Ein leiser Duft nach Jacks Rasierwasser ging von ihm aus, und Emma stellte sich vor, der Duft wandere von Jack durch die dünnen Drähte und die vielen kleinen Löcher im Hörer bis zu ihr.

Jack lachte tief und liebevoll. »Nein, Honey. Ich werde in den tiefsten Süden geschickt, nach Augusta in Georgia. Aber wahrscheinlich nicht länger als drei Monate.«

»Wann?«

Jack holte rasch Luft und atmete wieder aus. »Anfang Februar.«

»Au-gus-ta«, wiederholte Emma. In weniger als drei Wochen. Ihre Gedanken begannen zu rasen. Schon so bald wäre Jack am anderen Ende der Staaten, weit weg von San Francisco, von ihr und Emily. »Können wir mitkommen?«

Er schwieg einen Moment. »Das wäre für eine so kurze Zeit nicht sehr sinnvoll. Ich kann in der Kaserne wohnen, und du und Emily, ihr braucht eure gewohnte Umgebung nicht zu verlassen. Ich hab sowieso den ganzen Tag Unterricht. Für euch gäb's dort nichts zu tun ...« Er schwadronierte weiter, und Emma merkte genau, dass er alle Argumente gut vorbereitet hatte.

»Anfang nächsten Monat?«

»In ein paar Tagen weiß ich Genaueres. Wir reden weiter, wenn ich heute Abend nach Hause komme. Was macht Emily?«

»Ihr geht's gut. Sie macht gerade ein Schläfchen.«

Jack legte seine Hand über die Sprechmuschel und redete ganz leise mit jemand anderem. »Ich muss jetzt Schluss machen, Honey. Gib Emily ein Küsschen von mir. Bis heute Abend dann.« Nach einem kurzen Klicken war die Leitung tot.

Emma lehnte sich an die Wand und schloss die Augen. »Augusta in Georgia!«, sagte sie laut und hätte bei dem Gedanken, dass Jack so weit weg musste, am liebsten geschrien. Trotzdem war sie dankbar, dass er nicht nach Vietnam geschickt wurde.

An diesem Abend fand Emma keinen Schlaf. Sie konnte sich nicht damit abfinden, dass die Armee die Macht besaß, ihr ganzes Leben umzukrempeln. Als sie im Bett lag und Jacks Wärme neben sich spürte, versuchte sie, ihre Ängste zu bannen, doch dann überfiel sie die Erinnerung an jene Nacht, als Emily über vierzig Grad Fieber gehabt hatte.

Emma zitterte noch jedes Mal bei dem Gedanken, was hätte passieren können, wenn Jack nicht so schnell reagiert hätte. Emily fieberte und hatte den ganzen Abend geweint. Emma wachte an ihrem Bettchen und nickte immer wieder ein. Mitten in der Nacht wachte Emma plötzlich im Dunkeln auf und erschrak über die unheimliche Stille. Sie lauschte, und ihr Herz begann zu rasen, als sie Emily nicht atmen hörte. Sie fasste ihr an die Stirn, und als ihre Finger über Emilys Haut strichen, spürte sie sofort, dass die Temperatur viel zu hoch war.

»Jack, wach auf!« Emma rüttelte ihn ohne Rücksicht darauf, dass er am nächsten Morgen früh in der Kaserne antreten müsste. Sie wusste so wenig über Babys und hatte bis dahin Gott für Emilys robuste Gesundheit gedankt. »Jack, Emily glüht wie ein Ofen!«

Jack regte sich. »Das gibt sich schon wieder« brummte er. »Alle Babys haben ab und zu Fieber. Das brauchen sie fürs Wachstum. Leg dich lieber hin.« Er drehte sich um und wollte weiterschlafen.

Emma schüttelte ihn heftiger, in panischer Angst. »Mein Gott, Jack, sie ist viel zu heiß!« Sie rannte zum Bettchen zurück, hob Emily heraus und spürte, wie die Hitze des kleinen Körpers auf den ihren übersprang.

Bevor Emma wusste, was geschah, war Jack neben ihr, nahm ihr Emily aus dem Arm und schrie, sie solle kaltes Wasser in die Badewanne einlaufen lassen. »Sofort!«, brüllte er.

Eine Stunde später war Emilys Fieber durch das kühle Bad so weit gesunken, dass der Arzt bei seiner Ankunft sagen konnte: »Sie haben genau richtig gehandelt. Das Fieber lässt nach. In ein paar Tagen geht's ihr wieder gut.«

Im grauen, weichen Licht der Morgendämmerung beobachtete Emma ihr schlafendes Baby. Sie sah zu, wie ihr Mann sich die Uniform anzog. Emma konnte sich nicht vorstellen, was sie getan hätte, wenn Jack nicht da gewesen wäre.

Emma hatte immer Angst, dass er zu einem Einsatz in Übersee abkommandiert würde; kurz nach ihrer Heirat fragte sie ihn, ob er seinen Dienst nicht aufgeben wolle.

»Du brauchst nicht in der Armee zu bleiben«, redete sie ihm zu. »Du bist jetzt zweiunddreißig und hast eine Familie. Du warst doch schon in Korea. Deinem Land hast du genug gedient.«

Jack lächelte und strich ihr sanft über die Wange. »Ich muss an meine Karriere denken.«

Emma wusste, dass kein Flehen half. Seit der Highschool war die Army Jacks Leben. Ihr würde er den Dienst genauso wenig aufkündigen, wie es ihm einfiele, seine Familie zu verlassen. Paradoxerweise war er jetzt im Begriff, genau das zu tun.

Am 3. Februar 1965 brach Jack frühmorgens nach Augusta auf. Der Himmel war so staubig dunkelgrau, als hätte der Tag noch nicht begonnen. Im Gewühl der Familien und aufbrechenden Soldaten am Travis-Militärflughafen ließ Jack seinen grünen Seesack auf den schwarzen Asphalt fallen. Auf dem anderen Arm hielt er Emily.

»Pass gut auf die beiden auf, solange ich weg bin«, sagte er, während er Wilson umarmte.

»Darauf kannst du dich verlassen«, sagte Wilson.

Jack drückte Emily an sich. »Und du, mein Schatz, pass gut

auf Mommy auf.« Er gab ihr einen Kuss auf die Backe, blies ihr dann in die Hand, was sie immer zum Lachen brachte, und übergab sie Wilson.

»Sag *Bye-bye, Daddy«*, sprach Wilson Emily vor.

»Bye-bye, Daddy«, wiederholte Emily. Sie hob ihr pummeliges Händchen, schloss die Finger zur Faust und öffnete sie wieder, immer wieder.

Emma hatte sich fest vorgenommen, nicht zu weinen, doch die Tränen ließen sich nicht aufhalten. Jack schlang die Arme um sie und sagte: »Du bist mein ganzes Leben. Ich bin ganz schnell wieder da, bevor du überhaupt merkst, dass ich weg war.« Dann küsste er sie und wischte ihr die Tränen aus den Augen.

»Es ist ja nicht für immer«, sagte Jack leise.

Emma schüttelte den Kopf. »Nein, ganz bestimmt nicht.« Sie nahm Emily auf den Arm und hielt sie in der bitteren Kälte eng an sich geschmiegt. Die weichen, nach Babyshampoo duftenden Kinderhaare streiften sie am Kinn.

Noch während Emma zusah, wie Jack die Gangway zur Maschine hochstieg, hätte sie am liebsten geschrien: *»Geh nicht, du kannst immer noch zurück!«* Doch sie biss sich auf die Lippen, bis sie Blut schmeckte.

Nach Jacks Aufbruch in die Südstaaten begann Emma, ihrer Tochter Geschichten über Hongkong zu erzählen. Dabei fühlte sie sich weniger einsam, als wäre ihre Familie nicht mehr so weit weg.

»Pao pao, Auntie Go, Auntie Joan und Foon wohnen auf einer Insel, die Hongkong heißt. Da kommt auch Mommy her«, sagte Emma, und sofort meldete sich bei ihr der durchdringende Geruch von Räucherwerk und Stockfisch zurück. »Auf der anderen Seite des Meeres. Eines Tages fahren Mommy und Daddy mit dir hin, damit du sie alle kennen lernst.«

»Pao pao ... Auntie Go ... Pao pao ...« Emily wiederholte die Laute wie ein Lied.

Als Jacks erster Brief eintraf, las Emma ihrer Tochter Teile daraus vor, auch wenn ihr klar war, dass Emily nichts davon verstand. Doch wenn sie Jacks Worte laut vor sich hin sprach, war es, als erfüllte seine Stimme den Raum.

Honey –
ich glaube, ich bin ein Glückspilz. Es ist viel kühler hier, als ich erwartet hatte. Die Jungs hier haben mir gesagt, ich kann von Glück reden, dass ich im Winter und nicht im Sommer nach Augusta geschickt wurde. Im Sommer kriegst du keine Luft, so heiß und feucht ist es dann. Kleine Nettigkeiten. Hier ist es ganz anders. Ich kann mich immer noch nicht an die Schilder NUR FÜR WEISSE oder NUR FÜR FARBIGE gewöhnen, die in den Fenstern der Lokale, Waschsalons und sogar an Trinkbrunnen hängen. Wo gehöre ich eigentlich hin?, frage ich mich ständig. Zum ersten Mal erlebe ich, wie meine hellere Hautfarbe mich eine Klasse über andere Menschen erhebt. Zum Glück verbringe ich die meiste Zeit in der Kaserne, die eine Welt für sich ist. Du hast übrigens Recht, ich weiß nicht, wie ich es früher auf so engem Raum aushalten konnte!
Der Unterricht ist interessant. Es gibt hier ein paar gute Typen und weniger gute, wie überall. Vor kurzem bin ich mit ein paar Jungs in die Stadt gegangen, eine Kleinigkeit essen. Ich war halb darauf gefasst, dass mir jemand den Zugang ins Lokal versperrt, wie Governor Wallace, der an der Universität von Alabama gegen die Rassenintegration Blockade macht. Ein paar Köpfe, die sich umdrehten, das war

alles. Und der beste Hackbraten, den ich je gegessen habe!
Ich vermisse dich mehr, als ich in Worten ausdrücken kann. Küsschen für Emily, für dich meine ganze Liebe und mehr.

Dein Jack

Der Märzbeginn brachte ungewöhnlich kalte Winde, die durchs Haus pfiffen und Emmas und Emilys Gesichtshaut aufrauten. In dem Monat seit Jacks Abreise waren Wilson und Mrs. O'Leary mehrmals die Woche vorbeigekommen, oft zum Abendessen oder zum Tee.

»Stellen Sie sich vor, mein jüngster Sohn Sean will sich bei der Army melden«, hatte Mrs. O'Leary gestern erzählt, als sie in Emmas warmer Küche saß. »Er schaltet den Verstand nicht ein, den der Herrgott ihm geschenkt hat!«

Emma hatte sie noch nie so außer sich gesehen. »Vielleicht ist es nur Gerede, und er tut's dann doch nicht. Sie wissen doch, wie die Jungs in diesem Alter sind. An einem Tag verbrennen sie ihren Wehrpass, am nächsten verpflichten sie sich.«

Mit vierunddreißig Jahren kam sich Emma alt vor. Jeden Tag vertiefte sich die Kluft, die die Nation in der Frage des Vietnamkriegs spaltete. Ihrer Erfahrung nach konnte der Krieg keine Probleme lösen. Er brachte nur Tod und riss Menschen, die sich liebten, auseinander. Emma goss Mrs. O'Leary noch eine Tasse Tee ein und füllte die Schale mit den Butterkeksen wieder auf.

Mrs. O'Leary schüttelte den Kopf. »Er war schon immer schwierig. Ist Träumen nachgejagt. Hat sie nie gefunden.« Sie seufzte und nahm einen Keks.

»Es wird sich sicher alles regeln«, sagte Emma und nahm Mrs. O'Learys Hand, an der noch ein paar Kekskrümel hingen. Sie fragte sich, was Jack wohl einer Frau antworten würde, die sich grämte, weil ihr Sohn in die Armee, die Jack so liebte, eintreten wollte. Vor eine solche Situation waren sie bisher nicht gestellt worden.

»Das ist nicht wie bei Ihrem Jack mit seiner Laufbahn als Offizier«, fügte Mrs. O'Leary hinzu.

Emma nickte.

»Dass es überhaupt so was wie Kriege gibt«, murmelte Mrs. O'Leary und langte noch einmal in den Keksteller.

Am nächsten Tag schaltete Emma das Radio ein, während Emily ein Vormittagsnickerchen machte, und hörte sich die endlosen Kommentare über die zunehmende Stationierung von Truppen in Vietnam an. Sie schaltete wieder aus, setzte sich und begann einen Brief an Jack zu schreiben. In seinem letzten Brief hatte er angedeutet, seine Ausbildung würde möglicherweise früher enden, was bedeutete, dass er schon Mitte April wieder zurückkehren könnte. Emma betete, dass diese Hoffnung Wirklichkeit würde.

Nach dem Mittagessen – heiße Suppe mit Crackern – zog Emma ihrer Tochter zwei Pullover und eine dicke Jacke an. Nach tagelanger grauer Kälte schien heute eine schwache Sonne. Hinter dem Garten lag ein großes Stück freies Land, auf dem viele Kiefern wuchsen. Nachdem Emma die majestätischen Bäume monatelang von ihrem Küchenfenster aus angestarrt hatte, fiel ihr ein, dass sie ein paar Kiefernzapfen sammeln und als Raumdekoration bemalen könnten. Dann wären sie eine Weile an der frischen Luft und hätten gleich für den Nachmittag etwas Hübsches zum Basteln.

Die wollenen Handschuhe und Mützen, die Emma im Army-Laden gekauft hatte, schützten sie vor dem eisigen Wind. Emma nahm Emily an der Hand und rannte mit ihr durch den Garten. Emily kicherte, ihr Händchen in dem rosa

Fäustling ruderte auf und ab, und unter der Mütze schauten ihre runden dunklen Augen hervor. Emmas dreijährige Tochter wurde mit jedem Tag größer.

Auf dem weichen Bett der Kiefernadeln lagen Hunderte von Kiefernzapfen verstreut. Emma holte tief Luft. Der kräftige Geruch erinnerte sie an Tee, wie Foon ihn hätte brauen können.

»Schau mal, solche Zapfen, Emily«, erklärte Emma und streckte ihrer Tochter einen stacheligen, eiförmigen Kiefernzapfen entgegen, damit sie ihn in die braune Tasche steckte, die Emma mitgenommen hatte.

»Da!« Emily lief auf einen Zapfen zu. »Und da!«, schrie sie und stolperte fast, als sie mit jeder Hand einen Zapfen aufhob.

»Such einen für Daddy«, rief ihr Emma zu und beobachtete ihre Tochter, wie sie in kleinen Kreisen herumrannte und einen Zapfen nach dem anderen aufsammelte.

»Einen für Daddy«, sagte Emily und ließ wieder einen Zapfen in die Tasche fallen. Dann trällerte Emily zu Emmas Überraschung bei jedem Zapfen einen weiteren Namen vor sich hin: »Für Pao pao, Auntie Go, Auntie Joan und Foon.« Sie lachte über die komischen Laute, die da aus ihrem Mund kamen.

Als die Einkaufstasche voll war, nahm Emma ihr Töchterchen an der Hand und ging zum Haus zurück. Gerade kam wieder Wind auf. Den ganzen Nachmittag bemalten sie die Zapfen in Rot, Orange, Gelb und Grün, banden sie dann mit bunten Bändern zusammen und hängten die Bündel wie leuchtende Laternen im ganzen Wohnzimmer auf.

Im April wurde es wärmer, wenn auch die Nächte kalt blieben. Als das Telefon klingelte, sprang Emma schnell auf. Sie hatte Emily gerade ins Bett gebracht und wollte schnell den

Hörer abnehmen, bevor das Läuten Emily wieder wecken konnte.

»Hi, Honey, wie geht's denn so bei euch?« Beim Klang von Jacks Stimme wurde Emma das Herz sofort ganz leicht. Er hörte sich an, als stünde er im Nebenzimmer.

»Ich dachte nicht, dass du heute anrufst. Ist alles in Ordnung?«, fragte Emma, und in ihre Stimme schlich sich eine Spur Besorgnis.

»Alles prima. Oder sogar noch besser. Wenn ich bei einem der Jungs, die nach San Francisco zurückfahren, einen Platz im Auto ergattern kann, werde ich sogar ein paar Tage früher zurückkommen.«

Emma bekam heftiges Herzklopfen. »Aber das ist so eine lange Fahrt.«

»Ungefähr fünf Tage. Aber immer noch schneller, als hier rumzuhängen, bis die mich mal heimfliegen. Außerdem hätte ich dann die Chance, ein paar von den Motels kennen zu lernen, von denen mir einer meiner Kumpels vorgeschwärmt hat. Was hältst du zum Beispiel vom *Tuck Yourself Inn?* Oder dem *U Drive Inn?* Oder meinem absoluten Hit, dem *Moby Dick Boatel*, mit Bullaugen statt Fenstern?«

Emma lachte. »Na denn, ich wäre untröstlich, wenn dir das echte Amerika entgehen würde!«

»Ich wusste ja, du wärst auch dafür.« In der Leitung begann es zu knacken, als funkten Morsezeichen dazwischen. »Einer ... der ... Gründe ... warum ... ich ... dich ... liebe. Kann's kaum ... erwarten, ... dich ... zu ... sehen. Noch zehn ... Tage ... ich ... zähle ... jeden ... einzelnen.«

»Ich liebe dich auch«, sagte sie, dann brach die Verbindung ab.

Emma hatte keine Ahnung, warum die beiden düster dreinblickenden Offiziere vom Presidio, die an ihre Haustür klopften, zu ihr gekommen waren. Sie hörte: *»Wir bedauern, Ihnen mitteilen zu müssen …«* Dann erstarrte an diesem Vormittag im April 1965 ihr Leben zu Eis.

Zwei Tage später war Emma immer noch wie gelähmt. Jack war bei einem Autounfall in der Nähe von Livingston, Alabama, ums Leben gekommen. Ein Lastwagenfahrer hatte die Kontrolle über sein Fahrzeug verloren und war in die Beifahrerseite des Autos gerast, in dem Jack saß. Die Sorgen und Ängste, die Emma seit Jacks Abreise gequält hatten, lösten sich in nichts auf. Er starb bei einem Unfall, nicht in dem furchtbaren Krieg, der sich eine halbe Welt entfernt zusammenbraute. Es war so sinnlos.

Ein kaltes, leeres Schwarz breitete sich in ihrem Körper aus und löschte alle Farben, die ihr Leben erfüllt hatten. Emma wollte weinen, schreien, aber es war, als wäre auch ihre Stimme eingefroren.

Wilson und Mrs. O'Leary kümmerten sich um Emily. Sie schickten ein Telegramm an ihre Familie nach Hongkong, redeten sanft auf Emma ein, Worte, die kaum zu ihr vordrangen … *Du musst etwas essen … brauchst Schlaf … geht's bald besser.* In ihrem Herzen regte sich erst etwas, als Emily auf ihren Schoß kletterte und sagte: »Mommy, sei nicht traurig.« Emma drückte ihre kleine Tochter fest an sich, spürte ihre Wärme, die sie zu versengen schien, und küsste sie auf den Nacken. Doch sie war nicht in der Lage, in das Gesichtchen zu blicken, das sie so sehr an Jack erinnerte.

Das Parfum erreichte sie als Erstes. Der süße Duft von *My Sin* weckte tausend Kindheitserinnerungen. Plötzlich sehnte sich Emma nach den schlichten Köstlichkeiten aus Foons Küche. Das endlose Klappern von Mah-jongg-Steinen, von Porzellanschälchen und der Perlen ihres ersten Rechengeräts hallte in ihrem Kopf wider. Sie erinnerte sich an Spaziergänge durch

Happy Valley, vorbei an der überquellenden Warenfülle der Marktstände, bei denen es einfach alles zu kaufen gab, von Topfpflanzen über blubbernd heiße Nudelsuppen bis zu gebratenen Enten mit glänzender, knusprig brauner Haut, die reihenweise an Schnüren hingen.

Emma stand auf und lauschte angestrengt dem leisen Gemurmel Wilsons, der mit jemandem sprach. Ein paar Augenblicke später klopfte es an ihrer Schlafzimmertür, und eine süße Duftwolke schwebte herein, gefolgt von Joan.

»Ich bin gleich ins nächste Flugzeug gestiegen, als ich es erfahren habe«, sagte Joan und schloss behutsam die Tür hinter sich. »Es tut mir so Leid, Moi-moi. Ich ...« Sie hielt inne.

»Bist du wirklich da?«, fragte Emma, überrascht vom Klang ihrer eigenen Stimme, trocken und rau wie heißer Sand.

Joan legte ihre Handtasche ab und kam näher. »Ja, ich bin da.«

Emma fasste sich an ihre ungewaschenen Haare, an die zerknitterte Bluse und Hose, in denen sie die letzten beiden Nächte geschlafen hatte, an ihre verschwollenen Augen. »Ich seh ja schlimm aus«, würgte sie mit versagender Stimme hervor.

Joan breitete die Arme aus, umschlang Emma und flüsterte: »Es wird einfacher werden, das versprech ich dir.«

Emma atmete das Parfum ihrer Schwester ein, den leicht öligen Schweißgeruch, sie spürte den feinen Kaschmirstoff, der sich so weich anfühlte. Die Tage des Schuldenkassierens trieben zu ihr zurück wie ein anderes Leben, und auch jetzt war Joan wieder da, um sie zu beschützen. Emma sah, dass Joan mit den Jahren noch schöner geworden war, schloss die Augen und öffnete sie wieder. An Joan vorbei blickte sie auf die Lichtstreifen, die durch die halb geöffneten Jalousien drangen, auf die billige Lampe mit den drei Schirmen, die sie längst hatte weggeben wollen, auf das ungemachte Bett, das sie mit Jack geteilt hatte. Sie schluckte und spürte, wie etwas Hartes in ihr plötzlich zu schmelzen begann. Ein Beben lief durch ihren ganzen Körper, als endlich ein Strom von Tränen den Weg nach draußen fand.

Home Sweet Home

1965

AUNTIE GO

Als ihr Taxi am Flughafengebäude vorfuhr, war der Haltestreifen schon mit Reihen von Autos zugeparkt. »Wir hätten früher aufbrechen sollen«, brummte Kum Ling, klappte ihre Puderdose zu und ließ sie in ihre Handtasche fallen.

»Wir haben noch viel Zeit«, beruhigte sie Auntie Go, während sie den Fahrer bezahlte. »Außerdem ist es ja nicht so, dass sie sich in Hongkong nicht zurechtfänden.« Auntie Go lachte und tätschelte Kum Ling die Hand.

Kum Ling nickte, öffnete schwungvoll die Taxitür und stieg aus. »Jetzt mach schon, wir kommen zu spät.« Sie strich sich den Rock glatt und versuchte, ihre Gereiztheit zu überspielen.

Auntie Go lächelte und folgte ihrer Cousine. Seit einer Woche hatte Kum Ling diesem Tag entgegengefiebert. Als Joans Telegramm kam, in dem sie ankündigte, sie würde mit Emma und Emily zurückkehren, hatte Go ihre Cousine zum ersten Mal sprachlos erlebt. Sie musste sich setzen, dann hielt sie Go das Telegramm wie eine Opfergabe entgegen.

Auntie Go klopfte das Herz. In letzter Zeit hatte sie die dünnen gelben Blätter, sorgfältig mit Schreibmaschine beschrieben, fürchten gelernt, weil sie ihnen mehr schlechte als gute Nachrichten gebracht hatten. Ihre Augen flogen über die spärlichen Zeilen.

»Das sind ja wunderbare Neuigkeiten«, sagte sie erleichtert.

Kum Ling blieb sitzen. »War ich im Unrecht?«, fragte sie plötzlich.

Go wusste, dass ihre Cousine damit ihre missbilligende Haltung gegenüber Jack meinte, die jämmerlichen Jahre des Schweigens. »Ja«, sagte Go ohne Zögern.

Kum Ling seufzte. »Ich wollte doch nur das Beste für meine beiden Töchter.«

Auntie Go setzte sich neben sie und wandte sich ihr mit einem müden Lächeln zu. »Letzten Endes haben Joan und Emma selbst herausgefunden, was für sie das Beste ist, Kum Ling. Du hast ihnen Orientierungshilfe gegeben, aber sie mussten ihren eigenen Weg finden. Das müssen wir alle.«

»Und jetzt?«

»Schau nicht zurück.« Go lächelte. »Sei einfach dankbar dafür, dass wir alle wieder zusammen sind.«

Vor der Auslandsankunft wartete bereits eine große Menschenmenge. Go sah zu, wie Kum Ling nervös von links nach rechts spähte, und hoffte, sie hätten Joan und Emma noch nicht verpasst. Jedes Mal, wenn sich die Tür aufschob und neue Ankömmlinge heraustraten, stellte sich Kum Ling auf die Zehenspitzen und reckte den Hals vor, damit sie besser sehen konnte. Doch als Joan und Emma dann erschienen, entdeckte Auntie Go sie als Erste.

»Da sind sie«, flüsterte sie Kum Ling zu.

»Wo? Wo?« Sie stellte sich kerzengerade hin, reckte den Kopf hoch und drängelte nach vorn.

Joan hatte sich ein Kopftuch umgebunden und eine Sonnenbrille aufgesetzt, um sich gegen die Reporter zu schützen, die ihr nachstellten. Emma ging neben ihr. Sie war dünner, als

Go sie in Erinnerung hatte, und sah müde und verletzlich aus. An der Hand hielt sie Emily, die, von ihrer dunkleren Hautfarbe abgesehen, Kum Ling wie aus dem Gesicht geschnitten war.

Auntie Go hielt sich zurück, damit Kum Ling sie als Erste begrüßen konnte. Sie schlang heftig ihre Arme um Emma und sagte ein ums andere Mal: »Es tut mir so Leid. Es tut mir ja so Leid.«

Als Emma sich endlich von ihr löste, ging sie zu Auntie Go, umarmte sie kurz und lächelte dann. »Und das ist Emily.«

»Pao pao?«, fragte Emily und sah Kum Ling und Auntie Go nacheinander an.

»Sie kennt mich schon!«, rief Kum Ling glücklich.

»Gehen wir!«, sagte Joan, als ihr eine Kamera ins Gesicht blitzte, und schob den Gepäckwagen vor sich her.

Als sie in der Wohnung ankamen, wartete Foon schon an der Tür, und ihr Goldzahn glänzte wie eh und je, als sie lächelnd Emilys Köpfchen tätschelte. Dann nahm sie Emmas Hand und hielt sie einen ganz kleinen Moment fest, bevor sie sie wieder losließ.

»Hab alle deine Lieblingsgerichte gekocht«, sagte Foon. Ohne einen Blick an Kum Ling oder Auntie Go zu verschwenden, enteilte sie wieder in ihre Küche.

»Wie schön, dass sich manche Dinge nicht verändern«, sagte Emma, als Foon hinter der Tür verschwand.

Beim Abendessen betrachtete Auntie Go die lächelnden Gesichter Kum Lings und ihrer Nichten rings um den Tisch. Ihre Stimmen erfüllten den Raum mit Leben. Die beinahe fünfzehn Jahre der Trennung lösten sich in den köstlichen Düften der Speisen auf, die Foon zubereitet hatte. Emmas Lieblingsgerichte kamen eins nach dem anderen auf den Tisch, und der gebratene Reis mit Hühnerfleisch und Stockfisch schlug auch bei Emily schnell ein. Sie aß zwei Schälchen leer und wollte noch eine dritte Portion haben.

»Aii-ya, sie ist eine gute Esserin«, sagte Foon glücklich.

»Wieder eine, die in deine Fußstapfen tritt«, sagte Joan.

»Ermutigt sie bloß nicht dazu«, fuhr Mah-mih dazwischen, bemerkte dann aber ihren Fauxpas und streckte selbst ihr Schälchen noch einmal aus.

Nach dem Essen erhob sich Joan vom Tisch. »Ich gehe jetzt lieber. Chin erwartet mich morgen im Studio. Er hat ein neues Drehbuch, das ich mir ansehen soll.« Sie beugte sich vor, umarmte Emily liebevoll und drückte Emmas Arm.

»Wie kann ich dir jemals danken«, sagte Emma und stand auf. »Ich weiß nicht, was aus mir geworden wäre, wenn du nicht nach San Francisco gekommen wärst. Du hast so wunderbar für mich gekocht, mich so reich beschenkt ...«

»Du bist doch meine Schwester«, unterbrach sie Joan und umarmte sie kurz.

Emma hielt sie fest. »Die Götter haben es gut mit mir gemeint«, flüsterte sie.

»Mit uns beiden.« Joan löste sich von ihr und sagte: »Ich ruf dich morgen an.«

Mah-mih räusperte sich, und ein weicher Blick kam in ihre feuchten Augen. »Begleiten wir Auntie Joan hinaus, und dann bring ich dich ins Bett«, sagte sie zu Emily und nahm sie an der Hand. Emily drehte sich um und sah Emma fragend an, die ihr mit einem Nicken bedeutete, sie solle ruhig mitgehen.

»Na, dann sind wir beide allein«, sagte Auntie Go.

Emma lächelte. »Zu guter Letzt.«

Emma folgte Auntie Go ins Wohnzimmer. Go beobachtete ihre Nichte, wie sie gleich einem Geist im Raum umherging, eine Vase berührte, über ein Seidenkissen strich, einen Akkord auf dem Klavier anschlug. Mit leerem Blick sah sie zur Terrasse hinaus.

»Mir ist, als wäre es gestern gewesen«, sagte Emma, »als ich auf die japanischen Kriegsschiffe hinausschaute, von denen der Hafen voll war. Ich höre immer noch die rauschenden Melodiefetzen von *Home Sweet Home,* die aus ihren Lautsprechern über die Insel plärrten. Jetzt erkenne ich Hongkong kaum wieder. So viele neue Gebäude.«

»Jeden Tag kommen mehr dazu«, sagte Auntie Go. »Hier steht nichts still. Jedenfalls nicht lange.«

»Wie geht es dir?«, fragte Emma und setzte sich neben Auntie Go aufs Sofa.

Auntie Go lächelte. »Ich trete ein bisschen langsamer im *Westwind,* werde jeden Tag älter.«

»Ich habe Emily immer von dir erzählt. Du warst meine Auntie Go, die Jungfrau im Waffenrock, von Mut beflügelt! Ich glaube, deine Geschichte hat Emily immer am allerbesten gefallen.«

Auntie Go lachte. »Was setzt du dem armen Kind für Flausen in den Kopf!«

Emma nahm Auntie Gos Hand. »Ich möchte einfach, dass sie dich als starke, wunderbare Person schätzen lernt. Ich bin froh, dass wir hier sind, dann erlebt sie, was für ein kostbarer Schatz ihre Familie ist, und lernt Hongkong kennen.«

»Dann bleibt ihr also?«

Emma nickte lächelnd. »Vorerst jedenfalls, damit Emily Mah-mih und dich kennen lernt. Du solltest einmal sehen, wie sehr sie ihre Auntie Joan schon liebt! Vielleicht können wir sogar Lia in Macao besuchen. Und ich würde gern eine Weile bei dir im *Westwind* arbeiten.«

Auntie Go bekam heftiges Herzklopfen. Sie hatte schon lange die Hoffnung aufgegeben, dass eine ihrer Nichten den *Westwind* übernehmen würde. Emmas Worte kamen überraschend, wie ein freudiger Schreck. Go drückte ihrer Nichte die Hand und entdeckte auf ihrem Zeigefinger den Goldring mit den Insignien. »Ich kann mir nichts Schöneres vorstellen.«

Emma lachte. »Schauen wir mal, ob du in ein paar Monaten noch genauso denkst.«

»Monate oder Jahre könnten daran nichts ändern!« Auntie Go erhob sich vom Sofa. »Jetzt ist's wohl Zeit, dass sich die alte Dame nach Hause begibt und schlafen geht.«

»Ich begleite dich.« Emma stand ebenfalls auf. »Moment, ich bin gleich wieder da.« Sie eilte in ihr Zimmer und kehrte lächelnd mit einer Papierrolle zurück. »Gehen wir. Mah-mih scheint ja bestens mit Emily zurechtzukommen.«

Die Nachtluft war warm. Einen Monat später würde die Feuchtigkeit aufziehen und Hongkong in schwüler Hitze schmoren. Auntie Go nahm Emma am Arm; sie ging jetzt langsamer, und ihr steifes Knie machte es schwierig für sie, lange Strecken zu fliegen. Emma schien es nicht zu bemerken, sie passte ihren Schritt einfach dem ihrer Tante an.

»Das mit Jack tut mir so Leid.« Auntie Gos Stimme klang wie gepresst. So etwas würde sie nur einmal sagen, dann nie wieder. Sie spürte, wie Emmas Arm erstarrte.

»Ich kann's immer noch nicht glauben, dass er nicht mehr da ist ...« Emma sprach mit angespannter Stimme. Sie hielt die Hand mit dem Goldring hoch. Er schimmerte im Dunkeln. »Der hat ihm gehört«, sagte sie schließlich. »Du hättest meinen Mann gemocht.«

»Daran habe ich nie gezweifelt.« Auntie Go blieb vor ihrer Wohnung stehen und verstummte.

»Auf der Heimfahrt wurde mir klar, dass ein Teil von mir für immer in San Francisco zurückbleiben wird. Dort bin ich erwachsen geworden, und ich möchte, dass Emily diese Stadt kennen lernt. Sie wird immer der Ort bleiben, wo ihr Vater ist«, sagte Emma, und ihre Stimme wurde leiser.

»Selbstverständlich.« In der Nähe erklang Kinderlachen.

»Aber jetzt brauche ich mein Zuhause hier, mit euch allen.«

Eine ferne Erinnerung blitzte in Auntie Go auf. Sie hätte gern etwas über die Vergangenheit gesagt, darüber, dass die Menschen nie wirklich fortgehen, egal, wo sie sind – ihr Geist bleibt zurück und spendet Trost, wird ein Begleiter durch die langen Jahre des Lebens. Doch für solche Gespräche bliebe in den Tagen, die vor ihnen lagen, noch genug Zeit.

»Ist etwas?«, fragte Emma.

»Nein, alles bestens.« Auntie Go lächelte. »Und bei dir wird's auch so sein. Und jetzt kehrst du lieber zu deinem süßen Töchterchen zurück. Wir sehen uns morgen.« Mit einer Umarmung verabschiedete sie sich von Emma.

»Ach ja, das ist für dich.« Emma reichte Go die Papierrolle.

»Was ist denn das?«

»Geh rein, dann siehst du's schon.« Emma lächelte.

Auntie Go sah Emma nach, die sich umdrehte und rasch die Straße zurücklief. Langsam stieg Go die Steintreppe zu ihrer Wohnung hoch und schaltete die Lampe an. Ihr weiches Licht warf tröstliche Schatten in den Raum. Go rollte das Blatt auseinander und hielt eine großartige Kohlezeichnung von Emily in den Händen. Sie war ganz schlicht und federleicht.

Glossar

amah	Kinderfrau (Kindermädchen)
Ba-Ba	Vater
cheungsam	schmales Kleid, vorn in der Mitte durchgeknöpft
dai-sui	Glücksspiel
lok-on	Tee
Mah-jongg	chinesisches Brettspiel mit 136–144 dominoähnlichen Steinen
Mah-mih	Mutter
Moi-moi	kleine Schwester
Pao pao	Großmutter
pai gow	Glücksspiel
polai-Tee	Tee
tai tai	verheiratete Frau
tso sun	guten Morgen